뻔뻔스런 녀석 1

머리말

　내가 특별히 이 긴 이야기를 이전부터 간직하고 있었던 것은 아니다. 또 즉석에서 누구라고 말할 수 있는 모델이 있는 것도 아니다. 더구나 이 작품을 쓰면서 이런 대 장편으로 할 생각도 없었다.
　소설쓰기란 이상한 작업이어서 작가 자신도 예측하지 못한 뜻밖의 결과를 초래하기도 한다.
　'도다 기리히토'는 어디서나 존재하는 인물이다. 구태여 모델을 찾는다면, 내 고향 마을에서도 제일 가난한 집 아이가 있었는데, 그였을까?
　나보다 두세 살 아래였다. 양친을 초등학교 1학년 때 잃고, 자기 손으로 도시락을 싸들고 학교에 다녔다. 공부도 못했고 같은 반 친구들에게 늘 바보 취급을 받았다. 나는 왠지 그 아이가 좋았다. 그가 내 부하나 되는 것처럼 붙어 다녔기 때문인지도 몰랐다. 나는 그를 노예처럼 냉혹하게 부려먹었다.
　고향을 떠난 뒤 습관처럼 고향 산천을 떠올리면서 더불어 생각나는 것은 그 애였다. 나는 그를 노예처럼 다룬 것에 대해 조금도 후회하지 않았고, 그도 역시 꽤 오랜 세월이 흐른 뒤에도 나에게만은 성실한 일면을 보여주었다.

그는 몇 번인가 철창신세를 지기도 했지만, 내가 아는 한 그는 가장 얌전하고 착한 사람이었다.

불운하게도 태평양 전쟁에서 그는 죽었다. 형제도 없고, 고향의 오두막집은 이미 헐리고 없었다.

나는 언젠가, 일본에서 가장 밑바닥 삶을 산 그를 소설 속에서나마 살려내고 싶었다. 그것이 '도다 기리히토'인지도 모른다.

지금까지 많은 소설을 썼고 그것은 앞으로도 계속될 테지만, 먼 훗날까지 애착이 가는 주인공은 그리 많지 않다. '도다 기리히토'는 그 많지 않은 인물 중의 한 사람이다.

글을 쓰는 도중에 꽤 많은 욕을 먹었다. 하지만 그것은 인텔리 인체하는 비평가들이 '도다 기리히토'에게 한 빗나간 모욕이며, 그것은 그들 자신의 교만에서 기인한 것이라 생각한다.

나로서는 '도다 기리히토'에게 공감을 한 많은 서민층들의 지지가 더할 나위 없이 고마웠다. 독자로부터 이렇게 소박한 지지를 받은 것은 첫경험이면서 귀중한 체험이다.

앞으로 이렇게 사랑을 받은 소설을 또 다시 쓸 수 있을지 두려움이 앞선다.

가루이자와에서　저자

차 례

제 1 권
머리말 ……………… 3
서막 ………………… 7
하늘의 소리 …………… 63
땅울림(1) ……………… 235

제 2 권
머리말 ……………… 3
땅울림(2) ……………… 7
사람의 노래 …………… 81
작품해설 ……………… 311

서 막

어느 마굿간에서 67세의 늙고 무능한 아버지와 고작 19세이며 아버지의 첩조카인 어머니 사이에서 간음의 자식으로 태어난 도다 가리히토, 그의 꿈은 오카야마의 성 건너편에 그보다 더 큰 자기의 성을 쌓는 것이다.

1

　1919년 12월 30일, 일본 3대 명원(名園)의 하나인 오카야마 고라쿠엥 뒤편의 어느 마구간에서 한 사내아이가 태어났다.
　아이의 아버지는 67세, 어머니는 19세였다.
　불운한 환경에서 태어났지만 아이의 첫 울음소리만큼은 우렁찼다.
　"어이구, 요놈! 재채기와 방귀까지 내놓네그려."
　이것이 아이를 받은 할멈이 동네 사람들에게 그의 탄생을 알리는 말이었다.

　아버지 도다 아사키치는 도자기공으로 평생을 보낸 사람이었지만, 어지간히도 손재주가 없어서 그의 손에서 빚어지는 것이라고는 너구리와 배불뚝이 인형뿐이었다. 다른 무엇을 만들어보려고 해도 결국엔 못난 자기 얼굴처럼 형편없는 도자기만 만들다가 세월을 다 보내고 허리가 굽어버렸다.
　그런데 이 노인이 그만 실수를 해서 죽은 아내의 조카딸을 임신시키게 했던 것이다.
　앙상한 나무처럼 깡마른 늙은 영감이 젊은 여자를 임신시킬 수 있다는 사실은 말 많은 오카야마 사람들이 떠벌이기에 좋은 화젯거리가 되었다.
　2년 전쯤에 오카야마 성주였던 이세다 후작의 장남이 사람들의 입에 오른 일이 있었다. 고등학교 학생의 신분으로 꽃꽂이를 가르치던 40이다 된 미망인 여선생과의 사이에 아기를 낳은 것이다. 이 노인의 이야기 역시 그에 못지않은 화제가 되었다.

그날 밤, 아사키치는 어느 틈에 조카딸 스사요가 없어진 것을 알고 당황하여 정신없이 찾아다닌 끝에 자기 집과 숲 하나를 사이에 둔 마구간에서 진통을 겪는 듯한 신음 소리를 들었다.

마구간이라 해도 이건 그렇게 부르고 있었을 뿐, 말을 기른 것은 200년 전에 영주들이 행차 때 보충할 말을 길렀다고 한다. 물론 그 때의 마구간은 간 곳 없고, 남은 것은 고라쿠엥의 정원사가 살던 낡은 집뿐이었다. 그 정원사가 몹시 고약한 고질병으로 죽었기 때문에, 그 집은 아무도 찾지 않는 폐가가 되어 버려져 있었다.

아사키치는 스사요가 무엇 때문에 그렇게 꺼림칙한 마구간에서 아기를 낳으려 했는지 이해하지 못했다. 아사키치가 그녀를 업고 나오려 하자, 그녀가 심하게 그의 팔을 깨물며 비명을 질러댔다. 하는 수 없이 그녀를 그냥 둔 채로, 무허가 산파를 하고 있던 동네 할멈에게 찾아가 사정사정해서 아기를 받아달라고 부탁했다.

사실 스사요는 누구에게도 말하지 않았지만, 16세 때 어떤 불량 청년에게 이 마구간으로 끌려와 처녀성을 빼앗긴 일이 있었다. 그런데 차츰 그 사내에 대한 증오심을 버리고, 아무도 모르게 첫사랑의 순정으로 간직하고 있었던 것이다. 어쩌면 예순을 훌쩍 넘긴 영감의 정부가 되고 만 자신의 불행한 처지를 달래기 위해 그 일을 한때의 낭만처럼 생각하고 있었는지도 모른다.

스사요가 굳이 그 마구간에서 아기를 낳으려 했던 것도 아기가 그 사내를 닮지 않을까 하는 소박한 로맨티시즘에 사로잡힌 이유가 조금은 있었을 것이다.

우렁찬 아기의 울음소리를 듣고 산파 할멈이 말했다.
"고추야!"

이 말이 떨어지자마자 아사키치는 아기의 얼굴도 보지 않고 지팡이에 의지한 채 성내에 있는 골동품 가게를 향해 걸어갔다.

아사키치가 오늘날까지 그런 대로 밥을 먹게 된 것은 그 골동품 가게 덕분이었다. 다시없는 호인인 아사키치를 불쌍하게 생각한 주인이 그가 들고 온 못생긴 너구리나 배불뚝이 인형을 받아 주곤 한 것이다.

"아기가 태어났어요! 이름 좀 지어 주지 않겠어요?"

무표정하게 부탁하는 아사키치를 주인이 미소로 맞이했다.

"씨앗이 오래 된 거라 제대로 자라날지……."

"무슨 말씀이세요? 힘차고 대단한 울음소리였어요! 다만 조금 걱정이 되는 것은 스사요 그년이 무슨 맘을 먹었는지 마구간에서 아이를 낳았지 뭡니까."

사립학교 대학생으로 도쿄에서 잠시 돌아와 머물고 있던 골동품 가게 둘째아들이 이 소리를 듣고 있다가 말했다.

"그것 참 멋지네요! 그리스도와 같잖아요. 그 아이 출세할 거예요!"

그 말에 힌트를 얻어 '기리히토'라는 이름을 지어 받은 아사키치가 아이의 이름을 되뇌며 가게를 나섰다.

"기리히토……."

"아이를 낳다니, 정말 당치도 않아! 아무리 간음한 자식이라지만 너무나 더러워."

그렇게 화를 낸 건 골동품 가게의 절름발이 장남이었다. 아버지와 동생은 장남의 말에 거들떠보지도 않았다.

이렇게 해서 도다 기리히토는 사람들의 조소를 받으면서 이 세상에 얼굴을 내민 것이다.

3년 후, 어느 가을 아침의 일이었다. 아사키치는 어렵사리 일어난 욕정에 기리히토를 밖으로 내보내고 스사요와 그 행위를 시작했으나, 갑자기 이상한 신음을 남긴 채 심장마비로 숨을 거두고 말았다. 배 위에서 아사키치를 밀어 내고 일어난 스사요가 제일 먼저 생각한 것은, 영감이 밤새 아무도 모르게 갑자기 죽은 것으로 해야겠다는 것이었다. 그러나 이 계획은 아들 때문에 수포로 돌아가고 말았다.

기리히토가 어느 조객의 물음에, 문틈에서 들여다본 광경을 있는 그대로 지껄여 버린 것이다. 그 때문에 어머니에게 모질게 두들겨 맞았다. 그는 자기가 정직하게 말했는데도 어째서 매를 맞아야 하는지 납득할 수가 없었다. 자기가 받는 벌이 부당하다는 생각에 이를 악물며 눈물 한 방울도 흘리지 않았다.

성내에 있는 골동품 가게의 호의로 스사요는 가엾긴 해도 그나마 가정부의 자리를 얻게 되었다. 때문에 기리히토는 하루 종일 외롭게 지내야 할 운명이 되었지만, 오히려 이 경험은 훗날 어디에서도 자기 능력을 발휘할 수 있는 적응력과 행동력을 기르는 데 크게 도움이 되었다.

세월이 흘러 기리히토가 초등학교에 들어가게 되었다. 몸을 아끼지 않는 그의 근면한 성격은 친구들에게 쉽게 이용당하는 단점이 되었다. 성적은 중하위권이었으며, 친구들은 기리히토를 혹사시키는 일을 당연한 것처럼 여겼다.

3학년 때쯤에는 그의 출생 비밀이 반 전체에 알려지면서 기리히토는 더욱 불리한 처지에 빠지게 되었다. 가장 성가신 일은 모조리 기리히토의 몫이 되었으며, 기리히토 자신 역시 조금의 주저함도 없이 받아들였다. 그리다보니 어느새 담임선생마저도 기리히토를 그런 존재라고 당연시하고 있었다.

5학년이 된 어느 봄날, 기리히토는 난생 처음으로 자신의 판단으로 결심하지 않으면 안 될 사건을 만나게 되었다.

방과 후면 항상 아사히 강가에서 서성거리는 것을 일과로 삼고 있던 기리히토는 그날도 가방 속의 빈 도시락을 덜거덕거리며 둑 위를 걷고 있었다.

고라쿠엥에 이어진 숲 저편에 오성이라고 부르는 오카야마 성이 엷은 먹물을 흩뿌려 놓은 듯 물기어린 봄날의 수증기 속에 녹아들어 꽃구름이 걸친 하늘 아래 우뚝 솟아 있었다. 철이 들 무렵부터 보아 온 성의 위용이 기리히토의 마음속에 하나의 이미지를 형성하고 있었다.

'그 옛날 이세다 영주님은 저 성에 살면서 이전의 오카야마 사람들을 부하로 삼고 있었겠지. 나도 어른이 되어서 돈을 벌면 성을 만들어야지.'

막연하게 그렇게 생각하고 있으면 차차 그것이 자기가 태어난 목적인 양 생각되었다. 이것은 남이 들으면 엉뚱할 정도로 황당한 공상이므로 기리히토는 자기의 꿈에 대해 어머니에게조차 한 마디도 말한 적이 없었다.

기리히토의 공상 속에서는 아사히 강을 사이에 두고 오성 맞은편에 그보다 한층 큰 성을 쌓을 예정이었다. 오성은 새까마니까 자기 성은 새빨갛게.

오늘도 기리히토는 오성의 위용을 감상하기 위해 부근에 친구들이 없는지 재빨리 살펴보았다. 그리고 순간 기리히토의 표정이 변했다. 심장이 두근거렸다. 둑 비탈에 일본 전통복 차림의 청년이 앉아 있었다. 그는 틀림없이 오성의 성주 이세다 후작의 맏아들이었다.

4~5일전 기리히토가 어머니를 마중하러 골동품 가게에 갔을 때 가게에서 나오는 청년이 마치 죽은 사람같이 창백한 얼굴이어서 흠칫 놀랐었고, 그 사람이 이세다의 도련님이라는 말을 듣고 더욱 놀랐던 기억이 있었다.

성주의 맏아들이 혼자서 어슬렁거리며 돌아다니는 것이 이상하게 느껴졌다. 성주의 맏아들이라면 적어도 이삼십 명 정도의 부하를 거느린다고만 생각하고 있었기 때문이었다.

기리히토는 살그머니 그의 창백한 옆얼굴을 훔쳐보았다. 그는 잠자코 흐르는 강물을 바라보고 있었다. 두려웠지만 어쩐지 기리히토는 되돌아갈 수도, 그 자리를 빠져나갈 수도 없었다. 이세다의 도련님과 단 둘이 둑에 있는 것이 남들이 가질 수 없는 비밀처럼 느껴졌다.

그 순간 기리히토는 그의 한 쪽 발에 신이 없는 것을 보았다. 시선을

　아래쪽으로 내려다보니 마른 강바닥에 굴러 떨어져 있었다. 다음 순간 기리히토는 작은 짐승처럼 재빠르게 몸을 일으켰다. 신을 주워 들고 흘끔 그를 쳐다보니 그도 자기를 내려다보고 있었다.

　기리히토는 가슴이 두근거렸지만 용기를 내어 비탈길을 올라갔다. 이세다 나오마사는 눈알이 크고 꾀죄죄한 아이가 자기가 떨어뜨린 신을 주워 가지고 올라오는 것을 마치 들개가 다가오는 정도로 여기면서 눈을 내리깔고 쳐다보았다.

　기리히토가 눈을 깜빡거리며 그에게 다가가자 나오마사가 냉혹할 정도로 노려보았다. 기리히토는 시선을 나오마사의 발에 떨구었다가 다시 그를 눈부신 듯 바라보고는 살그머니 몸을 웅크린 채 그 발에 신을 신겼다.

　나오마사가 천천히 일어서는 순간 기리히토가 돌연히 비명을 질렀다. 나오마사가 일어서자마자 코가 뒤틀릴 듯한 강렬한 냄새가 풍겨났다. 누군가가 눈 똥 위에 앉아 있었던 것이다.

　얼른 일어선 기리히토는 아오마사의 엉덩이를 들여다보고는 낙심한 듯 소리쳤다.

　"이거 큰일인걸요, 똥이 묻어 있어요."

　고급스러운 저고리자락에 누런색의 오물이 달라붙어 있었다.

　"그저께 내가 눈 거예요. 잘못했어요. 용서해 주세요."

　기리히토가 느닷없이 자기 옷 끝으로 오물을 닦아 내려고 하자 나오마사가 그 손을 뿌리쳤다. 기리히토는 순간 그가 자기를 후려칠 것 같아 겁을 먹고 움찔해졌다.

　그러나 나오마사는 예상과는 달리 천천히 제방 위로 올라갔다. 기리히토가 황급히 그 앞으로 달려가서 머리를 숙였다.

　"용서해 주세요. 도련님이 오실 줄 알았다면 난 그런 짓을 하지 않았을 거예요. 정말이에요!"

"……."

나오마사는 기리히토의 진지한 표정을 보고 있다가 그 창백한 뺨에 야릇한 미소를 지었다.

소년의 민감한 본능이 희미한 공포를 느끼며 뒤로 한 발자국 물러섰다.

"너, 십 원 갖고 싶지 않니?"

"……."

기리히토는 엉뚱한 질문에 멍해졌다(당시의 10원은 오늘날 10,000원 정도의 가치이다.) 10전짜리 하나도 가져 본 적이 없는 기리히토에게 그런 느닷없는 질문의 의미가 무엇인지 즉시 알아차릴 수가 없었다.

나오마사는 소매 안을 더듬더니 쭈글쭈글한 10원짜리를 끄집어내어 기리히토의 코끝에서 펄렁펄렁 흔들어 보였다.

"이런 거 본 적 있어?"

기리히토는 고개를 저었다.

"일 원의 열 배, 십 전의 백 배, 일 전의 천 배야."

"……."

"일 전으로 뭘 살 수 있지?"

"그림 딱지 열장이오."

그 딱지에는 무사들의 그림이 들어 있었다.

"그럼 이 십 원으로는 일만 장을 살 수 있겠네."

기리히토는 경탄의 소리를 내었다.

"갖고 싶나?"

"물론이죠."

"좋아."

나오마사는 저고리를 벗은 후 앞으로 내밀었다.

"이걸 깨끗하게 혀로 핥으면 이 십 원짜리를 줄게."

"……."

"싫어?"
일순간 나오마사가 겁먹은 표정을 지었다.
기리히토가 거의 반사적으로 양손으로 머리를 감싸면서 눈을 치켜떠 나오마사를 쳐다본 것이다.
"싫어?"
나오마사가 거듭 물었다.
"아 아니, 아니!"
기리히토는 머리를 저었다.
"그럼 핥아. 깨끗이 핥아야 해!"
"저 정말 그걸 주는 거죠?"
"준다니까."
"정말이죠?"
"두말 하면 잔소리지."
기리히토가 저고리를 받아들었다. 그러자 나오마사의 눈동자가 마치 미친개처럼 번득거렸다.
'괜찮아, 내가 눈 똥인데 뭐!'
기리히토가 스스로를 달래고는 코를 쥔 채 오물에 얼굴을 살짝 가져갔다.
"코를 잡지 마."
나오마사가 차갑게 말했다.
기리히토가 코에서 손가락을 놓고 눈을 감았다.
"눈을 떠!"
나오마사가 다시 꾸짖었다.
기리히토는 배에 힘을 주고는 오물에 다가가서 힘껏 혓바닥을 내밀어 핥았다. 순간 구토증이 났다.
틈을 주지 않고 나오마사가 고함쳤다.
"더 핥아!"

기리히토는 잠시 동안 무아경에 빠져들었다. 어떤 맛이었는지 기억도 없었다. 어쨌든 입술과 혀와 이를 그보다 더 빨리 움직일 수 없을 만큼 놀려서 깨끗이 핥아 버렸다. 그리고는 뒤도 보지 않고 비탈을 뛰어 내려가서 개울 바닥의 자갈 위를 지나 물가에 이르자 얼굴을 물 속에 풍덩 들이박았다. 그리고 토하려고 애를 썼지만 침만 나왔다.
 겨우 일어나서 뒤를 돌아보았을 때는 제방 위에 있었던 나오마사의 모습을 볼 수 없었다. 문득 생각이 난 듯 다시 뛰어온 기리히토는 그 곳에 버려진 저고리와 그 위에 10원짜리가 놓여 있는 것을 보았다.
 벽장 속에 쑤셔 박아놓은 그 저고리가 어머니에게 발견된 것은 열흘 후쯤의 일이었으며, 그것이 이세다의 도련님에게서 얻었다는 변명은 어머니를 납득시키지 못했다. 기리히토는 저고리에 묻은 똥을 핥은 일에 대해서는 도저히 밝힐 수가 없었다.
 스사요는 아들이 또 다른 무엇을 훔친 것이 없나 책망한 끝에 돗자리 밑에 숨겨 놓은 10원짜리까지 찾아내는 데 성공했다. 기리히토는 돗자리 위에 쓰러져 통곡하는 어머니를 내려다보며 혼자 중얼거렸다.
 '도련님을 만나면 다 알게 될 텐데……'
 그러나 소년의 이런 단순함은 비뚤어진 어른들의 세계에서는 통용되지 않았다.

2

그날 밤이었다. 이세다 저택의 안방에서는 며칠 전부터 밤마다 나오마사가 각로(이불 속에 넣는 난로)위에 발을 얹고 바로 누워 죽은 듯이 눈을 감고 있었다.

이세다 저택이라 해도 넓고 웅장한 본 저택은 히가시야마 기슭에 있으며, 오카야마 역과 연병장과의 거리 중앙에 위치한 '미나미 카타라'는 교회의 근처에 하인이 거주하던 조그만 초가집 한 채가 있었다. 평생을 독신으로 살았던 사나이가 만년에 중풍에 걸려서 누워있던 집이었는데, 그 사나이가 죽은뒤 5년쯤 빈집으로 방치되어 있었다.

나오마사가 귀향해서 저택에 들어가지 못하고 이곳에 머물게 된 것은 어른들의 엄한 명령으로 근신하는 몸이었기 때문이다.

지난 해 공산당이 일망타진되면서 도쿄제국 대학생인 나오마사도 함께 잡혔던 것이다. 나오마사의 어머니가 황족(니시구니노미야 가) 출신이기 때문에 황족으로 이루어진 '앵국회'에서 경시총감에게 항의하여 나오마사를 석방시켰다. 그러나 이미 신문기사에 실렸기 때문에 부득이 기자들의 눈에 띄지 않도록 반년 동안 아카구라 스키장에 있는 니시구니노미야 가의 별장에 갇혀 있다가 올해 겨우 오카야마에 돌아오는 것을 허락받았던 것이다.

나오마사가 고교시절부터 앓고 있던 폐결핵이 꽤 진행되고 있었기 때문에 주위 사람들은 거의 자포자기 상태라고 말했다. 어쨌든 누구와도 거의 말을 하지 않고 혼자만의 세계에 틀어박혀 있을 뿐이어서 나오마사가 태어났을 때부터 곁에서 시중들던 하녀인 다카조차도 그가 도대체 무슨 생각을 하고 있는지 상상조차 할 수 없었다.

나오마사가 귀향한 이래 유일하게 다니는 곳은 성내의 골동품 가게뿐이었다. 주인이나 그의 장남과도 별 대화가 없었고, 불상이나 불화를 꺼내게 하고선 얼마 동안 잠자코 바라보다가 돌아갈 뿐이었다.

"차 드세요."

다카가 들어와서 차를 권했다. 나오마사는 눈을 감은 채 꼼짝도 하지 않았다.

다카가 일어나 벽장에 두었던 겨울 잠옷을 꺼내어 나오마사 어깨 위에 살짝 걸쳐 주었다.

"이봐!"

나오마사가 눈을 감은 채 막 나가려는 다카를 불렀다.

"네."

그녀가 대답했다.

"몇 살이지?"

"서른여덟이에요."

다카는 16세가 되던 해 나오마사의 보모로서 이세다 저택에 온 후 22년간을 이 곳에서 지내고 있었다.

"남자 알아?"

이 말을 듣는 순간 다카는 기가 막혀 나오마사의 얼굴을 돌아보았다. 다카에게 나오마사는 아들이나 다름없었다. 그런 나오마사의 이 말은 다카에게는 최대의 모욕이었다. 그러나 그녀는 화를 내지 않고 참고 있었다. 물론 그 마음을 나오마사가 모를 리는 없을 것이다.

그럼에도 불구하고 나오마사는 짓궂게 굴었다.

"처녀겠지, 그렇지?"

'어째서 이렇게도 사람이 변한 것일까?'

다카는 한심한 생각이 들었다.
'역시 주인님과 사모님이 냉정하게 대하시니까 그럴 수도 있겠지.'
이세다 후작은 10여 년이나 영국에서 채류했으며, 부인은 자선 사업에 열중해서 매일 외출하고 있었다.
"아니면 구로자키(고문 변호사) 같은 녀석에게 은밀히 당하고 있나?"
"도련님."
다카는 슬픈 듯이 고개를 저었다.
나오마사가 갑자기 심하게 기침을 하면서 엎드렸다.
다카가 재빠르게 다가가서 도련님의 등을 쓸어 주려고 하는 순간 그녀의 손은 나오마사에게 붙잡혔다. 다카는 머리를 든 나오마사의 눈동자에 핏발이 서린 것을 보자 본능적으로 전신을 움츠렸다.
그리고 나오마사가 취한 행동은 간단했다. 왼손으로 다카의 팔을 꼭 잡고, 오른손을 그녀의 무릎 사이로 밀어 넣으려 했다.
"도년님!"
다카는 거부했다.
"무슨 짓을 하시는 거예요?"
그러자 나오마사는 불쑥 각로에서 몸을 밀어내고 얼굴을 다카의 무릎에 묻고는 이상한 울음소리를 터뜨렸다. 다카는 나오마사의 얼굴을 들게 할 수가 없었다. 나오마사의 얼굴의 온기나 무게가 일종의 상쾌함이 되어 전신에 퍼져나갔다. 그녀는 어느덧 가볍게 떨고 있는 나오마사의 등을 쓸어 주고 있었다.
"난, 난, 외롭단 말이야."
그가 흐느끼면서 하는 말에 다카도 눈물이 글썽였다.
나오마사는 다카의 가슴을 안고 누웠다. 막을 사이도 없이 뒤로 넘어진 다카는 나오마사의 입이 입술에 닿아도 이젠 얼굴을 돌리려 하지 않았다. 다카는 이 상황을 모성애의 본능으로 감싸 주는 것이라고 스스로 위로했다.

여성이란 존재는 자신의 행위에 대해서 변명이 성립된다고 여겨지면 비상식적인 상황에서도 양심의 가책 없이 행동할 수 있는 것인가.

나오마사는 다카와 마주 대했던 얼굴을 돌렸다. 그의 눈빛은 매우 냉정한 빛을 띠고 있었다. 그때서야 흐느낌이나 설득도 거짓임을 알았다.

다카는 눈을 감았다. 그 모습은 불상의 무심한 표정을 닮았으며, 이것이 나오마사에게 오히려 쾌감을 느끼게 했다.

다카가 양손으로 화복(기모노)의 앞자락을 걷으려는 찰나 그의 손이 반사적으로 허리띠쯤까지 왔다가 멈추었다. 철이 들고 나서 벌린 적이 없었던 가랑이는 방금 찧은 떡처럼 하얗고 부드러웠다.

……이윽고 가벼운 통증이 온 뒤에 다카는 몸 속이 그 무언가로 빈틈 없이 꽉 차는 것을 느꼈다. 그러나 이 순간 이상하게도 다카는 자기가 어머니인 것처럼 느껴졌다(눈을 감고 있는 다카는 자기 얼굴을 불상의 얼굴로 간주하며 응시하고 있는 나오마사의 냉혹하고 박정한 표정을 보지 못했으니까……).

복도에서 발자국 소리가 들리자 다카는 재빠르게 나오마사를 밀어젖히고 일어섰다.

부엌일을 하는 늙은 하녀였다.

"다카님. 성내의 마사키 씨가 오셨습니다."

골동품 가게 주인을 말하는 것이었다.

다카는 엎드린 채로 꼼짝을 하지 않는 나오마사 위에 겨울 잠옷을 고쳐 덮어주고 나서 서둘러 머리와 옷맵시를 매만지고는 방을 나섰다.

복도를 걸으면서 아직도 몸속에 빈틈없이 꽉 차 있는 묵직한 감각을 느끼고 비로소 그녀는 격렬한 수치심에 몸을 떨었다.

손님은 골동품 가게 주인만이 아니었다. 다다미 위에 다소곳이 앉아 있는 아사키의 복스러운 모습, 그 뒤에는 여인이 머리를 숙인 채 걸터앉아 있고, 그 뒤에는 소년이 있었다.

"밤늦게 찾아와서 죄송합니다."

마사키는 인사가 끝나자 용건을 꺼내는 대신 가져온 보자기 꾸러미를 폈다. 안에서 나온 것은 나오마사의 두루마기였다.

나오마사가 지난번에 입고 나갔다가 잊어버리고 돌아온 바로 그 옷이었다.

"이게 도련님 옷인지요?"

"네, 그렇습니다만……."

다카가 수상쩍게 쳐다보자 마사키는 마루 밑에 서 있는 두 모자 쪽을 턱으로 가리켰다.

"이 여인네는 우리 가게에 일을 거들어 주는 여자입니다. 그 아들놈이 이 두루마기를 숨겨 논 것을 발견하고 엄하게 다그치니까 도련님에게 얻었다고 했다는군요. 더구나 10원짜리도 곁들여 얻었다지 뭡니까. 아무리 도련님이 자비로워도, 그런 터무니없는 이야기를 들어 본 적이 없어서 말이에요. 어쨌든 어미가 꼭 사과를 드려야겠다기에 이렇게 데려온 것입니다."

"아니, 설마 그런 일이!"

그러나 다카는 요즘 나오마사의 태도로 보아 어쩌면 그런 짓을 했을지도 모른다고 생각했다.

"이봐요, 거기 있는 도령!"

소년이 어머니 뒤에서 살짝 얼굴을 내밀었다.

다카는 크고 맑은 눈을 가진 이 소년이 아무런 두려움도 없다는 것을 직감했다.

"정말 도련님에게서 두루마기와 10원을 얻었나요?"

"네, 그래요."

기리히토의 대답은 명쾌했다.

"이런, 버릇없이!"

스사요가 눈을 부릅떴다.

"다카님, 번거로우시겠지만 도련님에게 한 번 물어봐 주지 않겠어요?"

"네. 그러죠."
다카는 안방으로 되돌아갔다.
나오마사는 여전히 같은 자세로 엎드려 있었다.
"도련님."
"……"
"혹시 10원짜리와 두루마기를 어느 아이에게 주신 적이 있으세요?"
"……"
"지금 그 아이를 데리고 모친이 사과하러 와 있습니다."
만약 나오마사가 다카와의 성관계를 만족스럽게 끝낸 상태였다면 그걸 인정했을지도 모른다.
"준 기억이 없어."
"……"
다카는 말없이 나오마사를 바라보다가 절을 하고는 안방을 나왔다.
"도련님이 준 기억이 없다고 말씀하시는군요."
스사요는 그 말을 듣자마자 느닷없이 기리히토의 뺨을 후려쳤다. 기리히토의 작은 몸집은 허수아비처럼 날아가서 땅바닥에 나동그라졌다.
그러나 다음 순간, 기리히토는 짐승처럼 잽싸게 일어나서 한 쪽 구석으로 달아나더니 양손을 도마뱀처럼 벽에 찰싹 붙이고 울부짖었다.
"거짓말이야! 거짓말이야, 거짓말! 도련님이 아사히 강둑에서 내게……, 내가 눈 똥을 먹이고는 준 거야! 내 말이 정말이야. 도련님은 거짓말쟁이야!"
태어나서 처음으로 온몸을 내던져 부르짖으며, 어른들의 거짓에 항의하는 절규였다.
다음날부터 기리히토가 아사히 강둑 위에서 쳐다보는 오성은 여느 때와는 다른 것으로 가슴에 새겨지고 있었다.
친구들은 어딘지 모르게 기리히토의 태도가 달라진 것을 눈치챘다. 그들이 명령하는 것을 순순히 받아들이지 않게 된 것이다.

"기리히토, 1학년 교실 마루 밑에 들개가 새끼를 낳아 시끄럽게 울고 있으니까 버리고 와."

기리히토가 교정을 가로질러 가는데 교무실 창문에서 그런 명령이 날아왔다. 기리히토는 힐끔 돌아보고는 대답도 하지 않은 채 힘껏 달려 교문을 나왔다. 그러나 거의 1,000미터쯤이나 뛰었을까, 그는 마음을 고쳐먹고 다시 돌아와서는 교실 마루 밑으로 기어들어갔다.

푸석푸석한 재투성이 땅바닥을 기어가서 강아지 울음소리가 나는 곳으로 다가가자 어미개가 짖어댔다.

기리히토가 방향을 바꾸어 뒷걸음으로 그 곳에 다다르자 갑자기 들개가 달려들었다. 기리히토는 피하지 못하고 한쪽 다리를 물렸으나 힘껏 걷어찼다. 들개가 숨찬 비명을 지르며 달아났다.

그 틈에 재빨리 세 마리의 강아지를 가방 속에 집어넣고는 이 번에는 기리히토가 "워워…… 웡!" 하고 짖어대며 그 곳을 빠져나왔다.

어미개의 슬픈 울음소리가 멀리서 들려왔다.

교정으로 나온 기리히토는 이빨 자국이 선명하게 나고 피가 흐르는 복사뼈에 침을 바르고는 절룩거리면서 걸었다.

이윽고 고라쿠엥으로 가는 다리 위에 도착한 기리히토는 가방에서 강아지를 꺼내어 한 마리씩 아사히 강물 속으로 던졌다.

"에그, 불쌍해라……."

다리를 지나던 한 아주머니가 눈살을 찌푸리며 중얼거렸다.

기리히토가 뒤돌아보며 큰 소리로 외쳤다.

"낳은 게 잘못이야!"

그의 눈에 핏발이 번졌다.

부인이 화들짝 놀라 눈을 크게 뜨더니 황급히 가 버렸다.

기리히토는 잠시 조그맣게 떴다 가라앉았다 하며 멀리 떠내려가는 강아지의 모습을 보고 있다가 뭔가 결심을 한 듯 아랫입술을 지그시 깨물더니 힘차게 달려가기 시작했다.

집에 돌아오자 가방을 집어던지고 돌아가신 아버지 이사키치가 작업장으로 쓰던 뒤쪽 오두막으로 들어갔다.

기리히토가 안고 나온 것은 두 자쯤 되는 높이의 큰 포대와 요술 망치를 든 대흑천상(7복신의 하나)이었다. 그리고 거기에 새끼줄을 걸고는 매우 진지한 표정으로 걸머졌다.

기리히토가 찾아간 곳은 지난번 나오마사가 앉았던 바로 그 장소였다. 풀숲에는 나오마사가 엉덩이로 눌러 뭉갠 오물이 거무스름하게 아직도 남아 있었다.

기리히토는 그 위에다 대흑천상을 조심스럽게 내려놓고는 그 부근에 있는 들꽃을 꺾어 바쳤다.

밝은 봄빛을 받은 대흑천상의 미소 띤 얼굴은 퍽이나 대범해 보였다. 그 앞에 꿇어앉아 양손을 모으고 무심히 참배하기 시작한 지 얼마나 지났을까……

"허…… 이건!"

갑작스러운 큰 소리가 기리히토의 무심한 마음을 뒤흔들었다.

둑 위에 둥근 삿갓을 쓴 행각 스님이 서 있었다. 삿갓 그늘에 가린 얼굴은 여윌 대로 여위어 나이가 많은 노인인지 젊은지 도통 알 수가 없었다.

"이 고장에서는 지장보살 대신 대흑천상을 길가에 안치하는 건가?"

"내가 지금 가져온 거예요."

"뭣 때문이지?"

행각 스님은 이상하다는 듯이 물었다.

기리히토가 눈꺼풀을 깜빡거렸다.

"부자가 되고 싶어서요."

"그렇다면 자기 집에 안치해서 빌면 될 일이지……"

"아니오!"

기리히토는 머리를 저었다.

"여기가 좋아요!"
"어째서 여기가 좋은 거냐?"
"어쨌든요."
"재미있는 아이군."
"……."
"이건 좀 별 다른 얼굴을 한 대흑천상이군."
그렇게 말하면서 얼굴을 가까이하여 들여다보던 행각 스님의 표정이 굳어졌다.
"왜 그래요, 스님?"
기리히토가 들여다보자 행각 스님은 나지막히 신음하고는 뭐라고 중얼거렸다.
"굉장하군, 굉장해!"
"뭐가요?"
"너 이걸 어디서 가져왔니?"
"우리 집 오두막에서요."
"왜 이게 거기 있었지?"
"당연하죠 뭐. 우리 아버지가 만든 거니까 ……."
"네 부친이?"
"네, 벌서 죽어 버렸지만요."
행각 스님은 꼼짝 않고 기리히토를 집어삼킬 듯이 뚫어지게 보더니 내뱉듯이 말했다.
"네 관상이 아주 좋구나!"

3

 기리히토가 오두막에 굴러다니던 포대상(7복신의 하나), 대흑천상, 혜비스상(7복신의 하나)은 물론이고, 너구리나 단지, 크고 작은 여러 가지 도자기를 짐수레에 싣고 벌겋게 달아오른 얼굴로 끙끙대며 성내의 골동품 가게로 끌고 간 것은 그 후로부터 10일쯤 지난 일요일 오후의 일이었다.
 "실례합니다."
 여느 때 같으면 부엌문으로 살금살금 들어갔겠지만 그날은 손님처럼 앞문으로 들어서며 큰 소리로 인사를 했다.
 주인 마사키는 쓰야마에서 사들인 옛 비젠 자기 항아리를 보며 값을 얼마나 매길까 하고 한참 생각하는 중이었다.
 "뭐야?"
 의심 가득한 눈초리가 안경 너머로 날아왔다.
 기리히토는 그와 시선이 마주치자 꾸벅 인사를 하고서 자랑스럽게 말했다.
 "아버지가 구운 것을 모두 가져왔으니 소중히 맡아 주세요."
 "뭐?"
 마사키는 기리히토가 가리키는 현관의 짐수레를 보고 아연해졌다.
 "얘가 미쳤나! 부엌에 가서 엄마한테 얼굴이나 씻어 달라고 해."
 마사키는 땀을 뻘뻘 흘리고 있는 기리히토의 얼굴을 역귀나 되는 것처럼 노려보았다.

3년 전에 미증유의 주가 폭락으로 도자기업계도 심각한 불황을 맞아 생산이 줄어들어 전국에서 약 3퍼센트의 실업자를 내고 있는 상태였다. 이 골동품 가게도 예외는 아니어서 수출용 비젠 자기를 산더미처럼 끌어안고 골머리를 앓던 참이었다. 이런 마당에 아사키치가 만든 보기 흉한 물건 따위는 장소만 차지하는 잡동사니에 불과했다.

"저…… 말이에요, 어디에 사는 스님인지 글쎄 아버지가 만든 대흑천상을 보더니 굉장한 물건이라고 하면서 명인이라고 칭찬했거든요."

"스님이 칭찬했다고, 명인이라고?"

마사키는 웃음을 터뜨리다 말고 갑자기 설사에 걸린 사람의 표정을 짓더니 차갑게 말했다.

"바쁘단 말이야. 잡동사니는 집어치워!"

주인이 호통을 쳐도 기리히토는 으레 그 영민한 눈꺼풀만 깜박거리며 심각하게 말했다.

"정말이라니까요……, 선인 같은 스님이었어요. 내 관상도 좋다고 칭찬해 줬다고요."

미사키는 기리히토에게 집어던질 게 없나 하고 주위를 둘러보았다. 아무것도 눈에 띄는 게 없자 짐수레라도 길바닥에 내동댕이칠 양으로 씩씩대며 일어서려 했다.

그 때 안방에서 훌쩍 나타난 것은 이세다 나오마사였다.

기리히토는 순간 전신이 도자기가 된 것처럼 굳어지며 긴장을 느꼈다.

"저…… 도련님, 아직 보여 드리고 싶은 것이 있습니다만…… 이것을 한 번……."

마사키가 비젠 항아리를 보였지만, 나오마사는 잠자코 가게로 내려섰다.

기리히토는 남에게 걷어차이는 공포를 경험한 강아지처럼 재빨리 한쪽 구석으로 달아나서 그가 나가는 모습을 가만히 지켜보았다.

밖으로 나온 나오마사는 발길을 멈추고 짐수레에 실린 도자기 하나에 눈길을 멈추었다. 그리고 잠시 동안 응시하더니 품 속에서 양손을 빼내어 집어든 것은 두자 정도 되는 항아리였다.

나오마사는 그것을 안고 와서 말없이 옛 비젠 항아리 옆에 나란히 놓았다.

"마사키."

"예."

"자넨 어느 쪽이 좋다고 생각하나?"

"예?"

마사키는 어이없다는 듯이 나오마사를 쳐다보았다. 제정신일까 하는 의아한 표정이었다.

"도련님. 이건 무로마치 시대의……, 그러니까 보통 고비젠이라 불리는 모모야마 시대 것보다 한 시대 더 오랜 된 항아리입니다요. 그리고 이건 저 아이의 애비가 구운 항아리지요."

"그러니까 어느 쪽이 좋은가 묻고 있잖나?"

"……"

마사키는 한심하다는 듯이 고개를 저었다.

"이건 700원입니다만, 이건 30전이라도 팔리지 않습니다요."

"흠."

나오마사는 마사키의 불평을 냉소하듯 입을 실룩거렸다.

고비젠 항아리는 아사키치의 항아리와 같이 비틀린 모양을 하고 있었다. 그러나 그 색채는 오히려 아사키치의 항아리 쪽이 차분하고 묵직하게 가라앉아 기품이 있으며, 그러면서도 복잡한 변화가 풍부하게 느껴졌다. 적어도 나오마사의 눈에는 그렇게 비쳤던 것이다.

비젠 자기는 스에키 이래로 가장 오랜 전통을 갖고 있었고, 가마로 굽는 방법은 수백 년 동안 조금도 변함이 없었다. 찰흙의 차진 정도가 아주 강하고 철분이 많아서 일부러 유약을 칠하지 않고 소체(점토가 화학

작용으로 응고되는 정도)의 연구에 따라 생기는 자연의 미묘한 변화를 특색으로 했다.

따라서 무로마치 시대의 작품과 현대의 작품을 비교해서 평가해도 전혀 지장이 없었다.

"자네는 이 고비젠을 나에게 700원에 팔 셈이었나?"

나오마사가 물었다.

"가져가시면 나중에 배나 3배 값으로 오릅니다요."

"나는 이것을 30전에 사겠네."

"그러세요?"

마사키는 울컥 화가 났다.

"아이가 좋아할 겁니다. 부디 사도록 하세요."

그러자 어느 틈엔지 나오마사의 뒤에 서 있던 기리히토가 돌연 날카로운 소리로 당돌하게 말했다.

"도련님한테는 팔지 않아도 좋아요."

나오마사가 뒤돌아보았다.

기리히토는 왼쪽 손바닥으로 배꼽 위를 쓸면서 가슴을 펴고 거리낌 없이 나오마사의 차가운 눈동자를 마주 쳐다보았다. 그 행각승이 가르쳐 준 방법이었다.

"어떤 훌륭한 인물 앞에 나가더라도 태연하게 있고 싶으면 우선 자기 배꼽을 한 번 쓰다듬어 보고 상대방의 배꼽과 자기 배꼽이 어디가 다른가 한번 생각하는 거야. 그렇게 하면 아무것도 겁나지 않는다. 뻐기고 있는 놈 앞에 나가거든 불쑥 나온 배꼽을 상상하는 게 좋아. 공작이라든가, 백만 장자라든가, 육군대장이라든가 하는 사람들은 대개 배꼽이 튀어나왔거든."

기리히토는 그 말을 겨우 생각해 내고 억지로 용기를 내고 있었다.

"……."

"……."

말없이 서로 응시하는 것도 잠깐, 나오마사는 천천히 마사키에게로 시선을 옮겼다.
"이 애가 갖고 있던 10원짜리와 두루마기는 틀림없이 내가 준 걸세."
 그로부터 한 시간 뒤, 나오마사와 기리히토는 사이다이치 거리를 빠져나가 교마 시를 건너서 히가시야마 쪽을 향해 걷고 있었다.
 기리히토가 끌고 가는 짐수레에는 처음 것보다 많은 도자기가 실려 있었다. 나오마사가 마사키에게 명령해서 가게에 있던 아사키치의 작품을 전부 싣게 한 것이다.
 기리히토는 "영차, 영차!" 하며 난생 처음 세운 자기 계획이 실현되었다는 기쁨으로 가슴이 부풀어 있었다. 짐수레의 무게는 모모타로가 도깨비 섬에서 갖고 돌아온 보물 무게와 맞먹는 것이었다. 그에 비해서 나오마사의 핏기 없는 얼굴은 보기에도 어둡고 음산한 것이었다.
 갈보집들이 늘어선 나카지마 거리에 이르자 빨간 속옷이나 유카다를 만국박람회의 깃발처럼 진열한 옥상에서, "도련님!" 하고 거리낌 없는 목소리가 날아왔다.
 나오마사는 거들떠보지도 않았다.
 "도련님!"
 기리히토는 나오마사 대신 눈부신 듯 실눈을 뜨고 올려다보았다.
 일본 머리를 한 뚱뚱한 여자였다.
 기리히토는 그 모습이 언젠가 축제 때 가장 행렬에서 춤추던 못난 여자 가면과 똑같다고 생각했다.
 "도련님, 부르고 있는데요."
 그렇게 말하자 나오마사는 앞을 본 채 말을 받았다.
 "'바보 자식아'라고 고함쳐."
 "그런 소릴 하면 화내잖아요."
 "상관없어!"
 여자는 끈질기게, "도련니~임!" 하고 계속 소리쳤다.

어쩌다 한 번 이세다 나오마사의 상대가 된 적이 있는 것이 퍽이나 자랑스러운 모양이었다. 그 사실을 주위 사람들에게 과시하고 싶은 것이리라. 기리히토는 결심한 듯, 쿵쿵거리더니 "바보 자식아~!"하고 고함을 질렀다.

"이 새끼!"

여자는 순식간에 귀녀처럼 표정이 험악해졌다.

"거봐요. 화내잖아요!"

기리히토가 말하자 나오마사는 비로소 미소를 띠었다.

이윽고 히가시야마의 전차 종점에 이르렀다. 거기서부터는 언덕빼기였다. 나오마사는 3일 전쯤부터 이 고개 근처에 있는 이세다 가의 산장으로 거처를 옮겼다.

"너 혼자 끌 수 있겠니?"

그렇게 묻는 나오마사의 말투에는 의외로 상냥함이 배어 있었다.

"걱정 없어요!"

기리히토는 힘주어 세차게 끌어 보았다.

고갯마루까지는 상당한 거리였다. 기리히토는 도중에 어지러울 정도로 피로를 느꼈지만 끝까지 비명을 지르지 않았다. 나오마사는 그 고투하는 모양을 알면서도 같은 보조로 걸으면서 한 번도 기리히토를 쉬게 하지 않았다.

산을 깎아 길을 낸 고갯마루에 닿자 안도감으로 힘이 쭉 빠져나갔다. 순간 짐수레가 질질 뒷걸음치기 시작했다.

"앗, 앗…… 아아아……!"

기리히토는 짐수레에 매달린 채 공중에 뜬 양 발을 바둥거렸다.

나오마사는 양손을 품에 넣은 채 수레에 매달려 언덕길을 불안스레 굴러 내려가는 그 작은 모습에도 냉혹한 눈길을 보낼 뿐 도와주려 하지 않았다.

약 8미터쯤 뒤로 미끄러진 수레는 깎아낸 벼랑 한쪽을 요란한 소리를 내면서 들이받고는 멈추었다.
 기리히토는 다시 한 번 있는 힘을 다 해서 수레를 끌어올리지 않으면 안 되었다.
 드디어 다시 해내고는 수레를 안전한 장소에 놓자 기리히토는 전신에 맥이 풀려 땅바닥에 쓰러져 버렸다.
 고개는 소나무가 드문드문 선 숲 속에 있었다. 광선과 그늘이 절묘하게 엮어내는 무늬에 시선을 붙들린 나오마사는 공중을 응시한 채 꼼짝도 하지 않았다.
 들리는 것이라곤 땅바닥 위에 쓰러진 기리히토의 거친 숨소리뿐이었으나, 그것도 차츰 잦아들면서 주위는 고요하기만 했다. 이 고개는 이상하리만치 사람들의 통행이 드물었다.
 나오마사는 도쿄에서 헤어진 소노다 미쓰에를 생각하고 있었다. 그가 소노다 미쓰에를 알게 되었을 때 그녀는 이미 유부녀였다. 남편은 민속학을 연구하고 있는 아마추어 평론가로 대학의 연구실과 서재를 왕복하는 것 외에는 아무것에도 흥미를 느끼지 못하는 그런 사람이었다. 어쩌다 나오마사와 마주할 기회가 있으면 한 시간 동안 함께 있어도 불과 5~6분 정도 이야기하는 것이 고작이었다.
 나오마사가 소노다 가를 방문한 지 1년이 되던 날 로비에서 장난삼아 춤에 소질이 없던 미쓰에에게 억지로 청하여 춤을 추고는 입맞춤을 했다. 그것은 극히 자연스럽게 이루어졌다.
 그 이후로 남의 눈을 피해 두 사람은 누가 먼저랄 것도 없이 서로의 입술을 찾았다. 그러나 그뿐 둘 사이는 더 이상 깊어지지 않았고, 또 나오마사는 그렇게 만들려 하지도 않았다.
 '왜 미쓰에를 내 것으로 만들지 않았을까?'
 지금에 이르러 나오마사는 후회 비슷한 감정에 휩싸이고 있었다. 나오마사가 이토록 그녀에 대한 생각에 집착하는 것은 그녀의 투명하고 엷은 귓불과 가느다란 목덜미에 대한 기억 때문이었다.

딱 한 번 나오마사는 그 귓불을 살짝 깨문 적이 있었다. 그 때 미쓰에가 지른 비명은 지금까지 그녀가 체험하지 못했던 환희에 대한 탄성이 틀림없었으리라.

'나의 거친 힘을 언제나 은밀히 기다리고 있었던 것은 아닐까?'

일순간 나오마사의 눈동자가 이상하게 빛났다.

"아니 저건……, 저 연기는 뭐지?"

미적미적 몸을 일으키려던 기리히토가 무심코 북쪽 숲을 보다가 깜짝 놀라 벌떡 일어섰다.

구름과 구름이 어깨를 마주 댄 것처럼 꽤 깊은 골짜기를 이루어 한결 짙고 음습해 보이는 저편 숲에서 연기가 뭉게뭉게 피어오르고 있었다. 기리히토는 민첩한 동작으로 한 그루의 소나무에 달라붙어 원숭이처럼 능숙하게 기어 올라가더니 갑자기 숨이 턱에 찰 듯한 소리로 고함을 질렀다.

"사아창의 오두막이에요! 사아창의 오두막이 불타고 있어요!"

사아창이란, 이 지방의 표현에 의하면 미치광이였다.

어디서 흘러들어 왔는지 모르는, 이제 스무 살쯤 된 그녀는 어느 틈엔가 그 골짜기에 오랫동안 버려진 전염병 환자 격리 수용소에 살고 있었다. 미치광이로선 얌전하고 온순해서 젊은이들이 놀려대면 부끄러운 듯이 몸을 배배 꼬았다. 그리고 누군가 짐짓 진지하게 말할라치면 자기도 정색을 하고는 앞을 걷어 올려 그 곳을 구경시켜 주는 것이었다.

언제나 중얼거리면서 이곳 저곳 헤매고 다니는 것이 사이창의 일과였다.

그녀가 사람들에 의해 처음 발견되었을 때는 평범한 모습이었지만, 이제는 만삭의 배를 내밀고 뒤뚱거리며 걷고 있었다.

기리히토는 아사히 강둑에서 사아창과 처음 만났다. 아마 기리히토야말로 사아창의 유일한 친구였으리라.

기리히토는 황급히 나무에서 내려와 말도 하지 않고 달려가기 시작했다. 오두막으로 가는 길은 일단 고개를 내려가서 산기슭을 돌아가야 했지만 기리히토에겐 그럴 여유가 없었다. 기리히토는 최단거리를 골라서 관목 숲 속으로 뛰어들었다. 발에 밟힌 나뭇가지가 튀어올라 호되게 두 눈을 때려도 기리히토는 기를 쓰고 달렸다.

옷의 어딘가가 걸려서 찍 찢어지는 소리가 났다. 한 쪽 운동화가 벗겨졌다. 어느 샌가 모자도 벗겨지고, 두 번 세 번 가파른 비탈을 미끄러지며 굴렀다.

"사아창! 사아차앙!"

기리히토의 뇌리에는 뜨거운 불길 속에서 뒹굴고 있을 사아창의 모습밖에 없었다. 나오마사는 전망 좋은 곳을 찾아 짐승처럼 달려 내려가는 기리히토의 모습을 바라보고 있었다. 오두막은 때를 만난 듯이 창문과 출입문에서 꾸역꾸역 연기를 토해 내고 있었다.

"저 자식!"

나오마사가 무의식 중에 지껄였다.

"타 죽게 될 거야!"

전율이 등골을 오싹하게 했다.

나오마사는 기리히토가 아무런 망설임 없이 곧바로 출입문으로 돌진하는 것을 보고 자기도 모르게 절규했다.

"바보!"

그리고 자신도 정신없이 비탈을 뛰어 내려갔다.

4

 나오마사가 그 곳에 도착한 동시에 악마의 혀처럼 기세 좋게 널름거리는 새빨간 불길 속에서 이불을 뒤집어 쓴 누군가가 뛰어나왔다.
 솜이 삐죽 터져 나온 이불엔 여기저기 조금씩 불이 붙어 있고, 나오마사의 곁을 지나 공지로 달려가다가 커다란 단풍나무에 정면으로 부딪히고는 땅바닥에 넘어져 움직이지 않았다. 달려가서 이불을 걷어 젖힌 나오마사는 도롱이 벌레처럼 사지를 오그리고 엎드려 있는 기리히토를 발견했다.
 "이런!"
 안아 일으킨 순간 나오마사는 흠칫 놀랐다.
 기리히토는 그 양손 안에 벌거숭이의 갓난아기를 꼭 껴안고 있었다. 나오마사의 눈에는 순간적으로 그것은 인간의 아기라기보다는 보기 흉한 짐승으로밖에 비치지 않았다. 원숭이같이 주름살투성이인 얼굴과 문어같이 빨갛고 가느다란 손발이 흐물흐물 꿈틀거리고 있는 모양은 오히려 얄밉기까지 했다.
 "이봐, 기리히토!"
 세차게 흔들어 보았지만 아무런 반응이 없었다. 실신한 얼굴이었지만 갓난아기를 구하겠다는 야무진 결의가 그대로 살아 있었다. 나오마사는 그 얼굴을 힘껏 두들기기 시작했다. 등 뒤에서 오두막이 굉음을 내며 무너져 내렸다. 불똥이 흩어져 나오마사의 머리 위에 떨어져 내렸지만 뜨겁다는 생각은 들지 않았다.

 나오마사는 기리히토의 의식을 찾게 하는 일도, 갓난아기를 떼어 내는 일도 손쉽지 않다고 생각했는지 아기를 안고 있는 기리히토를 그대로 안고 일어섰다.

 그제서야 마을 사람들이 구식 수압식 소방차를 덜컹거리며 끌고 달려왔다.

"이세다의 도련님이야!"

"어린애를 안고 계시는데……."

 놀라서 떼지어 몰려든 사람들은 기절한 소년이 갓난아기를 안고 있는 것을 보고는 모두들 어안이 벙벙해졌다.

 나오마사는 무표정한 얼굴로 아무 말 없이 발길을 떼었다.

"어떻게 된 겁니까, 도련님?"

 한 사람이 소리쳤지만 그는 대답하지 않았다. 다른 한 사람이 자기가 받아들려고 손을 내밀었지만 나오마사는 고개를 젓고는 발을 멈추지 않았다. 도로에 다다라 여전히 몇 사람이 뒤따라오는 것을 보고는 나오마사가 뒤돌아보며 나무랐다.

"구경거리가 아냐!"

 짐수레가 있는 곳으로 돌아온 나오마사는 포대상과 너구리 사이에 기리히토를 요령 있게 끼워 눕히고 수레의 손잡이를 들었다. 생전 처음으로 해 보는 노동이었다. 기리히토는 포대상과 너구리의 커다란 배에 끼워진 채 수레가 언덕길을 다 오를 때까지도 눈을 뜨지 않았다.

 탱자나무 울타리에 둘러싸여 운치 있는 정취를 자아내는 산장으로 수레를 끌어들인 나오마사는 기리히토를 들여다보았다. 그 잠든 얼굴이 즐거운 꿈이라도 꾸고 있는지 싱글거리며 웃고 있었다.

 나오마사는 우선 갓난아기를 그 손에서 떼어냈다. 이번에는 간단히 떨어졌다. 흐물흐물한 갓난아기의 부드러운 촉감은 나오마사의 등줄기에 오한을 일게 했다. 가랑이 사이가 면도날로 자른 듯이 갈라져 조그마한

서 막 **37**

분홍색 콩알이 보이는 것도 나오마사에게는 어쩐지 불쾌했다.

현관문이 열리고 다카의 얼굴이 나타나자 나오마사는 여성이라는 존재에 대해서 매우 우스꽝스러움을 느꼈다.

'이 갓난아기도 30년쯤 지나면 저런 여자가 될 것 아닌가.'

달려와서 놀란 기색을 보이는 다카에게 잠자코 갓난아기를 내밀었다.

"어, 어떻게 된 일입니까?"

"내 아이다."

나오마사가 태연하게 말했다. 왜 이런 거짓말을 하는지 자신도 몰랐다. 그렇게 말한 순간, '그렇다, 이 아이를 내 아이로 길러 주자' 하고 결심한 것은 더더욱 이해 못 할 일이었다. 그러면서도 이 작은 고깃덩이를 다시 자기 손으로 잡는다는 것이 정말 싫었다. 다카가 얼른 자기 눈에 띄지 않는 곳에 데려가 주었으면 싶었다.

"도련님."

"네가 키워 다오."

"도련님……, 도대체 어떻게 된 겁니까?"

다카는 갓 태어난 아기를 떠맡은 당혹감보다도 나오마사가 제정신이 아닐지 모른다는 불안으로 심하게 가슴이 두근거리고 있었다.

"내 아이니까 데리고 온 거야. 네가 키워 다오."

냉정하게 말하고는 팔을 뻗어 난폭한 동작으로 포대상과 너구리 사이에서 널브러져 있는 기리히토를 끌어내 걸레 조각이라도 버리듯 잔디 위에 던져 버렸다.

기리히토는 신음 대신 커다랗게 방귀를 한 방 뀌고는 눈을 떴다. 기리히토가 제정신이 든 것은 오후 9시가 지나서였다. 자기 몸이 따뜻한 이불에 살포시 싸여 있다는 것을 어렴풋이 느끼면서 박제 동물처럼 멍한 눈을 크게 뜬 채로 가만히 천장을 바라보았다. 그러고는 갑자기 불길 속에서 사아창에게 갓난아기를 받아들었던 광경이 머릿속에서 되살아나 스프링처럼 튀어 일어났다.

'사아창은 죽었어. 이불을 쓰고 갓난아기를 안고 집 밖으로 뛰어 나온 것까지는 기억이 나는데……. 그래, 아기는 어떻게 됐을까?'

머리가 마구 쑤셔대 자기가 있는 곳이 도련님의 집이라고 판단할 때까지는 2, 3분이 더 지나야 했다. 어디선가 인기척이 들려오자 기리히토는 살그머니 장지문을 열고 어두운 복도로 나갔다. 왼쪽으로 돌아서자 이야기 소리가 밝은 장지문 안에서 들려왔다.

기리히토는 나오마사가 각로에 발을 올려놓고 있고, 그 머리맡에 다카가 앉아 있는 것과, 한 아름이나 되는 검은 철제 화로 너머에 꽃무늬 이불에 싸여 있는 갓난아기를 문틈으로 보았다.

누워 있는 나오마사의 얼굴을 내려다보는 다카의 눈에는 히스테리컬한 빛이 역력했다.

"아무리 사소한 변덕이라도 때와 장소에 따라서는 돌이킬 수 없는 일이 되는 법입니다. 어째서 이런 짓을 하시는 겁니까?"

"……"

"도련님……"

"……"

"도련님!"

나오마사는 눈꺼풀에 경련이라도 일어난 듯 어렵게 눈을 떴다.

"내 아이를 내가 데려왔는데 뭐가 이상한 거야?"

기리히토가 장지문 뒤에서 눈을 크게 떴다.

'도련님의 아이라고? 정말일까?'

"저에게 어떻게 그런 거짓말을 하시는 거예요?"

"거짓말이 아니야."

"그 미친 년에게 도련님이 손을 대시다니 어떻게 그런 바보짓을 할 수 있어요?"

"그건 할 수 있었지."

"농담도 이제 그만하면 됐습니다. 도대체 이 갓난아기를 누구에게 주실 생각이세요?"
"네가 키운다."
"제정신으로 그렇게 말씀하시는 거예요?"
"물론이야."
"다카는 사양하겠습니다."
"싫다고?"
"싫습니다."
돌연 나오마사가 벌떡 일어나더니 다카의 어깨를 잡고 밀어 넘어뜨리려 했다.
"아, 안 돼요."
다카는 격렬히 저항했다.
나오마사는 다카의 표정에서 증오심을 읽어내고는 맹렬하게 완력을 휘둘렀다. 그 때 이후로 나오마사는 다카의 몸을 한 번도 원하지 않았다.
다카에게 있어서는 그것은 최대의 모욕이었다. 나오마사는 그날 밤 다시 다카와 동침했어야 했다. 그것은 도련님과 유모 관계가 아닌 남녀 관계에 섰을 때 당연히 지켜야 할 예의였다. 그러나 나오마사는 다카를 잠자리로 부르는 대신 훌쩍 밖으로 나가서 이튿날 오후에야 돌아왔다.
다카는 나오마사가 나시키와 거리의 요정에서 자고 다니는 것을 알고 있었다. 단골 기생이 있어서 이 때까지 일주일에 이틀은 자고 다녔다. 그러나 그것을 다카는 오히려 나오마사의 고독을 고치는 데 필요한 것이라고 생각했다.
그러나 그날 밤만큼은 나오마사가 그 요정에 간 것을 알았을 때 다카는 질투를 느꼈다. 뜬눈으로 밤을 세 운 끝에 다카가 얻은 결론은 앞으론 나오마사가 어떠한 요구를 한다 해도 절대로 거절하지 않는다는 단호한 결의였다.
그렇게 결심한 지 벌써 열흘이 지났다. 그러나 그 동안 한 번도 나오마사가 부르지 않자 그녀는 오히려 섭섭함과 초조함에 밤을 지새는 처지가 되었다. 그가 불러 주어야만 그 불륜한 수욕을 깨우침으로써 자기의 질투도 가라앉히고 너그러운 모성애를 되찾아 원래의 도련님과 유모의 관계로 돌아갈 수 있다고 생각했다.

처녀성을 빼앗았으면서도 모른 척하는 그가 야속했고, 참을 수 없는 모욕감마저 느꼈다. 지난 열흘 동안에 다카는 비로소 예의 범절에 얽매인 유모가 아닌 여성의 마음을 갖게 된 것이다. 다카는 이제 상냥하고 자애로운 모성을 가진 유모로 돌아가는 것이 불가능했다. 게다가 다시 한 번 나오마사의 접근을 은근히 바라며 초조해하던 그녀였다.

그러던 중 갑자기 나오마사가 덤벼들자 그녀의 본능은 기뻐 몸을 떨었다. 나오마사가 그녀의 표정에서 본 증오는 기뻐 날뛰는 본능을 숨기기 위한 가면이었다. 다카는 필사의 저항을 계속하면서 그를 비난하는 말을 큰 소리로 외쳤다. 그것이 다카 자신도 의식치 못한 교성임을 나오마사 쪽은 민감하게 느끼고 있었다.

나오마사는 다카의 양 다리를 벌린 다음 거기에 얼굴을 묻으면서, '이런 식으로 소노다 미쓰에를 억지로라도 내 것으로 만들어야 했어.'라고 마음속으로 후회하고 있었다.

그 때 화로 저편에서 갓난아기의 가냘픈 울음소리가 들렸다. 다카는 갓난아기의 존재를 깨닫자 신경질적으로 나오마사의 목을 자기 다리 사이에서 밀어냈다. 아기를 이 산장에서 보내지 않는 한 다카는 나오마사의 접근을 허용할 수가 없었다.

나오마사의 손이 다카의 허벅지 안쪽을 더듬었다.

"도련님, 약속하세요! 이 아기의 처분을 저에게 맡긴다고……. 약속하세요……. 자, 어서요……."

다카가 숨 가쁘게 다그쳤다.

"네가 키운다고 약속하면 그것으로 된 거야."

"어떻게 그럴 수가. 기가 막혀서!"

다카는 나오마사의 한 쪽 손도 떼어낼 양으로 허리를 흔들며 뒤로 물러섰다.

"어째서 키우기 싫은 거지?"

나오마사는 다카의 옷자락을 놓치지 않으려고 했다.

"도련님의 아기씨가 아니란 것을 알고 있는데 키울 필요가 어디 있을까요. 생각해 보세요. 미친 여자가 돌아다니던 불량배에게 강간당해서 낳은 아이예요. 이렇게 천한 아이가 어디 있겠어요! 도련님, 이런 아이를 맡아 키워 주는 기관이 분명히 있어요. 제가 알고 있어요. 그 곳에 그냥 넘기시는 것이 마음에 걸리시거든 몇 년 동안의 양육비를 얹어주면 되지 않겠어요? 부디……, 그렇게 하세요."

나오마사는 다카가 설득하는 동안 엉뚱한 곳을 보고 담배를 피워 물더니 문득 히죽 웃었다. 그리고 잠자코 일어서서 화로로 가더니 아기를 내려다보았다. 아기는 계속 울고 있었다.

"얘야, 너는 이 세상에서 가장 미천한 인간으로 태어난 모양이다. 그런 애는 살 가치가 없어."

이 말을 마치고 나오마사는 이불을 발로 걷어차고 모포에 싸인 작은 핏덩이를 안아 올렸다.

"가치가 없으면 차라리 개집에서 자는 게 좋겠지?"

그의 모습을 보고 있던 다카는 놀라 자빠졌다. 이 산장에서 기르고 있는 송아지만한 경비용 도사견의 험상궂은 모습이 머리에 떠올랐던 것이다. 이 아이를 그 개집에 던져 넣겠다는 말이 아닌가!

다카는 도사견이 아기의 머리부터 아작아작 씹어 먹는 광경을 상상하곤 찬 물을 뒤집어쓴 것처럼 몸을 떨었다.

"도련님. 무슨 말씀을 그렇게 하세요!"

그러고는 허둥대며 아기를 뺏으려고 일어섰다. 그와 동시에 장지문이 와락 열리며 얼굴이 온통 증오로 일그러진 기리히토가 뛰어와 나오마사의 손에서 아기를 빼앗아들었다.

"내가 기를 거야!"

소리치며 나오마사를 노려보는 기리히토의 눈빛이 이글거렸다.

"흥!"

나오마사는 기리히토의 필사적인 표정을 무덤덤하게 쳐다보고는 싸늘하게 말했다.

"그렇지, 넌 마구간에서 태어난 그리스도였지. 이 아기를 키우는 데는 최고의 적임자겠어……. 다 자라거든 네 색시로 삼는 게 어떻겠니?"

그가 입에서 나오는 대로 지껄인 이 말이 기리히토에게는 이상한 충격으로 다가왔다. 그 말이 그의 가슴 속에 선명하게 남아 훗날 문득 되새기게 된 것이다.

"네. 그럴 거예요."

기리히토는 갓난아기를 꼭 껴안고 빙그레 웃으며 고개를 끄덕였다.

"그래, 정말로 색시 삼아도 좋아!"

나오마사가 조소 섞인 웃음을 터뜨렸다. 나오마사는 계속 웃으면서 복도로 나가 침실 쪽으로 사라져 갔다. 기리히토는 아기의 주름투성이 얼굴을 지켜보며 작은 소리로 중얼거렸다.

"정말이야……. 색시로 삼아도 괜찮겠어."

5

 어머니 스사요가 앓아눕게 된 것은 그 이듬해 가을이었다. 처음에는 사흘에 한 번쯤 자리에 눕더니 바람이 차질 무렵에는 거동조차 어렵게 되었다.
 한번은 성내에서 골동품 가게 주인이 병문안이랍시고 왔었지만 문턱에 앉지도 않고 퉁명스럽게 내뱉었다.
 "왜 의사에게 보이지 않는 거야?"
 스사요는 멍한 눈길을 천장으로 향한 채 대답이 없었다.
 "기리히토를 보내. 치료비를 줄 테니까."
 그렇게 한 마디 남기고 총총히 돌아가 버렸다.
 이불 곁에서 욕창(병으로 오래 누워서 피부가 곪아 생긴 상처)에 쓰기 위해 허리 요를 만들고 있던 기리히토는 어머니의 눈에서 흐르는 한 줄기 눈물을 보았다.
 "왜 그래요, 엄마?"
 가만히 기어가서 들여다보니 스사요는 흰 가루를 뿌려 놓은 것처럼 말라서 잔금이 갈라진 입술을 떨면서 나지막하게 욕설을 퍼부었다.
 "의사가 다 뭐냐! 사람을 이 꼴로 만들어 놓고······."
 스사요는 마사키에게서 악성 매독이 전염되어 허리를 못 쓰게 된 것이었다.
 "뭘 그렇게 화를 내, 엄마?"

기리히토가 허리 요를 만들고 남은 천으로 눈물을 닦아 주려 하자 스사요는 겨우 아들의 존재를 알아차린 듯 시선을 돌리며 힘겹게 물었다.
"가엾은 것……. 너 내가 죽으면 혼자 어떻게 살아갈래?"
기리히토는 당혹해하며 눈꺼풀을 껌벅거렸다.
"어려서 혼자서는 살 수가 없을 텐데……. 걱정이구나."
"혼자서 살 수 있어!"
기리히토는 야위어 앙상한 어깨에 힘을 주며 야무지게 말했다.
"얼마든지 아무렇지도 않게 살아갈 수 있어! 돈을 왕창 벌어서 저 오성보다도 더 높은 성을 만들 거야, 두고 보세요!"
"……."
스사요는 설움이 복받치는지 목구멍 속에서 이상한 소리를 내는가 했더니 왈칵 눈물을 쏟았다. 기리히토는 눈물을 머금었으나 곧 이불 곁으로 물러나 다시 허리 요를 만들기 시작했다.
나오마사가 어슬렁거리며 찾아든 것은 그러고 나서 며칠 후 저녁 무렵이었다. 이 누추한 집에 이세다의 도련님이 나타난 것이 다시 못 볼 구경거리나 된 듯이 인근의 사람들이 순식간에 한 군데 모여 수군거렸다. 나오마사는 마루 아래에 선 채로 한동안 누워 있는 스사요의 얼굴을 바라보다가 문득 올라와서 베갯머리에 단정히 앉았다.
"이봐―."
두세 번 불러 보았으나 이제는 의식을 되돌릴 것 같지 않았다. 나오마사가 고약한 냄새에 견딜 수 없어 일어서려고 할 때 기리히토가 소식을 듣고 숨을 헐떡이며 뛰어 들어왔다.
"안 돼요, 도련님……. 이런 곳에 오시면 안 됩니다."
그러면서 곁으로 다가가서는 어찌해야 좋을지 몰라 안절부절못했다.
"살 수 없겠군, 이젠……."
나오마사가 스사요를 턱으로 가리키며 말했다.
"의사 선생님에게 보이려고도 하지 않아요."

기리히토가 어른스럽게 대답했다. 나오마사가 힐끗 기리히토를 돌아보며 물었다.

"죽으면 슬프냐?"

"그럼, 슬프지 않나요?"

"나와 약속 하나 하겠니?"

"……."

"죽더라도 울지 않겠다고."

"……."

"약속해라. 그러면 너를 중학교에 보내 주마. 가고 싶다면 대학도 보내 줄 수 있어."

기리히토는 그의 요구도 그의 약속도 납득이 되지 않았다. 어머니가 죽어도 울지 않는 것이 어째서 그런 큰 상을 받아야 하는가.

"울면 안 될까요?"

"안 돼!"

"어째서요?"

"너라면 그렇게 할 수 있을 것 같아서다. 울지 말고 참아 보렴."

"그러겠어요."

기리히토는 고개를 끄덕였다.

나오마사는 10원짜리를 7~8장 빼놓고는 방을 나섰다. 기리히토도 따라 나왔다.

그들은 해가 진 아사히 강둑을 천천히 걷고 있었다.

"나는 곧 도쿄로 간다."

"정말이오?"

깜짝 놀라서 기리히토가 나오마사 앞을 가로막으며 어둠 속에 어슴푸레 빛나는 흰 얼굴을 곰곰이 쳐다보았다.

"아마 이제 다시는 돌아오지 않을 거야."

"그럼……, 아기는 어떻게 하고요?"

사아창이 낳은 아기는 결국 다카가 기르고 있었다.

지금은 아장아장 걸어다니며 외마디 말을 할 정도로 자라났다. 나오마사는 아기에게 마리야란 예쁜 이름을 지어 주었다. 기리히토는 미래의 색시로 작정한 마리야를 만나기 위해 일요일마다 산장에 다니고 있었으나 어머니가 몸져누운 후로는 내내 가지 못했다.

"마리야는 다카가 키운다."

"도쿄에 함께 데려가 주시지 않겠어요?"

"아니, 당분간 여기에 두고 나 혼자 도쿄에 간다."

"그 아주머니가 따라가지 않으면 불편하실 텐데요."

"도쿄에서 마누라라도 얻을까?"

"그런 짓을 하면 아주머니가 화내실 텐데······."

"아는 체하지 마!"

"무슨 말씀이세요?"

"바보 자식!"

나오마사는 쓴 웃음을 지으며 강 건너 숲 위에 솟아 있는 아직 어둠에 물들지 않은 잿빛 천수각(성 가운데 중심 건물)을 쳐다보았다.

"어른이 되면 성을 만들고 싶다고 다카에게 말했다지?"

그 말을 듣자 가리히토는 온몸이 감전이라도 된 듯 팽팽한 긴장을 느꼈다.

"만들어 봐, 저것의 열 배쯤 되는 큰 성을······."

"만들어도 괜찮을까요?"

"도쿄에 천황이 사는 궁성이 있다."

"알고 있어요. 《킹》이란 잡지에서 자주 봤어요."

"그 궁성을 점령하는 거야, 그러고는 하늘을 찌를 듯한 큰 성을 만들어!"

"도련님!"

기리히토는 주위를 둘러보았다.

"그런 말 하시면 잡혀가요. 천황 폐하는 하느님 같은 분이니까…… 궁성을 뺏는 건 말도 안 돼요!"

"괜찮아, 천황은 신도 아무것도 아니야. 너와 마찬가지로 하품도 하고 똥도 싼다. 아무 쓸모없는 원숭이야. 말하지도 보지도 듣지도 못하는…… 그런 존재지."

기리히토는 일본인이라면 누구라도 함부로 입에도 담지 못할 불충한 말을 태연하게 지껄여 대는 나오마사에게서 생전 처음 온몸이 욱신욱신해지는 감동을 느꼈다.

'그런가! 그런 건가! 천황 폐하도 나처럼 하품도 하고 똥도 싸는가!'

"기리히토."

"네, 도련님?"

"네가 궁성에서 천황을 쫓아낼 만큼 훌륭해지려면 이제부터 자기가 자기 힘을 시험해 봐야 한다."

"자기가 자기 힘을 시험해 보다니요……?"

"이를테면, 네 어머니는 이삼일 내에 죽을 거야."

"……."

"그러면 아무에게도 힘을 빌리지 말고 네 힘으로 장례를 치르는 거다. 할 수 있겠나?"

"……."

"해 봐! ……네 아버지는 누구에게도 인정받지 못했었지만 도자기공으로서는 100년에 한 사람 나올까 말까 할 만큼 명인이었다. 그 아들인 네가 하려고 결심만 하면 못 할 리 없지. 해라!"

"……."

"너는 자기가 싼 똥을 핥았다. 불타오르는 집 속에서 갓난아기를 구출해 냈어. 하려고 결심만 하면 꼭 할 수 있을 거다."

"도련님, 엄마 장례를 혼자서 치러 보이겠어요!"

기리히토는 어둠 속으로 녹아들어가려는 오성을 쳐다보며 그렇게 맹세

했다.

스사요가 숨을 거둔 것은 그로부터 5일이 지난 새벽녘이었다. 그 전날 야위어 바싹 마른 피부가 갑자기 샛노랗게 변하면서 스사요는 입에서 거품을 내며 괴로워하기 시작했다.

기리히토는 처음에는 땀을 닦아 주기도 하고 등을 쓸어 주기도 하며 억지로 물을 마시게도 했다. 그러나 스사요가 굉장한 심음을 내며 뒹굴기 시작하자 당황한 나머지 어머니를 올라타고 앉아 힘껏 누르려 했다. 단말마의 비명이 뒤섞인 처참한 사력은 기리히토의 몸을 두세 번 튕겨내 버렸다. 기리히토는 그 때마다 맹렬하게 다시 어머니에게 매달려 올라탔다. 만약 다른 사람이 이 광경을 들여다보았다면 아마 졸도할 광경이었으리라.

격투가 얼마쯤 계속되었을까. 마침내 스사요의 몸이 풍선에서 바람이 빠지듯 까부라졌다. 샛노랗게 변한 눈을 유리알처럼 크게 뜨였고, 맥없이 벌려진 입에서는 침이 흘러내렸다. 죽음의 그림자가 완연히 깃들인 얼굴을 내려다보면서도 피곤에 지친 기리히토는 슬픔을 느낄 기력조차 없었다. 한동안 멍청하게 그러고 있던 기리히토는 털썩 사지를 뻗고는 진흙처럼 퍼져 잠들어 버렸다.

잠이 깨서 벌떡 일어났을 때는 어느덧 새벽녘의 싸늘한 공기가 몇 줄기 화살처럼 문틈으로 스며들고 있었다.

"엄마!"

기리히토는 스사요의 이마에 손을 대 보고는 흠칫 손을 거두었다. 얼음처럼 싸늘했다.

그날 아침. 기리히토가 가장 먼저 한 행동은 장의사에게 달려가는 일이었다.

"관을 하나 주세요."

가장 싼 것이 2원 30전이었다. 그것을 실은 수레를 털컥거리며 끌고 오는 기리히토를 본 사람들은 얼굴색이 변하며 호들갑을 떨었다.

"어,. 어찌된 거냐?"

"엄마가 죽었으니까 장례를 지내야지요."

"뭐, 뭐라고! 너 미쳤니! 어머니가 죽었으면 사람들에게 알려야 하잖아?"

"나 혼자서도 장례를 치를 수 있어요. 상관 말아 주세요."

"바보 같은 소리 작작 해라!"

 마을 사람들로서는 스사요의 죽음을 모른 척했다는 것이 세상 사람들에게 알려지면 어떤 비난을 받을까 하는 염려도 있었고, 태평 무사한 시절이니만큼 혼사나 장례는 크게 환영해야 할 즐거운 행사였던 것이다.

 그렇게 하여 기리히토의 주장은 완전히 거부당하고 열 명 남짓한 마을 사람들이 모여들어 시신을 씻기고 향을 피우고 염불을 하기도 했다. 기리히토는 장례 깃발이나 조화를 만들거나 하며 왁자지껄 의논하는 모습을 구석에서 지켜보았다.

 그러나 기리히토는 결코 그들에게 굴복한 것이 아니었다. 내심으로는 '두고 보자!' 하고 야무진 마음을 먹고 있었다. 일행들이 이 좁고 너저분한 오두막에서 밤샘하는 예의까지는 차리지 않고 10시가 지나서 돌아간 것이 기리히토에게는 오히려 다행한 일이었다.

 장례는 다음날 오후 한 시로 정해졌다. 기리히토는 물론 그 때까지 기다릴 생각이 없었다. 해가 돋기 전에, 아직 마을 사람들이 잠에 빠져 있는 틈을 타서 기리히토는 유해를 담은 관을 짐수레에 싣고 새끼줄로 동여매고는 슬슬 끌고 나갔다.

 이 지방의 풍습에 따라 장례를 치를 생각이었다. 어린 몸으로 구덩이를 파는 것은 엄청난 중노동일 것이다. 그러나 그것은 기리히토에게 조금도 부담스럽지 않았다. 아니, 도리어 용기를 불러일으키고 있었다.

 '엄마, 기다려 주세요. 깊은 구덩이에 편안히 묻어 드릴게요.'

 짐수레 위에서 덜컹거리는 관에 시선을 떼지 않은 채 기리히토는 되도록이면 남의 눈에 띄지 않는 길을 골랐다. 관은 기리히토가 날이 새기 전에 부근에 있는 신사에 들어가서 슬그머니 집어 온 깃발로 덮여 있었다.

아침 햇살이 비치기 시작하고, 연병장이 가까운 거리로 걸어 나왔을 때였다. 뒤쪽에서 큰 소리로 고함치면서 달려오는 사람이 있었다.

"이놈아, 통행 금지도 모르나!"

그 소리가 자기에게 호통치는 것임을 비로소 알아차리자 기리히토는 수레를 멈추고 얼굴을 돌렸다.

순경이었다. 순경이란 도둑놈보다 더 무서운 존재여서 기리히토는 온몸이 싸늘해졌다.

순경은 무서운 기세로 뛰어오더니 내뜸 손을 치켜들었다.

"이녀석! 뭘 하고 있는 거냐?"

느닷없이 기리히토의 머리를 쥐어박고는 한결 목청을 높여 말했다.

"보란 말이다! 어젯밤에 길을 깨끗하게 청소해 놓았는데 네 멋대로 수레바퀴 자국을 내놓고, 뭐야 이건?"

신경질적으로 관을 덮은 깃발을 걷어 젖혔다. 순간, 순경은 아연해졌다.

"이, 이건 관이 아니냐?"

"그래요!"

"그래요가 뭐야! 안에 뭣이 들었나?"

"엄마요."

"엄마?"

순경은 눈을 크게 뜨고 당황하며 물었다.

"엄마 장례식을 너 혼자서 하고 있단 말이냐?"

"그래요!"

기리히토는 머리를 끄덕였다.

사람이 좋고 소심한 순경은 감동된 빛을 얼굴에 띠었지만 그것도 잠깐, 효도심 따위에 감동하고 있을 수 없는 자기의 중대한 임무를 생각했는지 다시 엄숙한 표정을 지었다.

"잘 들어. 오늘은 말이야……, 오늘은 이 오카야마에 오신 아사다노미야 전하(황족)께서 연병장으로 오시게 돼 있어. 이런 부정한 것을 지나게 한 걸 알면 난 목이 달아나고 너는 큰 벌을 받게 된단 말이야……. 자 빨리 이쪽으로 옮겨라."

재촉받은 기리히토는 정신없이 짐수레를 끌었다. 공교롭게도 이 길의 좌우는 널따란 밭이어서 관을 숨길 만한 적당한 장소를 찾을 수 없었다. 순경은 당황하고 초조한 기색을 감추지 못하고 기리히토만 나무랐다. 기리히토의 가슴 속에서 서서히 반항심이 솟았다.

'도련님이 말씀하셨지, 천황 폐하도 하품도 하고 똥도 산다고……. 그렇다면 아사다노미야 전하는 천항 폐하보다도 아래니까 무턱대고 무서워할 필요가 없어.'

"순경 아저씨!"

기리히토가 불렀다.

"너무 그러지 마세요. 자꾸 그러니까 좋은 생각이 떠오르질 않는다고요."

6

순경과 기리히토가 땀을 뻘뻘 흘려 가며 장의 수레를 끌어넣은 곳은 논 한가운데 쌓인 짚더미 그늘이었다. 그 곳에는 뚜껑도 없는 분뇨 구덩이가 파져 있었다.

"알겠지? 여기서 움직이면 안 돼!"
순경은 숨이 가쁜지 어깨에 힘을 주어 들썩거리면서 명령했다.
"여긴 구린내가 나서 견딜 수 없는데요."
기리히토는 콧등과 눈썹을 함께 찌푸렸다.
"배부른 소리 하고 있네. 황족 어른이 통과하시는 거야, 황족 어른이."
순경은 급히 도로 쪽으로 달려갔다.
기리히토의 시선이 관을 향했다.
"엄마, 잠시만 참으세요, 운이 나빴으니까……. 그렇지만 엄마는 코에도 솜을 막고 있으니까 똥 냄새는 나지 않지?"
짚더미 뒤에서 목을 빼고 보니 대빗자루로 길을 쓸고 있는 순경의 모습이 보였다. 기리히토는 그 우스꽝스러운 모습을 보고 순경이란 존재에 대한 두려움이 서서히 잊혀져 가고 있었다. 아사다노미야가 이쪽 길을 통과하기까지는 그로부터 2시간이나 지나서였다.
기리히토는 잡초 속에 쪼그리고 앉아서 양 무릎을 끌어안고 있다가 꾸벅꾸벅 졸기 시작했다.

어느 틈에 기리히토는 어른이 되어 있었다. 콧수염을 기르고 멋진 지팡이를 들고 있었다. 가슴을 펴고 자신 넘치는 걸음으로 가도를 활보하는 기리히토, 순경이 전봇대처럼 서서 부동자세를 취하고 길가에 서 있었다. 기리히토는 순경 앞에 멈추어 서서 거드름을 피우며 물었다.
"나와 아사다노미야 전하 중 누가 더 높으냐?"
순경의 콧등에 땀이 송글송글 맺혔다.
"선생님이 더 높습니다."
"정말 내가 높아?"
"예, 높습니다!"
기리히토는 만족해서 발길을 돌렸다. 그 순간 뒤쪽에서 터지는 고함소리가 있었다.
"이놈아! 통행 금지도 모르느냐? 멍청한 자식! 그 지팡이 든 콧수염 난 작자를 당장 데려가 버려!"
누군가 그렇게 꾸짖고 있었다. 기리히토는 당황한 순경에게 느닷없이 팔을 잡혀 논바닥으로 끌려 내려갈 뻔했다. 기리히토는 분연히 자기가 아사다노미야보다 높다고 외쳐댔지만 헛일이었다.
'나보다 높은 놈이 오는 건가? 천황 폐하일까?'
억울하다고 생각하는 참에 잠이 깼다. 길거리에는 사람들의 왕래가 부쩍 늘어 있었다.
기리히토는 얼마 동안 멍하니 눈길을 허공에 보낸 채 가만히 있었다. 이윽고 말발굽 소리와 군화 소리가 가까워지고 있었다. 그 소리에 뒤섞여 날카로운 호령 소리가 들려왔다. 기리히토는 부르르 진저리를 쳤다. 짚더미에 찰싹 달라붙어 살그머니 목을 뺀 기리히토가 맨 처음 본 것은 말 위에서 여유 있는 모습으로 가슴을 젖힌 사나이의 가슴팍에서 번쩍번쩍 빛나는 훈장이었다. 생전 처음 고귀한 사람을 바라보는 흥분이 모세혈관을 통해 온몸 구석구석까지 퍼져 짜릿하게 느껴졌다. 기리히토는 그때만큼은 설설 기는 한 마리의 땅강아지일 수밖에 없었다.

정원의 남쪽 나무 그늘이 장지문에 선명하게 비쳐들었다. 창문 틈을 비집고 새어들어온 투명한 햇빛이 장식 대 위에 있는 수반의 물을 반사시켜 천장의 한 모퉁이에 앙증스러운 물무늬를 만들고 있었다.

조금 전에서야 잠이 깬 나오마사는 그것을 무심히 쳐다보고 있었다. 벌써 점심때가 지났으리라. 조금 시끄럽다 싶은 참새들의 지저귐 외에는 산장 안은 밝은 고요함을 유지하고 있었다.

'누가 온 것 같았는데 꿈이었나?'

사람이 방문한 적이라곤 없는 산장이었기에 나오마사는 꿈이었다고 생각했다. 하지만 꿈은 아니었다. 다카는 나오마사가 눈을 떴다는 것을 거의 본능에 가까운 예감으로 감지해 내고 있었다. 그녀는 복도를 지나 장지문을 쓱 열었다.

"아사다노미야님이 아까 도착하셨습니다."

"……?"

아사다노미야가 오카야마에 와서 이세다의 본 저택을 숙소로 정했다는 것은 어제 들은 터였다. 그런데 어째서 이 산장까지 찾았는지 얼른 감이 오질 않았다. 아사다노미야와는 황족과 귀족들로 구성된 '앵국회'의 살롱에서 몇 번 만났을 뿐 서로 얘기도 없는 사이였다. 그렇지만 아사다노미야 비는 바로 나오마사의 누님이었다.

연병장에서 열병식을 마치고 곧바로 이 산장으로 찾아온 것이 틀림없었다. 나오마사는 자리에서 일어났다. 다카가 다가와서 옷을 갈아입는 시중을 들었다. 나오마사는 허리띠를 감으면서 잠옷을 개고 있는 다카의 목덜미를 내려다보았다. 엷고 윤기가 없는 살결에 40대 여자의 외로운 그늘이 엿보였다.

어젯밤도 다카를 이 잠자리에서 안았다. 하지만 어젯밤만큼은 다카 스스로 찾아들었다. 그것은 싱겁고 사무적인 행위였다.

'내가 이 곳을 떠날 때까지 매일 밤 계속되겠지.'

나오마사는 그런 생각에 따분해하면서 복도로 나갔다.
"저……, 그분은 지금 목욕 중십니다만……."
그 말투에서 나오마사는 자기가 안방으로 들어가는 것을 막고 싶어한다고 직감했다.
'그런가!'
나오마사는 아사다노미야가 이 산장을 방문한 이유를 비로소 눈치챘다.
"호색한 녀석 같으니라고!"
나오마사는 등 뒤에서 다카의 시선을 느끼면서 복도를 지나 방으로 들어갔다. 망설임 없이 장지문을 열어젖히자 예측한 대로 그 곳에 한 어린 처녀가 잔뜩 웅크린 채 앉아 있었다. 이불은 벌써 펼쳐져 있었다.
"이봐!"
그가 부르자 처녀는 목덜미를 벌에 쏘인 듯이 흠칫 움츠리며 겁에 질린 눈으로 쳐다보았다. 처음부터 제물용으로 태어나서 자란 듯 개성이 없고 인형처럼 핏기 없는 얼굴이었다.
"누구의 명령인가?"
나오마사가 물었다. 처녀는 머리를 숙인 채 말이 없었다.
"누가 이 곳으로 보내던가?"
거듭 다그치자 처녀는 작은 목소리로 지사(知事)로부터 명령받았다고 대답했다.
"부모는 허락하던가?"
"네."
"네 아버지는 뭘 하시는 분이냐?"
"특무상사십니다."
"영광이라고 하던가?"
"……."
처녀는 얼굴을 들었다. 애원하는 빛이 역력했다.

"너는 여기 와서야 비로소 어떤 일을 해야 하는지 알아차렸겠지?"
"네."
"어째서 달아나지 않는 거냐?"
"……."
"달아나면 아버지가 파면이라도 될까 봐 두려웠나?"
"……."

처녀는 옷소매로 얼굴을 감싸고 훌쩍이기 시작했다. 나오마사는 그 목덜미를 내려다보았다. 다카의 그것과는 하늘과 땅 차이였다. 설익은 복숭아처럼 발그레하고 아름다웠다.

나오마사가 말했다.

"돌아가. 뒤는 내가 책임지겠다."

나오마사가 거실에 돌아와서 식사를 한 지 겨우 10분 정도 되었을까, 복도에서 쿵쿵거리며 무절제한 발소리가 다가왔다.

장지문이 홱 열렸다. 눈썹과 눈썹 사이가 바보처럼 벌어지고 이마의 면적이 한심하게 좁은 얼굴이 불쑥 나타났다.

"여자는 어떻게 했지?"

나오마사가 그 곳에 앉아 있는 것도 아랑곳하지 않고 다카에게 다급하게 물었다. 다카는 당황하여 다다미에 양손을 짚고 엎드렸다.

"여자를 어떻게 했는지 묻고 있잖아?"

아사다노미야는 물어뜯을 듯이 고함쳤다. 나오마사는 빙그레 웃었다.

"내가 보냈습니다."

"뭐라고, 보냈어?"

아사다노미야는 분을 못 이겨 얼굴을 실룩거리더니 방금 일어나 하품하고 난 얼굴처럼 멍한 표정으로 그의 이름을 불렀다.

"나오마사!"

달리 할 말을 찾았으나 그것도 뜻대로 안 되는지 뛰어들어 밥상을 걷어차 버렸다. 그만한 행동으로 잔뜩 주눅이 들어 있는 육군 대위를 냉정하게 쳐다보며 나오마사는 말했다.
"전하는 그렇게도 여자에 굶주리신 겁니까?"
"뭐야?"
"꼭 그 처녀가 아니라도 되지 않습니까?"
"그럼 어, 어디 대신할 게 있단 말인가?"
"여기 있잖습니까."

나오마사는 다카를 가리켰다. 애당초 그럴 심산은 아니었으나 순간적으로 생각난 것이었다.

"나를 키워 준 유모입니다. 서른아홉 살입니다만 틀림없이 처녀이지요. 서른아홉 살의 처녀란 이 부근에 그리 흔하지 않습니다."

"도련님!"

다카는 비명을 질렀다. 나오마사는 무섭게 다카를 노려보았다.

"영광이 아니냐, 다카? 전하의 품에 안기는 거다. 감격해야 된단 말이야!"

아사다노미야는 나오마사와 다카를 번갈아 보더니 다카에게 다가섰다.

"조, 좋아! 맛보아 주마. 이리 와!"

거칠게 소리치며 다카의 손을 움켜잡았다.

다카는 뭐라고 형용할 수 없는 표정을 지으며 나오마사를 바라보다가 갑자기 증오에 찬 눈길을 한 번 남기고 일어섰다.

혼자 남은 나오마사는 맥이 빠진 것처럼 그 곳에서 움직이지 않았다. 그리고는 잊었던 것이 생각난 사람처럼 나오마사는 벌떡 일어섰다.

'이제 도쿄로 가자.'

준비하는 데 5분도 걸리지 않았다.

복도로 나와서 현관으로 가려다 생각을 바꾸어 발길을 돌렸다. 정원으로 내려가서 사잇문을 빠져나가 발소리를 죽여서 안마당을 돌아갔다. 안방은 독립된 건물로서 초가인 다실과 같은 구조이며, 북쪽에 나지막하게 문이 나 있었다. 나오마사는 그 앞으로 살그머니 다가가서 문살 틈을 손가락으로 살짝 한 치쯤 뚫었다.

나오마사는 거기서 증오에 몸부림치는 다카를 보았다. 다카는 허리띠도 풀지 않고 아사다노미야를 태우고 있었는데, 그 양다리를 공중으로 높이 들어올려서 사나이의 허리를 끼고 있었다. 틀림없이 나오마사가 들여다보는 것을 의식하고 그런 포즈를 취하고 있는 것이리라.

나오마사는 소형 트렁크를 하나 들고 고개를 오르고 있었다. 그 곳에 진을 치고 있던 순경들이 나오마사를 보자 일제히 긴장된 자세를 잡았다. 그 앞을 지나치면서 나오마사는 소리 내어 웃고 싶었다.

얼마쯤 내려가고 있는데 갑자기 소나무 숲을 헤치며 깡충 뛰어나오는 사람이 있었다. 기리히토였다.

"도련님 댁에 가려다가 몹시 꾸중만 들었어요."

여느 때와는 다른 말투였다. 나오마사는 잠자코 걷고 있었다.

"저는 말예요, 엄마 장례식을 혼자서 해냈거든요."

"……."

"도련님!"

기리히토는 비로소 나오마사가 가방을 들고 있다는 것을 알고 눈을 깜빡거렸다.

"정말 도쿄에 가시는 거예요?"

"그래!"

기리히토는 풀이 죽었다. 대화는 더 이상 이어지지 않은 채 후작의 장남과 마구간에서 태어난 소년은 말없이 어깨를 나란히 하고 언덕길을 내려갔다.

히가시야마 전차 길에 이르렀을 때 기리히토가 돌연 입을 열었다.

"도련님, 중학교에 안 가도 좋으니 도쿄에 데려가 주시지 않을래요?"

"도쿄에는 따라가서 뭘 하려고?"

"일이오. 정말 열심히 일 할게요……."

"무슨 일을 할 건데?"

"도쿄에는 일자리가 얼마든지 있을 것 아녜요?"
"그야 없지는 않겠지."
나오마사와 기리히토는 함께 전차에 탔다. 근처에 있는 산요 여학교 학생들이 네다섯 명 타더니 나오마사를 보자 한결같이 도쿄어린 눈빛으로 소곤소곤 귓속말을 주고받았다.
그녀들이 도중에 한 사람도 내리지 않는 것은 아마도 나오마사 때문인 것 같았다. 종점이 가까워졌을 때 용기를 냈는지 그 중 한 명이 나오마사 곁으로 오더니 마치 그 몸에서 무슨 고귀한 냄새라도 나는 듯이 눈을 감고 코를 씰룩거리고 있었다.
나오마사가 갑자기 뒤돌아보며 말했다.
"나는 지금 도쿄에 가려는데 어때, 나하고 도망가지 않을래?"
여학생은 눈을 크게 뜨고 바보처럼 입을 벌렸다. 다음 순간 환희의 기성을 발하며 친구들 쪽으로 쪼르르 뛰어갔다. 곧이어 맑고 비릿한 교성들이 소용돌이쳤다. 아마 그녀들은 30년 후까지도 이 일을 잊지 않고 남에게 자랑스럽게 얘기할 것임에 틀림없다.
오카야마 역 구내에 들어섰을 때 비로소 나오마사는 기리히토에게 말했다.
"오늘 너를 데려가서는 안 될 일이다. 나중에 오려무나."
"나중이라면 언제 말예요?"
나오마사는 대답이 없었다. 그는 도쿄행 열차가 없었기 때문에 오사카행 준급행을 탔다. 2등차 한구석에 자리를 잡고 홈 쪽에 어두운 눈길을 보내며 사념에 잠겼다.
'이젠 두 번 다시 이 곳에 돌아오지 않겠어.'
그 때 갑자기 작은 손이 뻗치더니 유리창을 두드렸다. 나오마사는 창문을 열고 미간을 찌푸렸다.
"뭐야?"
입장권을 사 주지도 않았는데 어느 새 기리히토가 진지한 표정으로 서 있는 것이었다.

"언재쯤 도쿄에 가면 좋겠어요?"

"내년이야. 벚꽃이 필 때쯤 찾아오너라."

나오마사는 무책임하게 대답했다.

"도련님 댁은 아주머니께 물으면 가르쳐 주시겠지요?"

"가르쳐 줄 거야!"

"갈 거예요. 틀림없어요! 남자는 도쿄에 가지 않으면 출세하지 못하거든요. 《킹》이라는 잡지에서도 그랬어요!"

나오마사는 씁쓰레 웃었다. 열차가 움직이기 시작했다. 기리히토는 창문에 붙어서 걸었다. 열차가 달리기 시작하자 기리히토도 달렸다. 열차가 홈을 떠나자 기리히토는 목청껏 뭔지 모를 소리를 외쳐댔다.

하늘의 소리

어가리히토는 자신의 신분을 상승시킬 수 있는 배움의 기회를 얻었지만 그에게는 학업에 소질이 없었다. 그러나 그는 지혜와 불굴의 정신, 모든 기회를 놓치지 않고 이용하는 결단력과 실행력으로 정직하게 자신이 걸어야 할 험난한 고난의 길을 선택한다.

한울안

1

오카야마 현의 수재가 걷는 코스는 오카야마 제일중학교에서 제6고등학교, 그리고 도쿄제국대학이었다. 따라서 현 이하 초등학교에서는 제일중학교에 몇 명이 합격하느냐가 큰 문제였다.

초등학교에서는 6학년이 되면 제일중학교 지망생만을 따로 모아 수험 준비를 시키는 고약한 특전을 베풀기도 했다. 그러나 어느덧 다른 학생들이나 학부형들에게도 당연한 것으로 받아들여졌다. 자연히 제일중학교 지망생은 그 지역의 권력가나 유지의 자제로 국한되어 갔다. 자본주의 사회의 봉건적 출세주의가 오카야마 현에서 나름대로의 질서를 형성시키고 있었다.

기리히토가 6학년이 되었을 때도 예외는 아니어서 이미 제일중학교를 지망한 학생은 세 명으로 정해져 교실에서는 모습을 감추고 별실에서 공부하고 있었다. 현 의원과 대지주와 벽돌공장 주인의 아들들로 우수한 학생이었다. 새 학기가 되자 담임선생은 학생들을 차례로 불러서 진학 희망 학교를 물었다.

현립 상업학교가 네 명, 사범학교가 여섯 명, 공업학교가 한 명, 나머지는 모두 고등과에 진학할 학생들이었다.

교사는 학생들이 어느 길을 선택해도 노력 여하에 따라서 대성할 수 있다는 전형적인 훈시를 하고 교단에서 내려가려 했다.

"선생님!"

그 순간 손을 든 사람이 있었다. 기리히토였다. 사실은 담임이 진학 대상에서 제외한 네 명의 학생이 있었는데, 기리히토도 그 중 한 사람이었다.

일어선 기리히토가 눈꺼풀을 껌벅이며 말했다.

"저, 제일중학교에 시험을 쳐보고 싶은데 안 될까요?"

순간 교실 안에선 왁자지껄 폭소의 소용돌이가 일었다. 담임선생은 쓴 표정을 지으며 기리히토를 빤히 쳐다보다가 교실이 잠잠해지자 입을 열었다.

"2학기의 네 성적을 말해 봐라."

기리히토는 잠깐 눈을 감고 생각하더니 줄줄이 말하기 시작했다.

"산수, 국어, 역사, 공민……."

학생들은 기리히토가 한 과목 한 과목 말할 때마다 웃음을 터뜨렸다.

"좋아, 그러니까 네가 '수'를 받은 과목은 체조밖에 없구나."

"네."

기리히토는 머리를 끄덕였다.

"요시와, 기시와, 이케다는 전부 '수'이다."

그 세 명은 제일중학의 수험반에 편성되어 있었다.

"알고 있어요."

"전부 '수'라 해도 모두 다 제일중학에 합격한다고는 할 수 없다."

"……."

"그런데 전부 '우'인 네가 합격할 수 있다고 생각하나?"

"안 될까요, 선생님?"

"안 되지!"

교사는 안타까운 듯 쌀쌀맞게 잘라 말했다.

"그렇지만 선생님……."

기리히토는 물러서지 않았다. 크게 뜬 눈망울이 번쩍거렸다.

"제가 만약 제일중학에 들어간다면 재미있겠죠?"

"멍청아!"

담임이 마침내 울화통을 터뜨렸다.

"모두 갑인 세 사람도 작년 4월부터 매일 밤 11시까지 공부하고 있다! 그만큼 노력해도 아직 안심할 수 없단 말이다. 넌 그 동안 뭘 하고 있었지? 아사히 강둑에서 똥을 싸거나 낮잠을 자거나 하고 있을 뿐이었잖아. 첫째 너 같은······."

거기까지 말하다 말고 담임은 입을 다물고 말았다. '첫째 너 같은 가난한 고아 따위가' 하고 말할 참이었다.

기리히토는 선생이 뭐라고 나무라든지 번뜩이는 눈빛을 지우지 않았다.

"선생님, 저는 꼭 칠 거예요. 역시 중학에 간다면 제일중학이 좋으니까요."

그는 단호하게 자기 주장을 굽히지 않았다.

"멋대로 하렴!"

담임은 잠자코 교실을 나가 버렸다.

"저, 제일중학에 들어가고 싶으니까 잘 부탁합니다."

기리히토가 다다미에 양손을 짚고 머리를 조아렸을 때 이세다 나오마사의 유모 다카는 동급생들처럼 웃지도 않았고, 담임선생처럼 화를 내지도 않았다. 기리히토가 중학에 가고 싶은 의사가 있으면 가정교사를 붙여 주라고 나오마사로부터 명령받았던 것이다.

"네 성적은 어떻지?"

"전부 '우'에요."

"'우'! 그럼 어렵겠구나. 관서중학으로 가려무나."

현립 중학을 떨어진 학생들이 들어가는 사립인 관서중학이 오카야마시에 있었던 것이다.

"싫어요. 저는 제일중학에 들어가지 않으면 안 돼요."

"왜?"

"마리야는 미치광이가 낳은 아이라도 지금은 도련님의 양녀잖아요. 그

신랑이 될 저인데, 제일중학에서 제6고등학교를 거쳐서 도쿄제국대학에 가지 않으면 안 되잖아요."
"그야 머리만 좋다면 어느 곳이건 마음대로 들어갈 수 있지. 그러나……, 네 성적을 보면 몇 번 시험을 치러봐야 떨어질 것이 뻔해요."
"아주머니께서 제일중학의 교장선생님에게 부탁해 주시지 않겠어요?"
"아니 뭐라고?"
다카는 멍하게 기리히토를 바라보았다. 기리히토는 아무렇지도 않은 표정으로 말을 이었다.
"제일중학은 성 안에 있으니까……, 영주님이 땅을 빌려 주고 계시니까 웬만한 부탁쯤 교장선생님이 그러니까……, 들어 주시지 않을까 생각하는데요."
틀림없이 제일중학은 명문답게 오성의 성곽 안에 있었다. 그러나 특별히 이세다 후작이 토지를 빌려 주고 있는 것은 아니었다. 성문 쪽 일부를 제외하고는 오성은 국유화되어 토지는 현의 소유였다.
"기리히토군!"
다카는 정색을 하며 말투를 고쳤다.
"제일중학은 현립이다. 부정 입학이 될 리가 없어. 소학생 주제에 그런 무서운 생각을 하다니 당치도 않구나. 제일중학에 들어가고 싶으면 공부를 해. 두 번 떨어져도 세 번 미끄러져도 상관없어요."
"아주머니, 저는 말이에요, 제일중학에 수재나 부잣집 아이들만 들어가는 게 재미없다고 생각해요. 나 같은 고아에다 가난뱅이가 들어가면 깜짝 놀랄 게 아니에요? 언젠가 아주머니께 말씀드렸죠? 나는 오성보다도 큰 성을 지으려고 생각하고 있거든요. 도련님은 궁성을 빼앗아 하늘을 찌를 듯한 놈을 만들라고 말씀하셨지만 그런 큰일을 하려면 제일중학쯤은 문제 없이 들어가 보지 않고선……."
기리히토는 방글방글 웃어보였다. 이 때 다카의 가슴 속에 미묘한 마음의 변화가 일고 있었다. 다카도 소녀 시절부터 천애 고아의 몸이었다.

지금 키우고 있는 마리야도 천애 고아다. 그리고 이 소년도……, 단 혼자서 고라쿠엥 뒤편 오두막에서 살고 있는 이 아이도.

세 사람이 모두 이세다 나오마사라는 무뢰한 귀공자에게 기생충과 같은 조재라는 점에서도 공통적이다. 나오마사는 이들을 책임져야 할 의무가 있다. 이들은 적어도 이세다 가의 장남이라는 가치를 이용할 권리가 있었다.

'도련님의 힘으로 기리히토를 입학시켜 주자.'

이것은 다카의 나오마사에 대한 복수의 표현이기도 했다. 다카는 그날 도쿄에 있는 나오마사에게 장문의 편지를 띄웠다. 나오마사에게서 회답이 온 것은 그로부터 1개월쯤 지난 어느 날이었다. 제일중학의 입학 시험은 목전에 다가와 있었다.

나오마사의 회답은 제일중학 교감 가쿠라이 어머니에게 보내는 명령서였다.

'도다 기리히토를 제일중학교에 입학시킬 것.'

가쿠라이 어머니는 이세다가의 관리인 동생이었다. 그가 히로시마의 고등사범학교를 졸업할 수 있었던 것도, 제일중학교에 봉직할 수 있었던 것도, 집을 지을 수 있었던 것도, 결혼한 것도 모두가 이세다 가의 덕분이었다. 그의 부인은 도쿄의 이세다 저택의 시녀로 있었던 여자인데, 그는 완전히 부인에게 눌려 지내는 형편이었다.

다카는 가쿠라이 집을 찾아가서 부부의 면전에 나오마사의 서명이 있는 명령서를 내놓았다. 가쿠라이 어머니의 명령서를 슬쩍 보더니 순식간에 쓰디쓴 표정을 지으며 고개를 저었다.

"이런 무리한 부탁은 아무리 도련님이라도 받아들일 수는 없는 일이오."

그러자 옆에 있던 부인이 얼른 손을 내밀어 명령서를 빼앗아들었다.

"도련님은 어리실 적부터 글씨 솜씨가 좋으셨지만 정말 훌륭한 필적이군요."

우선 그렇게 감탄해 보이고는 상냥한 목소리로 남편에게 말하는 것이었다.

"당신의 힘으로 안 될 리는 없으시겠죠. 다른 일도 아닌 도련님의 부탁이신데."

"그, 그렇지만."

"여보, 도련님은 지금까지 단 한 번도 우리들에게 부탁하신 일이 없잖아요? 도련님께 부탁을 받다니 이보다 영광스러운 일이 또 있겠어요? 부디 넣어 드리세요."

다카는 만족스러운 미소를 지으며 일어섰다.

교감으로부터 다카에게 시험 문제가 건네진 것은 입학 시험을 치르기 이틀 전 일이었다.

교감은 이 때문에 한밤중에 금고 열쇠를 훔쳐서 교장실에 숨어들어가 절도범 같은 아슬아슬한 연기를 연출하지 않으면 안 되었다.

시험 결과가 발표되었다. 수재 세 사람 중 둘이 합격하고 마치 떨어진 한 사람 대신이기라도 한 것처럼 도다 기리히토가 합격자 명단에 끼어 있었다.

일대 사건이었다. 사람들은 기리히토를 한동안 기묘한 동물이기라도 되는 듯 바라보았다. 기리히토의 태도는 이전과 조금도 다름없었다.

다카는 제일중학에 들어간 것을 기회로 기리히토에게 산장으로 옮기도록 권유했지만 기리히토는 거절했다.

'무슨 일이든 자기 혼자의 힘으로 해 낸다'는 어느 새 기리히토 인생의 좌우명으로 그의 가슴 속에 자리 잡고 있었다.

혼자서 입학 준비를 하고, 혼자서 입학식에 참석한 소년은 정말 보기 드문 일이었다. 그 때부터 기리히토가 맹렬히 공부해서 여태까지 잠들었던 능력을 순식간에 발휘하여 1, 2등의 성적을 보였다면 이 고을의 새로운 본보기로 지사 표창 정도는 받았을지 모른다.

그것을 가쿠라이 교감도 충심으로 갈망하고 있었다. 자기가 저지른 절도죄를 자기 대신 기리히토가 보상해 준다는 의미에서라도 그렇게 되어야만 했다. 그러나 유감스럽게도 기리히토는 학업에 전념하기에는 공부하는 습관이 몸에 배어 있지 않았다. 기억력이 좋지 않다는 것은 초등학교 1학년 때 이미 여실히 나타났고, 스스로도 그걸 느끼고 있었다.

기억력의 열등을 보충하기 위해서는 공부하는 것밖에 다른 수가 없었지만 그 습관이 몸에 배지 않아 아무래도 제일중학에서는 문제아로 전락할 수밖에 없었다.

기리히토의 낙제 사실이 결정된 것은 2학기가 채 끝나기 전이었다. 애가 탔던 가쿠라이 교감은 기리히토를 집으로 불렀다.

"너는 2학년에도 못 올라가게 됐어. 어쩔 테냐?"

그러나 기리히토는 별로 기죽은 기색이 아니었다.

"선생님, 저는 말예요. 집에 들어가서 공부하려고 책을 펴기만 하면 이상하게 졸음이 와요."

"그렇게 공부하기 싫은 주제에 뭣 때문에 제일중학에 들어온 것이냐?"

가쿠라이 교감은 책상 위의 문진으로 기리히토의 두개골을 산산조각 내 죽이고 싶은 충동을 느꼈다.

"제일중학에 들어오면 공부할 수 있다고 생각했는데……."

기리히토는 아무래도 이상해서 견딜 수 없다는 듯이 고개를 갸우뚱했다.

"멍청이 같은 놈! 그런데도 너는 과외 선생까지 붙여 주시는 도련님에게 죄송하다는 생각이 들지도 않느냐?"

"저도 그렇게 생각하지요. 그래도 자꾸만 졸린 걸 어떻게 해요?"

"어떻게 하냐고? ……너 이놈!"

가쿠라이 교감은 분을 못 이겨 전신을 부들부들 떨었다. 안방에서 기요모토(가야금과 같은 악기의 음악) 연습을 하고 있는 마누라의 서투른 곡조가 들려왔다. 가쿠라이 교감은 이렇게 화가 열화같이 치미는 원인을 만들어 놓고는 모른 척하고 있는 마누라가 얄미워 견딜 수 없었다.

'저 여편네, 개구리 같은 목청을 너무 뽑아 내가 심장마비라도 일으켜 덜컥 죽어 버린다면 시원해하겠지.'

"어쨌든 너는 몇 년이 걸려도 2학년은 될 수 없어! 내가 다카님께 얘기할 테니 각오하고 있거라."

"선생님."

"뭐냐?"

"전 정말로 머리가 나쁜 걸까요?"

"나빠? 나쁜 정도가 아니야! 네 머릿속은 똥보다도 못 해. 온 학교가 너를 수치스럽게 생각하고 있어. 조금은 자기 성적이 부끄럽다고 생각해 봐라, 부끄럽다고 말이야. 알아듣겠나? 자기 머리가 나쁘다고 생각한다면 남보다 열 배, 스무 배 공부해야 할 게 아닌가. 그래야만 겨우 꼴찌로라도 진급할 수 있어……. 책을 펴면 졸리다니, 나한테 어떻게 그런 뻔뻔스런 소리를 할 수 있니? 기가 막혀 말도 안 나온다."

쫓겨난 기리히토는 그 길로 신장으로 향했다. 다카는 볼 일로 외출하고 70이 지난 고용 할머니가 마리야를 상대로 놀고 있었다. 기리히토는 방글방글 웃으면서 마리야의 무심한 몸짓을 보고 있다가 문득 생각이 났는지 물었다.

"할머니. 마리야가 크면 미인이 될까요?"

"미인이 되면 어울리지 않을 텐데……."

"왜 안 어울리지요?"

"그야 네가 못생겼으니 여자도 못생긴 아이가 어울리겠지."

"거짓말 마! 난 못생기지 않았어요. 전에 선인 같은 스님이 내 얼굴을 보고 좋은 상이라고 칭찬해 주셨다고요."

그 말을 듣자 할머니는 누런 이를 내보이며 히죽 웃었다.

"남자들은 사팔뜨기건 들창코건 머리와 수완만 좋으면 어떤 미인이라도 얻을 수 있으니까 훌륭해지거나 하거라……."

그렇게 말하며 마리야를 안아 올렸다.

"자, 말해 주려무나. 훌륭한 사람이 되지 않으면 색시가 되지 않겠다고 말이야."

마리야는 기리히토를 보며 그 말을 귀엽게 복창했다. 기리히토는 수줍어하며 머리를 긁적거렸다. 다카가 돌아오자 기리히토는 학교를 중퇴하고 상경하고 싶다고 말했다.

2

1934년 4월 1일. 기리히토는 급(笈 : 옛날부터 쓰던 여행용 대나무 상자) 대신 아버지가 남기고 간 자루를 메고 고향을 떠났다.

그 출발은 징조가 매우 좋았다. 기리히토는 오전 11시발 도쿄행 급행 2등차를 탄 것이다. 사실은 이세다 가 본저의 시녀가 도쿄에 있는 저택으로 가기 위해 사놓은 표였지만 갑자기 일이 생겨서 1개월쯤 연기된 것이었다. 마침 그 자리에 있던 다카가 문득 생각이 나서 이 차표를 얻어온 것이었다.

언젠가는 기리히토를 상경시켜서 나오마사에게 떠맡기지 않으면 안 된다고 생각하고 있던 참이었기에 그 차표를 망설임 없이 얻은 것이다. 말하자면 못 쓰게 된 차표 한 장으로 기리히토의 출발은 돌연히 결정된 것이었다.

기리히토는 이미 퇴학당한 제일중학의 모자를 쓴 채 2등차에 올랐다. 제일중학의 모자는 대학모와 같이 각진 것이었다. 영양 부족 때문인지 남보다 몸집이 작아 고작 초등학교 5학년 정도로밖에 보이지 않는 아이가 어울리지 않게 각모를 쓰고 좀이 생긴 자루를 메고 2등차로 기웃기웃 거리며 들어서자 승객들은 그가 진기한 동물이라도 되는 듯 쳐다보았다.

히메지를 지났을 무렵이었다. 차장이 의례적인 검표를 하고 있었다. 기리히토 차례가 되었다. 기리히토는 서둘러 윗도리 단추를 끄르고 목에서 끈을 달아 늘어뜨린 부적 주머니 같은 곳에서 차표를 꺼냈다. 전혀 문제가 없는 차표였지만 차장은 곧 가려고 하지 않았다.

"어째서 자네가 2등 차표를 갖게 됐지?"

차장은 수상쩍은 듯이 기리히토를 내려다보았다.

"차표를 얻었거든요."

"얻었어? 정말인가?"

"정말이에요"

"누구에게서?"

"이세다 후작 저택의 시녀님에게요."

"이세다 후작?"

차장은 점점 수상쩍다는 눈빛을 보였다.

"자네, 이세다 후작과는 어떤 관계인가?"

이 때 맞은편 좌석에서 신문으로 얼굴을 덮은 채 그것을 풍선처럼 부풀렸다 오므렸다 하며 자고 있던 손님이 느닷없이 홱 신문을 젖히며 날카롭게 내뱉었다.

"이봐, 차장!"

"네?"

차장이 흠칫 놀라며 그쪽을 보았다.

서른 살 정도 돼 보이는, 머리는 빡빡 깎고 눈썹이 짙으며, 콧날과 광대뼈가 툭 튀어나온 다부진 사내였다. 신사라고는 할 수 없지만 입고 있는 양복은 꽤 고급인 듯싶었다.

"차장은 순경 역할도 하는 거요?"

"네? 아뇨. 그게 아니라 어린이라면 학생 할인도 있으니까 3등칸 쪽으로……."

"학생 할인이 있든 없든 아이가 2등차를 타는 것을 금한다는 법률이라도 있느냐 말이오?"

하늘의 소리 **75**

"아니, 그렇지는 않습니다만."

"그렇다면 이러쿵저러쿵 쓸데없는 일 묻지 말라고. 애가 학습원(귀족의 자녀가 다니는 학교)의 제복을 입고 귀공자 같은 상판을 하고 있으면 검표 따위는 하지 않겠지……. 이 녀석이 40년 후에 교통부 장관이 되면 어쩔 테요? 절대로 될 수 없다고 누가 단언할 수 있겠나? 당장 사과해!"

"……."

"사과하란 말이야!"

사내의 쩌렁쩌렁한 고함 소리에 승객들은 약속이라도 한 듯 일제히 고개를 돌렸다. 기리히토는 차장이 딱하다는 생각이 들었는지 사내에게 눈길을 보냈다.

"괜찮아요. 사과 안 해도……. 정말로 얻은 표라는 걸 알아주시면요" 라고 말했다.

"멍텅구리! 지렁이도 밟으면 꿈틀한다는 말도 모르냐! 화가 날 때는 화를 내. 그게 사나이다."

사나이는 기리히토를 나무랐다. 차장은 기리히토에게 사과하고는 허둥지둥 달아났다.

"썩 유쾌하지 않아요."

기리히토가 말했다.

"어째서 유쾌하지 않나? 너는 모욕을 당한 거야."

"그렇지만……. 그 차장은 직무에 충실했을 뿐이에요."

"음. 그런 점도 있겠지."

사나이는 솔직히 인정하고 나서 부드럽게 말했다.

"나는 미타무라 소우키치라고 한다. 지금 5년 만에 만주에서 돌아오는 길이다. 네 이름은 뭐냐?"

"도다 기리히토."

"그리스도! 네가 말이냐?"

미타무라 소우키치는 화통하게 웃어젖혔다. 기리히토가 발끈하여 노려보았다.
"그럼 네가 마구간에서라도 태어났단 말이냐?"
"그래요. 정말로 마구간에서 태어났단 말예요."
"허, 그것 참 새밌군. 어른이 되면 새로운 종교라도 창시할 생각이냐?"
"종교 같은 건 세우지 않아도 성을 세우고 싶어요."
"성? 음! 마음에 들었다."
미타무라 소우키치는 기리히토의 오른손을 아프도록 잡아 흔들었다.
"그 기백, 대단히 좋아. 만주에 가지 않겠니?"
"도쿄에 가는 길이에요."
"도쿄에 가서 뭘 할래?"
"아직 정한 건 없어요. 그러나 성을 세우려면 엄청나게 돈이 들 테니까 일해서 돈을 벌어야지요."
"학교는 어찌됐어?"
"낙제해서 그만두었어요."
"더욱 좋다. 내가 이제부터 참모가 되어 주마."
"아저씨는 만주에서 뭘 해요?"
"마적!"
말을 뱉고는 미타무라 소우키치는 크게 재채기를 했다.
"덕택에 만주에서 늘어난 것은 적들뿐이지. 여기저기서 욕설을 들으니까 재채기만 나는구나."
"아니에요 재채기가 나는 건 아저씨 콧구멍이 크기 때문이에요."
"알아. 그런데 코가 큰 건 그것도 크다는 증거란 말이다."
"그게 뭔데요?"
"사타구니에 있는 대포 말이야. 나는 하룻밤에 열 발을 쏜다."
열차가 교토역 홈에 미끄러져 들어가자 미타무라 소우키치는 느릿느릿 일어나서 그물 선반 위에서 보스턴백을 내렸다.
"이봐, 내리자."

"저는 도쿄에 가는데요……."

"교토에서 만주의 더러움을 털어 버리는 거다. 아울러 너의 양양한 전도도 축하해 주마. 함께 가자."

그것은 반론을 허용치 않는 명령이었다. 기리히토는 마지못해 자루를 메고 홈으로 내려섰다. 소우키치는 역전 광장에 나오자 택시를 불렀다. 그러고는 차에 올라 용안사로 가자고 주문했다.

"절에서 주무시려고요?"

기리히토가 눈을 크게 뜨며 물었다.

"아니, 정원을 보는 거야. 정원을……."

소우키치는 그렇게 대꾸하고 눈을 감았다. 교토 거리의 찌든 모습을 보고 싶지 않다는 듯이.

차에서 내리자 소우키치와 기리히토는 큰 소나무에 둘러싸인 조용한 돌층계를 올라갔다. 널찍한 편관에 들어서면서 소우키치가 큰 소리로 안내를 찾자 얼마 안 있어 보기에도 속물 냄새가 나는 스님이 나와서 사무적으로 관람료를 받아 넣었다.

높고 널따란 마루에 이르자 소우키치는 털썩 다리를 꼬고 앉았다.

기리히토는 그 옆에 어깨를 움츠리고 서서 멍청히 앞에 보이는 흰 모래와 여러 개의 돌로 꾸며진 정원을 바라보았다.

"너도 앉아라."

재촉을 받고 앉은 기리히토는 저편에도 다리를 꼬고 꼼짝 않고 앉아서 돌 정원을 응시하고 있는 청년이 있는 것을 발견했다.

"아저씨."

"뭐냐?"

"이 정원을 보고 있으면 어떻게 되는 건데요?"

"머릿속이 맑아지지, 지금부터 30분 동안 입을 떼지 마라."

기리히토도 하는 수 없이 정원을 바라보았다. 하얀 모래 위에 왠지 정갈하게 느껴지는 빗자루 자국, 기묘한 형태의 돌들, 그뿐이었다. 아무리 바라보아도 아무런 감흥도 일지 않았다.

"모르겠군."

작은 소리로 중얼대자 소우키치가 장중한 말투로 말했다.

"아랫배에 힘을 주고 가슴을 펴."

기리히토는 시키는 대로 했다. 순간, 엉덩이 깊은 곳에서 높다란 소리가 나왔다. 기리히토는 눈을 질끈 감고 목을 한껏 움츠렸다.

"아이구, 구린내야!"

소우키치가 소리쳤다. 기리히토는 얼굴을 새빨갛게 물들이면서 어찌할 바를 몰랐다.

"용서해 주세요. 참으려고 했는데 그만……."

"괜찮다, 괜찮아! 나도 늘 이 정원 한가운데서 똥을 누고 싶어지니까……. 자, 가자."

거리의 불빛이 봄날 저녁 안개 속에 번질 무렵, 소우키치가 기리히토를 데리고 간 곳은 미야가와 정에 있는 어느 뒷골목이 여염집이었다.

"아니, 미타무라씨 아녜요!"

발 씻을 물을 들고 온 중년의 하녀가 반가움이 배인 소리를 질렀다. 소우키치는 빙그레 웃으며 여유 있게 말을 받았다.

"나를 배반하더니 그 벌로 아직도 포주 냄비에 던져진 고깃덩어리 노릇인가?"

"그 입은 여전히 거칠군요……. 내내 만주에 계셨나요?"

"너도 함께 갔으면 마적에게 붙잡혀 징기즈칸 신세가 됐을 게다. 누가 봐도 구미가 당기는 포동포동하고 매끈한 살을 가졌으니까."

"고마우신 말씀!"

하녀는 기리히토를 힐끔거리고 물었다.

"만주에서 데려온 아드님이세요?"

"허허허, 엉뚱하긴. 잘 보라고. 이스라엘에서 모셔온 신의 아들, 일본 민족의 죄를 속량하기 위해 천주님이 보내주신 구세주니까. 소홀히 대접하면 벌을 받을 거야."
"정말 대단한 일이군요."
"이봐, 여자를 불러."
"네, 미타무라 씨의 기호는 잊지 않고 있죠."
"두 사람이야."
"두 사람?"
"사나이가 두 명이니 당연하잖나."
"말 같지 않은 소리 하지도 마세요."
"정말이야. 신은 오늘밤 동정을 버리는 거다."
"아직 초등학생이잖아요?"
기리히토가 항의했다.
"보라고, 고추는 작아도 맵지. 열다섯 살에 동정을 버리는 게 결코 이른 것이 아니라니까."
"그건 만주에서나 하는 얘기죠."
"내가 동정을 버린 것은 제3고등학교 3학년 때였어. 이렇게 좋은 일을 왜 더 빨리 버리지 않았던가 하고 후회했었지……. 두 사람 불러, 두 사람."
하녀는 하는 수 없이 승낙하고 물러갔다.
"동정을 버리다니 그게 뭐예요?"
기리히토가 물었다.
"저런, 아주 캄캄이로군. 그럼 아직 이것도 모르겠네?"
소우키치는 한 손으로 뭘 잡고 있는 시늉을 했다.
"아, 자위 말이군요."
기리히토는 얼굴을 붉혔다. 불량기 있는 상급생한테 이야기를 들은 적이 있었다.
"이 운동은 비로소 여체를 빌려서 행하는 일이다. 동정을 버리는 제사지."

"나, 나……."

기리히토는 당황했다.

"침착해! 빨라도 안 되고 늦어도 안 된다. 인류 최고의 목적이니까."

술상이 나오고 20분쯤 지나자 기생 둘이 나타났다. 서른대여섯 살은 족히 됐을 여자와 아직 스물도 안 돼 보이는 여자였다.

"이봐, 이봐! 난 중년으로 기호를 바꾼 기억이 없는데?"

소우키치는 서슴없이 하녀를 향해 말했다.

그러자 중년 기생이 방글거리며 변죽 좋게 맞받았다.

"난 이쪽 도련님 상대니까 안심하세요."

"뭐라고?"

소우키치는 어이없어 하며 기리히토와 중년 기생을 번갈아 보았다.

"미타무라 씨."

하녀가 말했다.

"귀여운 도련님이니 부드럽게 대접해야 하지 않겠어요? 그래서 언니한테 특별히 부탁을 드렸죠."

"야!"

소우키치는 한 손으로 머리를 긁적거리며 기리히토를 불렀다.

"어때, 신의 아들. 괜찮겠어?"

"……."

기리히토는 어찌할 바를 몰랐다. 갑자기 가슴이 두근거리고 입 안이 말라 왔다.

중년 기생과 함께 잠자리를 펴 놓은 별실에 들어간 기리히토는 붕 뜬 기분이었다.

"옷을 갈아입으세요."

중년 기생은 재빨리 기리히토의 옷을 벗기고 유카다를 입혔다. 손도 발도 유카다에 휘감긴 몰골에 기생은 웃음을 참느라 죽을 힘을 다 했다.

기리히토는 잠자리에 누웠다. 그러고는 눈을 감아 버렸다.

기생은 일단 나갔다가 조금 지나 들어오더니 옷을 벗는 모양이었다. 살짝 샛눈을 뜬 기리히토는 속옷만 걸친 그녀의 모습에 갑자기 가슴이 뜨거워지면서 무섭게 방망이질 치기 시작했다.

"자, 자요."

기생의 커다란 몸뚱이가 기리히토 곁으로 파고들었다.

"그리스도 씨. 나를 말이에요, 어머니라고 생각해요."

그렇게 속삭이며 가슴을 열어젖혔다. 희고 탐스러운 가슴이었다.

"한 손으로 이쪽을 만지작거리며 이쪽을 빨아요. 그러면 차츰 기분이 좋아지거든요."

그녀는 양손을 돌려서 기리히토의 작은 체구를 쉽사리 끌어당겼다.

3

　기리히토는 이게 꿈이라고 생각하면서 꿈을 꾸고 있었다.
　수많은 병사들이 행진하고 있다. 무수한 구두와 피어오르는 먼지만이 보였다. 저벅저벅 대지를 울리는 소리가 머릿속에서 윙윙거렸다.
　그 순간, 멀리서 울리는 굉음이 들렸다.
　'지진이다!'
　그렇게 직감했다. 병사들이 너무 힘주어 걸었기 때문에 지진이 일어난 것이다.
　'달아나야 돼!'
　기리히토는 벌떡 일어났다. 순간 잠이 깼다. 정말로 이불을 젖히고 일어나 있었다.
　우르릉 우르릉……. 지진 소리는 아직도 들려왔다. 한 손으로 머리를 쥐어박고 난 후에야 기리히토는 그 지진 소리가 옆에서 잠자고 있는 중년 기생의 코 고는 소리였음을 알았다.
　요를 절반 넘게 차지하고 저쪽으로 돌아누워서 기분 좋은 듯이 코를 골고 있었다. 기리히토는 커다란 엉덩이에 닿아 있는 한 쪽 손을 살그머니 거둬들였다.
　일어나도 되는 건지 아직 누워 있어야 하는 건지 알 수가 없었다. 미타무라 소우키치가 말한 '인류 최고 목적'인 어젯밤의 동정 포기 제사는 기리히토에게는 그다지 즐거운 행위는 아니었다. 아직까지 자위도 체험해 보지 못한 기리히토에게는 그것과 비교해 볼 수는 없었지만 자기가 생각해 봐도 싱거워서 맥이 빠지는 일이었다. 뿐만 아니라 기리히토에게 부지런히 유아적 행위를 되풀이시켜 놓고 기분 좋아 하던 중년 기생은 기리히토의 방사가 빠르자 자기도 모르게 기리히토의 뺨을 후려쳤던 것이다.

그 노여움의 원인을 납득할 수 없었던 기리히토는 뺨을 얻어맞으면서도 자기를 놓아 주지 않으려는 상대의 심중을 이해할 수 없어 크게 망설였던 것이다.

이윽고 중년 기생은 기리히토를 놓아 주고는 한결 가라앉은 음성으로 입을 열었다.

"때려서 미안해요."

사과의 표현인지 그녀는 뺨에다 쪽 소리가 나도록 요란하게 입을 맞추고는 휙 돌아눕자 단번에 코를 골기 시작했었다.

'어젯밤부터 내내 코를 골았을까?'

하릴없이 그런 생각을 하면서 기리히토는 판자 덧문의 옹이구멍 사이로 새빨간 아침 햇살이 불화살처럼 날아들고 있는 것을 바라보았다.

"끄 —— 음."

중년 기생이 코고는 것을 그치고 빙글 돌아눕자 기리히토도 급히 누웠다. 한 쪽 손이 포동포동하고 따뜻한 허벅지에 닿았다. 순간, 그 촉감이 기리히토의 전신에 전율처럼 퍼지면서 긴장감이 느껴졌다. 비로소 남자의 욕망이 무엇인가를 느끼고 있었다.

그렇다. 어젯밤의 다리 사이의 변화는 기리히토 자신의 의사와 무관하게 일어났지만 지금 불쑥 막대기처럼 크고 단단해지는 것은 욕망을 의식함으로써 이루어진 것이다.

기리히토는 갑자기 한 사람 몫의 남자가 된 것 같은 느낌이 들었다. 기리히토는 넓적다리에 닿은 다섯 손가락을 슬금슬금 쓸어내렸다. 그러자 중년 기생은 귀찮은 듯이 또 빙글 돌아누워 버렸다.

기리히토는 순간 굴욕감이 치밀었다. 그리고 미타무라 소우키치가 한 말이 생각났다.

"지렁이도 밟으면 꿈틀한다는 말도 모르냐! 화가 날 때는 화를 내. 그게 사나이다."

'좋아, 화를 내겠어.'

기리히토는 느닷없이 중년 기생의 어깨를 잡아 세차게 흔들었다.

"뭐예요?"

색정도 요염함도 없는 졸음이 덕지덕지 묻어나는 목소리로 중년 기생이 물었다. 기리히토는 잠깐 망설이다가 서슴없이 말했다.

"한 번 더 해요."

중년 기생은 고개만 돌리고는 눈살을 찌푸리며 기리히토를 쳐다보았다.

"도련님같이 아직 젊은 사람은 아침에는 몸에 해로워요……."

"난 아무렇지 않아요. 괜찮다고."

"떼쓰지 말고 자. 한잠 더 자요……. 어 추워! 올해는 벚꽃이 열흘은 늦게 필 거야."

중년 기생은 이불을 귓전까지 끌어당겼다.

기리히토가 객실로 들어가자 미타무라 소우키치는 벌써 하녀를 상대로 술을 마시고 있었다.

"어이, 제사는 어땠나?"

기리히토는 그 말에는 대답하지 않고 물었다.

"나 같은 아이는 아침에 하는 게 해로워요?"

그 말에 하녀가 참지 못해 웃었다.

"그 여자가 그렇게 말하던가?"

"그래요."

소우키치는 하녀를 노려보았다.

"서비스가 영 형편없군, 오기요!"

"그게 아니고요, 미타무라 씨……."

기리히토로서는 무슨 소린지 알 수 없는 추잡한 소리로 오기요가 재빨리 지껄였다.

"그래, 그것도 그렇지."

소우키치는 고개를 끄덕이더니 기리히토를 쳐다보았다.

"기리히토, 네가 자진해서 아침에 하자고 그랬나?"

"그래요."

"그 기개 한번 좋다. 장래가 믿음직해……. 자, 제사는 끝났다. 슬슬 출발해 볼까. 도쿄가 우리들을 기다리고 있다."

소우키치와 기리히토는 오후 6시에 도쿄에 도착하는 급행 열차를 탔다. 두 사람이 자리 잡은 좌석에는 품위 있는 부인과 기리히토보다 좀 어린 듯한 소녀가 앉아 있었다. 소녀는 기리히토를 들뜨게 할 만큼 예뻤다. 서점 진열장에서 본 소녀 잡지의 표지 모델보다 더 예뻤다.

소우키치가 앉자마자 말을 걸었다.

"예쁜 아가씨군요, 부인. 이런 아름다운 따님이 있으니 일본에서 가장 행복한 어머니라고 할 만하군요."

하고 말했다.

"황송합니다."

부인은 아무래도 신사라고는 할 수 없는, 어쩐지 기분 나쁜 상대지만 칭찬에는 기분이 좋았던지 웃는 얼굴을 보였다.

소녀는 꽤 활달한 표정으로 소우키치를 한번 보더니 다시 기리히토를 힐끔 쳐다보고는 새침하게 창문 쪽으로 얼굴을 돌려 버렸다.

소우키치는 부인에게 다시 말을 걸려다 말고 자리에서 일어섰다.

"그렇지, 이런 아름다운 아가씨에게는 선물을 해야지."

그렇게 말하며 그물 선반에서 보스턴백을 내려서 속을 부시럭거리며 뒤적이더니 작은 가죽 상자를 끄집어냈다.

"어떻습니까?"

소우키치는 뚜껑을 열어 부인 앞에 내밀었다.
그것은 엄지 손가락만한 비취였다. 부인의 눈이 휘둥그래졌다.
"당치도 않습니다. 알지도 못하는 분에게서……."
"소매만 스쳐도 인연이라 하지 않습니까?"
"아니에요! 이런 값비싼 물건을……. 부디 농담하지 마시고 도로 거두어 주세요."
기리히토는 보석을 바라보는 소녀의 눈빛이 반짝이는 것을 놓치지 않았다.
'갖고 싶은 모양이군.'
기리히토는 갑자기 소우키치의 작은 상자를 받아 소녀에게 내밀었다.
"받으세요."
"……."
소녀는 기리히토를 쳐다보다가 그 시선을 비취에 떨구었다.
기리히토는 그녀의 무릎에 작은 상자를 얹어 주었다.
소녀가 살그머니 그것을 잡으려 하자 부인이 다급히 말했다.
"돌려 드려야 해요!"
그러나 소녀는 세차게 고개를 저으며 양손으로 작은 상자를 가슴에 꼭 안았다.
"싫어!"
"구미코! 그, 그건 몇 백 원이나 하는 비싼 물건이에요."
"아닙니다, 부인. 공짜예요, 공짜!"
소우키치가 말했다.
"네에? 공짜?"
"그래요. 전 만주에서 마적 노릇을 했었지요. 만주의 마적과 결전을 치러 훌륭히 개가를 올리기도 했고요. 이건 말하자면 전리품입니다."
그는 도저히 믿을 수 없는 말을 주위의 시선도 아랑곳하지 않고 큰 소리로 내뱉고는 짐짓 호탕하게 웃었다.

"그럼, 목숨을 걸고 입수한 물건이 아닙니까. 그런 물건이라면 더욱 받을 수가 없군요."

"목숨 걸고 입수한 물건이니까 이렇게 아름다운 아가씨에게 드리는 겁니다. 이것이 남자의 기개라는 것입니다."

소우키치의 달변에 부인도 어쩔 수 없었는지 입을 다물었다. 일단 받아들이기로 마음먹자 갑자기 경계심을 풀어 버리는 것 같았다. 열차가 나고야를 통과할 즈음에는 부인은 소우키치를 마치 믿음직한 친척 청년이나 되는 것처럼 여기며 친근한 태도를 보였다.

부인은 도쿄제국대학의 문학부 교수며, 괴테 연구의 제 일인자로 꼽히는 유명한 고우다 나오타로 박사의 부인이었다. 그러나 불행하게도 박사는 지난 달 협심증을 일으켜 세상을 떠난 것이다. 부인과 그 아이는 고향인 힐시마에 박사의 유해를 안치하고 귀향 중이었다.

소우키치는 문학이라면 질색이라 박사의 명성을 들은 바 없었지만 남편을 잃은 여성을 위로하는 방법은 누구보다도 잘 알고 있었다.

기리히토는 어떻게 해서라도 소녀와 한 마디라도 좋으니 이야기를 나누고 싶었는데, 소녀는 갖고 싶은 것을 얻자 창문 쪽만 바라보며 이쪽에는 관심도 없는 듯했다.

고우다 모녀는 시나가와에서 내렸다. 부인은 내리면서 소우키치에게 꼭 놀러 오도록 권했다. 그리고 나서 소녀에게도 인사말을 건네도록 재촉했으나, 소녀는 기사에게서 선물받은 공주처럼 거만한 태도로 가볍게 머리를 숙였을 뿐이었다. 그러나 그 모습이 조금도 미워 보이지 않았던 것은 미녀인 데다가 천성적으로 갖춘 기품 때문이었을까.

"흠, 정말 장래가 무서운 아가씨로군."

소우키치가 감탄하여 고개를 저었다.

"아저씨, 아저씨."

"뭐야?"

"그 보석이 정말 몇 백 원이나 하는 건가요?"

"진짜 보석이라면 그렇겠지."
"뭐라고요?"
"그건 가짜야. 고작 일 원쯤 할까?"
소우키치가 시원스레 대답했다.
기리히토는 기가 막혀 너무도 뻔뻔하게 거짓말을 해대는 그를 말똥말똥 쳐다보고 있었다.
"엉터리군요……."
기리히토가 어이없어 하자, 소우키치가 대답했다.
"바보 같은 소리 작작해. 나는 그 비취가 얼마라고는 정확히 얘기하지 않았어."
"그렇지만 생각해 보세요……."
기리히토는 아무래도 석연치 않았다. 소우키치는 오히려 나무라면서, 일장 연설을 늘어놓았다.
"알겠나, 그리스도? 진짜와 가짜는 누가 정하나? 이건 진짜 하고 본인이 믿으면 그게 진짜인 거야. 인생이란 것도 그래. 이 인물은 훌륭해 하고 보면 정말 훌륭해 보이는 거야. 훌륭해 보이는 편에서도 어느 새 훌륭해져 있고……. 연극 배우를 봐라. 어릴 때부터 근사한 무대에만 섰던 배우는 나중에 일류 배우가 되고 명성을 얻게 된다. 반면에 아무리 재능이 있어도 지방 공연 따위나 하고 손바닥만한 가설 무대에서 썩는다면 그것으로 끝이지……. 모름지기 인간은 근사한 꿈을 일으키게 해야 하는 거야. 알겠나?"
"알겠어요."
대답은 했지만 기리히토로서는 알 듯 모를 듯 매우 모호한 기분이었다.
소우키치가 새삼스럽게 물었다.
"그건 그렇고, 아직 너의 행선지도 묻질 않았구나."
"난 이세다 후작의 도련님 댁에 가요."
"도련님이란 어떤 사내냐?"

"나도 잘은 모르지만 좋은 분이라고 생각해요."
"몇 살쯤 됐지?"
소우키치는 세세하게 물었다.
"아직 대학생이에요."
"그래 너를 어째서 불렀지?"
"내가 도쿄에 가고 싶다고 했거든요."
"그 샌님이 너를 이세다 집안의 서생(書生)으로 삼고 싶은 게로군……. 그만 둬. 서생 따위가 되면 내가 불알을 까 버릴 꺼야. 알아듣겠어? 숭배하는 인물을 따르는 건 좋다. 그렇지만 모름지기 남자라면 먹기 위해 부하가 되는 건 좋지 않아. 절대로 안 돼!"
이 말은 기리히토도 납득할 수 있었다. 제일중학의 교감은 이세다가의 졸개였기 때문에 하는 수 없이 자기를 부정 입학시켜야 하지 않았던가.
"도련님은 나를 서생으로 삼지는 않을 거예요."
"그걸 어떻게 알아? 아무리 후작의 장남이라도 학생 신분으로 너를 먹여 살릴 수는 없을 텐데."
"도련님에게 부탁해서 어디든지 일할 곳을 찾아 달라고 할 참이에요."
그렇게 말하면서 기리히토는 눈을 크게 뜨고 네온사인이 반짝이기 시작한 밤의 대도시 광경을 바라보았다.
도쿄!
'여기가 도쿄다. 천황 폐하의 성이 있는 도쿄다.'
기리히토의 심장이, 위가, 온몸이 흥분으로 부풀고 있었다.
소우키치도 거리를 바라볼 뿐 잠시 동안 말이 없었다.
도쿄! 사람을 끌어당기는 이상한 마력이 있는 도시…….

열차는 느릿느릿 플랫폼으로 미끄러져 들어갔다.
"그 샌님이 살고 있는 곳은 어디냐?"
"히가시 나카노란 곳이에요."

"8번 홈으로 가면 되겠구나. 거기서 나가는 전차를 타면 될 거야."
소우키치는 홈에 내려서서 기리히토와 마주섰다.
"그 집이 재미없거든 우리 집으로 찾아와라."
"그럴게요."
"그럼 헤어지자고."
 소우키치는 재빨리 돌아서서 인파를 헤치며 큰 걸음으로 멀어져 갔다.
 기리히토는 하나같이 빠른 걸음으로 흩어져 버리는 무표정한 사람들을 보며 아찔하고 허전함에 얼마 동안 망연자실했다. 지금 헤어진 소우키치와 나오마사 이외에는 단 한 사람의 친지도 없다는 외로움과 수많은 군중들의 부산한 움직임에 압도되어 버린 것이다.
 겨우 자루를 둘러멘 기리히토는 지나가는 사람에게 8번 홈을 물어 지하도로 향하는 계단을 내려가려 했다. 그 때 바쁘게 뛰어 내려오던 한 사나이가 기리히토의 자루와 세게 부딪쳤다. 그 때문에 기리히토는 계단에서 굴러 떨어지고 말았다.

4

　　전차는 아침저녁 러시아워를 제외하고는 언제나 거의 텅 빈 채로 다녔다. 기리히토가 다치가와 행을 탔을 때는 러시아워를 피한 시간이었고, 으레 기리히토는 문 앞에 기대서서 차례대로 정차하는 역 이름을 열심히 읽어나갔다. 자동문이 워낙 빨리 여닫혀서 히가시 나카노에 도착했을 때 어물쩍거리다가는 순식간에 출입문이 닫혀 내리지 못할까 봐 불안했던 것이다.

　　역을 하나 둘 지나면서 승객수는 차츰 늘어났다. 그러나 신주쿠 역에 도착하자 한 사람도 남김없이 일제히 우르르 몰려 나갔다. 기리히토는 갑자기 혼자 남게 된다는 불안감에 그만 허둥지둥 자루를 메고 전차에서 내렸다.

　　마침 역원이 바로 앞에 서 있는 것을 보고 그에게 물었다.

　　"히가시 나카노에 가려면 어느 전차를 타야 돼나요?"

　　역원은 턱으로 기리히토가 내린 전차를 가리켰다.

　　'역시 그냥 타고 있을 걸 그랬어'

　　기리히토가 다시 올라타기 위해 전차 쪽으로 몸을 돌렸다. 간신히 발을 들여놓았으나 어깨에 맨 자루가 미처 전차 안으로 들어오기도 전에 문이 닫혔다. 깜짝 놀란 기리히토가 큰 소리로 외쳐댔지만 이미 출발한 전차 문이 열릴 리 없었다. 기리히토는 자루를 필사적으로 붙잡으면서도 승객들의 경멸 섞인 시선이 등에 푹푹 박히는 것을 느꼈다.

오쿠보역에 도착해서 문이 열리자 기리히토는 살았다는 안도감으로 잽싸게 자루를 끌어들였다. 그러나 그 안도감도 잠깐이었다. 그 다음 역이야말로 히가시 나카노 역이었는데, 기리히토는 멍청하게 역명을 읽는 것을 잊고 있었다.

기리히토의 곁을 지나 내리던 어떤 기모노 차림의 젊은 여성이 얼굴을 돌리며 말했다.

"이봐요, 여기서 내려야 돼요."

"나는 히가시 나카노에 가는데요."

"여기가 하가시 나카노예요."

그 말이 끝나기가 무섭게 기리히토는 호들갑스럽게 뛰어나갔다. 그 여성과 어깨를 나란히 하며 역을 빠져나오던 기리히토가 물었다.

"어떻게 내가 히가시 나카노에 내린다는 걸 아셨지요?"

'시골뜨기인 내 얼굴만 보고도 행선지까지 알다니 도쿄의 여성은 굉장한 센스가 있구나.'

아무리 생각해도 신기한 일이었다. 처음 보는 여자는 귀찮은 듯이 심드렁하게 말했다.

"댁이 신주쿠 역에서 히가시 나카노에 가려면 어느 전차를 타야 되느냐고 물었잖아요."

어이없이 의문이 풀려 버린 기리히토는 행선지를 묻고 있는 낯모를 자기에게 관심을 가져 준 이 여성에게 문득 친근감이 느껴졌다.

"그럼, 한 가지만 더 묻겠는데요. 시로야마정 25번지로 가고 싶은데, 어떻게 가야 하지요?"

그러자 여자는 눈빛을 반짝이며 호기심을 역력히 드러냈다.

"집주인은 누군데?"

"이세다 나오마사라는 사람이에요."

기리히토가 대답하자 여자는 멈추어 서서 뚫어지게 쳐다보더니 말없이 계단을 올라갔다. 여자는 개찰구를 빠져나가서도 뒤돌아보지 않고 그냥 걸어가고 있었다.
"아주머니. 시로야마정 25번지를 아시는 것 같은데, 어떻게 가는지 좀 가르쳐 주세요."
큰길에 나와서 다시 한 번 물었다.
"나를 따라오면 돼요."
여자는 뒤돌아보지도 않고 계속 걸으면서 대답했다.
"데려다 준단 말예요?"
"데려가 주는 게 아니라 나를 따라오면 그 집으로 갈 수 있다는 거예요."
보기만 해도 화가 치미는 듯 여자의 말투는 쌀쌀맞았다.
'이런 걸 보고 틀림없이 히스테리라고 하는 걸 거야.'
기리히토는 그렇게 단정을 지었다.
주택가의 완만한 언덕길을 내려가 지저분한 상점 거리를 지나서 또다시 조용한 구역으로 들어섰다. 그리고 여자가 멈춘 곳은 대단한 규모는 아니지만 보기만 해도 새로운 양식의 양옥으로 히말라야 삼나무에 둘러싸인 집 문 앞이었다. 정원에는 전등이 켜져 있어 무척 아름다웠다.
기리히토는 석조 기둥에 '이세다 가'라고 적혀 있는 문패를 보았다. 기리히토가 인사를 하려는데, 여자는 웬일인지 거침없이 안으로 들어가려 했다.
"이제 됐어요. 고맙습니다."
계속 말을 이으려다 말고 기리히토는 뭔가 감이 온 듯 고개를 끄덕거렸다. 이 여자도 나오마사를 찾아온 것이었다.
여자가 현관의 벨을 눌렀다. 안에서는 아무 인기척도 없었다.
"이봐요, 당신."
여자는 턱으로 밤의 불빛 속에 드러나 보이는 대나무에 얽힌 장미꽃 아치를 가리키며 명령조로 말했다.
"저 쪽으로 돌아가서 문을 열어요."

"그런 도둑 같은 짓은 못 해요. 도련님이 돌아올 때까지 기다리세요."
"기다릴 수 없어요!"

여자는 활처럼 치켜 그린 눈썹을 더욱 치켜뜨며 아치 밑으로 들어갔다. 기리히토도 하는 수 없이 뒤를 따랐다. 잔디가 깔린 정원은 지붕에서 비치는 조명으로 로맨틱한 분위기를 자아내 마치 이국땅에 와 있는 기분이었다.

여자는 테라스에 다가가자 핸드백을 내던지고 거기 있던 조립식 의자를 잡았다. 의아해하던 기리히토의 면전에서 여자는 느닷없이 의자를 프렌치를 향해 힘껏 던졌다. 굉장한 소리가 나며 유리창이 산산조각이 났다. 여자는 거의 발작에 가까운 행동을 하고 있었다. 그러고는 집 안에 뛰어 들어가 손에 닿는 대로 기물을 부수기 시작했다.

기리히토가 용기를 내어 여자를 붙잡았다.

"놔! 제기랄! 이 집에 있는 건 모두 엉망으로 만들어 버리겠어!"

그녀는 미친 듯 절규하면서 몸부림치기 시작했다.

"그만해요! 그만둬, 그만두라니까!"

기리히토는 벽에 걸린 유화를 향해 재떨이를 집어던지려는 여자의 팔을 물고 늘어졌다.

"아야! 무슨 짓이야, 너도 한통속이지!"

여자가 기리히토의 귓불을 깨물었다. 일이 이렇게 되자 기리히토는 남성으로서의 오기가 불타올랐다. 작지만 매운 고추맛을 보여주고 싶었다.

발을 걸어 융단 위에 여자를 넘어뜨린 기리히토가 재빠르게 위에 올라탔지만 순식간에 튕겨나가 테이블 모서리에 등뼈를 호되게 부딪히고 말았다. 저절로 벌어진 입에서 신음이 새어나왔다. 그러나 다음 순간 벌떡 일어나서 옷단이 젖혀진 넓적다리 사이로 달려들었다. 여자는 공교롭게도 속옷을 입지 않았다. 기리히토는 생각할 겨를도 없이 치모를 뜯어 버렸다. 여자는 기겁하여 비명을 지르며 양손으로 의자다리를 붙들고 늘어졌다.

이세다 나오마사는 2년 전과 다를 바 없는 어두운 표정으로 나른한 봄날의 밤바람을 쏘이면서 집으로 돌아왔다. 이세다 가의 도쿄에 있는 저택은 고우지정에 있으며, 후작 부처 외에 나오마사의 두 여동생이 살고 있었다. 나오마사는 상경한 이래 단 세 번밖에 그 저택을 찾지 않았다.

지금 묵고 있는 히가시 나카노의 집은 후작의 애인인 모 소프라노 가수의 집이었다. 그러나 그녀가 이탈리아로 유학을 떠났기 때문에 나오마사는 외숙부의 권유로 이 곳에 살고 있었다. 파출부만이 가사를 돌봐주는 고독한 생활이었다. 그러나 그 가정부마저도 아들이 병을 얻어 요 며칠간 보이지 않았다.

현관문을 열고 들어선 나오마사는 참담한 광경을 발견하고는 꼼짝도 않고 응시했다. 기물들이 부서지고 이리저리 흩어진 가운데 뒤집힌 테이블 다리에 마치무라 도쿠코가 희고 굵은 넓적다리를 드러낸 채 손은 뒤로 묶여 있었다. 저쪽에는 기리히토가 소파에 축 늘어져 기대고는 거칠게 숨을 헐떡거리고 있었다.

나오마사는 상황을 판단하자 빙그레 웃으며 신발을 벗었다. 기리히토는 겨우 정신을 차리고 다가오는 나오마사에게 느릿느릿 고개를 들었다. 이마도 뺨도 할퀴어 보기 흉했고 입술이 터졌는지 입가는 피투성이였다.

눈을 깜빡거리는 기리히토에게 차가운 눈길을 보낸 나오마사는 융단 위에 떨어져 있는 담배 한 가치를 주워 불을 붙이고는 소파에 앉았다.

마치무라 도쿠코는 정신을 잃은 것 같진 않았지만 고개를 푹 숙인 채 꼼짝도 하지 않았다. 이 마치무라 도쿠코는 육군 중장의 외동딸이었으나, 계모가 들어오자 가출하여 긴자에 있는 어느 바에서 일하고 있었다. 바에서 일하면서 몇 명인가의 사내들과 관계해서 차츰 몸도 마음도 거칠어진 터였다.

'전략의 전형과도 같은 여자.'

나오마사와는 반 년 전에 알게 되어 곧 한 달에 백 원의 수당을 받는 사이가 되었고, 그 관계는 지난 달까지 계속되었다.

도쿠코는 어느 틈엔지 나오마사를 사랑하고 있었다. 그것을 확인한 것은 이 달 수당 지급일에 나오마사 대신에 전부터 낯익은 긴자의 야쿠자가 나타났을 때였다.

"이 달부터 이세다 나오마사 대신에 내가 수당 지급을 떠맡게 되었으니 그리 알고 있어."

이 때서야 비로소 그녀는 자기가 나오마사를 사랑하고 있음을 안 것이다. 도쿠코는 "나는 인형이 아니야!" 하고 외쳐댔지만, 야쿠자는 빙글거리며 웃을 뿐이었다.

그날 이후로 오늘까지 2주 동안이나 도쿠코는 나오마사를 만나려고 기를 썼지만 결국 만날 수 없었다. 짝사랑의 설움과 후회가 뒤얽혀 그녀는 얼굴을 들 수가 없었다.

나오마사는 얼마 동안 담배를 물고 팔을 낀 채 흐트러진 도쿠코의 모습을 바라보고 있다가 기리히토에게 말했다.

"풀어 줘!"

기리히토가 맹견을 사슬에서 풀어 놓듯 묶여 있던 도쿠코를 풀어 주자 그녀가 느릿느릿한 동작으로 옷매무새를 고쳤다.

"돌아가!"

나오마사의 말이 떨어지자 도쿠코는 아래를 내려다보다가 갑자기 두 손으로 얼굴을 감싸며 흐느껴 울기 시작했다. 나오마사가 소파에서 일어나 안으로 들어가려 했다. 도쿠코는 튕기듯 일어나 나오마사의 옷을 붙잡고 늘어졌다.

"부탁해요! 버리지 말아요, 제발이에요! 도쿠코는 당신을 사랑하고 있어요.!"

기리히토는 여자가 다시금 히스테리를 일으키지나 않을까 경계하며 몸을 도사렸다.

나오마사는 돌아서서 도쿠코의 턱을 손으로 들어올리고 가만히 눈물

젖은 눈에 냉혹한 시선을 보냈다.
"돌아가!"
냉정한 명령이었다.
기리히토는 도쿠코가 맥없이 사라지자 흐트러진 집 안을 치우기 시작했다. 나오마사가 그의 하는 양을 내려다보며 입을 열었다.
"넌 공부하는 게 싫으냐?"
다카에게서 상세히 적은 편지가 이미 와 있었다.
"난 역시 학교가 체질에 맞질 않나 봐요."
기리히토는 두 동강이 난 영국제 호화 꽃병을 붙여 보면서 대답했다. 잠시 침묵이 흘렀다.
"넌 오두막에서 혼자 살고 있었다지?"
"네."
"혼자서 빨래도 하고 밥도 했다는 거로군?"
"밥하는 건 자신 있으니까 해 드릴게요."
"넌 성을 지을 수 없을 것 같구나."
"밥을 잘 한다고 성을 지을 수 없나요?"
"자식……!"
나오마사는 씁쓸하게 웃었다. 기리히토는 나오마사에게 쫓겨날 걱정이 없어지자 활기를 띠면서 집 안을 여기저기 둘러보고 다녔다. 무엇이나 진귀한 물건뿐이었다.
"전 어디서 자면 되나요?"
"자고 싶은 데서 자렴."
"제가 잘 만한 곳은 한 군데도 없는 것 같아요."
"성을 짓는다는 야망을 가진 놈이 이런 성냥갑만한 집에서 허둥대지 마라."
"그건 그렇지만 단번에 부자가 되는 건 무리잖아요."
결국 그에게 부엌 옆 하녀 방이 배당되었다.

다음날 아침 기리히토는 5시에 일어났다. 오카야마에 있는 히가씨야마 산장에서 다카가 한결같이 일하는 모습을 보아온 기리히토는 그것을 그대로 본받기로 했다.

우선 집 밖을 깨끗이 쓴 다음, 집 안을 청소하고 주인이 언제 일어나도 바로 먹을 수 있도록 식사 준비를 한다는 계획이었지만, 식사 준비만큼은 부엌에서 꽤나 허둥대지 않으면 안 되었다. 그러나 기리히토는 그런 잡일에는 어쩐지 독특한 육감을 갖고 있던 모양으로 1시간쯤 걸려서 대강 준비를 마칠 수 있었다.

나오마사가 2층 라운지로 내려왔을 때는 이미 열 시가 지나 있었다. 기리히토가 융단 위에 털썩 주저앉아 끙끙대고 있는 모습이 눈에 들어왔다.

"왜 그래?"

"아, 아니에요."

기리히토의 얼굴은 창백했고 겁먹은 기색이 역력했다.

"아까 소변을 보았더니 무척 아파서요……."

"뭐라고?"

"고추가 말이에요……, 찢어질 듯 쑤셔요."

"여자 관계도 없는 네가 임질에 걸렸을 턱도 없을 테고……"

"그게 말이에요, 교토에서 동정을 버리는 제사를 올렸거든요."

나오마사는 어처구니가 없었다.

"너 혼자서 말이냐?"

"아녜요. 만주에서 마적질을 했다는 사람이 데려갔는데요. 그 기생이 새파란 젊은 사람은 아침에 하면 몸에 해롭다고 지껄이더니 밤새 내게 독을 준 게 분명해요."

그 말을 듣자 나오마사는 소리 내어 웃기 시작했다. 그 웃음소리마저 사타구니를 울리게 하는지 기리히토는 몸을 새우처럼 웅크리며 끙끙댔다.

5

 2주일이 지났다.
 기리히토는 근처 진료소에 다니면서 그 곳 의사나 간호사에게 매일 놀림을 당하며 치료에 열중했다.
 아들의 병이 좋아지자 이세다 가에 돌아온 가정부는 부재 중일 때 굴러들어온 소년이 추잡한 환자라는 것을 알자 걸핏하면 비꼬아 댔다. 목욕탕에 들어갈 수 없는 것은 물론이고, 화장실도 역전에 있는 공중 화장실에 다녀야 했다. 이불은 매일 아침 말리고 식기는 열탕 소독했다. 물론 이런 일들은 모두 기리히토가 해야 할 일들이었다.
 그는 마치 법정 전염병 환자 같은 취급을 당했다. 기리히토는 놀림을 받거나 비꼬임을 당하는 것은 아무렇지도 않았지만, 가정부가 아무 일도 못 하게 하는 것은 정말 고통스러웠다. 무슨 일이라도 할라치면 어김없이 매몰스럽게 거절을 당하곤 하였다.
 "함부로 세균을 퍼뜨리지 말아요!"
 가정부가 너무 쌀쌀맞게 대해서 한 마디 했다가 오히려 화만 더 돋우기도 했다.
 "아주머니, 그렇게 무서워하지 않아도 돼요. 이 병은 걷거나 앉는다고 해서 감염되는 게 아녜요. 나와 아주머니가 잠자리 속에서 그 뭐야……. 제사를 지내지 않는 한 걱정할 필요가 없다고요."
 "제, 제사!"

마흔일곱 살인 과부는 노여움에 파랗게 질려서 엷은 눈썹을 실룩거리며 경련을 일으켰다.

"너, 넌……. 무슨 소리를 그렇게 함부로…… 실 실례예요!"

"저는 아주머니와 제사를 지내고 싶다고 하지는 않았는데요."

"어떻게 그런 말을…… 입 닥치지 못해요!"

"전 다만 그렇게 하지 않는 한 감염되지 않는다고 했을 뿐이에요."

"그만, 그만!"

가정부는 너무 분해서 양손으로 얼굴을 감싸더니 마구 울기 시작했다. 남편이 만주 사변 때 전사했기 때문에 가정부 신세가 되었지만, 이런 추잡스런 꼬마에게마저 병신 취급을 당하는 것 같았는지 흐느껴 울며 신세타령을 해댔다.

기리히토는 그 모습을 바라보면서 여자란 정말 지겨운 동물이라고 생각했다. 지금까지 기리히토는 여성이란 존재와 단 한 번도 좋게 만난 적이 없었다. 달리 표현할 수 없을 만큼 추악한 일면만을 보아왔기 때문이다.

그가 철이 들 무렵에는 70세의 아버지가 벌거벗은 채로 어머니의 배 위에서 신음 소리 한 마디를 남긴 채 죽는 광경을 보았다. 다음에는 귀신처럼 불에 타 짓물러진 미치광이 사아창에게서 갓난아기를 받은 적이 있었다. 그 처절하고 소름 끼치는 장면들은 그 후에도 종종 꿈 속에 나타나서 그를 괴롭혔다.

어머니 스사요가 숨질 때는 실로 그보다 더 한 지옥이었다. 야윌 대로 야윈 피부가 샛노랗게 변하고 입에 거품을 뿜으며 곤두박질친 끝에 침을 흘리며 숨이 끊어지는 모습은 지금에 와서 생각만 해도 몸서리쳐졌다.

교토 술집에서 '나를 어머니라고 생각해요' 하며 실컷 유방을 만지게 하거나 빨게 하던 중년 기생은 무서운 독을 주었고, 기차에서 만난 천사 같은 소녀는 더할 나위 없이 오만무례했고, 이 집으로 데려와 준 젊은 여자는 미치광이처럼 히스테리컬했다.

불과 10여 년의 경험이지만 과거에 그가 겪었던 일들은 기리히토를 완전히 여성 혐오증에 걸리게 하는 데 충분했다.
그 경험들은 훗날 기리히토가 여자를 대하는 데 엄격한 철칙을 세우게 했으며, 여자에게 일정한 거리를 둔 덕분으로 그는 큰 사업을 일으켜 많은 재산을 모을 수 있었으니, 어쩌면 그것은 전화위복이 되는 귀중한 경험이었다고 할 수 있다.
가정부가 아들의 용태가 다시 악화되었다는 전갈을 받고 황당히 집을 나간 지 이삼일 후였다. 어떤 사람이 찾아왔다. 현관문을 연 기리히토는 너무나 기품이 있고 훌륭한 풍모의 신사를 보고 자기도 모르게 군침을 꿀꺽 삼켰다.
"나오마사군은 계시는가?"
"네."
기리히토는 정신을 차리고 허리를 깊이 숙여 절을 했다.
"쓰모리가 왔다고 전해 주지 않겠나?"
"넷!"
기리히토는 2층으로 뛰어 올라갔다.
벌써 오후로 접어든 시간인데도 나오마사는 침실에서 나오지 않았다. 기리히토는 문을 열었다가 갑자기 생각난 듯 당황해서 다시 닫고는 노크한 다음 문을 열었다.
"도련님, 손님이 오셨어요. 쓰모리라는 분인데요, 굉장히 훌륭한 분인 것 같습니다."
나오마사는 침대에 똑바로 누워 천장을 향해서 표창을 던지고 있었다. 열 자루의 표창은 이세다 가의 시조 비젠노가미 나오타네가 도쿠가와 이에야스에게서 하사받은 가보 중의 하나였다.
천장에는 무수한 칼자국이 나 있었다. 그가 잠이 깨면 제일 먼저 하는 일과였다. 천장에 꽂는 데 실패하면 일직선으로 자기를 향해 떨어지게 되는 굉장히 위험한 놀이었다.

쓰모리라는 이름을 듣고 나오마사는 잠깐 미간을 찌푸렸으나 이윽고 천천히 일어나서 나이트가운을 걸쳤다. 그러고는 표창 한 자루를 기리히토에게 주었다.

"저 구석에 있는 저놈에게 날려 봐. 제대로 꽂히면 그 창을 너에게 주마."

나오마사는 네 자 정도 높이인 목각 관음보살상을 가리켰다.

"저건 굉장히 비싼 국보라고 아줌마가 말하던데요?"
"네 부친이 만든 너구리 쪽이 훨씬 가치가 있다."
"에이, 그럴 리가요. 관음보살상을 찌르면 벌받아요."

나오마사가 나가자 기리히토는 관음상 곁으로 다가섰다. 약간 굽어보는 듯 그윽한 미소를 머금고 있는 검은 얼굴을 기리히토는 좋아했다.

"도련님은 말이에요, 말을 그렇게 하지만 본심은 아닐 거예요. 화내지 말고 참아 주세요."

그렇게 사과하고는 합장 배례했다.

응접실에 들어간 나오마사는 일가 친척 중에서 유일하게 존경하는 쓰모리 자작을 보고도 어두운 표정으로 가볍게 고개를 숙였다.

"몸은 어떠냐?"

쓰모리 자작이 부드럽게 물었다.

"제멋대로 놀고 지내니까 나빠질 턱은 없습니다."
"따분하겠지."
"따분합니다."
"유럽에 가지 않겠니?"

쓰모리 자작은 영국에 유학하여 캠브리지 대학을 졸업하고 런던에서 10년 가까이 체류했던 전형적인 서양 멋을 아는 신사였다.

하늘의 소리 **103**

"유럽에 가면 따분하지 않겠습니까?"
"미인이 있으니까."
쓰모리 자작은 간단하게 대답했다.
"미인은 도쿄에도 많습니다."
나오마사는 반항적으로 어깨를 조금 으쓱했다. 소노다 미쓰에의 모습이 얼핏 뇌리를 스쳤다.
"자네, 정말 말로는 표현할 수 없는…… 그런 신비로운 여성을 만난 적이 있는가, 이 사람아?"
쓰모리 자작은 그렇게 말하고 나서 느린 어조로 시 한 수를 읊었다.

시몬! 눈은 그대의 목덜미처럼 희구나.
시몬! 눈은 그대의 무릎처럼 희구나.

시몬! 그대 손은 눈처럼 차갑구나.
시몬! 그대 마음은 눈처럼 차갑구나.

눈은 불의 입맞춤에 닿아 녹는다.
그대 마음은 이별의 입맞춤에 녹는다.

레미드 구르몽의 〈눈〉이란 시였다.
보통 문학 청년이 읊었으면 아니꼽고 역겨운 것이었을 테지만 쓰모리 자작의 입을 통해 들리는 〈눈〉은 퍽이나 자연스럽게 나오마사의 가슴에 가라앉고 있었다.
'이 자식, 유럽에서 여자 홀리는 공부만 부지런히 하다가 왔구나.'
나오마사의 입가에 알 듯 모를 듯 조소가 떠올랐다 사라졌다.
대개 신사란 것들이란 교묘한 수법으로 여자를 홀리고 교묘히 여자를 버리는 그러한 수업을 쌓으면서 완성되는 철저한 속물이 아닌가?
"……, 유럽에 가겠습니다."

"좋아……. 대일본제국의 탈출 수속은 이미 끝내 놓았지."
"빨리도 손을 썼군요."
나오마사는 쓰게 웃었다.
"자네의 폐적(廢嫡 : 적자로서의 신분 박탈)은 어제 정식으로 결정됐네."
쓰모리 자작은 가장 중요한 용건을 아무렇지도 않게 말했다.
"그렇습니까? 유럽행은 그러니까 인연을 끊는 값이군요."
"아니, 체재비는 내가 맡는다. 10만 원은 귀국하고 나서의 자네 생활비로 공제해 두겠네. 그 10만 원을 다 쓰고 나면 그 때부터 자네는 거지가 될 수밖에 없네. 더 달라고 해도 내가 그것을 허락하지 않을 테니까."
"알았습니다."
기리히토가 한껏 경건한 자세로 홍차를 가져왔다. 기리히토가 물러가자 쓰모리 자작이 턱으로 가리키며 말했다.
"저 아이는 어디서 주워 왔는가?"
"오카야마에서요."
"어쩔 샘인가?"
"글쎄요……."
"재미있는 얼굴 모습이로군."
"바본지 멍청인지 모를 놈입니다……. 저런 놈이 30년 후에 우리들을 밟아 뭉개고 천하를 얻을지도 모릅니다."
"결국 오다 노부나카(전국 시대의 유명한 무사. 그의 부하가 도요도미 히데요시)의 입장과 마찬가지군."
쓰모리 자작은 우아하게 웃었다.

그리고 나서 5일이 지났다. 나오마사는 한 통의 봉투를 기리히토에게 주며 짐을 싸서 나가도록 명령했다.
"이제 여기 돌아오면 안 되는 건가요?"
기리히토는 눈꺼풀을 연방 껌벅이며 물었다.

"안 돼! 이제부터 너는 혼자서 살아가야 한다."
"가끔 찾아와도 안 될까요?"
"난 며칠 후면 유럽에 간다."
"유럽!"
기리히토의 눈이 동그래졌다.
"그럼, 이젠 일본에 돌아오시지 않을 건가요?"
"아마 그렇겠지……. 나는 사하라 사막 한가운데서 최후를 마칠 생각이다."

기리히토는 나오마사가 농담을 하고 있다고 생각했으나 그 어두운 표정을 지켜보는 동안에 그런 생각도 점점 사그라들었다.

'어쩌면 정말 사막에서 죽을지도 몰라.'

하지만 그뿐이었다. 기리히토는 이별을 고하고 현관을 나왔다. 나오마사가 2층 창문에서 울고 있는 것을 기리히토는 알아차리지 못했다.

'저놈뿐이었다. 나의 허물을 아무 의심 없이 인정해 준 것은!'

나오마사의 눈에 맑은 액체가 고여 들었다.

기리히토가 나오마사의 명령대로 찾아간 곳은 소노다 미쓰에의 집이었다. 미쓰에는 도요토미 시대부터 궁중 어용상을 맡고 있는 유명한 과자점 '구로야'의 딸이었다. 나오마사는 기리히토를 '구로야'의 견습공으로써 주도록 미쓰에에게 의뢰를 한 것이었다.

소노다 가는 덴엥초후에 있었다. 히가시 나카노에서 덴엥초후까지 가는 것이 기리히토에게는 쉬운 일이 아니었다. 나오마사의 집보다 훨씬 큰 그 저택을 찾았을 때 기리히토의 입에서는 저절로 탄성이 흘러나왔다. 자루를 고쳐 메고 문을 들어서려는데, 갑자기 뒤에서 부르는 소리가 났다.

"이봐!"

뒤돌아보니 얼굴이 창백하고 이마가 좁으며 키가 후리후리한 학생이 서 있었다.

"너, 이 집에 뭣 하러 왔지?"
"글쎄요, 아마 할 일을 주시겠죠."
"그래?"
학생은 잠깐 망설이다가 입을 열었다.
"한 가지 부탁이 있는데……."
"……?"
학생은 윗주머니에서 편지를 꺼냈다.
"이 집에 사나에 양이란 아가씨가 있단다. 미안하지만 이걸 전해 주지 않겠니?"
"러브 레터로군."
기리히토가 웃자 학생은 당황해서 얼굴을 붉혔다.
"어쨌든……, 전해 줘."
"댁이 직접 건네는 편이 유리할 텐데."
"놀리지 말고, 이 친구야."
학생은 기리히토의 어깨를 치면서 바지 주머니에서 10전짜리 동전을 꺼내 내밀었다.
"이거."
기리히토는 고개를 힘껏 끄덕였다.
"틀림없이 전해 주지요."
"고마워!"
기리히토는 현관까지 고르게 깔린 자갈을 밟고 가면서 생각했다.
'저렇게 마음이 약해서 힘들겠군.'
현관은 묵직한 격자문이었다. 기리히토가 기척을 했다.
"누구세요?"
밝은 목소리가 대답했다. 쿵쿵거리며 뛰어나온 아가씨를 보자 기리히토는 대번에 알아차렸다.
'바로 사나에라는 아가씨군.'

"어떻게 오셨죠?"

빤히 내려다보는 아가씨에게 기리히토는 잠자코 학생의 편지를 내밀었다. 의아해하며 편지를 받아든 아가씨는 그 자리에서 겉봉을 뜯어 읽어 내려 갔다. 그리고 쭉 훑어보더니 픽 하고 웃음을 터뜨렸다.

'역시 퇴짜군!'

기리히토는 자기의 직감이 맞았다고 만족해했다. 아가씨의 표정이 엄격해졌다.

"마치다 가즈야 군에게 전해 주세요. 난 개구리 배꼽 같은 게이오기주쿠 대학생은 싫다고."

"개구리 배꼽요?"

"멍청이!"

아가씨는 휙 돌아서 안으로 들어가 버렸다. 기리히토는 하는 수 없이 다시 한 번 사람을 불러야 했다.

6

소노다 미쓰에란 여성은 기리히토에게 몸과 마음을 온통 뒤흔들어 놓는 미인으로 보였다.

살결은 갓 찧은 떡보다 희고 보드라운 것이 엷은 핑크색을 섞은 듯 묘한 광택이 있었다. 그녀의 이목구비는 '기품이란 이런 것이구나!' 하고 하느님이 시험삼아 만들어 놓은 듯했다. 완벽히 조화된 모습이 더할 나위 없이 우아했다.

동서양의 남녀노소를 불문하고 아무리 비뚤어진 근성을 가진 사람이라도 그 아름다움을 인정하지 않을 수 없는 전형적인 미인이라고 기리히토는 생각했다.

기리히토는 그 앞에 앉아 한동안 넋이 빠져 인사도 잊고 있었다.

"이놈!"

하고 사나에에게 뒤통수를 쥐어 박히고서야 비로소 제정신을 차리고 당황하여 엎드렸다.

"언니가 너무 예쁘니까 넋이 빠졌나 봐요. 조숙하기도 하지."

사나에가 서슴없이 말했다.

고개를 든 기리히토가 눈을 빛내며 말했다.

"정말이에요. 전 이렇게 예쁜 분을 처음 보았어요."

얼핏 기차 속에서 만난 미소녀의 모습이 생각났다.

'그 소녀도 크면 이렇게 예뻐질까? 아니야, 그 앤 아무리 예뻐져도 심

술궂은 심성이 나타날 거야.'

미쓰에는 기리히토가 내놓은 나오마사의 편지를 말없이 읽었다. 그 표정은 조금도 달라지지 않았다.

"이봐요, 과자점의 견습공이 될 생각이 있나요?"

기리히토는 그 음성조차도 아름답다고 생각했다.

"되겠습니다."

사나에는 나오마사의 편지를 한 번 훑어보고는 들뜬 목소리로 말했다.

"어머, 유럽에 가는군요. 좋겠네. 나도 데려가 주세요."

그러더니 머리를 저었다.

"안 되겠네. 도련님이 생각하는 사람은 언니니까 나는 가련한 짝사랑……. 어째서 세상일은 뜻대로 안 될까요?"

"사나에."

미쓰에는 시누이를 눈짓으로 나무랐다. 사나에가 나가자 미쓰에가 상냥하게 말했다.

"내 친정이 구로야라는 과자집입니다. 나오마사 씨가 기리히토를 견습공으로 써 달라고 부탁했더군요. 하는 일은 매우 고달프고 괴롭지만 견디도록 해 봐요."

"아침엔 어제든지 일찍 일어날 수 있어요."

"그래……. 이 편지에는 양친이 없어도 혼자서 살면서 학교에 다녔다고 씌어 있네요. 어릴 때 고생은 장래에 큰 도움이 될 거예요."

"별로 고생하지 않았어요."

그보다도 장차 성공해서 이런 미인을 마누라고 삼을 수 있다면 얼마나 기분이 좋을까 하며 기리히토는 내심 중얼대고 있었다.

그날 밤은 소노다 가에서 묵기로 하고 서생 방으로 안내받았다. 저녁때 제일고등학교 모자를 쓴 서생이 돌아왔다.

그는 기리히토가 제 방에 앉아 있는 것을 보자 노골적으로 불쾌한 표정을 지으면서 퉁명스럽게 말했다.

"이봐, 여기서 자려는 거냐? 방이 좁아서 곤란해."
"오늘밤만 묵을 거예요."
기리히토가 말하자 그제서야 안심이 된다는 듯이 미소를 지었다.
"그래……. 내일은 어느 댁으로 가지?"
"구로야에서 견습공으로 있을 거예요."
"아, 그래?"
일고생은 경멸에 찬 눈길로 기리히토를 보았다.
저녁 식사가 끝나자 일고생은 머리띠를 두르고 공부를 시작했다.
기리히토는 무료하게 그 옆얼굴을 멍하니 바라보고 있었다. 비슷했다. 그 옆얼굴이 누군가를 닮았다.
기리히토는 그게 누구인지 고개를 갸웃거리며 생각에 잠겼다.
"아, 그래!"
그리고는 갑자기 큰 소리를 질렀다.
"아빠가 만든 너구리야!"
"뭐야? 깜짝 놀랐잖아. 조용히 해!"
일고생은 기리히토를 노려보았다. 그 면상이 점점 너구리를 닮아 가고 있었다.
"뭐야, 너구리?"
"아 아니에요."
기리히토는 잠깐 주저하다가 대답이 궁해 얼떨결에 내뱉었다.
"형은 수재가 틀림없죠?"
천하의 한다 하는 수재들이 모여드는 제일고등학교에 야마쿠지 현에 있는 시골 중학교에서 더구나 4학년에 보기 좋게 패스한 이 청년은 자기가 수재임을 유일무이한 자랑으로 삼고 있는 터였다.
기리히토의 말 한 마디에 순식간에 오만한 미소가 얼굴에 번졌다.
"난 초등학교에서도 중학교에서도 개교 이래 처음이라고들 말했었지. 초등학교 5학년 때는 선생님보다도 한자를 많이 알고 있었고, 중학교 3

학년 때는 사전을 암기하고 있었거든."

"네—에. 어쩌면 그렇게 머리가 좋죠?"

기리히토는 이 일고생을 한편으론 존경했지만 한편으론 경멸했다. 그로서는 일곱 번 다시 태어난다고 해도 사전 따위는 암기할 수 없을 것이므로 그런 능력은 존경할 만했지만, 이 쪽 질문에 쉽사리 끌려들어 자랑스럽게 뽐내는 경솔함을 보아서는 그리 대단한 놈은 아니란 인상을 받았던 것이다.

천하의 수재가 자기 같은 낙제생의 입에 발린 말에 어렵잖게 걸려들 수 있다는 것이 신기했다. 이 일은 귀중한 경험이 되어 기리히토의 뇌리 속에 또렷이 남게 되었다. 일고생은 자기 자랑을 늘어놓을 심산인 듯 공부도 포기하고 그에게 돌아앉았다.

"일고에 딱 들어갔는데 의외로 모두 공부를 못 하는 걸 보고 기가 막혔지."

"그렇겠죠. 형 같은 수재가 볼 때 얼마나 안타까웠겠어요. 덕을 보는군요."

"아니, 뭐 꼭 그렇지는 않지만 어쨌든 나는 일고나 도쿄제국대학에서 톱을 할 거야."

"뭐가 되고 싶어요?"

"외교관. 대학 2학년 때 고등고시를 딸 생각이야. 외교관 중에서도 미국 대사가 최고지."

젊은 너구리는 일국의 정객으로 둔갑해서 성(城)의 영주님에게 초대받는 화려한 꿈에 젖어 있었다. 얌전하고 점잖은 초등학교 교장의 장남으로 태어나 수재란 명예와 함께 시골 벽촌의 기대를 한 몸에 모으며 상경한 이 청년은 이 저택뿐만 아니라 학교에서도 부르주아란 것이 얼마나 인간의 성격을 부드럽게 하고 취미를 고상하게 하는지 신물 나게 보았다.

그는 상경하기 직전만 하더라도 머리 하나만으로 일체의 것을 정복할 수 있다고 생각했다. 그런데 수재라는 것만 빼고는 모든 면에서 비참한 열등감을 맛봐야 했다. 그는 공부 이외의 취미에 관해서는 백치와도 같았다. 그런데 일고에 입학해 보니 도쿄에서 자란 유복한 가정의 자녀들은 놀랄 만치 다양한 종류의 취미 생활을 즐기고 있었다.

승마·스키·등산·댄스·당구·외국 우표 수집 등에 이르기까지 한 사람이 적어도 서너 가지의 취미를 가지고 있었다. 포크와 나이프의 사용법마저 몰랐던 그는 하루가 다르게 죽고 싶은 정도의 굴욕감을 맛보았다 해도 과언이 아니었다. 머리만으로 일체의 것을 정복하려고 벼르고 있던 자만심이 여지없이 무너져 버렸다. 그는 비참했다.

가령, 몇 개의 영어 단어를 더 알고 있는 자기보다도 거침없이 쇼팽의 세레나데를 피아노로 연주하는 상대편이 얼마나 더 매력적이던가! 동급생들의 일거수 일투족을 바라보는 그의 눈길은 대 저택에서 일하게 된 시골 처녀의 그것이었다. 도쿄가 숨김없이 담긴……

그들의 부르주아적 예의 범절은 어릴 적부터 몸에 배어 하나하나 행동이나 말투가 아주 자연스러웠다. 그는 그러한 것을 보고 배우기 위해 온 신경을 쏟지 않으면 안 되었다.

그러나 피아노는 하루 만에 배울 수 없는 것이었고, 스키는 돈이 없었다. 재치 있고 사람을 끄는 화술을 구사하기에는 너무나도 삭막한 성격이었다.

그에게는 동료에게 과시할 특기가 하나도 없었다. 그가 할 수 있는 일이라곤 너무나도 빈약했던 자기의 어린 시절을 저주하는 것 외에는 아무 것도 없었다. 보잘것없는 시골 학교 교장의 장남으로 태어난 것이 무턱대고 부아가 치밀고, 사람 좋은 양친에 대해서조차 증오감을 느꼈다.

식사 중에 태연히 방귀를 뀌는 부친이나 '데파트'를 '데빠또'라고 발음하는 모친과도 인연을 끊고 싶었다.

지금으로서는 동료들과 어울리지 못한 채 덮어놓고 공부만 해서 1등이 된 것마저도 동료들이 경멸하고 있지나 않을까 하고 남몰래 두려워하고 있던 터였다.

그런 찰나에 기리히토가 나타난 것이다. 지금 비로소 그는 자기가 수재인 것을 아무 주저함이 없이 과시할 수 있는 상대를 발견한 거였다. 자신이 지난 2년간 학교에서 느꼈던 열등감과, 이 집에서 부인의 절세 미모나 사나에의 천진난만한 행동 앞에서 맛본 열등감에 얼마나 진저리를 쳤던가.

이 묘한 표정을 한 소년을 앞에 두고 그는 불 같은 복수심을 쏟아부으며 만족을 느꼈다. 그러나 이 보잘것없는 아이한테서조차 경멸당하고 있다는 것을 알았다면 그는 더 이상 견디지 못하고 미쳐 버렸으리라.

이튿날 아침 기리히토는 미쓰에를 따라 아오야마에 있는 '구로야'에 갔다. 가게 앞에 섰을 때 기리히토는 피상적으로 생각하고 있던 과자점의 개념과는 동떨어진 구조에 입을 다물지 못했다.

그것은 당연했다. 구로야 본점은 교토에 있는데, 명치 시대에 황실을 따라 도쿄로 나오자 어느 영주의 별저를 매입해서 그것을 가게로 만든 것이었다. 당당한 저택의 문은 지금 국보로 지정되어 있었다.

'과연 이런 미인이 태어날 만한 집이야!'

기리히토는 수긍이 갔다. 그러나 그 문은 들어갈 수 없었다. 거기서 기다리도록 일러두고 미쓰에만이 들어갔다. 기리히토는 망연히 서서 오가는 전차를 바라보았다.

그 때 순경이 다가왔다.

"이봐! 여기서 뭘 하고 있나?"

"이 가게에 일하러 왔어요."

"그렇다면 빨리 들어가라고."

"여기서 기다리라고 했어요."

"누가?"

기리히토는 자기를 수상히 여기는 순경의 태도에 차츰 화가 났다.

"난 수상한 사람이 아니에요."

"수상한지 어떤지는 내가 결정한다. 이 속에 들어 있는 것을 보여라."
순경은 자루를 쿡쿡 찔렀다.
기리히토는 좋다 하고 배짱을 부려보리라 생각했다. 그는 자루를 어깨에서 내리고 끈을 풀었다. 그리고 먼저 끄집어낸 것은 양친의 위패였다. 기리히토는 그것을 경건하게 땅바닥에 내려놓았다.
지나던 사람 서너 명이 걸음을 멈추고 들여다보았다. 기리히토는 다음에 낡은 팬티를 위패 옆에 펼쳐 놓았다.
"일일이 다 펼칠 필요는 없어."
순경이 신경질적으로 말하며 위패를 집으려 하자 기리히토는 날카로운 소리를 질렀다.
"그만두세요! 남의 위패를 멋대로 건드리면 벌받아요!"
순경은 저도 모르게 흠칫 손을 뗐다.
기리히토가 세 번째로 꺼낸 것은 나오마사에게서 받은 표창이었다. 그것을 유유히 한 자루씩 늘어놓자 순경은 눈을 부라리며 고함을 질렀다.
"이봐, 그만두지 못하나!"
그 때였다. 고급 승용차가 미끄러지듯 다가서더니 경적을 울렸다. 위패와 팬티와 표창으로 만든 기상천외한 바리케이드 때문에 차는 문 안으로 들어갈 수 없었다.
순경은 차에 타고 있는 사람이 꽤 고관임을 직감하고는 당황하여 기리히토만 윽박질렀다.
"이 이봐, 빠 빨리 치우지 못해!"
기리히토는 오히려 노려보면서 꼼짝도 하지 않았다. 순경은 하는 수 없이 자기 손으로 표창부터 주워 담으려 했다.
"이봐, 순경! 잠깐 기다리게."
차창 밖으로 노신사가 얼굴을 내밀며 순경을 불렀다.
"네."
뒤돌아보며 노신사의 얼굴을 정면에서 본 순경은 깜짝 놀랐다. 도쿄 시장인 육군 대장이 곧바로 그에게 다가온 것이다. 아라카와 간타로였다. 천천히 차에서 내려선 아라카와 간타로는 부동자세로 서 있는 순경에게 말했다.

"불심 검문도 장소를 보아서 할 일이지, 파출소에 데리고 가도 되지 않는가?"

"넷!"

순경의 얼굴이 빨개졌다가 파랗게 질려 버렸다.

아라카와 간타로는 순경이 든 채로 잊고 있던 표창 한 자루를 집어 들고는 가만히 들여다보았다.

"호, 훌륭한 물건이다!"

아라카와 간타로는 기리히토의 행색을 훑더니 엄하게 말했다.

"아무렴, 이런 진귀한 물건이라면 불심 검문을 해야 하고말고!"

기리히토는 화를 버럭 내며 야무지게 말했다.

"아니에요! 훔친 게 아니에요! 정식으로 얻은 거라고요!"

"누구에게서 받았지?"

"이세다 후작님의 도련님께요."

"그래. 그렇지만 이건 후작 집안에서도 가보에 속할 텐데 너 같은 소년에게 쉽사리 내주다니 좀 이상한데?"

"그, 그렇습니다!"

순경이 큰 소리로 맞장구를 쳤다. 순경은 불심 검문한 덕분에 어쩌면 큰 공을 세울 수 있을 것 같은 형세이므로 득의 양양했다.

"거짓말이라면 도련님에게 물어보세요."

오카야마에서처럼 똥을 핥게 해놓고 10원짜리를 주었을 때처럼 잡아뗄 턱이 없기 때문에 기리히토는 침착했다.

이 때 황망하게 미쓰에가 달려 나왔다. 미쓰에의 명령으로 공장에 기리히토를 데려가기 위해 나왔던 지배인 한 사람이 어처구니없는 광경에 깜짝 놀라서 연락하러 갔던 것이다.

미쓰에가 뛰어나왔을 때에는 문전이 인산인해를 이루고 있었으며, 미쓰에의 아름다움에 웅성거리기도 했다.
"아, 여전히 곱군!"
　미쓰에를 어릴 때부터 귀여워해 주던 도쿄 시장은 싱글벙글했다. 미쓰에의 등장으로 일은 어이없게 끝났다. 순경은 풀이 죽어 물러갔다. 어쨌든 기리히토는 실로 훗날에 얘깃거리가 될 만한 광경을 연출해 보였던 것이다.

7

　새벽 4시 반, 한 사내가 불쑥 일어났다. 구로야의 지배인 중 한 사람이었다. 그는 작업복으로 갈아입더니 커다란 종을 들고 복도로 나섰다. 땡그랑 땡그랑 종소리를 요란히 울리면서 복도로 걸어 나갔다.
　좌우에는 장지문으로 칸막이한 작은 방이 줄지어 있었으며, 종소리와 함께 일어나는 인기척은 있었지만 꽤 오랜 기간을 두고 길들여져 있는 듯 별 다른 소음은 없었다. '취침방'이라 불리는 구로야의 점원 기숙사였다. 지배인·지배보·견습공 등 130명의 직원이 그 곳에 기거하고 있었다.
　지배인 위에는 별가(別家)와 별가보가 있는데, 이들은 처자를 거느리고 독립된 가정을 이루며 통근을 하고 있었다.
　지배인이 복도 끝의 세면장을 나섰을 때였다.
　"하나 둘, 하나 둘, 하나 둘⋯⋯."
　뒤편에서 씩씩하게 구령하는 사람이 있었다. 급히 돌아가 보니 아직 채 밝지도 않은 어둠 속에서 어제 새로 들어온 견습공이 팬티 바람으로 열심히 체조를 하고 있었다.
　"이봐, 이봐, 너!"
　뒤돌아 본 사람은, 기리히토였다.
　"안녕하세요!"
　"제멋대로 굴어서는 안 된다는 걸 모르나, 자네?"
　지배인은 노골적으로 눈살을 찌푸리며 잔소리를 했다.

"체조하는 게 나쁜가요? 연병장에서 군인들이 하는 걸 보고 재미있을 것 같아 따라 했는데, 어느덧 매일 아침 하게 됐어요."

"체조하는 게 나쁘다는 것은 아니지만 가게에는 가게의 규칙이 있어. 거기에 너도 따르지 않으면 안 돼."

"따로 체조하는 시간이 없나요? 아침에 규칙적으로 하면 굉장히 좋아요. 만약 중지하면 변비에 걸릴 수도 있다고요."

"이봐, 난 지배인이다! 구로야에는 아침부터 밤까지 지켜야 할 규칙이 있다. 견습공이라면 그것을 지켜야 해! 체조 따위를 하기 전에 말버릇이나 배워요. 막된 말을 지껄이지 마라, 알았나? 우선 중요한 것은 지배인인 내 명령에 복종하는 거다. 4시 반 전에 일어나서는 안 된다."

"어째서 안 되죠?"

"잠이 부족하면 일이 소홀해지기 때문이다."

"아, 그렇군요. 과자 모양이 나쁘면 팔리지 않을 테니까. 그렇겠군요."

"쓸데없는 소리 그만해라. 이제부터 30분 이내에 세수·목욕·청소·식사·세탁을 마쳐야 한다. 황공하옵게도 이 구로야의 과자는 황실에서 드는 것이니까 이것을 만드는 자가 부정한 몸을 가져서는 안 되는 것이다. 공장에 들어가고 나서는 변소에 가는 것을 금한다."

"손을 씻으러 가도 안 돼요?"

지배인은 화가 치민 듯 고개를 저으며 짜증스럽게 말했다.

"그게 아니고 변을 보는 일 말이야!"

"네. 그럼 하루 종일 소변 보러도 못 가나요? 굉장히 까다로운 법이 있군요."

"천황님이나 황후님이 드시는 과자를 만들어 드리는 일이야!"

지배인은 기리히토를 노려보았다.

'도련님께 말씀드리면 박장대소하시겠군.'

기리히토는 어처구니가 없었다. 그러나 이렇게 엄격한 가게에서 일하는 것도 좋은 경험이라고 생각을 고쳐먹었다.

"그러니까 이제부터 30분 동안에 똥을 싸야 되니까, ……그렇다면 아무래도 지금 체조를 하지 않으면 안 되겠는걸."
"똥을 싸다니. 말투가 정말 상스럽구나, 천한 것! 아가씨는 엉뚱한 놈을 주워 오셨구먼."
지배인은 느닷없이 기리히토의 뺨을 철썩하고 한 대 갈겼다.
"지배인의 말은 곧 법이다!"
세면장에 견습공이 7, 8명 줄지어 있었지만 누구 한 사람 이쪽을 쳐다보려고 하지 않았다.
신출내기가 연출하는 해프닝 따위엔 흥미를 갖지 않을 정도로 시간을 아끼고 있는 것인지, 아니면 자신의 임무 이외는 철저히 무관심하도록 훈련을 받은 때문인지…….
기리히토가 기거하는 방은 다섯 명이 함께 쓰고 있었다. 방에 돌아와 보니 자기 잠자리만 남겨두고 깨끗이 정리되어 있었다. 말할 수 없이 차가운 공기가 흐르고 있었다. 그리고 보니 4명의 선배 중 기리히토에게 말을 걸어온 사람은 하나도 없었다. 심술궂은 눈길을 받지 않는 대신 완전히 무시당하고 있었다.
'풋내기에게는 일체 말을 걸지 않는 것이 법도일까?'
이런 형편으로서는 무엇 한 가지 제대로 배울 수 있을 것 같지도 않았다. 기리히토는 자기가 무시당하는 것은 아무렇지 않게 생각했지만, 선배들이 서로 말을 주고받거나 무엇인가 나쁜 일이라도 꾸밀 듯 소곤소곤 귓속말을 하는 것은 도무지 납득할 수가 없었다. 130명이나 살고 있다는데 집 안은 늘 조용하기만 했던 것이다.
지배인의 말대로 5시까지 배변과 식사, 목욕과 청소, 그리고 세탁도 큰 소란 없이 끝났다. 그리고 정각 5시에 전원이 2층 큰방에 모였다. 제일 말석에 앉은 기리히토는 눈을 끔벅거리며 생각에 골몰하고 있었다.
'난 정말 기억력이 나쁜 모양이구나.'
자기 스스로 생각해 봐도 어이없었지만 새삼 이렇게 130명의 뒷모습을 둘러보니 반드시 자기 기억력의 희박함 때문만은 아닌 것 같았다. 앞을 보나 뒤를 보나 어느 쪽이나 별로 개성이 없는 그런 모습들이었다. 어째서 이다지도 똑같은 표정이 되어 버렸는지 기리히토는 이상했다.

불쑥 초로(初老)의 사나이가 들어와서 상좌에 앉았다. 구로야의 주인 마치야 리헤이였다. 훌륭한 풍모와 체구를 지닌 사람이었다. 화복 차림에 앞치마를 두르고 있었다. 리헤이는 쭉 한 바퀴 둘러보고 나서 입을 열었다.

"별고 없습니까?"

별가의 우두머리격인 50대 사나이가 정중히 대답했다.

"덕분에 모두 변함이 없습니다."

리헤이는 고개를 끄덕이면서 들고 온 허름하고 길쭉한 오동나무 상자를 열었다. 그 뚜껑에는 '9대 리헤이 문화 2년 점포 법도서'라 적혀 있었다. 그리고 그가 집어낸 것은 두루마리였다. 정중하게 눈높이까지 들어올려 펴내려 갔다.

"법도서."

리헤이는 우선 큰 소리로 읽었다.

매일 아침 6시 점포 및 현관 등에 있는 쇠 장식들을 청소할 것. 검약이 제일이므로 무엇이라도 소중하고 충성스럽게 근무에 열중할 일이다. 황실(어용) 진상물인만큼 항상 부정(不淨)함이 없도록 각자가 주의하고 이 일에 종사함을 각자의 영광으로 삼아야 한다. 입과 손 등은 자주 씻어 깨끗하게 하고 표리 없이 일할 것이다. 여자는 제조에 참여할 수 없지만 반드시 몸을 깨끗이 하여야 한다.

황실 분들은 물론이고 그 외의 단골 손님 댁으로 갔을 때에는 긴 이야기를 삼가고 공손하게 대할 것이며, 주문을 받으면 빨리 돌아올 것. 자기 볼 일로 도중에서 머무르는 일이 없을 것. 부득이한 용무가 있으면 돌아와서 그 사정을 말한 다음 외출할 것.

주문 때문에 집으로 오시는 분들은 물론이고 거리에서 만나는 고객들에게는 모두 정중하게 인사 드리며 소홀함이 없도록 항상 주의할 것이다. 심부름으로 오신 분들이 세상이야기 따위를 하더라도 이 쪽에서 먼저 세상일을 자진해서 이야기하지 말 것. 심부름 온 아이들이나 하녀에게도 정중히 하고 농담 따위는 결코 해서는 안 된다.

가게의 일에 대해서는 각자 맡은 일에 열중해야 하며, 더구나 윗사람으로부터 차례로 아랫사람에게 가르쳐 주어야 하며, 또 손윗사람의 실수 등을 발견했을 때는 사양 말고 서로 주의시키며, 항상 친절한 교제를 유지해야 한다.

일에 특별히 열심히 하는 사람에게는 별도로 포상을 할 것이다. 동료 중에 나쁜 짓을 하는 사람이 있으면 빨리 주인에게 말해야 하며, 그 결과에 따라 상벌이 있을 것이다.

손님이 오셨을 때 술대접하는 일은 집안 사람은 물론이고, 설령 친숙한 집안에서 오신 분이라 해도 오후 7시 이전에는 술상을 내서는 안 된다.

고용된 남녀가 평상시 친숙하게 서로 이야기하는 일이 없도록 주의하며, 남녀 모두 잠시도 말없이 외출해서도 안 되며, 볼 일이 있으면 그 취지를 신고하고 지배인의 지시를 따라야 한다. 단, 밤에 외출했을 때에는 그 이튿날 새벽 4시까지 돌아와야 한다. 만약 늦을 때는 숙소에 사람을 보내서 사전에 연락해야 한다.

견습공의 끽연에 대해서는 지배인의 지시 여하에 따르며, 불조심에 유의할 것.

이 법도서를 이해하기 어려운 사람이 있을 때는 지배인뿐 아니라 윗사람들은 그들에게 잘 타일러 착실하게 지도하고, 그 지도에 따라야 한다.

이들 각 조항은 반드시 지키도록 노력한다.

문화 2년(을축년) 10월 19일.

다 읽자 늘 그래 왔는지 모두 눈을 감았다. 잠시 후 리헤이가 소리 높여 외쳤다.

"황실의 번영을!"

이에 호응하는 130명의 목소리가 우렁찼다.

"황실의 번영을!"

리헤이가 계속했다.

"구로야도 황실과 더불어 번영을 바랍니다."

"구로야도 황실과 더불어 번영을 바랍니다."

복창한 일동은 리헤이가 일어서자 마치 리헤이가 천황이기라도 한 것처럼 고개를 깊이 숙여 엎드렸다.

일본 제일의 과자점 구로야의 하루는 이렇게 시작되었다.

구로야라는 이 유명한 과자점은 양갱이 생긴 당시, 즉 약 400년 전에 이미 교토 이치조 가사스마에 가게를 차렸다고 한다. 궁중에서 소용되는 과자를 만들기 위해 하급 공신의 한 사람이 스스로 평민이 되어 그 가게를 열었다는 이야기가 전해졌다.

오미 다이조란 지위를 받아 주로 궁중 주문을 맡아 했으며, 처음에는 소시다이(교토 시장과 같은 것)의 주문조차도 받아들이지 않았다고 한다. 그러나 시대가 바뀜에 따라 정부 당국에도 납품을 하고 오사카 부근의 대상인의 의뢰에도 응하게 되었다. 그러나 값은 무척 비쌌다.

대상인들은 구로야의 과자를 사먹는다는 것에 우월감을 느꼈으며, 아무리 비싼 값이더라도 상관이 없었던 모양이다.

명치 시대에 이르러 궁궐이 도쿄로 옮겨가자 구로야도 따라왔지만, 권위를 내세워 일반 사람들을 상대하지 않았다. 호아족이나 귀족, 정부의 고관들을 고객으로 해서 대정(大正)·소화(昭和)까지 그 명성을 뽐내며 서민들의 위축감을 더욱 부채질했다.

구로야는 다른 전통 있는 가게처럼 지점을 늘이거나 백화점에 진출하거나 분가시키는 일은 일체 하지 않았다. 단지 교토와 도쿄 두 곳에만 점포가 있었다. 또 그 곳에서 설령 30년이나 40년 이상 근무하더라도 분가시켜 밀어주는 일은 없었다. 게다가 아무리 오래 근무했어도 철저한 분업 시스템이어서 기술자가 반기를 들 수가 없었다.

일본 과자에는 양갱 외에 구운 것, 누른 것, 찐 것 등이 있지만 한 기술자가 굽는 것만 몇 십 년 해서 베테랑이 되어도 찌는 것은 전혀 못 한다는 식이었다. 따라서 다른 과자점으로 옮겨도 쓸모가 없었던 것이다. 독립을 하려고 해도 굽는 것밖에는 아무것도 만들지 못하기 때문에 과자점을 차릴 수가 없었다. 구로야에서 잔뼈가 굵은 기술자 중 한 사람도 독립하지 못하는 이유가 거기에 있었다.

대체로 모든 장사가 신용을 중히 여겼지만 구로야만큼 집요하게 신용이란 것에 집착하는 곳도 없었다. 황실 어용이란 간판을 명분으로 내세워 거둬들인 수익은 막대한 것이었다. 당시 답례용 선물로 구로야의 양갱을 산다는 것은 일반 시민으로 서는 큰 마음을 먹어야만 가능했다. 정말 구로야만큼 황실 어용이란 간판을 철저히 활용한 상점도 없을 듯싶었다.

양갱은 과자로서는 그다지 맛있는 부류에 속하지 않았다. 다만 전통적으로 가장 오래 된 과자였기에 일본 과자의 대명사로 존재한다는 것에 불과했다. 양갱의 역사는 명확하게 기록에 남아 있지는 않지만, 그 이름이 처음 나타난 것은 가마쿠라 시대로 당시 선종의 승려가 중국과 내왕이 빈번해지면서 그 때에 가져온 정진(精進) 요리 중에서 볼 수 있었다. 물론 이것은 설탕이 들어가지 않은 것으로 과자라기보다 요깃거리인 듯싶었다. 따라서 현재의 양갱과는 전혀 다른 것이었다.

일설에는 양갱의 맛이 양(羊)의 간(肝)과 비슷해 양간(羊肝)이라 불렀는데, 나중에 간이라는 글자가 불결한 느낌을 준다고 양갱(羊羹)이라고 쓰게 된 것이라 했다. 무로마치 말기에 설탕이 수입되어 다도(茶道)의 융성과 더불어 양갱은 요리의 일부에서 분리되어 과자로서의 면모를 갖추었다. 그러나 여전히 팥이라든가 갈분이라든가 밀가루를 써서 설탕을 섞고 이겨서 쪄내는 방식으로 만들고 있었다.

이긴 양갱이 생긴 것은 우무가 발견된 애도(江戶) 중기 때부터다. 그러나 이긴 양갱이라 해도 구로야가 민드는 고급품에서부터 온천 지방에서 흔히 살 수 있는 선물용까지 천차 만별이었다.

거리의 과자점을 천하게 취급하고 있던 구로야인만큼, 천황 황후의 입에 넣을 고급 상품을 만들고 있다는 긍지가 경영 전반에 걸쳐서 철저했던 터였다. 따라서 이 집에서 일하는 입장에서 보면 이렇게 봉건적이고 까다로운 업소는 다시 없었던 것이다.

이세다 나오마사는 그것을 알면서도 기리히토를 구로야에서 일하게 한 모양이었다. 기리히토가 이 곳의 숨 막힐 듯한 생리를 접하고서도 그다지 놀라지 않았던 것은 기리히토 특유의 뻔뻔스럽고 대담함 때문이었다.

기리히토가 구로야에 근무한 지도 한 달이 벌써 지나갔다. 날 소 만들기를 거드는 것이 기리히토에게 주어진 일이었다. 기리히토는 날 소 만드는 전 과정을 숨쉴 겨를도 없이 거들어야만 했다. 공장을 나올 때는 팔다리가 막대기처럼 감각이 없어질 정도의 중노동이었지만, 거기에 대한 불평은 하지 않았다.

그러나 기리히토가 도저히 견딜 수 없는 것은 우선 별가 이하의 견습공까지 하루 종일 무서우리만큼 철저히 지켜지는 침묵의 원칙이었다. 수다스러운 것과는 무관한 기리히토였지만, 모두 입을 다문 채 기계처럼 일하고 있는 것을 보면 새록새록 의문이 생기는 건 어쩔 수 없었다.

'왜 이렇게 잠자코 있지 않으면 안 될까?'

그날의 작업이 모두 끝나고 다음 날 준비와 청소가 시작됐을 때쯤 이젠 괜찮겠지 싶어 기리히토가 말을 걸어보았지만 역시 마찬가지였다.

"노래라도 부르면서 일하면 피로가 꽤 풀릴 텐데 어떨까요?"

견습공은 마치 도둑질이라도 함께 하자는 제의를 받은 것처럼 기리히토를 노려보았다.

"안 될까요?"

"……."

견습공은 휙 얼굴을 돌려 버렸다.

"기리히토!"

지배인 한 사람이 멀리서 험악한 어조로 불렀다.

"넌 구로야의 과자는 천황 폐하가 드신다는 것을 잊었나?"

"알고 있습니다."

"알고 있는 놈이 노래를 부르면서 소를 만들겠다는 따위의 불손한 생각을 하고 있나?"

"노래를 부르면 불손한 겁니까?"

"물론이다! 당치도 않은 얘기다! 아직 한 달도 지나지 않은 것이 무슨 발칙한 말을 지껄이느냐."

기리히토는 납득할 수 없었지만 물러설 수밖에 없었다. 이해할 수 없는 일은 그 밖에도 도처에 깔려 있었다.

"별가님은 소를 개는 일을 몇 년 동안이나 하고 계신가요?"

기리히토가 다른 견습공에게 물었다.

"37년 동안 하고 계신다."

"37년!"

기리히토는 자기 나이의 두 배보다 더 오랜 세월을 매일같이 내리 소 개는 일만 해 온 별가의 얼굴을 새삼스럽게 쳐다보았다.

'나 같으면 도저히 그렇게 견디지는 못 할 거야.'

37년간이나 아침부터 밤까지 묵묵히 소를 개어온 무서운 인내력에 기리히토는 감탄을 금치 못했다. 동시에 그가 여기에 온 첫날에 생긴 의혹도 풀렸다. 지배인에서부터 견습공에 이르기까지 모두가 젊거나 늙었다는 차이만 있을 뿐 다 같은 얼굴로 보였던 그 의혹 말이다.

'그렇구나! 모두들 매일같이 같은 일을 되풀이하며 벙어리같이 침묵해

있으니까 같은 얼굴이 돼 버리는 거야.'

 기리히토는 어렸을 때 아사히 강둑에서 만났던 스님에게 들은 말을 되새겼다.

 '나는 이 가게에서 일하는 사람 같은 얼굴은 되고 싶지 않아!'

 기리히토는 자신에게 타일렀다.

 기리히토가 이해할 수 없는 점들은 그 밖에도 많았다. 늘 물을 가까이 하기 때문에 몸이 금방 식었고, 따라서 요기를 느끼는 것은 당연했다. 또 한 가지 견딜 수 없는 것은 5시부터 정오까지 화장실을 갈 수 없다는 것이었다. 아침 8시부터 화장실을 가고 싶었는데 4시간을 참아야 한다고 생각하자 생각만으로도 치가 떨려왔다. 그래서 큰 맘 먹고 지배인에게 부탁할라치면 어김없이 욕만 먹고 거절당하였다. 기리히토는 10시까지 참다가 정신을 잃고 넘어졌다.

 "누구나 한 번은 넘어지기 마련이지."

 나중에 지배인에게서 그런 말을 듣고 기리히토는 그 지배인의 오줌통은 자기 것의 열 배는 족히 될 것이라고 생각했다.

 '소변을 참고 소를 만드는 것이 도리어 불경하고 불결할 텐데.'

 그렇게 말해 주고 싶은 마음이 굴뚝 같았다.

 이윽고 기리히토에게 외출의 기회가 주어졌다. 가게에서 2km쯤 떨어진 곳에 또 하나의 공장이 있었다. 종이 상자와 오동나무 상자와 포장 부품을 만드는 곳이었다. 그 곳에서는 누르는 과자의 목형도 만들고 있었다. 그 목형공에게 목형을 받으러 가는 역할이 기리히토에게 주어진 것이다.

 구로야의 창고에는 1,000종 이상의 목형이 빈틈없이 차 있었다. 명치 이전의 것도 많고, 또 황실 소유의 것이나 일류 회사가 맡긴 것도 있었다.

 누르는 과자는 의식 과자에 가까웠다. 의식 과자는 과자의 서열로 따지면 꽤 오랜 관록을 갖고 있었다. 색채·수법·도안 등 모든 면에서 세밀히 분류되어 있었다. 축하용인 경우에는 송죽매(松竹梅)지만, 세트 전체의 품위를 유지하기 위해 형태와 색채에 창의성이 필요했다. 세트 앞쪽의 솔을 안배하고, 오른편엔 매화를 배치하고, 왼쪽에 대나무를 형성하게 했다. 축하용이 아닌 것은 구름이라든가 연꽃을 배치하고 범자 따위로 나타냈다.

황실이라든가 귀족·부잣집·큰 회사에서 특별한 행사가 있으면 그것에 어울리는 의식과 차가 주문되는데, 그러면 까다로운 목형을 서둘러 만들어야 했다.

목형은 오래 된 벚꽃나무로 만들었는데, 머리카락처럼 가는 선을 내는 복잡한 것은 뛰어난 기술을 요했다. 또 숙련된 솜씨로 만든 목형은 과자를 만들기도 쉬웠다.

구로야의 목형공은 명인의 경지에 이른 독보적인 존재였지만 오만하고 편협했다. 아무리 바쁜 일이라도 기분이 내키지 않으면 절대로 끌을 잡지 않았다. 그래서 지배인이나 견습공도 독촉하러 가는 것을 꺼려했던 것이다.

"이번에 들어온 애가 별나서 배짱이 맞을지 모르니 한번 보내보자."

이렇게 의중이 모아져 기리히토가 외출할 수 있는 기회가 만들어진 것이다.

3개월 만에 거리로 나온 기리히토는 살아 움직이는 거리의 표정에 비로소 자기가 숨을 쉬고 있음을 느꼈다.

'정말 도쿄로구나, 나도 도쿄에 살고 있는 거야!'

기리히토는 가슴을 펴고 걸어갔다.

공장은 뒷골목 한 쪽 구석에 있었는데, 무척이나 낡은 건물이었다. 창고를 개조한 모양으로 뿌연 먼지를 뒤집어쓴 유리 창문 두 짝이 덜컹거리고 있었다. 안으로 들어서자 시멘트 바닥이 뿜어내는 을씨년스러운 기운이 전신을 휘감았다. 어두컴컴한 내부에서 몇 명의 여자들이 부스럭거리며 상자 만들기를 하고 있는 광경은 정말 음산했다. 하나같이 먼지를 뒤집어쓴 데다 머리가 헝클어져 있었다.

기리히토는 왼편에 나 있는 계단을 통해 공장으로 올라갔다. 2층 또한 삭고 높은 창에서 희미한 광선이 비칠 뿐 음산하기는 마찬가지였다. 크고 작은 끌과 대패·톱 등이 톱밥과 함께 흐트러져 있는 가운데 반백의 머리를 한 바짝 마른 사나이가 앉아 있었다.

"요쓰비시 물산의 사군자가 다 됐습니까, 아저씨?"

기리히토가 물었지만 사나이는 대답은커녕 눈도 돌리려 하지 않았다. 뭔가 골똘히 고민한 나머지 허탈한 상태 같았다.

기리히토는 같은 질문을 세 번 되풀이했다. 그제서야 사나이는 귀찮은 듯 미간을 찌푸리고 신경질적으로 대꾸했다.

"아직 안 됐어!"

다시 말 붙이기가 두려울 정도로 쌀쌀한 말투였다.

"그건 곤란한데요. 모레까지 써야 하는데."

"……."

"아저씨, 좋은 모양이 생각나지 않는가 보죠?"

"……."

"그렇다면 한번 들판에 나가 누워서 하늘을 쳐다보세요. 굉장히 기분이 좋아요. 뭔가 좋은 생각이 날 거예요."

사나이는 힐끔 기리히토를 쳐다보았다. 기리히토는 그의 차가운 눈길에 오한을 느꼈다. 움푹 파인 눈빛이 아무래도 심상치 않았다.

"너에게 부탁이 있다."

"뭐, 뭐죠?"

"지금 우리 집에 좀 다녀와야겠다."

"무슨 가져올 물건이 있나요?"

"아니다. 그저 살그머니 정원으로 들어가서 집 안을 살펴보고 와."

"들여다보기만 하면 되나요?"

"사군자를 내일까지 만들어 주겠다고 약속하시면 부탁을 들어드리죠."
"약속하지."
"틀림없지요?"
"그래."

목형공 사와타리의 집은 고마바의 다마가와 전차가 다니는 언덕 밑에 짓눌린 듯이 늘어서 있는 세 집 중의 한 채였다.

기리히토는 그의 말대로 현관 옆 샛문을 열고 발소리를 죽여 가며 노송나무 울타리를 따라 정원으로 돌아갔다. 툇마루 유리창은 닫혔고 흰 커튼이 쳐져 있었다. 기리히토는 그 곳에 오는 도중 사와타리의 의도가 무엇인지 어렴풋이 예측할 수 있었다.

팔손이잎 그늘에서 쭈그리고 앉아 가만히 귀를 기울이고 있자 집 안에서 '킥 킥 킥' 하고 웃는 여자 목소리가 새어 나왔다.

"역시 그랬었군!"

기리히토는 고개를 끄덕였다. 이런 경우 젊은이라면 호기심이 치솟아 심장이 두근거리기 마련인데 어쩐 일인지 기리히토는 아무런 감흥이 없었다. 발소리가 나지 않게 슬금슬금 다가가 커튼 사이로 한 쪽 눈을 들이댔다. 빨간 천과 굵직한 다리가 보였다. 검고 더러운 피부였다.

기리히토는 눈을 기민하게 움직여 여자가 다다미 위에 그대로 누워서 옷을 벗은 채 아랫도리를 벌리고 거기에 남자가 엎히듯 하며 한손을 빨간 천 사이로 집어넣는 장면들을 빠뜨리지 않고 지켜보았다.

여자도 젊고 사내도 젊었지만 둘 다 못난 얼굴이었다. 눈을 감은 여자는 끊임없이 즐거운 듯이 교성을 내며, 가슴이며 몸통이랑 엉덩이를 흔들어 대고 있는데, 남자는 매우 진지한 표정으로 여자의 얼굴을 응시하고 있는 것이었다.

"싫어!"

돌연 여자가 소리치면서 양팔로 남자 머리를 감더니 한 발을 공중으로 치켜들고 허리를 휘어감았다. 노출된 엉덩이와 대퇴부의 거대한 모습이 기리히토의 시야에 가득히 들어왔다.

저도 모르게 목을 움츠린 기리히토는 분별 있는 50대의 사나이처럼 중얼거렸다.

'여자란 어쨌든 처치 곤란이군.'

노송나무 울타리를 따라 현관으로 나온 기리히토는 일단 밖으로 나왔다가 다시 생각을 바꾸어 들어가서 느닷없이 현관의 격자문을 요란하게 두드렸다.

"사와타리 씨! 사와타리 씨! 전보! 전보! 전보요!"

마음껏 소리를 질러댔다. 안에서 퉁탕거리며 당황해하는 소리를 듣자 기리히토는 빙그레 웃으며 현관을 떠났다.

돌아오는 길에 기리히토는 찹쌀떡 다섯 개를 사서 먹으며 공장으로 발걸음을 옮겼다. 매일 날 소를 만들면서도 아직 구로야의 과자를 먹어 보지 못한 기리히토였다. 찹쌀떡은 정말 맛있었다.

공장에 돌아온 기리히토는 시침을 딱 떼고 이층으로 올라갔다. 목형공은 잔뜩 긴장된 안색으로 더듬거리며 물었다.

"어, 갔다 왔느냐?"

"아주머니는 노래를 부르며 빨래를 하고 있던데요."

기리히토가 말했다.

"빨래를? 집 안에 다른 누가 없던가?"

"아무도 없던데요."

"정말이지?"

"그럼요."

"……."

묵형공은 털썩 어깨를 늘어뜨리며 고개를 숙였다.

"아저씨 사군자를 내일까지 만들어 주시는 거죠?"

"그래, 알았다."

목형공은 순순히 승낙했다. 기리히토는 휘파람을 불면서 가게로 돌아왔다.

 사군자는 틀림없이 이튿날 저녁때 기리히토의 손에 들어왔다. 그러나 그로부터 3일 뒤 목형공은 부인이 사내와 자고 있는 현장을 덮쳤고, 끌로 두 사람을 마구 찔러서 죽여 버렸던 것이다.

'맛있는 소를 만들려면 37년이나 걸리는 것일까?'
 아직 3개월도 채 안 됐지만 기리히토의 뇌리에는 그런 당돌한 생각이 떠나질 않았다.
 '별가님이 만드는 소와 내가 만드는 소가 과연 차이가 있는 걸까?'
 기리히토는 목형공 사와타리의 집에서 돌아오는 길에 사먹은 찹쌀떡 맛을 잊을 수가 없었다. 그 며칠 후에 양갱을 처음으로 먹어 보았을 때도 오히려 찹쌀떡 쪽이 더 맛있었던 것 같았다.
 '구로야'라는 간판만으로 특별한 맛이 있는 양 별나게 구는 것이 가증스러웠다. 실제로 '구로야'가 얼마나 권위를 갖고 있었는지는 이번 목형공의 살인 사건으로 여실히 입증되었다. 신문에는 단 한 줄의 기사도 게재되지 않았던 것이다.
 적어도 천황·황후가 즐기는 과자의 틀을 만들고 있는 기술자가 불륜을 저지른 아내와 정부를 살해한 인간이었다는 것은 절대로 있을 수 없는 일이었다. 구내성에서는 당연히 곧 경시청에 지령하여 기사 게재 중지를 명했던 것이다.
 이런 현실이고 보니 구로야는 다른 가게와 경쟁하기 위한 기술 개발에 고심할 필요가 없었다. 설혹 거리에서 파는 찹쌀떡보다 맛이 없어도 천황과 황후 폐하가 드시는 이상, 서민의 고급 선물용으로서의 명성을 잃지 않을 터였다.

어쨌든 기리히토는 자기 손으로 한 번 소 이기기를 시도해 보려고 암암리에 그 기회를 엿보기 시작했다. 그리고 그 기회는 의외로 빨리 찾아왔다.

신주쿠 고엥에서 황족·귀족 및 각국 대사·공사가 모여서 대규모 가든파티를 개최하였는데, 일본 과자의 공급은 당연히 구로야가 단독으로 맡았다. 그래서 당일 기숙사에는 풋내기 견습공 네 명이 남게 되었다.

기리히토를 제외한 세 명은 모처럼 무서운 선배들이 없는 동안 마음껏 낮잠을 즐길 요량으로 이불을 뒤집어썼다.

'됐어, 오늘이야!'

기리히토는 공장으로 들어갔다. 그날 기리히토는 오전 6시부터 오후 3시까지 필사적으로 걸러낸 소를 이겼다. 다행히도 신주쿠 고엥 용으로 특별히 골라 두었던 팥이 반 가마니 남아 있었기 때문에 전날에 이것을 몰래 물에 담가 두었던 것이다.

그는 우선 보일러실에 들어가서 석탄을 땠다. 그리고 앙금빼기도, 소를 바래는 일도 잘 해냈다. 그러고 나서 청동제 이중 가마에서 날 소와 꿀을 섞는 작업도 만족하게 마쳤다. 다 이기어서 꿀을 섞는 소를 냉각하여 일정한 온도가 유지되고 있는 인접한 작은 방으로 옮겼다. 보통은 다음 날 사용하는 것이었다.

그런데 양갱이란 이것만으로 완성되는 것은 아니다. 따로 물에 녹인 우무에 설탕을 더해서 끓이고, 가는 체에 내린 재료에 소를 넣어서 가열하면서 나무로 된 큰 프로펠러 모양의 주걱으로 이겨야만 비로소 완성되는 것이다.

기리히토는 이 마지막 작업에 착수하려다 당혹해했다. 우무가 들은 창고에 열쇠가 채워져 있었기 때문이다. 결국 기리히토는 양갱 만들기를 단념해야만 했다. 그 대신 한 가지 실험을 하기로 마음먹었다.

이튿날 기리히토는 기회를 노려 양갱 제조실을 빠져나와서 누른 과자 제조실에 들어갔다. 누른 것은 이미 앞서 말한 대로 의식 과자이며 일본 과자의 최고급이니만큼 수십 년 경험이 있는 기술자가 맡고 있었다. 그는 소 별가보다도 훨씬 격이 높았다. 누른 과자는 찹쌀가루로 떡을 만들어 거기에 설탕을 섞고 속에 소를 싸서 목형에다 손으로 눌러 넣어서 만드는 것이다.

이 누르는 법, 밀어 넣는 양, 색깔 내기 등은 실로 예술품을 만드는 것 못지않은 기술을 필요로 했다. 경험이 많은 별가는 떡과 소의 양에 1g의 오차도 내지 않았다.

"별가님."

기리히토는 한숨 돌리고 있는 별가 곁에 다가가서 나무상자에 담은 소를 내밀었다.

"이건 특별히 만들어 본 소입니다. 잠깐 맛보아 주세요."

물론 누르는 것이 전문인 별가는 그 소를 풋내기 견습공이 몰래 만들었다고는 꿈에도 생각하지 않았다. 소 이기기 별가가 특별히 만들어 본 것이라고 생각했다. 기리히토는 자기가 만들었다고는 하지 않았으나, 그렇다고 별가님이 맛보아 달라고 명령했다는 거짓말도 하지 않았다. 기리히토의 말을 소 이기기 별가의 명령이라고 받아들인 누름 전문 별가 쪽이 경솔했던 것이다.

그는 무표정하게 작은 주걱으로 소를 떠서 핥아 보았다.

"어때요?"

기리히토는 진지한 표정으로 물었다.

"글쎄……."

별가는 맛이 있다고도 없다고도 대답하지 않았다. 기리히토는 상대가 대답하지 않는 것은 여느 때 소와 다를 바 없는 맛이기 때문이라고 생각했다.

'이럴 줄 알았어! 37년의 경험자가 만든 것이나 3개월 견습공이 만든 것이나 같지 않는가!'

기리히토는 자기 실험에 만족했다.

"이봐, 이 소를 얼마나 만들었나?"
별가가 물었다.
"반 가마니요."
"그래."
별가는 잠깐 생각하더니 조수인 지배인을 뒤돌아보며 물었다.
"이봐, 수상 관저에서의 주문은 얼마였지?"
"150개입니다."
별가는 고개를 끄덕였다.
"이 소를 쓰자."
기리히토는 가슴이 철렁했다. 그가 이 소가 맛이 있다고 인정한 것이다.
"저, 정말이에요?"
기리히토의 목소리가 다급해지며 별가의 얼굴을 들여다봤다.
"이 소가 지금까지의 것보다 맛이 좋은가요?"
"……."
별가는 귀찮은 듯이 기리히토를 밀어젖히고 아랫사람들에게 곧 준비하도록 명령했다. 기리히토는 입이 근질근질했다.
'이건 실은 내가 만든 것이에요.'
그렇게 말하고 싶었다.
"이봐, 빨리 소를 가져와라."
명령을 받고 급히 소가 있는 방에 되돌아오자 거기에는 소 이기기 별가와 지배인의 험악한 눈초리가 기다리고 있었다.
"기리히토!"
지배인이 한 걸음 다가와 노려보았다.
"이 소 어떻게 된 거냐?"
한 쪽 구석의 나무통을 가리키자 기리히토는 배짱 좋게 말했다.
"내가 어제 만들었습니다."

"만들었다니! 만들었다고 끝날 일이냐?"

지배인은 무서운 기세로 기리히토의 멱살을 잡았다.

"너는 겨우 석 달 전에 들어온 견습공이 아니냐! 그런데 이게 뭐야? 네 멋대로 이런 엉터리 물건을 만들고……, 만약 이것을 우리들이 모르고 썼어 봐라! 구로야는 대망신을 당해! 단번에 신용이 떨어진단 말이다. 어쩌자고 이런 짓을 하고 있나?"

거칠게 쥐어 박히면서도 기리히토는 태연했다.

"내가 만든 소를 쓴다 해서 구로야가 망신당하지는 않을 겁니다."

"뭐야?"

지배인은 발끈하며 기리히토의 목을 쥐어흔들었다.

"소 이기는 것은 30년, 40년의 경험이 필요하단 말이다. 피도 안 마른 풋내기 녀석이 제멋대로 굴어? 이 자식!"

정말로 목을 졸라 죽여 버리고 싶은 듯 길길이 뛰었다. 이 때 누르기 전문 별가가 나타났다.

"왜 그래?"

기리히토로서는 바라던 바였다.

"이놈이 어제 우리들이 없을 때 몰래 소를 만들고 있었어."

소 이기기 별가가 말했다. 순간 누르기 전문 별가의 안색도 달라졌다. 기리히토는 지배인의 양손을 비틀어 떼며 잽싸게 말했다.

"제가 만든 소가 구로야의 망신거리가 아니라는 것을 이분 별가님이 증명해 주실 거예요……. 수상 관저에 납품하는 과자는 내가 만든 소를 쓰겠다고 하셨거든요."

"바보 자식이!"

크게 노한 것은 누르기 전문 별가였다. 기리히토는 힘껏 뺨을 얻어맞고 콘크리트 바닥에 나가떨어졌다.

"무슨 일이냐?"

출입구에서 총지배인의 목소리가 들리자 별가들은 자못 긴장했다. 기리히토가 저지른 일은 선배인 자기들의 지도가 모자란 탓에 생긴 일이었기 때문이다. 느릿느릿 일어난 기리히토는 지배인 뒤에서 두루마기 차림의 이세다 나오마사의 모습을 발견하고는 빙그레 웃었다.
"어떻게 된 거냐?"
지배인도 당혹한 모양이었다. 나오마사가 찾아와서 기리히토를 만나고 싶다고 부탁하기에 지배인은 눈치 빠르게 기리히토가 열심히 일하는 모습을 보여주려고 이 곳으로 안내한 터였다. 그런데 그 당사자가 별가들에게 혼쭐이 나고 있는 것을 목격했으니……
"이 아이가 무슨 실수를 했는가?"
"아니, 대수롭지 않은 일입니다만……."
소 이기기 별가가 우물쭈물하면서 변명하려 했다. 그러자 기리히토가 큰 소리로 시원스레 말했다.
"제가 나빴습니다. 꾸중 들을 일을 했습니다."
차라리 즐거운 듯한 그의 목소리는 이런 경우에 정말 어울리지 않는 묘한 여운을 남겼다.
그러고 나서 1시간 뒤에 나오마사는 기리히토를 데리고 신바시 연무장의 대각선 맞은편에 있는 요정 '긴키라쿠'를 찾았다.
아랫목 기둥에 기대 앉아서 잠시 눈을 감고 있던 나오마사는 "후후후……"하고 뭔가 생각난 듯 웃었다.
"그래, 네가 만든 소가 37년이나 경험을 쌓은 놈이 만든 소보다 더 맛이 있었단 말이지?"
"난, 누가 만들어도 같은 맛이라고 생각해요."
"꼭 그렇지는 않겠지만, 산에 들어간 자는 산을 보지 못한다고 하지."
나오마사는 소금에 절인 벚꽃 잎을 띄운 차를 가져온 하녀에게 물었다.
"넌 구로야의 양갱을 먹은 일이 있는가?"
"네, 먹은 적이 있습니다만……."
"맛이 있었나?"

"글쎄, 양갱이니까."
"양갱이니까 어떻다는 건가?"
"특별히 어디 것이 맛이 있느냐는 것은 중요하지 않겠죠."
"멋지게 피하는군."
나오마사는 웃었다.
"구로야는 양갱보다도 아가씨가 예쁘기 때문에 훨씬 덕을 보고 있는 게 아닐까 생각합니다. 시집가시기 전과 후에 황가에서나 귀족 분들이 양갱을 사들이는 양이 두드러지게 달라졌거든요."
"그렇지. 나도 그 여자에게 반했으니까."
"어머나!"
"다만 내가 반한 건 남의 마누라가 되고 나서지만……. 너무 예쁘다는 건 그것만으로 죄악이다."
"그렇다면 제 얼굴 정도면 무난하다고 생각하시나요?"
"그렇다."
"농담도 잘 하시는군요. 그럼 실례합니다."
하녀가 물러가자 기리히토는 진지한 표정으로 그를 쳐다봤다.
"정말 예쁜 분이에요."
"그런 미인을 마누라로 삼고 싶나?"
"꿈같은 얘기예요. 난 조금 전 그 하녀 정도로 만족해야죠."
"커다란 성을 만들 야망을 가진 놈이 한심한 소릴 하는구나."
"그렇지만 그런 아름다운 분은 일본 천지를 다 뒤져도 아마 열 사람도 안 될 거예요."
"일본에서 한 사람밖에 없는 미인을 마누라로 삼을 뻔뻔스런 놈이 되어 보지 않겠나?"
"난, 마리야를 마누라로 삼는다고 결정했는데요."
"미치광이에다 거지의 아인데도 말인가?"
"상관없어요. 나 역시 정상적인 부부 사이에서 태어난 아이가 아니니까요."

"……."

나오마사는 어두운 그늘이라고는 털끝만큼도 없는 기리히토의 얼굴을 바라보며 거친 들판에서도 자라나는 잡초의 강인함을 떠올렸다.

"그런데 도련님은 언제 유럽에 가십니까?"

"내일."

"그래서 만나러 와 주신 거군요. 두 번 다시는 뵐 수 없다고 생각했었어요."

나오마사는 허리에 두르고 있던 보자기를 풀어 기리히토의 무릎 앞에 던졌다.

"이걸 너에게 주마!"

"뭐예요?"

"돈이다."

"네?"

기리히토는 깜짝 놀라며 보자기를 펼쳤다. 10원짜리 지폐 다발이 여러 뭉치였다.

"와, 엄청나요!"

기리히토가 소리질렀다.

세어보니 천 원 다발이 열 개였다.

'1만 원!'

담배 한 갑에 7전, 양복 한 벌에 40원, 전체를 노송나무로 만든 문화주택이 천원에 미치지 않는 시대였다.

"네가 여기서 3일도 못 견디고 달아났다면 나와는 그것으로 끝이었을 것이다. 그러나 넌 참았고 달아날 낌새도 없는 것 같았어. 내가 예측했던 대로였어. 그래서 네놈에게 1만 원을 주어도 헛되이 버리지 않을 거라고 생각했다."

"……."

기리히토의 큰 눈이 눈물로 젖었는가 싶더니 굵은 눈물방울이 뺨으로 굴러 떨어졌다.
 "난, 유럽에 가서 돈을 있는 대로 다 쓸 참이야. 결국은 아라비아 사막 한가운데서 객사하면 나에게 걸맞은 죽음이 되겠지만, 일본에 되돌아올 지도 모른다. 그 때 무일푼인 나를 맞이해 줄 사람은 너밖에 없을 것 같다. 그 때 네가 여전히 양갱상의 하인배여서는 나도 곤란해. 내가 돌아 왔을 때 네가 성공하여 무슨 사업이라도 잘하고 있으면 식객 노릇을 해도 마음이 편하겠지."
 "도련님!"
 기리히토는 자기도 모르게 부르짖었다.
 "나, 이 1만 원을 10만 원, 아니 100만 원으로 불려 놓을게요!"

9

 기리히토가 어찌어찌해서 소위 도회지 사람들이 쓰는 표준말을 제대로 쓰게 된 지 일 년이 흘렀다.
 1만 원이라는 거금이 수중에 있는 지금 언제라도 구로야를 나갈 수 있었지만 그런 점에서 기리히토는 또 참을성 있고 신중했다. 그 기회가 올 때마다 경솔하게 독립하는 것을 삼갔다. 물론 1만 원을 갖고 있다는 것에 대해 아무에게도 말하지 않았다.
 소 이기기의 심부름은 그 사건으로 그만두게 되었고, 월급 12원으로도 불만 없이 성실하게 지배인 직속의 잡일을 했다.
 이세다 나오마사가 후견인이라는 것이 기리히토에게 큰 힘이 됐다. 지배인이 기리히토에게 은행 일까지도 시킬 만큼 신임한 것도 그의 덕분이었다. 기리히토의 행동이 다른 견습공들과 어딘지 다른 점도 수십 년간이나 개성 말살의 훈련을 받아 온 지배인의 눈에는 신선해 보인 까닭도 있었다.
 6개월의 견습이 끝나고 한 달에 한 번씩 쉬게 되었지만 기리히토는 다른 사람들처럼 영화 구경을 가거나 유원지에 놀러가지 않았다. 지배인이 어떻게 지냈냐고 물으면 대답이 늘 엉뚱했다.
 "소노다 씨 댁에 가서 잔디를 뽑아 드리고 왔습니다."
 "백화점 옥상에 가서 비치해 둔 망원경으로 시내 중심가를 하루 종일 보다가 왔습니다. 모자를 쓴 여자가 한 시간에 예순일곱 명 지나가더군요. 아이를 데리고 가는 사람은 스물여섯 명밖에 없었고, 시계점 앞에서 누군가를 만날 약속이 있는 사람 중에는 두 시간 반이나 기다리고 있던 아가씨도 있었어요."

"오늘은 교외 공원 묘지에 가서 죽은 사람의 나이를 조사해 봤는데요. 예순이 넘은 사람은 의외로 적고, 50대가 가장 많았습니다."

"요코하마 부두에 가서 미국 화물선을 타 보았습니다. 그런데 문신을 한 선원에게 키스를 당했지 뭐예요. 그 사례로 이걸 얻었는데요, 보세요."

하면서 야릇한 그림이 든 트럼프를 내 밀어 보였다.

기리히토가 하는 일은 하나같이 독특했다. 그러면서도 재미있었고 흥미를 끌었다. 그리고 눈과 발로 1930년대의 현실을 파악함으로써 기리히토는 어느 틈엔가 날카로운 감각을 기르고 있었다.

지난 1년 동안에 구로야에서 일어난 큰 사건이 있다면 미쓰에가 소노다 가게에 이혼당한 일이었다. 그것이 남편의 뜻인지 미쓰에가 원했던 것인지는 도무지 알 수 없었지만, 구로야에 돌아온 그녀는 방에만 틀어박힌 채 거의 모습을 나타내지 않았고, 기리히토 따위는 본채에 들어갈 기회마저 없어 얼굴을 마주친 적은 한 번도 없었다.

해가 바뀌고 외투가 거추장스럽게 느껴질 즈음에 미쓰에가 돌연 사무실에 모습을 나타냈다.

"기리히토 군을 이타미 별장에 데리고 가고 싶은데 가능합니까?"

하고 지배인에게 부탁했다.

"아무렴요, 그렇게 하세요."

곧 기리히토가 불려왔다.

"아가씨가 이타미 별장에서 얼마간 계실 테니 함께 가서 모셔라."

그러나 기리히토는 별로 반갑지도 않은 듯 심드렁하게 물었다.

"얼마간이 며칠입니까?"

"자네가 싫어지면 언제든지 돌아가도 좋아요."

미쓰에가 말했다.
"이봐, 기리히토. 너는 아가씨 호의에 무슨 불만이라도 있는 거야?"
지배인이 나무랐다.
"불만은 없습니다. 그러나 곤란한 일이 하나 있습니다."
"뭐야, 곤란하다는 게?"
"나도 남자니까 이런 꿈같이 아름다운 분과 함께 살고 있는 동안에 다른 여자가 모두 시시하게 보이게 되면 남자로서 곤란한 일 아닙니까?"
"어째서 곤란하다는 거야?"
"지배인님, 지배인님도 미쓰에님을 바라보고 있으면 부인이 시시하게 생각되지 않습니까?"
거침없는 말투에 지배인은 나이답지 않게 얼굴이 빨개졌다가는 새파래졌다.
"이놈, 아가씨 앞에서 못하는 말이 없구나!"
"아닙니다. 남자의 본심을 말씀드렸을 뿐입니다."
미쓰에가 미소 지으며 기리히토를 바라보더니 슬픔이 배인 목소리로 말했다.
"난 그다지 예쁘지 않아, 기리히토군."
"틀림없이 너무 예쁘시기 때문에 주인님께서 견딜 수 없었던 거예요 주인님은 겁쟁이예요."
이튿날 아침, 미쓰에와 기리히토는 오사카행 급행 열차를 탔다. 미쓰에는 가는 곳마다 뭇사람들의 시선을 집중시켰다. 남이 쳐다보는 것에는 익숙해진 듯 미쓰에는 극히 조용하고 무표정했지만, 기리히토는 태연할 수가 없었다.
'역시 안 돼! 이런 미인 옆에 오래 있다가는 껍질 없는 달팽이 같은 인간이 돼 버리고 말 거야! 내가 존경하는 이세다 나오마사마저 미쓰에에 대해서는 비굴한 기색을 보이지 않던가.'
2등차에 마주 앉자 기리히토는 결심한 듯 말을 꺼냈다.

"저는 언젠가 나오마사님의 일기를 읽은 적이 있습니다."
"그래?"
미쓰에는 나오마사의 이름을 듣자 눈동자에 알 수 없는 그늘을 담았다. 기리히토가 지그시 노려보듯이 말했다.
"나오마사님은 불행한 분입니다. 미쓰에님도 그렇고요."
"……"
미쓰에는 입술을 달싹거리더니 말을 찾지 못한 채 눈길을 떨구었다.
"두 분이 결혼하시면 두 분 다 불행에서 벗어날 수 있습니다, 미쓰에님. 나오마사님의 뒤를 좇아 유럽으로 가세요."
미쓰에는 흠칫 얼굴을 들고 기리히토를 응시했다. 상상도 못 했던 일이다. 미쓰에의 가슴이 강한 충격을 받은 듯 쿵쾅거렸다.
'그분을 좇아간다!'
그것이 가능한 일이라고 생각했을 때의 그 충격이었다.
"나오마사님은 유럽에 가시기 전날 나를 쓰이지에 있는 킨기라쿠에 데리고 가셔서 1만 원을 주셨습니다. 그러고는 유럽에 가서 있는 돈을 다 쓰고 아라비아 사막 한가운데서 객사할지도 모른다고 말씀하셨어요. 정말 그렇게 하실지도 모릅니다. 미쓰에님이 가신다면 나오마사님은 객사하시지 않습니다. 미쓰에님이 일본을 떠나시면 일본의 남자들은 비로소 안정을 찾을 겁니다. 미쓰에님이 혼자서 도쿄에 계시는 것은 남자들을 초조하게 합니다. 정말입니다."
"그만하세요, 기리히토군."
미쓰에는 기리히토의 음성이 너무 커서 안절부절못하며 나무랐다. 이때 통로를 큰 걸음걸이로 오던 사내가 있었다.
"이크, 일본제 그리스도 아니냐!"
"엇!"
기리히토도 깜짝 놀라 일어섰다. 만주에서 마적질을 했다던 미타무라 소우키치였다.

"너완 기차 안에서만 만나는 운명이군. 허허허……."
기리히토는 입을 한일자로 힘주어 다물고 노려봤다.
'당신 덕분에 임질에 걸려서 죽을 고생했단 말이야!'
미타무라 소우키치는 기리히토의 험악한 태도 따위는 아랑곳하지 않고 그 옆에 넉살좋게 앉았다.
"우리들 앞에 근사한 미인이 앉는 것도 운명 같고."
그렇게 말하며 미쓰에를 빤히 쳐다보는 눈길이 짓궂었다.
"이분은?"
미쓰에가 기리히토에게 물었다. 기리히토는 마지못해 소개했다.
미쓰에가 구로야의 딸이라는 말에 소우키치의 얼굴에 순간적인 질투의 빛이 스쳐 지나갔다.
"음! 소노다란 놈 과연 행복한 놈이야. 모두 침을 흘리는 것도 무리가 아니지……. 부인, 전 소노다 가쿠노스케와는 3고(제3고등학교)에서 같은 반이었지요."
"네에. 그러세요?"
"소노다는 수재였지요. 특출한 머리를 가졌어요. 그러나 그건 어디까지나 상아탑 안에서의 매력이었습니다……. 어떠세요, 남편으로서의 소노다는 매력이 있습니까?"
"저, 작년 말에 이혼했습니다."
"허 참, 그건!"
소우키치는 팔짱을 끼고 새삼 미쓰에를 빤히 바라보더니 정색을 하고 말했다.
"그놈은 인간으로선 냉혈한이었지요. 이혼은 당연합니다. 당신이 뜨거운 피가 통하고 있다는 증겁니다."
"그분에 대한 얘기는 하고 싶지 않습니다."
"이런 실례! 거북하시다면 그만두지요. 그건 그렇고 정말 아름다우십니다."

"미타무라 씨."
기리히토가 참견했다.
"그쯤 하시고 그만 자리로 돌아가 주세요."
"어째서냐?"
"거북합니다."
"오라, 네가 기사의 역할을 떠맡고 있는 셈인가? 알았다. 알았어······. 그런데 예수군, 난 지금 만주에 돌아가는데 함께 가지 않을래?"
"가고 싶지 않습니다."
기리히토가 쌀쌀맞게 거절했다.
"미인을 보고 있는 편이 낫다는 건가?"
"마적보다는 낫겠지요."
"허허허. 이거 한 대 얻어맞았는데."
소우키치는 일어섰다.
"기리히토, 이 같은 절세 미인의 기사는 때론 목숨을 걸고 지킬 각오가 필요하단 말이야. 열심히 하라고!"
그 한 마디를 남기고 총총히 사라졌다.
기리히토는 대수롭지 않게 생각했지만 그의 경고대로 기리히토는 머지않아 엉뚱한 봉변을 당하게 되었다.
구로야의 별장은 아타미의 미나쿠지 산본 마쓰에 있었다. 그 부근은 호화로운 별장 지대로 여관은 한 채도 없었다. 그리고 재미있는 것은 어느 별장에나 날씬하고 요염한 여성이 살고 있었다. 이를테면 신바시라든가, 아카사카에서 기생 노릇을 하다 낙적(기생을 돈주고 빼내는 일)되어 여기서 조용히 들어앉아 가끔씩 주인이 오는 것을 기다리고 있는 모양이었다.
구로야의 별장도 예외는 아니었다. 신바시에는 고하루라는 인기 있는 기생이 있었는데 속요의 명인이었다. 구로야의 주인 마치야 리헤이는 8년 전에 상처한 몸이라 특별히 이 아타미에 고하루를 숨기지 않아도 소문이 좋지 못할 리도 없었지만, 아무래도 다른 사람들을 본딴 모양이었다.
 고하루는 미쓰에를 주인 영감 이상으로 환영하여 더할 나위 없이 헌신하는 모습이 눈물겨울 정도였다. 그 덕택에 기리히토까지 도련님 대접을 받았다. 그러나 기리히토에게는 그것이 오히려 고통스러웠다. 단지 먹고 목욕하고 잘 뿐, 그 밖에 아무런 일도 없다는 것은 정말 견디기 힘들었다.
 그 무엇 하나 부족함이 없는 저택에서는 기리히토가 손을 댈 곳이라고는 하나도 없었다. 너무나 무료한 나머지 셰퍼드를 목욕시켰다가 꾸중만 들었을 뿐이다.
 그러다 나흘째 되는 날, 비로소 기리히토에게 볼 일이 생겼다. 미쓰에를 따라 구로야 양갱이 든 큰 상자를 안고 외출하게 된 것이었다. 미쓰에가 인사하러 간 곳은 바로 눈앞에 있는 큰 별장이었다.
 문 옆에 순경 둘이 경비하고 있는 것을 보자 기리히토가 미쓰에에게 물었다.
 "아사다노미야님의 별장이에요?"
 미쓰에가 고개를 끄덕였다. 기리히토는 순간 심장에 납덩어리 한 개가 날아와 박히는 듯한 충격에 몸을 떨었다.
 어머니의 시신을 넣은 관을 짐수레에 싣고 장례를 지내기 위해 산으로 가다가 아사다노미야가 연병장에 온다고 해서 짚더미 그늘에 쭈그리고 있어야 했던 일은 평생 잊을 수 없었던 굴욕적인 사건으로 그의 가슴에 남아 있었다.
 문을 들어서 현관까지 300m나 되는 자갈길을 걸으면서 기리히토는 점점 마음이 무거워졌다. 미쓰에는 현관을 피해서 안쪽 현관으로 돌아가서 안내를 청했다. 몸종을 따라 들어간 응접실은 온통 호화스런 가구로 들어차 있었고, 기리히토는 앉을 자리를 찾지 못했다. 프랑스풍 테라스 너머로 수백 평이나 되는 잔디밭이 꿈처럼 펼쳐져 있었다.
 '같은 인간이 사는 집이라도 이렇게 다른가!'
 기리히토는 그 위용에 압도당하면서도 은근히 분노를 느꼈다.

잠시 뒤에 중년의 하녀가 들어와 전했다.
"전하가 안에서 기다리십니다."
기리히토도 함께 일어서자 미쓰에가 손을 내저었다.
"기리히토는 여기서 기다리세요."
그녀는 새빨리 양갱 상자를 집어들였다. 미쓰에가 인으로 납치당해 버린 것 같은 느낌을 받았다. 미타무라 소우키치의 경고가 무의식 중에 작용하고 있다는 것은 후일에야 생각났다.

기리히토는 문을 열고 살그머니 테라스에 나갔다. 주위를 살피면서 인기척이 없는 것을 확인한 다음 기리히토는 잔디밭을 가로질러 갔다. 잔디밭을 향한 본채의 유리창은 전부 열려 있었다. 몇 개인지도 모를 방이 연달아 있고, 그 앞 복도에는 각각 안락의자가 한 벌씩 놓여있었다.

제일 안쪽 방에서 미쓰에의 뒷모습이 어른거리는 순간에 기리히토는 반사적으로 웅크리고 앉았다. 남자는 맞은편에 서 있었다. 기리히토는 기어서 큰 석등(石燈) 그늘에 몸을 숨겼다. 기리히토의 불길한 예감은 적중했다. 사나이가 돌연 미쓰에 위로 덮치면서 안으려 했다. 미쓰에는 그다지 놀란 기색도 없이 그것을 거부하려 했다. 그러나 사내의 태도는 더욱 난폭해져서 갑자기 미쓰에를 다다미 위에 밀어 넘어뜨리려 했다. 미쓰에의 치맛단이 흐트러지면서 하얀 허벅지가 드러나자 기리히토는 정신없이 석등 뒤에서 뛰어나갔다. 방에 뛰어들자마자 근처에 놓여 있던 양갱 상자를 번쩍 들고는 미쓰에를 덮친 사내의 정수리를 힘껏 내리쳤다.

상대는 뭐라 해도 절대 권위를 갖고 있는 황족이었던 것이다.

10

 양갱 상자로 고귀한 신분을 가진 사람의 머리를 내리친 무례한 행동이 간단히 끝날 리 없었다.
 아사다노미야는 생전 처음 이 같은 폭력을 당하고는 나이값도 신분 값도 못하고 어린아이처럼 비명을 질렀던 것이다.
 못난 탈처럼 생긴 나이 많은 하녀가 달려와서 전하의 이마에서 한 줄기 피가 흐르고 있는 것을 보고는 전하가 죽기라도 하는 것처럼 더욱 요란한 비명을 질렀다.
 별장 안은 발칵 뒤집혀지고 기리히토는 흉악한 자객이나 되는 것처럼 2명의 순경에게 체포되었다. 미쓰에가 울며 빌었지만 기고 만장한 노 하녀가 막무가내라서 어쩔 수 없었다.
 기리히토는 세상을 소란하게 한 사나운 강도 살인범처럼 아타미 경찰서 형사 네 명에게 이끌려 경시청으로 연행되었다. 그 곳에서 하룻밤 보내고 어떤 이유에선지 근처에 있는 히비야 경찰서로 옮겨졌다.
 아무 취조도 받지 않았다. 취조할 필요가 있을 리도 없었다. 당국에서도 이건 처치 곤란한 사건임에 틀림없다. 상대가 황족이 아니라면 기리히토의 행위는 크게 칭찬받아야 할 영웅적 행동이었다.
 육군 대위라는 자가 과자점 점원에게 양갱 상자로 얻어맞아 비명을 지르다니 실로 어처구니없는 해프닝이었다. 그러나 아사다노미야는 자신의 행위를 부끄러워하기는커녕 길길이 날뛰었다.

"그 점원 아이를 불경죄로 사형해 버려라!"

당국으로선 피해자가 황족일 때만큼 취급하기 곤란한 사건은 없었다. 아무리 생각해 봐도 기리히토를 범해야 함 이유가 없었지만 아사다노미야가 으르렁대고 있는 이상 신병을 확보해 둘 수밖에 없었다. 차라리 정신 분열증 환자로 취급하여 얼마 동안 마쓰자와 병원에 넣어두자는 제안도 있었으나 차마 그럴 수도 없었다.

방법은 아사다노미야에게 누군가 용서를 구하는 수밖에 없었다. 구로야 집에서도 어떤 귀족에게 부탁해서 은근히 충고해 보았으나 아사다노미야는 완강하게 거절했다고 한다.

기리히토는 당분간 컴컴하고 냄새나는 유치장에서 나오게 될 것 같지가 않았다. 어떤 비참한 상태에서도 그다지 고통을 느끼지 않고 이 세상을 살아갈 수 있게 태어난 것이 기리히토의 강점이었다.

히비야 경찰서 유치장은 지하에 있었다. 지은 지 벌써 30년이나 지나서 온갖 범죄의 냄새가 벽에도 바닥에도 배어 있는 음산한 곳이었지만, 기리히토는 마치 이 곳에 자주 드나들었던 사람처럼 들어오자마자,

"신세지겠습니다. 잘 부탁합니다."

하며 넉살 좋게 선입자들에게 인사했다.

덕택에 같은 방에 있는 패거리에게 별 다른 거부감을 주지 않고 동료로 간주될 수 있었다.

당시의 유치장은 도쿠가와 시대의 감옥과 별 차이 없었다. 감옥 우두머리격인 감방장이 있었고 신입자에 대한 지독한 린치도 가해졌다. 기리히토는 태연한 얼굴로 어슬렁거리며 들어간 덕분에 린치를 면할 수 있었다. 말하자면 기리히토의 태도는 극히 자연스러웠던 것이다.

자기 자신을 거짓으로 무장하고 남을 속이거나 협박을 일삼는 것이 범죄자인만큼 상대가 조금이라도 경계하거나 겁을 먹으면 더욱 짓궂고 난폭해지지만, 극히 자연스런 태도로 나오면 도리어 당황하는 것이 그들의 생리인가.

감방장은 기리히토에게 여러 가지 질문을 하는 동안에 그가 같은 부류의 인간이 아님을 알았다. 같은 패거리가 아님에도 불구하고 기리히토가 극히 자연스럽게 구는 것이 그들에겐 놀라운 일이었다. 더구나 황족의 머리를 두들겨 팼다는 행위는 정말 통쾌하고도 가슴이 후련한 특별난 일이며 여태껏 들은 바가 없는 일이었다. 기리히토는 일약 유치장의 인기 스타가 되어 버렸다.

기리히토가 들어간 제3감방에는 네 명의 동거인이 있었다. 사기 전과 7범인 감방장, 그에게는 사기란 결코 파렴치한 죄가 아니었다. 살인 강도·강간 등과는 엄연히 구별되어야 할 고도의 지능을 요하는 일종의 사업이라 했다. 신사를 상대로 자신도 신사로서 매우 평화스런 분위기에서 거래는 성립된다. 나중에 사실이 밝혀져 안달해 봤자 그것은 상대방의 지능이 이쪽 지능보다 뒤떨어져서 생긴 일이라 단념할 수밖에 없지 않느냐는 것이다. 신사를 자처하는 감방장은 여기서도 행동거지가 비루해지지 않도록 꽤 신경을 쓰고 있는 터였다.

그 밖에 뚜쟁이와 소매치기, 사이비 종교의 교주가 있었다. 뚜쟁이는 감방장과 대조적으로 하나부터 열까지 천연덕스러웠다. 아무도 이 사내가 57명의 처녀를 속여서 정조를 빼앗은 다음 팔아 넘겼다고는 믿지 못할 것이다. 소매치기는 아마 그게 사실이라면 그 57명은 못난이 선발대회에서 각 지방을 대표할 만큼 박색들이었을 거라고 했다.

그 소매치기 역시 16살 때 일본 제일의 소매치기 명인 시다테야 긴지의 졸개가 되어 20년간 갈고 닦은 솜씨라고 자랑했지만, 형사실에서 단 한 개피의 담배도 훔쳐오지 못하는 실력이라 감방 동료들이 비웃곤 했다.

세계 금색교(禁色敎) 교주를 자처하는 사내는 누가 보아도 명백한 정신분열증 환자였다. 하지만 예의바름은 감방장을 능가해서 종일 단정하게 앉아서 입 속으로 불경인지 금색교의 경정인지를 읊어대는 것이었다.

"남묘법본각본심본입여래…… 남묘법본각본심여래……"

그는 풍모도 훌륭했다. 신자들이 쉴 새 없이 보내주는 차입물이 있었지만, 그의 식사는 뚜쟁이와 소매치기가 가로채고 있었다.

쇠창살이 촘촘히 박힌 작고 높은 창문이 차츰 밝아져 올 때쯤 기리히토는 잠에서 깨어 우중충한 모포 안에서 뿌옇게 드러나는 하늘을 바라보며 눈을 깜빡거리고 있었다. 아무 생각도 없이 텅 빈 머리로 잠이 덜 깬 채 나른한 한때를 즐기고 있었다.

오카야 고라쿠엥 뒤편에 있는 집에서도, 히가시 나카노의 나오마사의 집에서도, 구로야의 기숙사에서도, 어디서나 기리히토는 이 한때를 즐겼다. 아마 큰 부자가 되어 호화 주택에 살아도 마찬가지일 것이다. 새로운 하루가 시작된다는 것을 기리히토는 아무 불평 없이 겸손히 받아들이고 있었다.

돌연 정적을 깨뜨리며 간수의 목소리가 날카롭게 기상을 외쳤다. 기리히토는 미련 없이 재빨리 일어났다. 왜 다른 동거인들은 아침이 온 것에 기분이 언짢은지 기리히토는 알 수 없었다.

7시 아침 식사, 8시 점호. 그 후에 간수가 교대하여 9시에는 압송자의 번호가 불려졌다. 또 9시부터 면회인이 찾아왔다. 이 곳 제3감방에서 면회인이 찾아오는 사람은 교주뿐이었다. 그들의 신앙에 대해 교도관들이나 동거인들은 이미 진심으로 감복한 터였다.

교주의 신자들은 정성이 담긴 차입물을 들고 말없이 드나들었다. 가난한 노동자, 훌륭한 신사, 유복한 가정의 중년 부인 등 계층도 다양한 듯했다.

"도대체 어디가 좋아서 모두 속아 넘어가는지 그 비법이나 알자!"

뚜쟁이가 묻자 사이비 교주는 위엄 있게 말했다.

"인간은 모두 매달리고 싶은 게요. 아이는 어머니에게 매달리고, 마누라는 남편에게 매달리며, 남편은 회사 사장에게 매달리지. 매달리는 것이 행복한 거요."

"그래서 넌, 부처님에게 매달려서 모든 사람을 속이면서 밥을 먹고 산다 이 말이지?"

"그렇지. 이왕 매달릴 바엔 인간보다도 신이 좋은 것이오. 일심으로 기원하면 반드시 소망을 이루어주시지. 인간에겐 매달려도 안심이 안 돼. 언제 버림받을지 몰라. 그러나 그 무엇에도 매달리지 않는 당신들이 제일 측은해. 남묘법본각본심본입여래……."

"웃기지 마. 이래 봬도 난 거짓 없이 내 솜씨 하나로 세상을 살아가고 있어. 너같이 인간의 약점을 노려 단물을 빠는 놈이 제일 나빠."

분개한 뚜쟁이는 주먹으로 교주를 꽉 쥐어박았으나 교주는 아무렇지도 않은 듯 계속 염불을 외고 있었다.

유치장에서는 오후 시간이 제일 길었다. 또 간수의 눈을 피하기 위해 애쓰는 것도 이 시간이었다.

기리히토는 소매치기와 뚜쟁이의 행동에 커다란 흥미를 느꼈다. 뚜쟁이의 역할은 눈알을 번들거리며 복도의 인기척을 경계하는 것이었다. 소매치기는 마룻바닥의 이음새에서 성냥개비 하나와 새끼손가락 끝만한 유황이 발린 종이 부스러기를 후벼내서 열심히 비볐다.

불이 붙자 포마드가 번쩍이는 머리카락 속에서 새끼손가락 끝마디 하나만한 짧은 담배 꽁초를 꺼내어 불을 당겼다. 목의 돌기를 실룩거리며 연기를 빨아들인 소매치기의 얼굴에 형용할 수 없는 황홀한 표정이 떠올랐다.

두 모금……. 세 모금…….

계속해서 여기를 뿜어대자 신사인 듯하던 감방장도 드디어 참지 못하고 초조하게 덤벼들었다. 그것이 뚜쟁이에게 건네졌을 때는 벌써 손톱도 탈 만큼 짧아져 있었다. 그러나 뜨거운 것도 아랑곳없이 빨아대는 뚜쟁이에게 갑자기 교주가 눈을 부릅뜨고 달려든 것은 제법 볼 만한 구경거리였다.

하지만 교주 손에 건네진 것은 안타깝게도 쥐똥만한 불똥에 불과했다. 그것을 원망스럽게 들여다보는 교주를 보며 모두 껄껄대며 웃었다. 이 처절한 광경과 함께 잠시 후 벌어진 장면도 기리히토에게는 매우 뜻 깊은 일이었다.

 뚜쟁이가 압송되고 대신 예순은 족히 됐을 성싶은 초라한 인상의 겁에 질린 회사원이 들어오자 곧 모의 재판이 열렸다. 감방장이 검사 겸 판사가 되고 소매치기가 변호사가 됐다.

 "피고 우라베 센사쿠는 관동 특수 주식회사 회계과에 30년 근속, 그동안 단 한 번도 부정 행위를 하지 않았음에 틀림없나?"

 "네, 틀림없습니다."

 피고는 무릎을 꿇고 고개를 한껏 늘어뜨린 채 상대가 진짜 재판관인 것처럼 황송하게 몸을 굽히며 대답했다.

 "그런데 그저께 회사 전무가 발행한 수표 1,800원을 은행에서 현금으로 바꿀 때 갑자기 나쁜 마음을 먹었단 말이지?"

 "네."

 피고는 고개를 못 들고 마룻바닥의 한 곳을 내려다보며 더듬더듬 설명했다. 피고는 4일 전 잔업을 하던 중 회계실의 천장 가까이에 쌓인 서류를 꺼내려고 발판 위에 올라갔다가 우연히 작은 창문을 통해 전무실을 내려다보고는 가슴이 덜컥했었다. 전무의 무릎에는 갓 스물밖에 안 돼 보이는 화려한 차림을 한 아가씨가 올라앉아 있었던 것이다.

 "괜찮죠? 피아노가 없으면 발레 연습을 할 수 없단 말예요! 당신이 저의 각선미를 즐기시려면…… 괜찮죠?"

 그러면서 아가씨는 느닷없이 스커트를 걷어 올리고 날씬하게 뻗은 한 발을 책상 위로 들어올리는 것이었다. 전무는 그 무릎 언저리부터 슬슬 쓰다듬으며 올라가서 가랑이 깊숙이 한 손을 밀어넣었다. 그러면서 짐짓 짜증 섞인 목소리로 물었다.

 "도대체 피아노란 놈이 얼마나 하는데?"

 "간다의 마스모토라는 피아노 중고품 가게에 독일제 로젠이라는 고급품이 있어요. 어떤 귀족이 내놓은 것이라나요. 이젠 두 번 다시 그렇게 싸고 근사한 것은 나오지 않을 거래요. 1,800원. 싸죠?"

"말은 쉽게 하는군."

전무는 썩은 미소를 지으면서도 손만은 부지런히 놀려 목적하는 장소에 닿게 한 것 같았다.

"싫어!"

아가씨는 허리를 한 번 비틀고는 양손을 전무의 목에 휘감고 '쭉' 하고 키스했다.

센사쿠는 그 이상 들여다 볼 수 없어서 발판에서 내려왔다.

센사쿠가 전무에게 불리워 1,800원짜리 수표를 받아 가져가도록 명령 받은 것은 그 이튿날이었다. 센사쿠는 수표를 가지고 자기 책상에 돌아와서도 한동안 멍청히 앉아 있었다.

이윽고 책상 서랍을 열고 꺼낸 것은 바로 며칠 전에 받은 표창장이었다.

표 창 장

우라베 센사쿠 군

상기자는 본사 입사 이래 30년간 하루의 결근도 없이 그 주어진 직무를 충실히 완수했으므로 이에 표장하고 일금 500원을 드림.

관동특수금속주식회사 사장
후루카와 가쿠사부로 압인

'30년 무지각, 무결근으로 근무한 결과의 보수가 500원……. 콧소리로 어리광부려서 1,800원…….'

센사쿠의 두 눈이 깜빡거렸다.

뚝 하고 한 방울 무릎 위에 떨어지는 눈물을 검사도 변호사도 방청자인 기리히토도 측은하게 바라보았다.

"그래서……. 넌 자포 자기 심정으로 1,800원을 현금으로 바꾸어서 그것으로 마음껏 마시고 놀아보자는 심산이었단 말이지?"

"네."

"그렇게 했나?"

"……."

피고는 대답하지 않았다.

"붙잡혔을 때 얼마나 남아 있었나?"

"1,740원입니다."

"뭐야! 아니 그럼 60원밖에 쓰지 않았단 말이야?"

"네, 네. 어떻게 써야 할지 몰랐기 때문에."

"멍청아!"

드디어 감방장이 고함을 질렀다.

"너 같은 놈은 남의 돈을 훔칠 자격도 없어. 바보야!"

"저, 저……."

피고는 얼굴을 들고 동정을 구하는 눈으로 감방장을 쳐다보았다.

"나…… 나는 어 얼마나 징역을 받을까요?"

"피고 우라베 센사쿠를 징역 2년에 처한다."

감방장은 말했다.

"2년!"

피고의 얼굴이 순식간에 울상이 되었다.

"단 집행을 유예한다."

감방장이 덧붙였다.

"집행을 유예한다는 것은 형무소에 가지 않아도 된다는 말인가요?"

기리히토가 물었다.

"임마! 60원 쓰고 고깔(죄수의 모자) 쓰는 놈도 있냐?"

소매치기가 내뱉듯 말했다.

기리히토는 피고의 지친 옆모습을 보며,
'이런 사람이 세상에는 많을 거야.'
하고 생각했다.

11

29일이 지났다. 기리히토에게도 이 한 달은 너무 길었다. 구로야에서 일한 일 년보다도 더 길게 느껴졌다.

29일째의 정오. 기리히토는 비로소 유치장에서 나오게 되었다.

"드디어 대야돌림이 시작됐군."

감방장이 말했다.

"대야돌림이 뭔데요?"

"29일이 지나고 잠시 세상 공기를 쐬지 않으면 안 되는 규칙이 있지. 세상 공기를 쐬는 것도 여러 가지겠지만, 여기서 나간 후에 경찰서로 끌려가는 동안 잠시 쐬는 거다. 눈 가리고 아웅 하는 격이지."

기리히토는 그 말을 듣고 울적해졌다.

"그럼 다음 경찰서에서 29일 동안 이렇게 또 살아야 하나요?"

"그렇지. 29일이 지나면 또 돼지우리가 기다리고 있는 거지. 황족의 머리를 두들겼으니 안됐지만 2년이나 3년, 그렇게 대야돌림할 게 분명해."

'좋아!'

기리히토는 순간적으로 각오를 굳혔다.

'기왕 이렇게 된 거, 이 사람들이 어떻게 그런 나쁜 짓을 하게 됐는지 박사가 될 정도로 한번 연구해 보자!'

그러나 그런 연구는 할 필요가 없게 되었다. 예상과는 달리 기리히토가 끌려 간 곳은 서장실이었다. 미쓰에가 의자에 단정히 앉아 있는 것을 보고 기리히토는 꿀꺽 침을 삼켰다. 이상한 일이지만, 미쓰에의 기사 역할을 수행하느라 이 같은 고난을 겪고 있음에도 불구하고 기리히토는 미쓰에가 한 번도 면회 오지 않았던 것이 전혀 원망스럽지 않았다. 그것을 당연하게 생각하고 있었다. 그 같은 미인이 이처럼 더러운 곳에 찾아와서는 안 된다고 단정해 버리고 있었던 것이다.

그러던 차에 미쓰에의 출현은 기리히토를 놀라게 하기에 충분했다. 어째서 그녀가 나타났는지 알 수 없었다.

"너를 석방한다."

서장이 말하자 기리히토의 입이 벌어졌다. 꿈이라도 꾼 것처럼 그저 멍청하게 서 있을 뿐이었다.

"너를 석방한다."

서장이 거듭 말하자 기리히토가 입을 열었다.

"미쓰에님, 미쓰에님이 석방시켜 주시는 겁니까?"

기리히토는 무심코 그렇게 물었다.

"석방해 주는 것은 서장인 나다."

서장이 그렇게 말하고 나서 덧붙였다.

"그러나 네가 석방되도록 힘쓰신 분은 이분이다."

"그럼 같은 거네요, 뭐."

"같은 일이 아니야, 응? 같은 건가, 허허허……."

서장실에서 서장이 이렇게 흐뭇한 웃음소리를 낸 것은 평생 처음 있는 일이었다. 자리에서 일어서는 미쓰에의 표정이 왠지 침울했다.

"이만 실례하겠습니다."

그녀가 서장에게 가볍게 고개를 숙여 보인 다음 기리히토를 쳐다보았다.

"자, 가요."

그녀는 기리히토를 재촉했다. 기리히토는 미쓰에를 뒤따르다가 문득 생각이 나서 서장을 뒤돌아보며 물었다.

"아사다노미야 전하가 상처를 입으셨나요?"
"만일 상처를 입으셨다면 이분이 아무리 힘을 쓰셨다 해도 넌 형무소 감이야."
"그럼 한 가지만 더 묻겠습니다."
"뭔가?"
"상대가 황족이 아니고 불량배가 미쓰에님을 폭행한 걸 내가 두들겨 주었다면 형무소감은 어느 쪽이 되나요?"
"멍청아, 무슨 소릴 하는 거야! 넌 불경죄를 저질렀단 말이다. 다른 경우와 비교가 되냐! 이러쿵저러쿵 따진다면 석방을 취소하겠다!"
서장의 표정이 싸늘하게 변했다.
"기리히토군, 안 돼요. 사과하세요."
미쓰에가 안전부절못하며 나무랐다. 그러나 기리히토는 빌지 않았다. 미쓰에가 대기하던 차에 기리히토를 태우고 운전사에게 말했다.
"긴자로 가요."
"긴자는 곤란한데요. 미쓰에님! 이런 더러운 몰골로는……. 이가 득실거린다고요."
기리히토가 말하자 미쓰에는 쓸쓸하게 어두운 눈빛을 하고 앞을 바라보며 말했다.
"상관없어요. 긴자에는 사치스런 남성들이 많이 있지만 기리히토 같은 용기 있는 사람은 한 사람도 없습니다."
"난 바보이니까요."
"아니에요. 당신은 영웅이에요."
"와, 영웅이라니! 부끄러운 말씀은 제발 하지 마세요."
미쓰에는 기리히토를 긴자에서도 이름난 레스토랑으로 데려갔다. 굉장한 미인과 건달에 가까운 구질구질한 소년의 출현은 무표정을 예의로 여기는 종업원들의 얼굴에 호기심어린 표정을 짓게 했다.
미쓰에는 태연하게 자리에 앉았다. 오히려 기리히토 쪽이 안절부절못해했다.
"기리히토군. 기리히토는 손님이에요. 당당하게 행동하세요."
"그렇지만……. 마부도 말이 있어야 제구실을 하는 법인데, 나도 이런 곳에 올 땐 차려입고 오고 싶어요."
"기리히토는 1만 원이나 갖고 있는 부자잖아요. 어떤 차림이라도 할 수 있어요. 그렇지만 그렇게 하는 것은 남과 다름없잖아요. 무슨 차림을 하고 있건 태연할 수 있는 게 남자로선 중요하지 않을까요?"
"미쓰에님은 나 같은 놈과 함께 앉아 있어도 아무렇지 않습니까?"
"아무렇지 않고 말고요. 자랑하고 싶어요. 기리히토는 나를 구해 준 기사예요."
요리가 연달아 들어왔다. 기리히토는 스푼과 포크의 사용법을 몰라 크게 당황했다.
미쓰에는 기리히토가 아무리 큰 소리를 내며 스프를 마셔도, 포크를 마루 위에 떨어뜨려도, 음식을 쩝쩝거리며 소리 내어 먹어도 눈썹 하나 까닥하지 않았다. 그리고 디저트가 나왔을 때에야 비로소 어여쁜 미소를 띠우며 말했다.
"기리히토군. 그 곳에 있으면서 완전히 오카야마 사투리로 돌아갔군요."
"네. 이게 쓰기 편하거든요."
"오카야마 사투리를 쓰는 편이 좋아요. 이제부터 개의치 말고 쓰세요."
"정말 괜찮겠어요? 미쓰에님이 그렇게 말씀하시니 이제 눈치 안 보고 쓸 수 있을 것 같아요."
크게 만족한 기리히토는 창문으로 시선을 돌린 미쓰에의 옆모습에 말할 수 없을 만큼 아름다운 슬픔이 서려 있는 것을 보았다.
미쓰에의 얼굴에 씁쓸한 그늘이 드리워져 있다는 것은 벌써 서장실에 있을 때 알아 본 기리히토였다.
"미쓰에님!"

기리히토는 한참을 망설인 끝에 마음먹고 물었다.
"제가 어째서 석방된 겁니까? 관례대로 하면 여러 경찰서를 전전하며 대야돌림을 당해야 했을 텐데요……."
"……."
"미쓰에님이 그 황족에게 부탁하신 겁니까?"
"그래요."
미쓰에는 시선을 돌린 채 보일 듯 말 듯 고개를 끄덕였다.
"그 황족이 용케 용서해 주었군요?"
"……."
"미쓰에님!"

기리히토의 크게 뜬 눈이 번쩍 빛났다.
"설마 나 때문에 황족의 말을 들어 준 건 아니시겠지요?"
"……."
"안 돼! 그건 안 돼요!"
기리히토는 앞뒤 살필 겨를도 없이 큰 소리를 질렀다.

미쓰에는 잠자코 일어나 문으로 향했다. 기리히토는 당황한 채로 미쓰에를 뒤쫓는 바람에 의자에 발이 걸려 넘어져 꼴사납게 네 발로 가는 꼴이 되었다. 그러나 그런 모습을 부끄러워할 여유가 없었다.

밖으로 나오자 기리히토는 미쓰에 앞을 가로막아 서서 맹렬히 비난에 찬 말을 쏟아 부었다.
"그런 짓을 하시면 유럽으로 나오마사님을 찾아갈 수 없잖아요!"
"난 나오마사님에 대해서는 처음부터 단념했었어요."
"뭣 때문에 단념한다는 거죠? 단념할 것 없어요! ……, 미쓰에님. 터무니없잖아요! 세상에 이런 말도 안 되는 일은 없어요! 나 같은 것이 2년이나 3년쯤 유치장 신세지는 건 아무것도 아니란 말이에요!"

여기가 긴자의 한복판이란 걸 잊고 외쳐 대는 기리히토를 시비를 거는 불량 소년으로 오해한 한 젊은이가 어깨를 붙잡았다.
"이봐!"
그 손을 세차게 떨쳐 버린 기리히토가 미쓰에를 노려보는 눈에는 순식간에 눈물이 고였다.
미쓰에의 한 마디로 큰 싸움으로 번질 뻔한 사태는 멋쩍게 끝이 났다. 그들이 타고 왔던 차가 곁에 오자 미쓰에가 젊은이에게 말했다.
"이분을 보내 드려요."
"이제 구로야에는 돌아가지 않습니다."
"이치가야에 아파트를 구해 두었어요. 짐도 옮겨 놓았고요."
그리고 나서 미쓰에가 미소지었다.
"내일부터는 혼자서 살아가야 해요, 기리히토."
그 아파트는 이치가야 역과 개울 사이의 전찻길 옆에 최근에 세워진 깔끔한 건물이었다. 기리히토의 방은 가장 안 쪽에 있는 2.5평짜리였다. 장식장이 있고 부엌도 달려 있어 기리히토는 어리둥절했다.
관리인은 이미 1년치의 방세를 선불로 받았다고 했다.
'내 나이에 이런 생활을 해도 좋은 걸까?'
늘 갖고 다니던 자루와 침구 외에 밥상을 비롯한 부엌 도구가 가지런히 갖춰져 있었다. 이투성이의 옷을 벗어 버리고 기모노를 입고 밥상 앞에 앉으니 갑자기 어른이 된 것 같았다.
'그래. 나는 내일부터 1만 원을 100배로 늘리는 일을 찾지 않으면 안 된다!'
기리히토는 마음을 다잡았다.
그 때 노크 소리가 났다. 문을 열어보니 자라목 스웨터를 입고 머리가 장발인 후리후리하게 키 큰 남자가 서 있었다. 스웨터는 구멍투성이였다.
"난 옆방에 사는 가와모토란 사람입니다만……."
"전 도다 기리히토라고 합니다. 잘 부탁합니다."

기리히토가 꾸벅 머리를 숙이자 가와모토는 황급히 손을 저으며 말을 이었다.

"아니, 저야말로 그쪽이 이사 오는 걸 기다리고 있었어요……. 잠깐 올라가도 괜찮겠어요?"

"자, 올라오세요."

가와모토는 여자처럼 가늘고 긴 손가락으로 머리를 빗어 올렸다.

"실례지만 올해 몇인지요?"

"열여섯 살입니다."

"열여섯 살! ……열여섯 살로 벌써 독립이라니, 훌륭하군요!"

허풍스런 몸짓으로 감탄을 표한 가와모토는 자연스럽게 푸념을 늘어놓았다.

"난, 대학을 나와서 3년이 지났는데도 이런 꼴이지."

기리히토는 이 사내의 분위기가 어딘지 모르게 나오마사를 닮았다고 생각했다. 그러나 나오마사보다 품위가 없고 연약해 보였다.

"가와모토 씨는 뭘 하시는데요?"

"문학!"

"문학이라면 소설을 쓰십니까?"

"아니, 난 시를 쓰지. 산문 형식은 문학의 사도이고, 운문이야말로 문학의 본도라고 할 수 있지. ……한 번 들려줄까, 도다군?"

가와모토의 말투가 단번에 거칠어졌다.

"네?"

기리히토는 허공에 자리 잡은 가와모토의 먼 눈길을 기분 나쁘다고 생각했다.

"파도의 목숨!"

가와모토는 큰 소리로 우선 제목을 말했다.

맨 끝의 곶이 무너져

소녀 한 사람 바다에 떨어진다.
떨어진다! 떨어진다! 떨어진다.
비명과 함께 공중에 던진 손수건이
하얀 바다 새가 되어서 나에게 알렸다.
나는 잠자코 바다 새에게 잉크병을 주었다.
가는 게 좋아.
가서 바다 새가 사라진 바다에 떨어뜨려 주렴.
검은 파문은 원시인의 춤을 그릴 것이다.
……

낭독은 계속되었다. 그러고는 기리히토가 세 번째 나오는 하품을 간신히 참았을 때야 겨우 끝났다.

"아무쪼록 부탁 좀 하세. 두 사람의 구두 발자국 소리가 복도를 울리며 다가오면 나는 재빨리 창문을 타고 이 방으로 와야만 하네."

기리히토는 가와모토의 애절한 부탁이 계속 낭독되는 시인 양 멍청히 듣고 있었다.

"도다군. 부탁해! 자, 이렇게 부탁하네."

가와모토는 납작 엎드렸다. 장발이 다다미에 빗살처럼 퍼졌다.

"무슨 일인데요?"

기리히토는 도무지 납득이 가지 않았다. 가와모토는 고개를 들자 미리 준비해 둔 대사를 외듯이 줄줄이 말하기 시작했다.

"나는 남자 최대의 굴욕을 달게 받고 있는 현실의 패배자이네. 마누라가 바에서 일을 끝내고 돈을 가진 손님을 우리 집에 초대하지. 그럴 때면 난 불필요한 방해자에 불과해. 잽싸게 모습을 감추지 않으면 안 되는 거지. 이봐, 그렇지 않나? 마누라는 바에서 얌전한 독신 여성이라고 되어 있거든. 나는 항상 연기처럼 사라지지 않으면 안 돼. 그리고 그 순간 나는 인간성을 상실하는 거지. 나의 시인으로서의 가능성은 인간성을 상실한 순간부터 무한의 환상 속에서 새로운 시도를 하는 거야. 알겠나?"

"모르겠는데요."
기리히토는 정직하게 고개를 저었다.
"아니, 몰라도 괜찮아. 다만 자네 방을 잠시만 빌려주면 돼."
"그렇지만 그건 한밤중이 아닙니까?"
"그렇지, 한밤중이지. 한밤중이 아니고서야 어떻게 사람이 악마가 될 수 있나?"
"난 밤에는 졸려서 악마가 될 틈이 없는데요……. 한밤중에 덜커덩거리며 들어오게 되면 시끄러워 견딜 수 없잖아요."
"악마는 살며시…… 사알짝 들어오네. 부탁해, 도다군!"
생활력이 없는 악마는 또 엎드려서 장발로 다다미를 덮었다. 기리히토는 귀찮은 생각이 들었다.

12

 이튿날 아침, 아직 출근하는 사람들조차 드문 이른 시각에 기리히토는 아파트를 나왔다. 그러고는 육교 앞에 있는 이치가야 역전 파출소에 가서 전 도쿄 시장이자 육군 대장인 아라카와 간타로의 집인 고지마치 3번지를 물었다.
 "뭣 때문에 거기에 가려는 거지?"
 순경은 수상한 듯 물었다.
 "일자리를 부탁하려고요."
 "일자리? ……이봐, 터무니없는 소리 마. 만나주실 턱도 없고."
 "어쨌든 가르쳐 주세요."
 "그야 가르쳐 주기는 하겠지만……."
 순경은 기리히토의 무모한 행동을 비웃으며 뒷모습을 바라보았다. 아라카와 저택은 상상했던 것보다 더욱 웅장한 대저택이었다. 기리히토는 당당하게 벨을 눌렀다. 문을 연 하녀에게 틈을 주지 않고 준비했던 말을 했다.
 "구로야의 미쓰에님의 소개로 이세다 후작의 표창을 가져왔다고 전해 주세요."
 하녀는 왼편 응접실의 문을 노크하고 들어갔다가 곧 나와서 기리히토를 안내했다. 넓은 응접실에는 이미 손님이 있었는데, 기리히토가 들어가려고 하자 갑자기 호걸다운 웃음소리가 들려왔다. 벽난로 앞에 앉아 있는 사람은 화복에 바지 차림을 한 괴이하다는 표현이 걸맞은 50대의 거한이었다.

전 도쿄 시장은 기리히토의 얼굴을 기억하고 있었다.

"허, 자넨가? 아사다노미야 전하에게 무례한 짓을 해서 경시청에 끌려갔다고 들었는데, 용서받았나?"

"그래? 이 친구가 황족에게 무례한 짓을 했단 말인가……. 어떤 무례한 짓을 저질렀지?"

거한은 흥미로운 듯 물었다.

"그 전하는 색을 좋아해서 늘 문제야. 구로야의 소박맞은 딸 있잖은가?"

"그래. 미인으로 소문이 자자한……."

"전하의 아타미 별장에 인사하러 갔다가 당할 뻔했는데, 모시고 갔던 이 아이가 불의를 보고도 가만히 있는 것은 옳지 못하다는 것을 증명했다는 말일세."

"음. 본받을 만한 점이 있는 소년이로군. 좀 우습게 생기긴 했지만 딴에는 고집스런 기백이 엿보이는군."

거한은 기리히토의 얼굴을 곰곰이 쳐다보았다. 이 덩치 큰 사내는 동양 사상 연구소라는 사무실을 가지고 있는 고바야가와 텐슈라는 우익 단체의 한 기수였다.

기리히토는 보자기를 펼치고, 열 자루의 표창을 꺼내 테이블 위에 놓았다.

"저한테 이런 훌륭한 보물은 그다지 쓸모가 없으니 각하께 드리겠어요."

"그냥 주겠다는 건가?"

"네."

기리히토는 눈을 끔벅이며 고개를 끄덕였다. 고바야가와 텐슈는 그 한 자루를 집어들고 이리저리 골똘히 들여다보다가 감탄조로 말했다.

"음, 이건 상당한 명품이군!"
"아마 이세다 후작 가의 가보일 걸세……. 좌익으로 잡혀서 절연당한 아들이 있었지. 그가 이 애한테 준 거네."
"그랬었군. 그야말로 돼지우리에 주석 자물쇠로군."
아라카와 간타로는 기리히토를 똑바로 쳐다보고 물었다.
"그냥 줄 리는 없고 뭔가 부탁이 있는 건가?"
"네……. 전 이젠 구로야에 돌아갈 수 없으니 오늘부터 일을 해야 합니다. 그래서 각하께서 일감을 주선해 주십사 하고 찾아온 겁니다."
"어떤 일을 하고 싶은가?"
"돈을 벌고 싶습니다."
"그야 누구라도 돈을 벌고 싶어서 안달을 하지만……. 이 불경기에 그리 간단하지는 않지. 세상이란 쉽게 돈을 벌 수 있을 만큼 만만하지 않으니 말이야."
"저는 어떤 어려움이라도 참을 수 있습니다."
"고바야가와군."
아라카와 간타로가 덩치·큰 사내에게 말했다.
"자네가 한번 돈벌이 비결을 가르쳐 주지 않으려나?"
"좋지요."
고바야가와 텐슈는 승낙했다.
"캐러멜을 먹어 본 일이 있나?"
고바야가와는 다짜고짜 엉뚱한 질문을 했다.
"있습니다."
"그 캐러멜을 일본에서 처음 팔기 시작한 것은 모리나가 다이치로이다. 이 사람이 어떻게 노력하고 돈을 벌었는지 그 과정은 네가 본받을 만한 좋은 예가 될 거다."
그렇게 말하며 고바야가와는 팔짱을 끼고 눈을 감은 뒤 회상조로 얘기하기 시작했다.

"모리나가 다이치로는 경응 3년 1월에 현해탄의 풍랑에 씻기는 큐슈의 북쪽 사가캥 니시마쓰 우라군 이마리에서 태어났다. 입지전적인 인물이 대개 그렇듯이 그도 그 지방에서 굴지의 대상인이었던 아버지가 하루 아침에 재산 전부를 날려 버렸지."

그는 마치 전기를 암기하듯이 술술 잘도 읊어대고 있었다. 아마 강연에서도 몇 번이나 우려먹은 소재임에 틀림없었다.

"환란이 너를 옥(玉)으로 만든다. 아무것도 가진 것이 없을 때야말로 성공의 필수 조건이라고 할 수 있어. 세 살 때 어머니를 여의고, 네 살 때 아버지를 장사 지낸 모리나가 다이치로는 천애 고아가 되어 차가운 운명에 내던져져야 했다. 운명이란 운이다. 운(運)이란 움직인다는 뜻이다. 즉, 성공의 영광을 얻으려면 자기가 해야 할 일을 게을리하지 않고 머뭇거림도 없이 움직이는 것이지. 모리나가 다이치로는 일곱 살 때 이미 마을에 있는 서당의 급사가 되었고, 열세 살 때에는 독립을 했어. 손에는 50전의 은화 한 개를 쥐고 말이야."

고바야가와는 기리히토를 노려보듯 응시하며 엄지와 집게손가락으로 동그라미를 만들어 보였다.

"그는 50전을 쥐고 고약 도매상으로 갔다. 고약 행상을 하기로 마음먹은 거지. 아마리라는 곳은 험준한 산에 둘러싸인 항구 마을이다. 이웃 마을에 가려고 해도 험한 고갯길을 넘어야만 하는 고립된 마을이었다. 모리나가 다이치로는 독립해서 이 고개를 넘었다. 까마귀가 울지 않는 날은 있어도 초라한 소년의 모습이 고갯마루에 나타나지 않는 날이 없었다. 그렇게 행상은 2년간 계속되었지."

그는 어느덧 기리히토뿐 아니라 거기 있는 모든 사람을 대상으로 얘기하고 있었다.

"그렇게 해서 번 돈으로 그 지방 명산물인 이마리 도자기를 구입했다. 그리고 고약 대신 이마리 도자기를 메고 행상을 다녔지. 고약에 비해서 이마리 도자기는 훨씬 무거웠네. 한 짐에 20관은 족히 됐으니까. 그는 그것을 메고 하루도 빠짐없이 고개를 넘었어. 어깨에는 커다란 종양이 생겼지만 결코 쓰러지지 않았지. 그러나 행상으로 얻은 이익이란 게 뻔한 것 아닌가. 그 벌이로는 결코 가운(家運)을 만회할 수 없었지. 그래서 어느 날 밤 갑자기 고향을 떠날 결심을 했어……. 마침내 모리나가 다이치로는 요코하마로 나왔다네."

고바야가와는 마치 자기가 일본 제일 가는 제과계의 왕이라도 된 것처럼 자기 웅변에 도취되어 있었다.

"명치 16년, 요코하마의 한 모퉁이에 이마리 도자기를 파는 가게가 열렸네. 그러나 이마리 도자기의 고풍스럽고 우아한 기품은 신개발 도시 요코하마의 생리에는 맞지 않아서 장사는 실패했지. 그리고 또다시 무일푼이 됐네. '실패야말로 성공의 어머니다.' 모리나가 다이치로는 어느 날 부두에 서서 외국의 배들을 보고 있었지. 그러다가 그가 외쳤네. '내가 뜻을 이룰 땅은 일본 땅이 아니다'라고."

기리히토에게는 쉴 새 없이 이어지는 고바야가와의 말이 어제 이웃집 무명 작가에게서 들은 시보다도 재미있었다. 열심히 눈망울을 반짝이며 그 달변가의 입을 지켜보고 있었다.

"……모리나가 다이치로는 미국으로 건너가서 뉴욕의 어느 과자 공장의 견습공으로 들어가게 됐네. 때마침 조국에서는 청일전쟁이 시작됐는데, 미국인은 일본이라는 독립국의 존재조차도 몰랐던 때였어. 대부분의 사람들은 그것을 일본의 중국에 대한 독립전쟁이라고 생각하고 있었지. 따라서 일본인은 중국인보다도 못 한 존재로 취급당했지. 청년 모리나가 다이치로가 얼마나 그 굴욕을 참으며 비분의 눈물을 쏟았는지 아무도 알 수 없을 걸세. 몇 푼 안 되는 노임으로 개보다 못한 생활을 계속했네. 제과 공장에서 기술 습득에 필사적인 노력을 기울이기 시작한 지 12년이라는 세월이 흘렀네. 다시 귀국한 모리나가 다이치로는 아카사카 타메이케에 집세 2엔 50전인 작은 집을 빌리고, 거기에다 두 평을 더 달아내어서 공장을 만들었어. 이것이야말로 모리나가 제과의 최초의 모습이었던 것이지!"

 고바야가와의 번뜩이는 시선이 기리히토를 쳐다보았다.

 "어때, 너 같은 애도 캐러멜을 먹고 있잖아. 그 캐러멜을 만든 사나이가 바로 이렇게 키워낸 것이다."

 고바야가와는 다시 계속했다. 미쓰와 비누를 만든 마루미야 미와젠베이의 파란만장한 생애를 한참 열을 올리며 얘기하고 있는데, 듣고 있던 사람들 중 한 명이 이야기를 끊었다.

 "이보게. 견습공이나 행상뿐이 아니고 사람들이 얼른 생각이 미치지 않는 것에 착안해서 성공한 예를 가르쳐 주지 않겠나?"

 "글쎄."

 고바야가와는 잠깐 생각하더니, 말을 이었다.

 "이런 예는 어때? 별로 알려지지 않은 인물이긴 하지만……. 명치 9년 가고시마 현 가고시마 군 다니야마 촌에 야마시타 사타로라는 아이가 태어났다. 집안은 대대로 나미히라라고 부르는 도공(刀工)이었다. 상당한 재산이 있었지만 사타로가 태어났을 때 아버지가 사업을 한답시고 경솔히 덤비다가 실패하는 바람에 아무것도 없었다. 그 때문에 사타로는 초등학교 3학년 때 중퇴하지 않으면 안 되었지. 가고시마 시내의 한 상점에 사환으로 들어가 호통 맞고 두들겨 맞고 걷어차이는 생활이 열일곱 살까지 계속됐지. 그는 그 때까지 급료를 집으로 보내는 한편, 매월 1전 5리씩을 모아 3원을 만들었다. 그 후 그는 그 돈과 백미 석 되를 갖고 그 상점을 떠났다. 그리고 3일 만에 구마모토에 도착하여 거기서 하루를 쉬고, 또 걷기 시작해서 생쌀을 씹고 산골짜기의 물을 마셔가며 드디어 규슈를 종단한 끝에 야마구치 현 도쿠야마에 도착했다. 봇짐은 이미 텅 비어 있었다.

 사타로는 미쓰이 안티모니 광산에 자리를 얻어 어두운 갱 속에서 일했다. 3개월 후에 신임을 얻어 갱장이 되었는데, 비록 열일곱 살이었지만 두뇌가 명석한 그의 행동은 능히 거친 갱부들을 통솔했다. 반 년 후 사타로는 30원을 저축해서 광산을 떠났지.

명치 26년 사타로는 신바시 역 플랫폼에 내려섰다. 신바시 역전의 야마시로야라는 여인숙에 묵으면서 우연히 고향 출신인 일고생(제일고등학교)을 만나게 됐는데, 후루카와라고 이름을 밝힌 그 학생은 집에서 돈을 안 부친 관계로 하숙비도 제대로 지불 못 하는 비참한 신세라고 한탄을 해댔지. 의협심이 강한 사타로는 수중에 남아 있던 20원과 갈아입을 옷을 빌려 주었다. 그러고 나서 한 시간도 채 못 돼 일고생이라고 말하던 그 사나이는 행방을 감추어 버렸다. 이 쓰라린 경험은 사타로에게 도쿄란 도시가 어떤 곳인지 뼈에 사무치게 느끼게 했다.

소개소를 통해 간다의 어느 우유 가게에 배달부로 일하게 된 사타로는 낮에는 일하고 밤에는 우시고메에 있는 수학 연구소에 다녔다. 머리가 명석했기에 일 년 후에 중학 과정을 전부 마칠 수 있었다. 열아홉 살 때 사타로는 육군사관학교에 들어갔다.

국비라서 한 푼도 필요치 않았기 때문이다. 스물두 살에 소위로 육군 포병학교를 나와서 명치 35년에는 대위가 됐다. 노일 전쟁에 참전한 사타로는 봉천 전투에서 부상을 당해 야전병원에 운반됐다. 그 곳에 한 달 가까이 누워 있으면서 사타로의 뇌리에 떠오른 것은 군대 침대를 더욱 잠자리가 편한 것으로 할 수 없을까 하는 것이었다. 당시의 침대는 판자 위에 모포를 깐 원시적인 것이었다. 대정 3년 중령이 되고 나서 부상당했던 곳이 도져 군대 생활을 할 수 없게 된 사타로는 군에서 물러나 비로소 군대 침대의 개량 사업에 손을 댔다.

그러니까 오늘날 일본 군대가 사용하고 있는 '짚을 넣은 요'는 야마시타 사타로가 고안한 것이다. 사타로는 이것으로 엄청난 부를 얻었다."

"어떠냐, 이 얘기는?"

고바야가와가 기리히토에게 물었다.

"재미있습니다."

"늘 사용하고 있는 '짚을 넣은 요'를 보면 별거 아닌 것 같지만 그것을 처음 생각하고 발명해 내는 것은 정말 어려운 일이지. 냄비나 솥, 수세미를 발명해서 백만 장자가 된 사람도 착상할 때까지는 상당히 고생했을 게다. 싸고, 쓰기 쉽고 튼튼한, 어느 가정의 부엌에도 필요한 그런 물건을 만든다는 것이 결코 쉬운 일이 아니다."

"고바야가와군."

아라카와 간타로가 웃으면서 물었다.

"자네처럼 성공담을 산더미처럼 알고 있는 사람이 어째서 직접 돈벌이를 못 하나?"

"난 안 돼! 내게는 발명가의 재능은 없어. 큰소리쳐서 남을 현혹시키는 재주밖에 없네."

그렇게 말하며 일어서서 덧붙였다.

"그럼 그 문제의 건은 아무쪼록 잘 부탁하네."

그가 자리를 뜨면서 기리히토의 어깨를 툭 쳤다.

"열심이 하라고!"

기리히토는 고바야가와가 떠나자 다시 전 도쿄 시장을 보고 머리를 숙였다.

"잘 부탁드립니다."

"자네도 지금 들은 성공한 사람처럼 무일푼이라는 거로군?"

아라카와 간타로가 물었다.

"아니에요. 저는 1만 원을 갖고 있습니다."

"음!"

늙은 군인이 신음했다.

"인심 한 번 좋군. 알 수 없는 인물이야."

"자기가 돌아올 때까지 사업을 해서 성공해 보라고 하셨습니다. 저는 100만 원으로 늘리겠다고 약속했습니다."

"그랬었군. 너 같은 아이가 1만 원을 가질 수 있다는 건 아주 드문 일이다. 그건 오히려 무일푼으로 일하는 것보다 어려울지도 모른다."

"한꺼번에 1만 원을 다 써 버려도 괜찮다고 생각하고 있습니다. 아까 그분도 실패는 성공의 어머니라고 말씀하셨으니까요."
"그 기백은 대단히 훌륭하구나."
아라카와 간타로는 수주일 뒤에 다시 한 번 찾아오라고 말했다.

13

'난 뭘 하면 좋을까?'

이치가야의 아파트에 입주한 지 닷새가 지났다. 기리히토는 이른 아침부터 도쿄 시내를 구석구석 누비다가는 다리가 막대기처럼 빳빳하게 되어 돌아와서는 벌렁 누워 멍청히 천장을 쳐다볼 뿐이었다.

그러고는 자신에게 자문해 보았지만 알 수 없는 불안감만이 엄습해 올 뿐이었다.

'나에게도 기회가 있는 걸까?'

기리히토는 새삼스레 그 문제에 대해 진지하게 생각해 보았다. 아무리 생각해도 도무지 기회가 올 것 같지 않았다.

'정말 그렇다면……'

1만 원을 부둥켜안고 무능하게 멍청히 있는 것은 죽기보다 고통스러웠다.

'도쿄는 넓고 수많은 직종이 있으니까 한 가지라도 내가 돈을 벌 수 있는 일이 있을 거야.'

기리히토는 그 일을 찾지 않으면 안 되었다. 그리고 이틀간을 무턱대고 돌아다녀 보았으나 자기 자신의 무능함과 왜소함만을 확인하는 시간이 됐을 뿐이었다.

그런데……, 기리히토의 방에 늘어난 물건이라고는 돌아다니다 헌 책방에서 무턱대고 사들인 실업가의 출세담이 담긴 서적들이었다. 고바야가와 텐슈를 통해서 알게 된 입지전적인 인물들이 기리히토의 뇌리에 알게 모르게 뚜렷이 각인되어 있던 터였다. 그러나 워낙 책 읽기를 싫어하는 기리히토는 사다 놓았을 뿐 아직 한 장도 펴 보지 않았다. 기리히토에게는 현실에서 보고 들어 체득하는 즉흥적인 대응 처세법이 적합한 듯했다.

'대실업가가 된 사람들은 모두 어딘가 훌륭한 점이 있었음이 분명해. 나처럼 아무 데도 쓸모없는 인간이 돈벌이를 하겠다고 나서는 게 무리가 아닐까?'

생각이 여기까지 미치자 기리히토는 갑자기 안절부절못했다. 그리고 벌떡 일어난 기리히토는 구석에 처박아 둔 책을 모조리 읽기 시작했다. 기리히토의 생애 중에 이처럼 무섭게 책을 읽은 기억은 또다시 없을 것이다. 책에는 정말 여러 종류의 인물들이 있었다.

'세상에서 돈과 여자는 적이다. 아아, 아아, 빨리 때를 만나고 싶다.'

하고 큰 소리로 외치며 걸어가다가, 공사장 인부가 늪에서 개구리를 잡아 구워 먹는 것을 보고 식용 개구리를 사육해 수출해서 거부(巨富)가 된 자를 생각했다.

자전거 브로커를 하다가 페달을 밟는 괴로움에 진저리가 나자 미국에서는 15명에 한 명 꼴로 자동차를 탄다는 것을 알고 요코하마에 있는 영국인 변호사의 운전사가 되어 그것을 계기로 해서 마침내 자동차 회사의 사장이 된 자도 있었다.

기선의 화물 인부에서 신문사 사장이 된 사람, 광산의 광부로 출발해서 하다치 광산의 중역이 된 사람, 기름집 점원에서 석유업의 무역계를 재패한 중국인 등등. 출세담에 따라다니는 과대 포장된 그들의 행적이 기리히토를 매일 밤 압도했다.

그 많은 인물 가운데 기리히토는 그럭저럭 자기의 모범으로 삼을 만한 인물을 한 사람 발견했다.

일본 경제계에서 대표적인 돈벌이의 명인은 하라야스 사부로였다. 하하라야스 사부로는 기리히토처럼 빈궁한 가정에서 태어난 것이 아니라 오히려 좋은 환경에서 태어났다. 그런데 세 살 때 유행성 관절염에 걸려 치료 시기를 놓치는 바람에 오른손과 위쪽 다리를 영원히 잃게 됐다.

 중학에 신학하여 2학년이 됐을 때 신임 교장이 한 과목이라도 수업을 못하는 자는 퇴교에 처한다는 학칙을 만들었는데, 명치 시대의 일이었지만 교장의 발언은 절대적 권위가 있었다. 불구인 하라야스 사부로는 체육만은 할 수가 없었다. 그래서 그는 퇴교 처분을 받았다.

 바로 그 무렵 문부대신(문교부장관)인 가바야마 해군 대장이 지방 도쿠시마 현으로 시찰을 나왔다. 그 현이 온통 문부대신을 맞기 위해 법석을 떨었다.

 문부대신은 그 곳에 닷새 동안 머물렀는데, 도착한 날부터 매일 숙소에 다리를 심하게 절며 오른손을 늘어뜨린 소년이 나타나 대신을 만나게 해 달라고 애원하다가 순경에게 된통 혼나고는 들고양이처럼 쫓겨 가곤 했다.

 마지막 날 문부대신이 숙소를 나와 마차에 다가가는 순간, 절름발이 소년이 숨었던 곳에서 뒤뚱거리며 뛰쳐나와 소리쳤다.

 "대신 각하! 소원이 있습니다."

 순경이 당황해서 붙잡으려 하자 소년은 미친 듯이 날뛰면서 외쳐댔다.

 "대신 각하! 저는 일본 제일의 두뇌를 가졌습니다. 제발 소원을 들어주세요! 저를 잃는 것은 대일본제국의 큰 손실입니다!"

 대신은 쓴웃음을 짓다가 마지못해 허락했다.

 "좋아. 마차에 타라."

 소년은 흔들리는 마차 안에서 절름발이에다 한 팔이 마비된 것 때문에 체조를 못 해 중학교에서 퇴학당한 내력을 이야기했다. 대신은 고개를 끄덕이면서 다 듣고 나서는 교장의 이름을 묻고는 마차를 세웠다.

 "여기서 내려라."

 사부로는 문부대신과 직접 담판을 할 수 있었다는 사실에 만족하고 마차에서 내렸다. 창문으로 한 팔이 뻗어 나왔다. 악수를 하려나 싶어 발돋움을 하여 왼팔을 뻗자 손에 종이꾸러미가 전해졌다. 펴 보니 다식(미숫가루에 물엿을 타서 만든 과자)이었다. 당시만 해도 세도를 떨치는 문부대신이 베풀 수 있는 은전은 그 정도였다.

이튿날 그 중학교에 대신의 명령이 하달됐다. 학칙은 개정되었다. 하라야스 사부로는 다시 학교에 들어갈 수 있었다.

이 때부터 하라야스 사부로의 가슴 속에는 곤란을 겪을 때는 제일 높은 사람에게 부딪쳐 최대한 자신을 과시하면 된다는 신념이 생겼다.

'그랬었구나! 내가 전 도쿄 시장을 만나러 간 것은 멋진 발상이었어. 그렇지만 아라카와 대장이 가바야마 대장만큼 힘이 있을까?'

기리히토로서는 하라야스 사부로처럼 '나를 잃는 것은 대일본제국의 대손실입니다' 하고 크게 과장된 표현을 할 자신은 없었다. 하라야스 사부로는 학문에 능했고 자기 두뇌에 절대 자신이 있지 않았던가. 기리히토는 잠자리에 들었으나 신경이 날카로워진 탓에 잠을 이룰 수 없었다. 그에게는 보기 드문 일이었다.

어둠 속에서 눈을 크게 뜨고 있으려니까 어쩐 일인지 암흑 속에서 여자의 옷단이 흐트러지며 빨간 속옷 틈으로 흰 종아리가 어른거렸다. 그것은 아시다노미야에게 막 당하려 하던 미쓰에의 모습이었다. 당황한 기리히토는 서둘러 머릿속에서 털어 버리려고 눈을 감았으나 미쓰에의 무릎은 점점 드러나 가랑이 속까지 드러나 보이는 상태가 됐다.

기리히토는 자신도 모르게 불쑥불쑥 일어서려는 놈을 힘껏 움켜잡았다. 이 행위는 미쓰에를 모독하는 것이라고 생각하면서도 기리히토는 격심한 욕구를 뿌리칠 수가 없었다. 팬티 속에서 힘차게 방사를 마치자 순식간에 형용할 수 없는 멋쩍은 허탈감이 찾아왔다. 그는 크게 한숨을 몰아쉬었다.

그 때 창문이 슬그머니 열렸다.

"도다군. 부탁해!"

기어들어온 옆방의 무명 시인은 베갯머리까지 기어와 속살거렸다.
"잠들었나, 이봐?"
"안 자."
기리히토는 퉁명스럽게 대답했다.
"그래, 미안해……. 부탁한다!"
"부인이 손님을 데리고 왔나요?"
"그래, 오늘밤 손님은 만철(만주 철도)의 대주주인데 한 달에 한 번씩 봉천에서 비행기로 찾아오지. 단 하룻밤에 300원씩 주고 가는데 불쌍하게도 마누라는 아침까지 한잠도 잘 수가 없어. 그러니까 내일은 내가 지쳐 떨어진 마누라를 세 시간이나 맛사지해 줘야 한다고."
그렇게 말하면서 가와모토는 부스럭거리며 이불 속을 들췄다. 기리히토는 당황해서 이불을 여미며 재빠르게 말했다.
"들어오지 말아요."
"재워주지 않겠다는 건가, 도다?"
"당신이 이 방에 들어오는 건 마지못해 허락했지만 이불까지 빌려주겠다고 하지는 않았어요."
"그렇다고 밤새 다다미 위에서 떨고 있을 수는 없지 않은가. 내가 너무 가련하지 않나? 마누라 말이야. 지금 저 방에서 따뜻하게 다른 사내의 품에 안겨 있는데……. 불쌍히 여겨 주게나."
"자업 자득이겠지요."
"그래 자업 자득이지. 스스로 불러들인 결과야. 그건 인정하네. 인정하지만……, 나 역시도 이불 속에서 잘 수 있는 인간의 권리는 소유하고 있어."
기리히토는 하는 수 없이 이불을 여미고 있던 손을 풀며 말했다.
"그럼 떨어져 누우세요."
"미안해."
가와모토는 기리히토 옆에 눕자 곧 나직이 시를 읊기 시작했다.

여인이여, 상기해다오.
청명한 여름날 아침에 본 것을.
오솔길 모퉁이의 가득히 깔아 놓은 자갈밭 잠자리에
추한 시체 하나가 음부처럼 다리를 공중에 뻗고,
뜨겁게 삶아져 독땀을 흘리며,
난잡하게 보란 듯이 무럭무럭 김이 오르는 배를 벌렸다…….

"이제 어려운 시는 들려주지 않아도 돼요."
기리히토가 잘라 말했다.
"그렇지. 보들레르를 자네에게 들려줘 봤자 소용 없겠지. 보들레르의 예술을 진실로 이해하고 있는 사람은 일본에서는 나 한 사람뿐이야. 살아 있으면 사탄의 졸개, 지옥에 들어간 영혼의 편력자. 로젠저 그가 말하는 깨어진 거울에 비추는 자기 모습을 죄과 속에 바라보며 눈물짓는 숙명의 사랑, 광란과 타락에 계시와 정화와 체념과 심사와, 영겁의 우수의 빛을 띠며 고독과 권태의 노래를 부르는 죄인. 보들레르의 원죄의 고뇌는 나의 가슴 속에 있다!"
"그보다도 말이에요, 가와모토 씨."
"그래 뭔가?"
"부인이 다른 남자와 뭘 하고 있는 모습을 상상하면 기분이 어때요?"
"……"
가와모토는 일순 침묵을 지키고 있다가 돌연 신음하며 기리히토에게 거칠게 달려들었다.
기리히토는 황급히 가와모토를 밀어젖히고 침착하게 말했다.
"나한테 달려들어 봤자 무슨 소용이 있어요?"
"자네, 먹고 살아야 한다는 건 이렇게도 비참한 일이야……. 도다, 자네는 어때? 염려 없나? 혼자서 먹고 살 수 있냐고? 열여섯 살인 주제에 이런 고급 아파트에서 살면서 어떻게 먹고 살지?"
"난……."

기리히토는 잠깐 망설이더니 무표정하게 말했다.
"1만 원을 갖고 있거든요."
"1만 원!"
"그래요, 1만 원."
"저, 정말인가? 이봐!"
가와모토의 비명에 가까운 소리에는 뭔가 미묘한 것이 뒤섞여 있었다.
"정말이에요."

다음 날 저녁때였다.
기리히토가 아라카와 간타로의 집을 찾아갔다가 허탕을 치고 돌아왔을 때 옆방에서 가와모토가 안색이 변해 뛰어나왔다.
"이봐, 큰일났어! 마누라가 큰일이야!"
호들갑을 떨며 기리히토의 어깨를 꽉 움켜잡았다.
"무슨 일이에요?"
"글쎄 나도 잘 모르겠어. 갑자기 아프다면서 뒹굴고 있어. 잠깐 의사를 데리러 갔다 올 테니 대신 간호해 주지 않겠나?"
가와모토는 기리히토를 억지로 자기 방에 밀어 넣고 문을 닫았다. 여자의 방답게 꾸며진 방 한가운데는 자기가 깔려 있고, 새빨간 긴 내의 차림의 여자가 엎드려 있었다. 기리히토는 살그머니 올라가서 말을 걸었다.
"무슨 일입니까?"
그러자 여자는 신음을 토하면서 빙글 돌아누웠다.
"아파 죽겠어요!"
그러고는 양손을 들어 기리히토의 무릎에 매달리는 것이었다. 곱게 화장을 한 얼굴은 고통스러운 표정보다는 쾌감어린 표정이었다.
"어디가 아프세요?"
기리히토는 옷자락 사이로 드러나 보이는 속살을 못 본 척 훔쳐보면서 물었다.

"여 여기요……."

여자는 기리히토의 한 손을 잡아 풀어헤쳐진 가슴 속으로 집어넣었다. 기리히토는 탐스럽게 부풀어 오른 따뜻한 유방에 손이 닿자 짜릿한 전율을 느꼈다.

"눌러줘요……. 거기를 눌러요, 어서요. 세게 눌러 주세요."

헛소리처럼 말하며 여자는 몸을 비틀며 몸부림쳤다. 속옷이 완전히 벗어져 아랫도리가 고스란히 드러났다. 여자는 무릎까지 내려오는 속치마를 입고 있었으나 그 속에는 아무것도 입지 않았다. 기리히토는 얼핏 그곳을 보고 눈을 꾹 감고는 유방 아래를 살며시 눌렀다.

"아아! 못 참겠어……, 이젠 안 되겠어! ……부탁이에요, 안아줘요! 힘껏 안아줘요!"

여자는 헐떡이면서 그것을 요구했다. 이 때 가와모토는 기리히토의 방으로 숨어들어 눈에 핏발을 세우고 돈을 찾고 있었다. 아무리 뒤져도 낡은 자루와 이불, 부엌살림밖에 없는 방이었다. 순식간에 다 뒤져본 가와모토는 털썩 다리를 꼬고 앉았다.

"개새끼! 어디다 숨긴 거야?"

"푸욱"하고 뜨거운 숨을 내뿜었다.

"1만 원을 갖고 있다는 말 거짓말 아니야? 감쪽같이 날 속였어!"

분을 참지 못하고 씩씩거리고 있을 때 문이 열렸다. 메뚜기처럼 화들짝 놀라 엉거주춤 서 있는 가와모토에게 기리히토가 빙그레 웃으며 말했다.

"가와모토 씨, 아무래도 부인은 꾀병을 앓는 것 같아요. 당신이 가서 안아주세요."

14

당시, 소화 8년(1933년)의 일본은 여러 면에서 많은 변화를 겪고 있었다. 일반 서민의 귀에도 일본이 군국주의를 향해서 거침없이 행진하기 시작한 군화 소리가 들리기 시작했다.

상하이 사변이 일어난 것은 그 전해였다. 각국의 조계(粗界)가 뒤섞여 있는 국제 도시 상하이에서 항일 운동이 본격화되면서 증대하는 일본 세력과 충돌한 것이다. 그 전선에서 '육탄 삼용사'라는 영웅 노래가 만들어지기도 했다.

전우의 시체를 넘어
돌격한다. 조국을 위해
천황 위해 바친 목숨
아. 아! 충렬 육탄 삼용사.

〈아사히 신문〉의 현상 당선 노래가 널리 불렸다.
한편, 일본 공산당 중앙위원회는 침략 전쟁 반대의 목소리를 높였다.
"중국을 구하라! 중국 혁명을 지켜라! 제국주의 전쟁 타도! 전 일본의 노동자·근로 농민·병사 제군! 일본 군대가 상하이를 점령한 사건은 전 세계 제국주의자와 전세계 프롤레타리아가 주시하는 표적이 됐다……. 동지들이여! 지금이야말로 궐기해야 한다. 전세계 프롤레타리아는 이제야말로 총 궐기하여 제국주의를 타도하는 혁명적 행동을 일으켜야 한다."
 그러나 그들의 외침은 공허한 메아리만 만들 뿐이었다. 만주사변으로 이어진 상하이사변은 급속하게 일본 군부의 권력을 부풀게 만들었다. 그 해에 만주국이 탄생했다. 기리히토가 기차에서 만났던 미타무라 소우키치도 이 건국 과정에서 크게 활약했음에 틀림없다.
 그러나 일본 공산당도 지지 않고 잡지《적기》에 일본의 정세와 일본 공산당의 임무에 관한 강령을 실었다. 같은 해 메이데이에 1,200명이 검거됐다.
 총리대신 이누가이 쓰요시가 습격을 당해 살해되기도 했다. 그 때문에 정당 내각은 종말을 고하고 군부 독재의 길로 치닫게 되었다. 그것을 발판으로 '초당파 거국 내각'이 성립된 것이다.
 사회도 마찬가지였다. 영화에 토키가 도입되어, 도쿠가와 무세이와 오오쓰지 시로 등의 활동사진 변사들이 실직하고,〈파리의 지붕 밑〉이라든가〈파리 축제〉등 뮤지컬 영화가 판을 쳤다.
 로스앤젤레스에서 열린 올림픽에서는 남부 선수가 넓이 뛰기에서 우승하고, 수영에서는 네 개의 금메달을 획득해 국내를 흥분케 했다.
 같은 해 도쿄는 사로 에바라·도요타미·미나미가쓰시카 등 인접해 있는 군들을 시에 편입하여 15구에서 35구로 확장하고, 이 바람에 인구도 500만으로 늘었다. 이를 기념하여 큰 축제가 벌어졌는데, 그 축제 직후에 니혼바 시시로키야의 4층 완구 매장에서 불이 났다. 이 때 네 명의 젊은 여점원이 타 죽었는데, 기모노 안에 팬티를 입지 않았다고 한다.
 몇 해 전, 쇼낭 오이소 정에 있는 사카다 산에서 게이오 대학생인 즈쇼고로와 유에마 야에코가 정사를 벌여 유행가로 불리기도 하고 영화화되기도 해서 전국의 젊은이들에게 센세이션을 일으켰다. 하지만 야에코 역시 기모노 안에 팬티를 입지 않은 이유로 65세나 되는 화장꾼 노인의 욕정을 불러일으켜 수치를 당했다.
 한편 외국에서는, 독일의 히틀러가 정권을 장악하여 유대인을 추방하고 공산당을 탄압하기 시작했다. 일본에서도 고바야시 다키지를 비롯하여 공산당들이 차례로 죽음을 맞이했다.

미하라 산을 자살하기에 최적의 장소로 젊은이들이 즐겨 찾게 된 것도 그 해부터였다. 그 선구자는 짓센 여학교 전문부 학생 마모토 미에코였다. 이어 같은 학교 국문과생 마쓰모토 기요코가 뒤를 따랐다. 그 이래로 쾌청한 일요일에는 구경꾼들이 보는 앞에서 차례차례로 여섯 명이나 뛰어들기도 했다.

3개월 동안에 자살자가 60명, 미수자가 160명에 달했다. 고우타 쓰타로의 〈섬 아가씨〉가 히트한 것도 그 해였다.

일본은 국제연맹을 탈퇴했다. 비상 시국의 긴박함이 전국을 술렁이게 했다. 그 반동인 양 긴자는 날마다 화려함을 더 했다. 마케다 린타로는 《긴자팔정》에서 다음과 같이 긴자를 묘사하고 있다.

"긴자 거리는 한창 인파가 몰릴 시각이 되면 경박한 색채가 거리 전체를 휘감는다. 남자는 모두 개 같은 표정으로 뽐내며 걸어다니고, 여자는 하나같이 매춘부 같은 복장을 하고 색 짙은 메이크업을 하고 있었다."

카페가 전성기를 맞았다. 신문 광고란은 여급 모집 광고로 늘 빈틈없이 메워져 있었다. 긴자 회관이라든가 구로네코 등 큰 카바레와는 또 다른 바가 뒷골목이나 거리에 연달아 생겨난 것도 이 때쯤이었다. 바의 여급은 카바레 여급보다 교양이 있다는 불문율이 인텔리들을 불러 모았다. 사실 바에는 여대생이나 신파극 여배우, 가출한 아가씨들이 손님을 접대하고 있었다.

그리고 연말에 황태자가 탄생했다. 기리히토가 독립한 것은 변화가 극심한 바로 그 해였다.

새해가 지난 지 얼마 안 된 어느 날 오후의 일이었다. 도야마 가하라에 있는 근위 사단의 기병 연대 정문으로 커다란 봇짐을 둘러멘 기리히토가 다가왔다. 위병소에 이르러 발을 멈춘 그가 고개를 들이밀었다.

"야마구치 경리 대위님을 만나게 해 주세요."

"무슨 볼 일이야?"

위병 사령은 기리히토를 매섭게 쏘아 보았다. 당시의 군대란 곳은 어디나 그랬었지만 특히 근위 사단은 유난했다. 궁성과 오미야 궁궐을 호위한다는 우월감이 대단했다. 일개 병졸까지도 전국에서 선발됐다. 시골에서 아들이 근위병이 되면 마을의 명예로서 그 집은 순식간에 격상했고, 제대한 다음에 장가 들 때도 상당한 조건을 달 수 있었으며, 차남 삼남이라면 양자 자리도 얼마든지 있었다.

이들은 대부분 소지주나, 중농의 가문, 혈통이 바른 집안에서 뽑혔다. 근위대의 상등병이라도 다른 연대의 상등병과 같은 취급을 당하면 곤란하다는 긍지를 가지고 있었다. 하물며 하사관쯤 되면 천황의 직속 무사나 된 듯한 자부심을 지니고 있었다. 그러니 중사인 위병 사령이 기리히토를 발길에 차이는 개 뼈다귀 취급을 했다 해서 하나도 이상할 게 없었다.

"볼 일은 대위님을 만나서 직접 말씀드리겠습니다."

"이런 건방진 놈!"

위병 사령은 눈을 부릅뜨고 호통을 쳤다.

"여기가 어디라고 생각하는 거냐?"

"근위님의 기병대죠 뭐."

"근위님! 이놈이 근위 연대를 모욕하고 있는 건가, 지금? 근위 연대를 모욕하는 건 황송하게도 천황 폐하를 욕되게 하는 것과 같단 말이다!"

"그리 막무가내로 화내지 마세요. 난 다만 야마구치 경리 대위님을 만나기만 하면 그로써 족하단 말예요."

"만나게 할 수 없어! 돌아갓!"

기리히토는 주머니에서 한 통의 편지를 꺼냈다.

"이걸 좀 전해 주세요."

위병 사령은 그것을 받아서 읽어 보더니 마른 군침을 삼켰다. 육군 대장 아라카와 간타로의 소개장이었다. 잠시 후 머리가 산만한 기리히토는 한 병사를 따라 연병장을 가로 지르고 있었다. 마침 그 때 1개 소대의 이등병들이 정렬해 여러 명의 고참들에게 눈물이 쏙 빠지도록 기압을 받고 있었다.

기리히토가 그 뒤쪽을 지나칠 무렵 고참들이 무서운 기세로 이등병들의 뺨에다 주먹을 휘두르기 시작했다. 퍽퍽 때리는 소리가 기리히토의 폐부를 찌릿하게 울려댔다.

'꼭 때려야만 훌륭한 군인이 될 수 있는 건 아닐 텐데.'

소년다운 정의감이 잠깐 고개를 들었다. 한 이등병이 너무나 심하게 맞았는지 양팔을 허우적거리더니 지나가던 기리히토를 들이받고는 엉덩방아를 찧어 버렸다.

동시에 기리히토는 봇짐 무게 때문에 그 위에 겹쳐 엎어졌다. 그러자 이등병은 마치 고참에 대한 증오를 기리히토에게 터뜨리듯 그를 노려보았다.

"무슨 짓이야!"
라고 소리치며 기리히토를 세차게 밀어젖혔다. 그리고는 용수철처럼 튀어 열에 들어가자 고래고래 악을 썼다.

"○○상등병님! ○○이등병이 부주의하게 넘어져서 죄송합니다. 다시 한 번 두들겨 주십시오."

어슬렁거리며 일어난 기리히토는 어처구니없었다.

'정말 멍청이군. 저렇게 아부하니 군인이 강해질 턱이 있나. 군대란 거짓말 덩어리로 뭉쳤군.'

그러나 기리히토에게는 제국 군대에 관한 책을 백 권 읽은 것보다 이런 현실을 한 번 본 것이 군대의 본질을 파악하는 데 훨씬 유익했다.

'이런 거짓말 소굴에서 장사를 하려면 아첨보다는 진실로 대하는 것이 유리할지도 몰라.'

야마구치 대위는 무료한지 당번병에게서 아라카와 간타로의 소개장을 받아 읽었다. 그는 아라카와 간타로의 조카였다.

"음, 재미있는 소년이라. 어떤 재미있는 점을 갖고 있나 한 번 만나볼까?"

당번병이 기리히토를 데리고 들어왔다. 들어온 기리히토는 책상 위에 들고 온 짐을 얹으려 했다.

"거기 놓으면 안 돼! 마룻바닥에 내려놔라."

"그렇지만 대위님, 이건 제 상품입니다. 군인들의 총과 같은 거죠."

야마구치는 쓴웃음을 지었다. 기리히토는 우선 봇짐을 풀었다. 그리고 거기에 나타난 것은 길쭉한 종이 상자에 든 물건이었다.

"그게 뭐지?"

"양갱이에요."

"양갱?"

기리히토는 그 중 한 통을 집어들더니 종이를 찢어 내밀었다.

"드셔보세요."

"무슨 짓인가! 양갱 같은 걸 어떻게 먹나?"

"잡숴 보시지 않으면 상담할 수 없어요."

기리히토가 그렇게 말하며 다른 것을 또 집었다. 그것은 구로야의 양갱이었다.

"이 쪽은 천황 폐하가 드시는 놈이지요."

"놈이 뭐냐, 말을 삼가!"

"배운 게 없어서 그렇습니다. 죄송해요. 점잖은 말투를 쓰기가 정말 힘들거든요. 이쪽 구로야의 것은 1원 30전입니다. 이 쪽은 단지 30전이고요. 잡숴 보시고 비교 좀 해 주세요."

의외로 호인(好人)인 야마구치 대위는 양쪽을 조금씩 떼어 먹었다.

"어때요, 대위님?"

"잘 모르겠는데."

"맛이 다르다고 생각지 않으세요?"

"그래."
"30전짜리는 제가 만든 겁니다."
"네가? ……직업이 그거냐?"
"아니오. 그렇지는 않지만 구로야에서 1년 동안 일했습니다."
"그랬었군."
"이 양갱을 근위 사단 주보(부대 안의 매점)에 납품시켜 주시지 않겠습니까?"
"간단히 말하지만……. 양갱은 이미 주보에 들어오고 있어."
"그 양갱과 내가 만든 양갱을 비교하면 어떻습니까?"
"네 것이 맛있다고 해서 지금까지 넣고 있는 양갱을 그만두게 할 수는 없어."
"얼마든지 싸게 댈 테니 부탁합니다."
 야마구치 대위는 기리히토와 얘기하는 동안에 어쩐지 훈훈한 기분이 들었다. 하긴 귀족의 명문 아야코지 자작의 딸과 결혼식을 앞두고 크게 너그러워진 탓도 있었다. 지금 주보에 들어오는 양갱은 한 개 15전이었지만 기리히토가 만든 것보다는 $\frac{1}{3}$정도 크기였고, 체면 때문에라도 맛있다고 할 수는 없었다.
"글쎄, 그 동안 생각해 보마."
 야마구치 대위는 그렇게 말하며 기리히토를 돌려보냈다.
 그 이튿날, 야마구치 대위는 결혼 상대자에게 전화를 받았다.
"그런 멋진 선물을 주시다니 정말 고마워요. 오늘 아침에 미키모토 보석상에서 배달해 줬어요."
 그 말에 대위는 당황했다. 그런 선물을 한 기억이 없었다.
"그게 무슨……."
 그러면서도 부정하지 않은 것은 동기생의 장난이라고 생각했기 때문이었다.
"저 말이에요. 당신이 제가 갖고 싶은 것을 어떻게 아셨는지 정말 놀랐어요. 너무 기뻐서 눈물이 다 나던 걸요. 정말 고맙습니다."
 일이 이쯤 되고 보니 자기가 선물한 것으로 할 수밖에 없다고 대위는 결심했다. 그러고 나서 한 시간 뒤 이번에는 미키모토 보석상에서 전화가 걸려왔다.
 "아야코지님 댁으로 보낼 선물을 어김없이 배달해 드렸습니다."
 "잠깐 묻겠는데, 내 대신 누가 사러 갔소?"
 "도다 기리히토란 분이었습니다."
 "도다 기리히토?"
 "네, 아직 젊으신 열여섯이나 일곱 정도 돼 보이는······."
 그 말을 듣고 대위는 깜짝 놀랐다.
 '교활한 녀석!'
 대위는 혼자 중얼거렸다. 기리히토가 이 방법을 쓸 수 있었던 것은 오로지 미쓰에의 원조가 있었기 때문이다. 미쓰에는 아야코지 자작 딸과 학습원(황족·귀족 명사의 자제들이 다니는 학원)에서 친하게 지냈던 것이다.
 "너 결혼할 때 상대방이 무슨 선물을 해 주면 좋겠니?"
 언젠가 미쓰에가 그렇게 물었을 때 진주를 박은 고급 시계에 맞춰 아침에 상쾌하게 일어나고 싶다는 대답을 들은 적이 있었다. 미쓰에는 기리히토에게 그것을 대위의 약혼녀에게 선물하는 꾀를 쓰게 한 것이다.
 이렇게 해서 대위는 기리히토의 양갱을 근위 사단 각 부대의 주보에 넣도록 하기 위해 주보 위원회 석상에서 위원 주사인 중령을 향해 얼마나 이 양갱이 맛있고 싼 것인지 입에 침이 마르도록 열변을 토해야만 했다.
 제국 육군도, 아니, 제국 육군 군인이기에 교묘한 선물 공세에 걸려들면 오히려 더 약해졌는지 모른다.

15

기리히토는 양갱을 납품한 지 1년 만에 3만 원을 벌었다. 돈을 버는 것이 정말 어처구니없을 정도로 간단했다.

번듯하게 양갱점을 차린 것도 아니었다. 헐값에 산 우시고매 기다마치의 어느 골목 안에 있는 쓰러질 듯한 설탕 거래소 창고를 양갱 공장으로 개조해서 과거에 구로야에서 파면된 직공을 데리고 근위 연대에 납품할 물건만 부지런히 만든 것이다.

구로야를 쫓겨난 직공들은 독립하지 못하고 일자리도 얻지 못했다. 말하자면 구로야의 구조가 전에도 언급한 것처럼 직공들을 다른 과자점에서는 전혀 쓸모없는 무능력자로 만들었기 때문이었다.

기리히토로서는 천만 다행이었다. 일자리를 얻지 못해 초조해하던 직공들은 기리히토의 권유에 환영하며 달려들었다. 자리가 사람을 만든다고 했던가. 사장 자리에 앉은 기리히토는 열일곱 살 난 소년같이 보이지 않았다. 머리를 기르고 양복을 입은 다음, 콧수염까지 기르니 기리히토는 관록 있는 스물두셋은 족히 돼 보였다.

솜털에 가까운 콧수염은 확실히 아무리 보아도 우스꽝스러웠지만 너무 어려 보이니 깎을 수도 없었다.

"사장님."

이 호칭이 어느덧 남이 불러도 어색하지 않게 들렸다. 종업원들도 처음에는 어색하고 볼멘 목소리더니, 얼마 안 가서 몇 번의 월급 봉투를

받아들게 되자 저항감이 없어진 모양이었다.

 직공들은 열심히 일해 주었다. 구로야의 숨막히는 분위기와는 너무도 다른 분위기에 열일곱 살밖에 안 되는 어린 주인 밑에서 자유롭게 일할 수 있는 즐거움은 자연히 능률을 올리게 한 것이다.

 근위 연대 주보에서는 평판도 좋았다. 전에 들어왔던 15전짜리 물건보다도 배나 크고 13전으로 맛이 훨씬 좋으니 당연했다. 뿐만 아니라 기리히토는 과자 틀 만드는 기술자에게 과감하게 나체 여인의 목형을 만들게 해서 한 개당 20전에 납품했는데, 눈 깜짝할 사이에 모두 팔려 나갔다.

 그것은 군인들의 모습에서 아이디어를 얻은 것이었다. 어느 일요일에 연대에 간 기리히토는 우연히 한 중대의 연회를 목격했다. 놀랍게도 군인들의 우스갯소리나 큰 소리로 외쳐대는 노래도 모두가 외설스럽기 짝이 없는 것이었다.

 천황 폐하의 수호를 맡은 신성한 근위병들이 장교나 하사관 할 것 없이 낄낄거리며 웃고 있는 광경에 기리히토는 어안이 벙벙했지만 곧 무릎을 쳤다.

 '그렇지! 이건 인간 본능이야!'

 일주일 내내 아침부터 저녁까지 야단맞고 구타당하는 생활을 하고 있었던 만큼 잠깐만이라도 서로 공통된 인간다운 시간을 가져야 했었다. 그래서 자연히 외설스러운 노래와 몸짓으로 어우러지고 있었으리라. 그곳은 사회와는 완전히 격리된 세계였고, 거기서 이루어지는 행위는 절대로 밖에 새어나갈 염려가 없었다.

 병사들의 욕구가 그런 형태로 배출구를 찾는 것은 어쩌면 당연했다. 확실히 그것은 천진스런 웃음이었다.

 '어디 한번 벌거벗은 여자 모양의 양갱을 만들어 군인들을 즐겁게 해주

자.'

기리히토의 뇌리를 섬광처럼 스쳐간 생각이었다. 사전에 주보 위원회의 허가를 받아야 한다고 생각했지만, 그런 물건을 정식으로 심사를 청한다면 퇴짜 맞을 게 뻔했다. 그래서 기리히토는 과감하게 무단으로 주보에 판매해 보았다.

결과는 의외로 좋았다. 아니 어쩌면 기리히토는 그것을 예상하고 있었는지도 모른다. 그리고 이튿날, 야마구치 대위의 호출이 있었다. 예상했던 대로 그 문제 때문이었다.

"이건 자네 생각인가?"

"네."

"좀 야하군."

"안 될까요?"

"까짓 한 번 먹으면 없어지는 양갱이니까 안 될 것도 없지만 이 이상은 안 돼. 더 야하게 만들어서 비싸게 팔아먹는 것은 곤란하단 말이야."

"그런 염려는 접어 두십시오. 군인 아저씨들이 즐겁게 드신다면 저도 좋은 거니까……. 잠깐 시험삼아 만들어 본 것뿐입니다. 말하자면 일요일의 연회와 같은 거지요."

"수량은 제한하겠네. 그런 물건을 밖으로 선물이라도 하게 되면 곤란하니까."

기리히토는 교묘히 군대의 맹점을 찌른 것이었다. 그런데 기리히토 자신도 돈을 벌고 생활의 여유가 생기고 보니 본능적인 욕구를 억제할 수 없었다.

이치가야에 있던 아파트를 옮겨서 고엔지에 아담한 문화 주택을 구입했다. 하녀를 고용하고 응접 세트를 들여놓고 벽면에 산수화를 거는 등 어지간히 모양을 갖추긴 했지만 그것만으로는 결코 다른 한 사람 몫을 채울 수는 없었다.

'역시 마누라를 얻어야 하나?'

소파에 책상다리를 하고 앉아 산수화를 바라보면서 기리히토는 고개를 갸웃거렸다. 그러나 열여덟 살에 결혼하는 것은 아무래도 빠른 것 같았다. 오카야마에 있을 미래의 부인은 이제 겨우 초등학교에 갓 들어갔을 뿐이다.

'마누라가 아니라도 좋으니까 집으로 돌아오면 미인이 맞아주고 식사 시중도 들어 준다면 정말 좋겠어…….'

기리히토는 뭔가 결심한 듯 입을 굳게 다물었다.

'좋아!'

며칠이 지나자 기리히토는 구로야에 전화를 걸어서 미쓰에를 긴자로 불러냈다. 기리히토가 미쓰에를 데리고 간 곳은 전에 유치장에서 나오던 날에 미쓰에와 함께 갔던 고급 레스토랑이었다.

그 날은 이가 득실거리는 누추한 모습이었지만 오늘은 산뜻한 홈스펀 양복을 입고 머리는 단정하게 빗어 넘겼으며 콧수염도 길러서 어디에 가도 부끄럽지 않았다. 실은 미쓰에가 보기엔 그 자랑스러운 몸치장이 오히려 우스꽝스러운 것이었지만…….

"뭐든지 드세요. 오늘은 제가 실컷 대접할 테니까요."

기리히토가 큰 소리로 권하자 미쓰에는 주위를 살피며 얼굴을 붉혔다. 그날은 거지꼴과 다름없던 기리히토를 데리고 와서도 미쓰에는 당당했었다. 그러나 오늘은 기리히토가 어설픈 신사 차림을 하고 있었기 때문에 오히려 그 무례한 짓거리에 여간 신경이 쓰이지 않았다.

"사업이 번창하니 정말 다행이에요."

"많이 벌었죠. 은행 예금이 3만 8천6백 원이 됩니다. 모두 미쓰에님 덕분입니다."

기리히토는 고개를 숙였다.

"나오마사님이 들으신다면 기뻐하시겠지요."

"미쓰에님. 정말 유럽에는 안 가시는 겁니까?"

"……."

미쓰에는 시선을 돌리며 대답이 없었다.
"저 때문입니다. 용서해 주세요."
기리히토는 머리를 숙였다.
"그 얘기는 그만해요."
미쓰에는 얌전히 스프를 마셨다. 봄날 오후의 햇빛을 받아 귓불에서 목덜미에 흐르는 아름다움에 기리히토는 저도 모르게 군침을 삼켰다. 이런 절세의 미인이 자기를 위해서 아사다노미야에게 몸을 맡겼다고 생각하자 기리히토는 형용하기 어려운 흥분을 느꼈다.
"미쓰에님, 부탁이 있습니다."
"……?"
미쓰에의 시선을 받은 기리히토는 자기답지 않게 얼굴이 굳어지는 것을 느꼈다.
"미쓰에님, 제 집으로 와 주시지 않겠습니까?"
"……?"
"그냥 와 주시기만 하면 그 자체로 좋습니다. 그것만으로, 아무것도 해 주시지 않아도……, 다만 함께 살아만 주신다면 좋습니다."
"소박당한 내가 친정집에서 기죽어 지내는 것이 가엾다고 생각하세요?"
"아 아니, 그런 게 아닙니다……. 막상 집을 마련하고 보니 한 가지 중요한 것이 모자란다는 것을 느꼈습니다."
"중요한 것?"
"그래요. 부인이오."
"하지만 기리히토는 아직 열여덟 살밖에 안 됐어요."
"그러니까 말씀대로 부인을 얻지는 못하겠고, 그러자니 집 안이 쓸쓸해서 재미없습니다. 미쓰에님이 와 주신다면 이 이상 기쁜 일이 없겠어요."
"……"
미쓰에는 그의 뻔뻔스런 말에도 그다지 화를 내지 않았다. 그렇다고 이 기묘한 얼굴을 한 교양 없는 소년과 함께 살 마음도 없었다. 그녀는 분명히 이 소년을 유치장에서 구해 내기 위해 아사다노미야에게 몸을 맡겼다. 그러나 그것은 이 소년의 영웅적 행동에 대한 답례였다. 그것은 잊어버려야 할 희생이었고, 조금씩 잊어가고 있었다. 그러나 이 소년과 함께 사는 것은 마음의 상처를 늘 건드리는 것을 의미했다. 미쓰에에게 그것은 견딜 수 없는 일이었다.

"모처럼의 부탁인데 미안하지만 그건 할 수 없어요."

미쓰에는 상냥스럽게 고개를 저었다.

"안 될까요? 그냥 와 주시기만 하면 되는데요."

"기리히토. 기리히토가 집을 가진 것은 너무 이른 것 같아요."

"그렇게 생각하세요?"

"그래요. 돈이 생겼다고 집을 사고, 하녀를 고용하고……. 그럴 필요는 없다고 생각해요. 아파트에 혼자 산다고 해도 전혀 지장이 없잖아요."

그의 차림새도 결코 마음에 들지 않는다고 말하고 싶었으나 그건 좀 가혹한 듯한 생각이 들어서 미쓰에는 입을 다물었다. 그 때 갑자기 젊은 여인의 낭랑한 목소리가 들렸다.

"언니!"

기리히토가 뒤돌아보니 미쓰에의 시누이 사나에가 젊은 사내와 함께 서 있었다. 소노다 가를 처음 방문했을 때 기리히토는 한 사람의 게이오 대학생으로부터 사나에에게 러브 레터를 전해 달라고 부탁받은 적이 있었다. 사나에는 그것을 훑어보고 웃음을 터뜨리며 말을 전하라고 했다.

"난 개구리 배꼽 같은 게이오 대학생은 싫어요."

기리히토는 함께 온 젊은 사내가 신사복은 입었지만 그 때 그 '개구리 배꼽'이 틀림없다고 생각했다.

사나에는 거침없이 다가오더니 격의 없는 투로 인사했다.

"정말 오랜만이군요, 언니. 안녕하세요?"

"덕분에 무사히 지내. 사나에도 건강해 보여 다행이야."

사나에는 기리히토를 쳐다보면서 잠시 의아한 표정을 지었으나 곧 놀란 얼굴을 했다.

"어머낫!"

사나에는 외쳤다.

"기리히토 아니야! 세상에!"

허풍스럽게 양손을 심장에다 대고 놀란 시늉을 했다. 기리히토가 일어나서 꾸벅 머리를 숙였다.

"웬 콧수염이야? 너무 우습다."

사나에가 말했다.

"저…… 사업을 하고 있는데, 너무 어려 보여서요."

"어머, 어떤 사업?"

"근위 연대에 양갱을 납품하고 있습니다. 직공이 10명이나 되고, 아무래도 위엄 있게 보일 필요가 있더라고요."

"와 근사해! 사장님이구나. 이렇게 젊은 나이에 사장님이라니, 놀라워요……. 많이 벌었어요?"

사나에는 얼굴을 바짝 들이대며 물었다.

"요 1년 만에 3만 원쯤 벌었습니다."

"3만 원!"

사나에가 눈을 크게 떴다.

"보세요."

그녀는 뒤에서 우두커니 서 있는 젊은 사나이를 가리키며 잔인하게 말했다.

"올해 게이오를 나와서 K상사에 근무하는데, 월급을 얼마 받는지 알아요? 65원이야……. 그 월급으로 3만 원을 모으려면 도대체 얼마나 걸려야 되지?"

"사업을 하는 것과 월급쟁이는 다르잖아요."

"아니에요. 같은 남자잖아요. 가즈야 씨, 정신차려요. 이 꼬마 사장님은 1년에 3만 원을 번다고요. 졸도할 것 같지 않아요?"

사나에는 젊은 사내를 사정없이 몰아붙였다.
"사나에, 정말……. 난 이만 물러가는 편이 좋겠군."
"그래요. 그만 가 보세요. 난 오늘 기리히토에게 실컷 대접이나 받아야 겠으니까."
"사나에."
미쓰에가 나무라려 하자 기리히토가 끼어들었다.
"네. 좋습니다. 한턱 쓰지요."
그날 밤, 기리히토는 생전 처음으로 긴자의 카바레와 바를 누비고 다녔다. 이것은 기리히토에게는 특별한 흥분이었다.
'이런 재미있는 세계가 긴자에 있었단 말이지!'
지폐만 뿌리면 여자들이 기리히토를 마치 아사다노미야처럼 소중하게 받들어 모시지 않는가.
화장실에서 나오면 어김없이 젖은 수건을 들고 대기하고 있었던 여종업원이 마요네즈가 입가에 묻으면 부둥켜안을 듯한 자세로 닦아 주었고, 실로 가려운 곳까지 긁어주는 더할 나위 없는 서비스가 기리히토를 왕이라도 된 듯한 착각에 빠지게 했다.
사나에가 기리히토를 사장님에, 거금을 가진 부자라고 선전한 효과는 만점이었다. 여자들에게 이런 멋진 봉은 없었다. 그리고 또 한 가지 기리히토가 발견한 것은 자기가 술에 강하다는 것이었다.
'좋아! 벌어서 뭣 하겠어? 실컷 벌어서 열심히 놀아보자고!'
기리히토는 서서히 돈의 마력에 빠져들고 있었다. 긴자의 네온이 하나 둘 꺼지기 시작할 무렵 서로 부둥켜안고 바를 나온 기리히토와 사나에는 완전히 의기 투합한 상태였다.
사나에는 꽤 취해 있었다.
"이봐, 기리히토군! 너 훌륭한 집을 샀다고 했지?"
사나에는 거침없이 반말을 했다.
"그래요. 하녀도 있어요."

"좋아! 오늘밤은 네 집에서 자겠어."
"정말이에요?"
"정말이고말고! 단연코 잘 거라고."
 그렇게 말하며 사나에는 기리히토의 뺨에다 살짝 입을 맞췄다. 기리히토의 가슴이 갑자기 심하게 뛰었다.

16

 모든 일에는 계기란 것이 있는 모양이다. 크게는 세계 대전의 발발에서, 작게는 개를 싫어하던 사람이 개를 기르게 된 동기에 이르기까지 참으로 다양한 계기가 있다.
 사나에와 기리히토도 그 계기로 인해 종국까지 달려가려는 모양이었다. 택시를 긴자에서 고엔지까지 간신히 50전에 흥정해서 타고나자 사나에는 기리히토에게 찰싹 기대앉았다.
 "음, 취했나 봐!"
 술 냄새가 푹푹 나는 숨을 토하며 한 손으로 기리히토의 얼굴을 더듬었다. 그러더니 느닷없이 귓불을 힘껏 잡아당겼다.
 "아이쿠, 아파요!"
 기리히토가 그 손을 밀쳐내자 사나에는 히죽히죽 웃으며 혀 꼬부라진 소리를 했다.
 "너는 정말 못생겼지만 귀 하나만큼은 최고야. 보통 사람의 배나 된다고. 엄청난 부자가 될 증거야."
 "정말이오? 난 관상이나 수상은 믿지 않는데."
 그렇게 말하면서도 기리히토는 기분이 좋은지 벙글벙글 웃었다.
 "큰 귓불, 튀어나온 배꼽, 마당발은 큰 부자가 될 운명이지."
 사나에는 재빨리 양손으로 기리히토의 목을 감은 뒤 귓불을 깨물었다. 기리히토의 온몸에 짜릿한 전율이 퍼졌다.

이윽고 차가 집 앞에 멈췄다. 기리히토는 사나에를 끌어안듯이 하며 집을 가리켰다.
"여기에요."
"여기? 훌륭해!"
사나에는 해삼처럼 몸을 흐물거리며 말했다.
기리히토가 이렇게 늦은 시간에 들어오는 것이 드문 일이라 아무리 불러도 하녀는 좀처럼 일어나지 않았다. 겨우 흐트러진 잠옷 차림으로 나온 하녀는 술 냄새를 푹푹 풍기며 인사불성이 된 젊은 여자를 보고서야 제 정신을 찾은 듯했다.
"빨리 자리를 펴야지!"
기리히토는 주인다운 위엄을 보였다. 주인이 돌아오기 전에 목욕물을 끓이고 자리를 펴 놓은 그런 하녀와는 달랐다. 하루 종일 뒹굴며 과자나 먹고 영화 잡지나 읽는 그런 여자였다.
"저……, 이불이 없습니다만."
하녀는 뾰로통한 표정으로 대답했다. 그러자 소파에서 쓰러져 팔을 늘어뜨리고 있던 사나에가 고개를 돌리지도 않은 채 말했다.
"잠자리는 하나, 베개는 둘, 알았어?"
하녀는 꺼림칙한 것이라도 보듯이 차가운 눈빛을 했으나 잠자코 방으로 들어갔다. 사나에는 그대로 눈을 감고 꼼짝도 하지 않았다. 기리히토는 매우 따분한 표정으로 그녀를 내려다보았다.
'정말로 나와 잘 생각일까?'
생각이 여기에 미치자 기리히토는 초조해졌다. 워낙 뻔뻔스러운 기리히토였지만 정말이지 정사에 관해서만은 낙제였다. 보아하니 하녀는 방에 자리를 펴 놓고 자기 방으로 돌아간 모양이었지만, 기리히토는 막상 사나에를 어떻게 다루어야 할지 난감했다. 자신이 문득 한심스럽게 느껴졌다.
정말로 잠들었는지 자는 체하고 있는지 꼼짝 않고 있는 사나에 앞을 두세 번 왔다갔다하다가 기리히토는 목욕탕으로 가서 얼굴을 씻었다. 그러고 나서 쭈글쭈글한 욕의로 갈아입었으나 아무래도 볼품이 없어서 벗어던져 버렸다. 러닝 셔츠에 팬티 차림으로 식당에 들어가 밥상 앞에 책상다리로 앉았다.

'물에 만 밥을 먹고 싶다.'

여유만만한 자기가 보고 싶어서 그렇게 중얼거려 보았지만 식욕은 전혀 나지 않았다. 불 같은 욕정만이 일 뿐이었다. 상은 여기 있는 것이 아니라 다른 방에 있었다.

'좋아!'

기리히토는 머뭇거리고 있는 자기에게 화가 치밀어 과감히 일어섰다. 사나에는 여전히 소파에서 눈을 감고 있었다.

"아가씨, 이제 주무셔야죠."

그렇게 말하며 어깨를 흔들었다.

"……졸려."

"그러니까 이제 주무세요."

"벗겨줘요."

사나에는 양손을 내밀었다. 기리히토의 심장이 갑자기 축제날의 북소리처럼 심하게 고동치기 시작했다. 젊은 여자의 옷을 벗기고 속옷을 드러내는 작업은 혈기 왕성한 청년에겐 주체할 길 없는 희열이었다.

기리히토는 겹겹의 포장을 풀고 국보급의 승문토기를 들어내는 골동품 수집광처럼 살그머니 겉옷과 양말을 벗겼다.

사나에의 살결은 일본인으로서는 보기 드물게 하얗고 보드랍고 탄력이 있었다. 사지는 잘 발달해서 쭉쭉 뻗어 있었다. 하지만 애초부터 기리히토가 이런 식으로 사나에의 육체를 탐내면서 감상한 것은 아니었다. 오히려 사나에 쪽에서 자기의 육체를 뽐낼 생각이었는지도 모른다. 여왕처럼 기리히토에게 노예를 다루듯 옷을 벗기게 한 것도 그 때문이었으리라.

속옷이 남김없이 드러나자 사나에는 일부러 소파 위에 몸을 쭉 뻗고 누웠다.

"기리히토."

정말 졸음이 가득한 목소리였다. 얼굴이 온통 땀투성이가 된 기리히토는 서서히 이성을 잃어가고 있었다. 목덜미에서 어깨로 이어지는 매끄러운 살결, 얇은 천 밑에 부풀어 오른 가슴, 가느다란 허리로부터 엉덩이로 흐르는 곡선, 희미하게 투시되는 아랫배, 레이스 자락 사이로 드러나는 넓적다리의 풍부한 볼륨, 이제 기리히토의 눈에는 속옷의 주름 하나조차에서도 숨 막히고 신비한 것으로 느껴졌다.

기리히토가 이 매혹적인 모습에서 눈을 떼지 않고 말라리아 환자의 겨드랑이에 끼워진 체온계처럼 흥분 온도를 더욱 급상승시킨 것은 과연 그다웠다.

이제 기리히토는 망설이지 않았다. 차려진 상을 먹는 것 외에 아무것도 생각할 필요가 없었다.

"기리히토, 나한테 1만 원만 줄래?"

사나에가 말했다. 기리히토에게는 그 1만 원이 10전보다도 가치 없게 느껴졌다.

"주고말고요!"

"정말?"

"난 약속은 꼭 지켜요."

"방까지 안고 가 줘."

사나에가 명령했다. 기리히토는 몸통과 엉덩이에 양팔을 받쳐서 있는 힘을 다 해 들어올렸지만 힘이 없던 그에게는 엄청난 고통이었다. 일부러 힘을 뺐는지 고개와 손발을 늘어뜨린 사나에의 몸무게를 세 발자국도 견딜 수 없었다. 다다미 위에 털썩 하고 떨어진 사나에는 외마디 소리를 질렀다.

당황한 기리히토가 다시 들어올린 순간 사나에는 목구멍에서 뭔가 치밀어오르는지 "윽" 소리를 내며 오리 주둥이처럼 입술을 오므렸다.

"이거 큰일났군!"

뭔가 받아낼 만한 것이 없을까 하고 둘러보았지만 마침 적당한 것이 없었다.

"기다려요!"

기리히토는 부엌으로 달려가다가 기둥에 부딪히기도 하고 발이 걸려 넘어지면서도 알루미늄 냄비를 잽싸게 들고 왔다.

그러나 이미 때는 늦어 사나에는 무릎과 양손을 짚은 채 오물을 토해 내고 있었다. 다다미 위에 쏟아진 오물은 믿어지지 않을 만큼 어마어마한 양이었으며, 냄새 또한 코가 비뚤어질 정도로 지독했다. 기리히토는 정신없이 계속해서 토해 내는 사나에를 망연히 바라보았다. 꼴사나운 광경이었다.

'정말 처치 곤란이네.'

기리히토는 눈살을 찌푸리며 고개를 저었다. 사나에는 다 토했는지 맑은 침을 뱉고 나서 크게 어깨를 들썩이며 숨을 몰아쉬었다. 기리히토는 진저리를 쳤다.

기리히토는 여느 때처럼 6시에 눈을 떴다. 소파에 모포를 쓰고 누워 있었다. 어젯밤 일이 차라리 악몽이었으면 하는 생각이 들었다. 그러나 악몽이 아니라는 증거로 맞은편 의자에 사나에의 옷이 제멋대로 걸쳐 있었다. 사나에는 방에서 곤히 잠들어 있을 터였다.

'자, 나는 나야.'

머리띠를 매고 운동화를 신고 집을 나섰다. 이 곳으로 이사 온 뒤로 기리히토는 늘 새벽에 달리기를 했다. 아직 이 곳 고엔지 부근에는 달리기에 알맞은 들판이 남아 있었다.

오늘 아침에도 기리히토는 허리에 너절하고 때에 절어 있는 주머니를 차고 있었다. 그것은 아버지 아사키치가 언제나 끈으로 목에 걸어 몸에 지니고 있던 지갑이었다. 아버지의 유품인 탓일까. 어쩐지 버리기 싫어

몸에 지니고 다니면서 거스름돈을 넣고 다녔다. 큰길로 뛰어가기 시작하자 주머니가 흔들리며 짤랑짤랑 경쾌하게 돈 소리가 울렸다.

 야구 놀이터로도 사용되는 널찍한 들판을 가로질러 소담스럽게 숲이 우거진 아래쪽을 지나자 사람들이 가까이하기를 꺼리는 음산한 분위기의 집들이 나왔다. 그 집들이 세워진 때는 아마 명치 시대일 것이다. 그 중 두 채는 기울어져 기둥으로 받쳐진 집이었다. 처음에는 꽤 괜찮은 건물이었던 듯싶은데, 그 황폐한 정도가 심해 보였다. 지금은 넝마주이·야시장 행상·잡상인·부랑자들의 거처로 쓰이고 있었다. 그 때 누군가 큰 넝마를 메고 나오는 모습이 눈에 띄었다.

 기리히토는 아무런 거리낌없이 그 곳으로 뛰어들었다. 그리고는 주머니에서 잔돈을 꺼내 문틈이나 깨어진 창문으로 던져 넣으며 돌아다녔다. 열 집이나 그렇게 했지만 아무 반응이 없었다.

 어느 한 집 앞에서 넝마를 골라내고 있던 갓난아기를 업은 여인에게 잠자코 돈을 건네주고 지나치려 하자 등 뒤에서 아이들이 환성을 지르며 따라왔다.

 "이봐요!"

 여자가 일어나서 외쳤다.

 "왜 돈을 주는 거죠?"

 기리히토는 뒤돌아보며 태연하게 대답했다.

 "남았으니까 나누어 드리는 겁니다."

 우르르 아이들이 달려들었다.

 "아저씨, 나도 줘요!"

 아이들이 매달리는 바람에 기리히토는 걸음을 옮길 수 없었다. 때맞추어 집집마다 구질구질한 사람들이 웅성대며 나타나 기리히토에게 다가왔다. 기리히토는 하나같이 적의를 드러내고 있는 그들의 표정을 보고는 난감해졌다.

 "이봐, 자네는 도대체 뭔가?"

한 사내가 노려보듯 물었다.
"우연히 지나던 사람입니다."
기리히토는 고개를 저었다.
"아무 이유도 없이 어째서 돈을 뿌리는 거야?"
"뿌리고 싶어서 뿌렸습니다. 왜 안 됩니까?"
"안 된다는 것은 아니지만……. 이상하잖나. 자네가 백만 장자라도 된단 말인가?"
"그 정도는 아니지만 사업을 하고 있지요."
"아무리 돈을 번다고 해도 이렇게 뿌릴 정도로 벌지는 않았겠지. 첫째 그럴 나이가 아니잖나?"
기리히토는 상대방의 집요함에 넌덜머리가 났다.
'그냥 돈을 공짜로 주는 게 이렇게 귀찮은 일인가!'
기리히토는 말없이 주머니를 사나이에게 건네주고는 사람들을 헤치고 달리기 시작했다.
"이봐, 기다렷!"
네댓 명이 쫓아왔다. 기리히토는 마치 소매치기 군중에게 추적당하듯 정신없이 뛰었다.

기리히토가 집에 돌아와 보니 사나에는 식당 방에서 멋쩍은 얼굴로 앉아 있었다.
"안녕하세요."
기리히토는 격의 없는 태도로 인사했다. 사나에는 애써 미소를 지었지만 얼굴이 굳어지는 건 어쩔 수 없었다.
"미안해요. 추태를 부려서요."
"술을 너무 많이 마셨나 봐요."
"창피해서 어쩌죠?"
"다 지난 일인데요, 뭐."

기리히토는 하녀에게 빨리 식사 준비하라고 이르고는 욕실로 들어갔다. 사나에는 왕성하게 먹어대는 기리히토를 바라보다가 속이 메스꺼운지 식탁에서 일어섰다. 배불리 먹은 기리히토는 사나에에게 다가가 아까부터 생각하던 말을 꺼냈다.
"사나에 씨, 우스운 질문 같지만……, 처녀세요?"
"……."
사나에는 기습을 당한 사람처럼 멍청하게 기리히토를 되받아 보다가 곧 시선을 돌렸다.
"그래요."
"정말인가요?"
"정말이에요."
"그럼 1만 원으로 처녀성을 바칠 참이었던가요?"
"……."
"아니면 그냥 농담으로 해 본 소리였나요?"
"농담은 아니었어요."
사나에는 힘없이 대답했다.
"다 술 탓이지요."
"아니에요."
사나에가 머리를 저었다.
"우리 집은 파산했어요. 지금은 혼자서 아파트에서 살아요. 오빠 집을 나올 때 천 원을 받았는데……. 절실하게 돈이 필요했어요."
"그렇게 보이지 않는데요."
"남 앞에서 궁상맞게 보이기 싫었어요. 정말 자존심 상했죠. 하지만 앞날은 캄캄하고 생각만 해도 죽고 싶었어요. 그러던 참에 기리히토를 만난 거죠. 1만 원에 처녀성을 팔 수도 있다고 생각했어요."
기리히토는 그녀의 옆모습을 한동안 바라보고 있었다. 길다란 속눈썹 사이로 순식간에 눈물이 고여 오는 것을 본 기리히토는 자리에서 일어나

옆방으로 들어갔다. 그리고 돌아온 기리히토의 손에 수표가 쥐어져 있었다.
"1만 원입니다. 자 받으세요."
그는 그것을 아무렇지도 않게 사나에의 무릎 위에 놓았다.
"하지만 아직 약속을 지키지 않았는데요."
"언젠가 맘이 내키거든 지키세요."
그렇게 말하며 기리히토는 빙그레 웃었다.

17

 장사는 순풍에 돛을 단 것 같았다. 양갱을 만들어 근위 연대에 납품만 하면 그것으로 끝이었다. 당시에 1년에 3만 원을 벌 수 있는 장사는 그리 흔치 않았다. 그러나 기리히토는 차츰 재미가 없어졌다. 벌이가 너무 안전하고 지나칠 정도로 확실했기 때문이다. 5년에 15만 원, 10년이면 30만 원, 이런 식으로 빤히 정해진 돈벌이가 따분해진 것이다.
 기리히토는 은행 예금이 다달이 불어나는 것을 보며 기쁨을 느끼는 그런 취미도 사라졌다. 기리히토는 비로소 자기가 의외로 야심가라는 것을 뚜렷이 인식하기 시작했다. 그렇다고 갑자기 사업을 바꾸어 더 큰 벌이를 노릴 만한 아무런 계획도 생각나지 않았다.
 '언젠가 기회가 올 거야.'
 그렇게 생각하며 기리히토는 부지런히 양갱을 만들었다.
 어느 날이었다. 돌연 우시고메기타 정에 있는 공장에 여러 명의 장정들이 밀어닥쳤다. 모두가 검은색 일본 예복 차림으로 속에 칼을 숨겼을 성싶은 나무지팡이를 짚고 있었다. 헝클어진 머리에 멋대로 자란 수염, 손톱에는 새까만 때가 끼어 있었다. 증축한 응접실에서 대면하자마자 느닷없이 기선을 잡으려는 듯 고함을 쳤다.
 "뭐야! 네놈이 사장이냐? 네 아비를 오라고 해!"
 "우리 아버지는 17년 전에 돌아가셨습니다만……."
 "뭐라고! 네가 이 양갱 공장을 혼자서 경영한단 말이냐?"

"그래요."
"거짓말 아니지! 네가 정말 사장인가?"
"맞아요. 왜 의심이 그리도 많으십니까?"
"나쁜 자식!"
하나가 품 속에서 양갱 상자를 꺼내 책상에 던졌다.
"누구 허락받고 이 더러운 양갱을 근위 연대의 주보에 팔고 있나?"
펴 보지 않아도 알 수 있었다. 나체 여인 모양의 양갱이었다.
"근위 연대의 주보에 팔면 안 됩니까?"
"안 되느냐고? 근위 연대가 어떤 군대인지 모르나? 황공하게도 천황 폐하를 수호해 드리는 신병(神兵)이다. 그 존귀한 신병에게 이런 추잡스런 양갱을 먹이다니 불경스러워도 이만저만 불경스러운 게 아니다. 넌 천황 폐하를 모욕하고 있는 거야!"
"그런 어마어마한 말을 하지 않아도 군인 아저씨들은 좋아하시던데요."
"바보 같은 자식! 군인들이 좋아한다면 무엇이든지 마구 들여가도 좋단 말인가? 용서할 수 없어! 절대로 그냥 넘어갈 수 없다!"
그 중에서도 가장 험한 인상의 사나이가 갑자기 벚나무 지팡이에서 칼을 뽑아 책상 위를 푹 내려꽂았다.
"만세 일계의 천황의 전통을 더럽히는 불손한 자에게 황도연맹 혈맹조의 이름으로 천벌을 내려주마!"
더러운 침이 튀자 기리히토는 손수건으로 얼굴을 닦았다. 이상하게도 전혀 두렵지 않았다. 공포심이란 애초부터 없는 사내인 듯싶었다.
"나에게 사과하라고 말씀하시는 겁니까?"
"물론이다! 입으로만 하는 사과로는 이 불경죄는 보상이 안 돼……. 양손을 가슴에 대고 사죄 방법을 생각해 봐라!"
"양손을 가슴에 대지 않아도 당신들이 온 목적은 알고 있어요."
"뭐라고?"
기리히토가 웃으며 가라앉은 목소리로 말했다.

"혹시 고바야가와 텐슈란 사람을 아시는지요?"
"뭐라! 텐슈 선생님이 어쨌단 말이냐?"
텐슈 선생님이라고 부르는 것을 보니 이 패거리는 우익 단체의 하수인 같았다.
"난 바로 그 고바야가와 텐슈님의 가르침을 받아서 이런 돈벌이를 시작했단 말입니다. 텐슈님이 돈벌이의 요령이라며 야마시타 타로라는 사람이 군대에 짚을 넣은 요를 납품해서 크게 성공했다는 이야기를 해 주셨기에 이 양갱을 납품할 착안을 할 수 있었던 것이지요. 내가 근위 연대에서 벌거숭이 여자의 양갱을 팔고 있다는 말을 들으신 텐슈님이 유쾌하게 웃으셨다고 하던걸요."
"……"
침입자들은 햇볕에 말린 배추잎처럼 기가 꺾이더니 더 이상 말이 없었다.
"당신들은 텐슈님의 부하인 모양인데, 나를 위협하러 오기 전에 텐슈님에게 여쭤보지 그랬어요?"
장정들을 마음대로 휘두른 기리히토는 그 무엇과 비교하지 못할 쾌감에 몸을 떨었다.
그날 밤 기리히토는 긴자에서 황도연맹 혈맹조라고 칭하는 일당을 이끌고 있는 카바레 구로네코를 찾았다. 그 무뢰한들은 의외로 고양이처럼 얌전했다. 여급들과 농짓거리 정도는 못 해 봤을 리 없건만 예복 차림인 체면에 그럴 수도 없는 모양이었다. 덮어놓고 주량만 과시할 뿐이었다. 주눅이 든 듯한 그 몰골이 기리히토는 오히려 측은하게 느껴졌다.
'이런 작자들은 평생 우두머리에게 머리를 눌려서 스프링 인형처럼 팔딱거리는 일밖에는 할 수 없어.'
거기에 비해서 자기는 남의 명령을 들을 필요가 없었다. 마음먹은 대로, 하고 싶은 대로 하면 됐다. 지금 갖고 있는 수만 원을 단번에 다 써 버려도 아무도 잔소리할 사람이 없는 것이다.
기리히토는 곁에 앉아 있는 여종업원에게 은근히 말했다.

"너에게 100원을 줄까?"

기리히토는 이 구로네코에 일주일에 두 번은 꼭 나타났다. 어느 틈엔가 그는 기리코의 단골 손님이 되어 있었다. 살결이 검고 눈이 크고 코가 좀 들린, 당시 유행하는 할리우드 형의 여자였다. 나이는 스물예닐곱은 족히 돼 보였다.

"정말?"

기리코는 눈알을 굴리면서 천진스럽게 아양을 떨었다. 기리히토는 윗도리 주머니에서 100원짜리를 대수롭지 않게 꺼내 기리코의 손바닥에 올려놓았다.

"어머나 100원짜리! 난 아직 본 일도 없어. 보여줘!"

괴성을 지르며 오른쪽에서 여급 하나가 들여다봤다. 다른 여급들도 와자지껄 고개를 들이밀었다. 불량배들은 점점 난처한 표정을 지었다.

2시간 후 기리히토는 기리코와 택시에 몸을 싣고 있었다. 기리코는 극히 자연스런 몸짓으로 기리히토의 손에 자기 손을 겹쳤다.

"오늘밤, 자네 아파트에 들러도 괜찮을까?"

기리히토는 다른 감흥 없이 물었다.

"네 좋아요. 그렇지만 지저분한 곳이어서 부끄러워요. 사장님 댁은 정말 근사하겠죠?"

"사장님이라고 부르는 것은 그만둬요."

"하지만 사장님이시잖아요……. 사장님은 이제 겨우 스물이신데요, 몇십만 원이나 가지고 계신다는 소문이 있어요."

"그 정도는 안 되지."

"하지만 자꾸 벌고 계시잖아요? 어쩌면 그 젊은 나이에 그렇게 돈을 잘 버시는지 몰라."

"운이지."

기리히토는 제법 실업가인 체 점잖게 말했다.

"그렇군요. 운이군요……. 당신 같은 행운아를 만날 수 있어 기뻐요!"

기리코는 기리히토의 손을 꽉 움켜잡았다.

이윽고 택시는 시모기타자와 역에 가까운 아파트 앞에 도착했다. 과연 지저분한 건물이었다. 기리코는 현관에 들어서며 서둘러 말했다.

"미안하지만 여기서 잠깐 기다려 주세요. 오늘 아침 파마하러 간다고 방도 치우지 못했어요. 서둘러 치우고 내려올게요."

그렇게 말을 남기고 쪼르르 계단을 올라갔다. 기리히토가 거기 우두커니 서 있으려니 바에서 일하는 여자들이 연달아 돌아왔다. 마치 여종업원들만 모여 사는 아파트 같았다. 그 중에는 밴드맨 같은 사내와 팔을 끼고 세상이 즐거워 견딜 수 없다는 듯 들뜬 모습으로 돌아오는 여자가 있는가 하면, 추운 듯이 어깨를 잔뜩 움츠리며 풀이 죽어 돌아오는 여자도 있었다.

요란하게 계단을 뛰어 내려온 기리코는 욕의 차림이었다.

"기다리게 해서 정말 미안해요. 자 들어오세요."

그녀를 따라 2층에 올라가면서 기리히토는 어쩐지 낯이 간지러움을 느꼈다.

'내 나이에 첩을 둔 사람은 없을 거야. 이대로 간다면 서른 살쯤에 100만 원 정도 재산에 여자는 3명쯤 두어야겠지.'

"정말 더러운 곳이에요. 흉보시면 싫어요."

기리코는 기리히토에게 찰싹 붙어 서며 달콤하게 말했다.

"난 마구간에서 태어났으니까 어떤 곳에 데려가도 놀라지 않아."

"별 말씀을 다 하시네."

방에 들어가 보니 더 이상 달리 손댈 틈 없이 공간을 알뜰히 활용하고 있었다. 여자 혼자 사는 집답게 깨끗이 정돈되어 깔끔했다. 싸구려지만 가구는 갖추어져 있고, 많은 인형이 장식되어 있었다. 기리히토의 눈에는 어느 것이나 요염하게 비쳐졌다.

"마실 것을 드릴까요, 오차나 아니면 위스키?"

"아니, 아무것도 필요 없어요. 취기가 오르는 모양이야."

기리히토는 천장을 보며 벌렁 누웠다.

"어머, 자리를 깔아 드릴게요."

기리코는 교태를 부리며 몸을 구부리더니 기리히토의 입에 키스를 했다. 반사적으로 기리히토는 기리코의 허리를 양팔을 둘러서 힘차게 끌어당겼다.

"난 네가 좋아."

"정말?"

"다른 여자가 생길 때까지는 네가 좋아."

"정직하시군요."

꽤 오랜 입맞춤이었다. 으레 그랬던 것처럼 기리히토의 한 손은 살금살금 기리코의 등을 미끄러져 내려가서 엉덩이를 더듬으면서 한 발을 욕의를 헤치고 따뜻한 다리 사이로 집어넣었다.

순간 기리코는 홱 얼굴을 떼고 일어섰다.

"자리를 펼게요."

"기리코!"

"네?"

"확실히 해둘 게 있는데……."

기리히토는 이치가야의 아파트에 살았던 무명 시인과 그 마누라의 일을 떠올리면서 말했다.

"자네, 정말 혼자겠지? 손님을 받기 위해 남편을 이웃 방에 맡기거나 하진 않았겠지?"

그 말을 듣자 기리코는 폭발하듯 크게 웃기 시작했다. 한 차례 웃고 나서야 웃음 섞인 목소리로 말했다.

"미안해요……. 하지만 정말 우습잖아요. 주인을 이웃 방에 맡기다니요. 고양이도 아닌데 아무리 그래도 그런 몰상식한 짓을 할 수 있나요."

그 말을 듣고 기리히토는 안심했다.

"그렇다면 됐어. 자네가 그런 고생까지 해야 할 정도로 돈이 필요하다면 딱해서그래."
"사장님은 정말 다정한 분이세요. 부인이 될 분은 행복하겠네요."
기리코는 벽장에서 침구를 꺼내 펴기 시작했다. 때를 맞추기라도 한 듯 노크 소리가 들렸다.
"누구세요?"
"나야, 마리코."
대답과 함께 문이 확 열렸다.
한눈에 여급으로 보이는 여자가 들어왔다.
"어머 손님, 미안해요!"
"왜 그래? 또 싸웠어?"
"그래. 남편 녀석이 또 마작 친구들을 끌고 들어왔어. 난 열심히 일하다가 지쳐서 돌아왔더니……. 어지간히 화가 나야지……. 나한테 찻잔을 던지길래 튀어 나와 버렸어."
"난처하네."
기리코는 눈살을 찌푸렸다.
"미안합니다. 모처럼 손님이 오셨는데……. 하지만 나를 재워줄 곳은 여기밖에 없거든요."
마리코라는 여자는 갑자기 울상을 지었다. 기리코는 좀 망설이는 듯 했으나 기리히토를 슬쩍 쳐다보고는 대답했다.
"좋아요. 하는 수 없지. 같이 자요. 사장님 이해해 주세요. 같이 자도 괜찮겠지요?"
"하지만 모처럼 오셨는데……, 혹시라도 가신다고 하면 미안하잖아요."
"아 아니, 괜찮아. 난 별로 바쁠 건 없으니까."
기리히토는 일어서서 또 100원짜리 한 장을 기리코에게 건네주었다.
기리코는 현관까지 나와서는 호들갑을 떨었다.
"요 다음에, 틀림없어요! ……저도 사장님이 좋아요!"
기리히토의 뒷모습이 멀어지자 기리코는 2층으로 되돌아왔다. 방에는 어느 새 마리코 외에 젊은 사내가 둘이나 늘어나 있었다.
"굉장하다. 기리코, 굉장해!"
 마리코가 부러움을 섞어 말했다. 이 여급은 복도 건너편 방에 살고 있었다. 그리고 사내들은 그들의 남편이었다. 기리코가 손님을 데려온 밤에는 그녀의 남편은 재빨리 마리코의 방으로 달아나고, 대신 마리코가 밀고 들어와서 정사의 기대로 가슴 부푼 손님의 기를 꺾었다. 마리코가 손님을 데려올 때는 반대로 그녀의 남편이 재빨리 기리코 방으로 달려오고 대신 기리코가 재워달라며 얼굴을 들이미는 상부 상조하는 관계였다. 그렇게 해서 기리코와 마리코는 손님을 자극해서 팁 이상의 수입을 올리고 있었던 것이다.
 네 사람의 남녀는 둘러앉아 떠들썩하게 마작을 시작했다.

18

 그날 밤은 아무래도 기리히토에게 불길한 날이었던가 보다. 집에 돌아와 보니 아무리 문을 두드려도 하녀는 나타나지 않았다. 어쩔 수 없이 뒤편으로 돌아가 부엌의 차양문을 비틀고 들어갔다.
 "이봐!"
 방 앞에 서서 불러 보았지만 대답이 없었다.
 문을 열어 보니 캄캄했다. 식당에 들어가서 전등을 켜 보니 밥상 위에 한 장의 편지가 남겨져 있었다.
 "고향에 계신 할머니가 위독하다는 전보가 와서 서둘러 내려갑니다. 미안합니다. 오후 9시."
 그뿐이었다.
 "음."
 기리히토는 부엌에서 물을 마시고 나서 거실에 들어가 책상다리를 하고 앉아 생각에 잠겼다.
 '난 평생 여자와 인연이 없는 모양이야. 그게 아니면 내가 남보다 유난히 여자를 좋아하는 걸까?'
 어느 쪽인지는 명백했다. 여자를 자기 것으로 만들기 위해서는 역시 인내심이 필요한 모양이었다.
 '사나에도 그랬고 기리코도 그랬어. 번번히 실패야.'
 아무래도 기리히토는 자신이 운이 없는 것 같았다.

'기생을 상대하는 편이 차라리 나을지 몰라.'

그러나 신바시나 아카사카 등에 있는 일류 기생을 상대하기에는 재력도 나이도 모자랐다. 가구라자카 부근이면 어떻게 될 것도 같지만 기리히토 자신이 아직 기생질이라는 것을 몰랐다. 가구라자카에는 우연히 고바야가와 텐슈를 만나 따라간 적이 있다. 그 때 기리히토는 더러운 몰골 때문에 기생들에게는 물론 하녀들에게까지도 푸대접을 받았었다.

기리히토는 불쑥 일어서더니 양복을 벗었다. 팬티까지 벗고는 구령을 붙여가며 체조를 했다. 목욕탕에서 냉수를 뒤집어쓰고 산뜻한 기분으로 자리 속에 들어갔다.

꽤 시간이 지났지만 이상하게 머리가 맑아지며 좀처럼 잠이 오지 않았다. 이런 일은 여태 한 번도 없었다.

'여자 때문에 신경쇠약이라도 걸렸나?'

기리히토는 한껏 부풀어오른 놈을 한 손으로 꽉 움켜잡았다. 그 때 부엌에서 무슨 소리가 들렸다. 귀를 기울려보니 사람의 기척이 분명했다.

'하녀가 돌아온 건가?'

그렇게도 생각해 보았지만 아무래도 소리가 수상쩍었다. 기리히토는 살며시 일어나서 알몸 그대로 복도로 나섰다. 복도가 기역자로 구부러진 곳에서 기리히토는 침입자와 마주쳤다. 놀란 것은 도리어 침입자 쪽이었다. 부엌에서 훔친 듯한 식칼을 들고 있었는데, 가여울 정도로 겁에 질려 있었다. 너절한 수건으로 얼굴을 가리고 있었지만 팽창된 동공은 그대로 드러나 있었다.

하기는 남의 집에 숨어든 자에게 공포심이 없을 리 없었다. 하물며 알몸의 사내가 불시에 앞길을 막아서니 놀라자빠지는 것도 무리는 아니었다. 기리히토는 지그시 침입자를 응시했다. 강도는 겨우 정신을 가다듬고는 식칼을 들이댔다.

"도, 돈을 내!"

극도의 흥분으로 목에 쥐가 난 듯 비명 같은 쉰 목소리였다.

"이봐, 도둑질하는 게 처음인 모양이지?"
"시, 시끄러워! 돈을 내!"
"얼마나 있으면 되나?"
"뭐라고?"
"얼마 있으면 되냐 말이다!"
"있는 대로 다 내놔!"
"따라와!"
 기리히토는 유유히 발길을 돌려 강도에게 등을 보이며 걸어갔다. 거실에 들어가자 벗어던진 윗도리를 집어들고는 지갑을 꺼냈다.
"뭐 이래, 2원밖에 남지 않았군."
 기리히토는 1원짜리 지폐 2장을 핑 던졌다.
"가져가라고."
"뭐야, 고작 2원이야! 이것뿐이라니 말이 되나!"
"오늘밤 긴자의 카바레에서 다 써 버렸다. 여급에게 200원을 주었지. 난 갖고 있는 돈은 그날 중으로 다 써 버리지."
"거짓말 마!"
"거짓말하는지 어떤지 당신이 어떻게 알아?"
"알고 있단 말이야! 네가 몇 만 원씩 갖고 있다는 걸."
 강도는 한 걸음 다가서며 식칼을 들이댔다.
"그야 은행에 가면 있지."
 기리히토는 웃으면서 대답했다.
"은행에 몇 만 원 넣어 둘 정도라면 집에도 일이백쯤은 당연히 있을 테지."
"정말 멍청한 친구군. 우리 집은 나 혼자다. 하녀도 집에 없는데 돈을 집에 둘 바보가 어디 있나?"
 기리히토는 하녀 키요를 생각했다.
"이봐, 내게 돈이 많다는 걸 어디서 들었나. 키요가 가르쳐 주던가?"

아니나다를까 상대는 분명히 동요하는 빛을 보였다.
"일이 그렇게 된 거로군."
기리히토는 자기 추리력에 득의양양하면서 고개를 끄덕였다.
"그게 어쨌단 말이야?"
상대는 갑자기 위압적으로 나오는 것으로서 하녀와의 사이를 인정했다.
"누가 뭐랬나? 일 년 내내 혼자서 집을 지키는 여자가 사내를 보는 건 당연한 일이겠지."
"우물쭈물 떠벌이지 말고 돈을 냇!"
강도는 식칼을 든 손에 힘을 주며 소리쳤다.
"아무리 그래봤자 그것밖에 없어. 키요는 내 지갑 속을 들여다보기라도 했다고 그러던가. 집에 있을 때 내 지갑 속에 5원 이상 있었던 적이 없어."
"교활한 놈!"
강도는 하는 수 없이 1원짜리 두 장을 집어들더니 협박의 말을 잊지 않았다.
"경찰에 알리면 죽여 버릴 테다!"
"기껏 2원 도둑맞고 경찰에 알리는 바보도 있나. 귀찮을 뿐이지. 그 보다도 키요와 언제부터 사귀게 됐나?"
"네가 알아서 뭐해?"
"무슨 소리, 장래라도 약속한 사이라면 주인으로서 축하해 줘야 하지 않겠나."
"웃기는군!"
"자넨 도대체 무엇을 믿나? 그런 식으로 살다간 평생 형무소 신세를 지게 될 텐데……. 나를 봐, 스무 살에 6만 원이나 갖고 있단 말이야. 부모 형제 없이 가난하게 자랐어도 비뚤어지지 않았기 때문이야."
기리히토는 남에게 설교하는 쾌감을 맛보면서 이제는 늘어진 물건을 만지작거리고 있었다. 강도는 그의 말보다도 기리히토의 몸짓에 신경이 쓰여 견딜 수 없었다.

"어때, 키요와의 연애 이야기를 들려주지 않겠나? 내 물건을 일어나게 해 준다면 결혼 비용을 대줄 수도 있어."

"바, 바보 같은 소리!"

"바보 같은 소리가 아니야. 자넨 말 한 마디로 결혼 비용을 얻을 수 있단 말일세. 난 약속을 반드시 지킨다. 내일 은행에서 찾아 주지."

"……."

기리히토가 바닥에 앉았다.

강도는 가만히 기리히토를 내려다보고 있더니 마주 앉았다.

"거짓말은 아니겠지?"

"그래, 난 고아다. 나 혼자지. 상대가 도적이건 거지이건 마음에 들면 얼마든지 돌보아 줄 수 있어."

강도는 잠깐 침묵한 뒤 자기는 요전에 기리히토가 돈을 뿌린 가난한 마을에 살고 있는 불량배라고 털어 놓았다. 3개월쯤 전에 돈을 노리고 침입했는데 하녀밖에 없었다.

"그래, 그래서 키요를 강간했다는 거로군."

"그 여자가 너무 건방지게 구는 바람에 울컥 울화가 치밀어서 말이지."

"그래서, 어디서 했나?"

"저기."

침입자는 이웃 방 소파를 가리켰다.

"어떤 식으로?"

"어떤 식으로 했는가 하면, 수건으로 재갈을 물려 놓고 치마를 걷어 올렸지."

"그래……."

"쑥스럽군!"

"쑥스러워할 것 없어. 그대로만 얘기하면 된다고."

"……팬티를 쥐어뜯었더니 단념하더군."

"처녀가 아니었지?"

"그게……, 처녀였단 말이야. 피투성이가 되지 뭔가."

두 사람은 계속해서 은밀한 얘기를 주고받았다.

이윽고 기리히토의 풀 죽어 있던 물건이 근사한 변화를 일으키는 것을 볼 수 있었다. 기리히토가 빙긋 웃자 불량배도 멋쩍게 웃었다. 두 사람은 10년 지기처럼 웃고 떠들었다. 한 시간 뒤에 침입자는 현관까지 기리히토의 배웅을 받으며 돌아갔다.

꿈이라고 생각하면서 기리히토는 손에 땀을 쥐고 어떤 광경을 응시하고 있었다. 남자와 여자가 거기 있었다. 남자는 이세다 나오마사였고 여자는 미쓰에였다. 나오마사는 미쓰에를 안고 방으로 들어가 소파에 살짝 눕혔다. 미쓰에는 죽은 듯이 한 팔과 한 손을 힘없이 늘어뜨렸다. 옷자락이 흩어지고 속옷이 내비쳤다.

나오마사는 얼마 동안 그녀의 잠든 모습을 가만히 내려보다가 이윽고 옷자락을 잡고 조용히 젖은 종이라도 벗기듯이 걷어 올렸다. 날씬하고 새하얀 정강이가 속옷 사이로 드러났다. 나오마사의 손이 슬슬 넓적다리를 쓸면서 기어 올라갔다.

'안 돼!'

기리히토는 부르짖었다.

'안 돼요, 도련님! 그건 안 돼요!'

순간 자기 외침에 번쩍 눈을 떴다. 전신이 촉촉하게 땀에 젖어 있었다. 멍한 시선으로 천장을 쳐다보았다.

'당치도 않은 꿈을 꾸었구나.'

기리히토는 나오마사와 미쓰에, 두 사람의 은인을 모독한 부끄러운 마음을 금할 수 없었다. 겨우 일어나서 땀에 젖은 후줄근한 잠옷 차림으로 식당에 들어갔다.

"아니!"

썰렁해야 할 화로에는 숯불이 피어 있고 주전자에는 김이 오르고 있었다. 밥상에는 벌써 아침 식사가 마련되어 있었다.
'키요가 결혼 비용이 탐이 나서 돌아온 게군.'
 기리히토는 그렇게 생각했다. 여느 때라면 주인이 일어나기 전에 아침 식사 준비 따위는 결코 하지 않는 게으른 여자였다. 그런데 오늘 아침은 그게 아니었다. 기리히토는 싱글거리며 자기 자리에 앉았다.
 현관문이 열렸다.
'어떤 얼굴로 나를 볼까.'
 잔뜩 기대하고 있던 기리히토는 깜짝 놀랐다. 들어온 사람은 미쓰에였다. 조금 전 꿈 속에서 나오마사에게 당할 뻔했던 미쓰에였다.
"기리히토, 현관도 잠그지 않고 자다니요."
 기리히토의 맞은편에 앉으면서 미쓰에가 곱게 눈을 흘겼다. 강도를 내보낸 후 문 거는 것을 잊었었다.
"그러면 이 상도 미쓰에님이……."
"네, 현관은 열려 있고 아무도 나오지 않아서 기다리려고 올라와 보았더니 거기 써 놓은 편지가 있잖겠어요. 그래서 내가 준비해 두었지요."
"미안합니다."
 기리히토는 머리를 조아렸다.
 미쓰에의 시중으로 먹는 아침은 그야말로 꿀맛이었다.
"언젠가 기리히토가 나보고 이 집에 오지 않겠냐고 했지요?"
"네, 그랬지요. 그렇지만 이제는 단념했습니다. 주제넘은 생각이었어요."
"실은 오늘은 내가 부탁드리려고 찾아온 거예요."
"네?"
 기리히토는 자기 귀를 의심했다.
"정말이세요?"
"하지만 나는 결코 환영받을 만한 사람은 아니에요."
"당치도 않습니다. 무슨 말씀을, 난 그저 와 주시는 것만으로 황송해요."
"아니에요."
미쓰에는 고개를 저었다.
"전 환사예요."
"어디 편찮으세요? 조금도 그렇게 보이진 않은데요."
"결핵이에요……. 지난 달에 아주 조금이지만 각혈을 했어요."
"네에?"
"열도 없고 피로도 못 느꼈는데, 뢴트겐을 찍어 보니까 오른쪽 폐에 작은 공동(空洞)이 생겼대요."
"네."
기리히토는 공동이 무슨 뜻인지 알 수 없었다.
"황실에 납품하는 과자점에 폐결핵 환자가 있는 것이 알려지면 큰일이잖아요. 그래서 집을 나올 수밖에 없었어요. 하지만 결핵 요양소에 가고 싶진 않아요."
"그렇게 자포 자기하지 마세요."
"그래서, 만약 기리히토가 괜찮다면 이 집 빈방에 묵었으면 하고 생각했지요. 개방성이 아니니까 균은 나오지 않지만……. 그래도 폐병은 폐병이죠. 전염될 위험성은 늘 있어요. ……그래도 괜찮겠어요?"
"무슨 말씀이세요. 폐병 따윈 난 먼지만큼도 생각지 않아요. 나오마사 님도 폐병이었잖아요."
"정말 괜찮겠어요?"
"미쓰에님의 담이라도 마시겠어요."
기리히토는 열띤 목소리로 말했다. 그 말은 기리히토의 심중을 가장 정확히 표현한 말이기도 했다.

19

 미쓰에가 기리히토의 집을 찾은 것은 그의 생애에 있어 일대 사건이었다. 그날 이후 기리히토는 미쓰에를 기다리면서 긴자의 카바레에 가지 않고 정숙한 마음을 가지려 애썼다.
 그리고 미쓰에가 도착하는 날 아침은 안전부절못하며 미쓰에가 쓸 방을 들락날락하다가 갑자기 생각이 나서 백화점으로 택시를 몰았다.
 자기를 위해 특별한 준비는 하지 않도록 미쓰에에게 간곡히 부탁을 받은 터였다. 필요한 물건은 모두 가지고 올 것이라고 했다. 기리히토는 텅 빈 방을 왔다갔다하다가 미쓰에에게 뭔가 선물하고 싶은 충동을 누를 수 없었던 것이다.
 무엇을 선물할지는 백화점에서 정하기로 하고, 어쨌든 니혼바시에 달려가서 사자가 문을 지키고 있는 한 백화점에 들어갔다.
 미쓰에가 매일 바라보고 즐길 수 있는 것으로 장식용 족자나 인형밖에는 기리히토 뇌리에 떠오르지 않았다. 3층 미술품 판매장에 올라가서 여기저기를 두리번거리며 돌아다녔다.
 "앗, 소매치기!"
 누가 부르짖었다. 개점한 지 얼마 안 되어서 그런지 손님이 뜸했다. 기리히토가 그 쪽으로 얼굴을 돌리자 안색이 변한 중년 부인이 숨찬 목소리로 외쳐대고 있었다.
 "그, 그놈이에요."

번개처럼 이 쪽으로 뛰어오는 작은 체구에 사냥 모자를 쓴 사나이를 보고 기리히토는 눈을 크게 떴다.
'아니!'
순간적으로 가는 길을 막듯이 기리히토가 한 발자국 앞으로 나서자 사나이는 반사적으로 몸을 돌려 다른 통로로 빠지려 했다.
"이봐 지로초!"
기리히토는 엉겁결에 그의 별명을 불렀다. 사나이는 고개를 돌려 기리히토의 얼굴을 보았다. 불안한 눈빛이었다.
"아!"
그가 낮에 외치며 느닷없이 기리히토를 향해 덤벼들 듯이 돌진해 왔다.
"부탁해!"
그에게 부딪치며 그렇게 소곤대고는 바람처럼 달아나 버렸다.
지로초. 시미즈 태생이어서 그런 별명을 갖고 있는 사내는 기리히토가 아사다노미야의 머리를 양갱 상자로 두들겨 준 죄로 들어갔던 히비야 경찰서 유치장에서 한 방에 있었던 그 소매치기였다.
'역시, 아직도 소매치기를 하고 있어.'
기리히토가 한심한 놈이라 생각하며 머리를 젓고 있는데 중년 부인이 헐레벌떡 뛰어왔다.
"이봐요. 왜 잡지 않았어요?"
중년 부인이 무서운 기세로 따졌다.
"상대가 너무 재빨라서 못 잡았죠."
기리히토가 변명하자 부인은 증오스런 눈길로 노려보며 말했다.
"당신, 그자와 아는 사이지? 한패가 틀림없어. 젊은 주제에 콧수염을 길러 신사인 척하지만."
아무리 흥분한 여자의 히스테리라고는 하나 이런 모욕을 참을 수 없었다.
"징병 검사 전에 콧수염을 길러서는 안 된다는 법률이라도 있단 말입니까?"

"나쁜 짓을 하니까 변장을 한 게지."
"변장! 뭐가 변장이오. 난 사장이기 때문에 콧수염을 길렀소. 정신 나간 아줌마구먼!"

주위 사람들이 왁자지껄 웃었다. 이 때 사복 형사로 보이는 사나이가 성큼성큼 다가와서 부인의 팔을 잡았다.

"부인 일단 사무실로 함께 가시죠."

사내가 재촉했다. 부인은 기리히토에게서 증오의 눈길을 떼지 않고 외쳤다.

"이 자도 소매치기와 한패거리가 틀림없어요."
"멍청한 소리 하지 마. 이 할망구야!"

기리히토가 되받자 형사가 날카로운 시선을 보냈다.

"이봐, 자네도 함께 가야겠어."

형사가 명령조로 말했다. 사무실에서 기리히토는 묻는 대로 정직하게 지로초와 아는 사이라고 진술했다. 부인은 그것 보란 듯이 의기 양양한 표정이었다. 형사는 재빨리 기리히토의 몸을 조사했다. 기리히토 자신이 보지 못한 빨간 가죽지갑이 윗도리 안주머니에서 나왔다.

"그 그거예요. 소매치기당한 바로 그 지갑이에요!"

부인은 백화점 안에 울려 퍼질 듯한 큰 소리로 외쳤다. 일이 점점 기리히토에게 불리하게 돌아갔다. 기리히토는 정색을 하며 화를 내고 해명했지만, 안면 때문에 일부러 지로초를 놓아주었다는 의심을 풀기는 어려웠다.

결국 나혼바시 경찰서에 연행되어 새로이 취조를 당해야 했다. 기리히토가 석방된 것은 이튿날 아침이었다. 형사실에서 지갑과 시계, 허리띠와 넥타이, 구두를 받아들고 복도에 나오자 공장장이 마중 나와 있었다. 기리히토는 퉁퉁 부은 표정으로 밖으로 나왔다.

뒤에서 공장장이 침통한 표정으로 따라왔다.

"공장장님 집에서 목욕을 하고 싶은데요."

기리히토가 뒤돌아보며 말했다.

"사장님, 곤란한 일이 생겼습니다."

"뭔데요?"

"오늘 아침, 오우치야마 쪽 주보에서 연락이 왔는데 군인들 중에 이질에 걸린 사람이 있다고 합니다."

"그럴 리가!"

크게 놀란 기리히토는 정신없이 택시를 부르며 손을 들었다.

설상가상이란 실로 이런 일이었다. 천황과 황후 양 폐하를 지켜 모시는 연대 안에 전염병이 생겼으니 무사할 리 없었다. 연대 본부로 달려간 기리히토는 들어가자마자 주보위원사인 중령에게 주먹 세례를 받았다.

변명의 여지가 없었다. 그 병사는 3일 전부터 식사 이외는 양갱밖에 먹지 않았다고 했다. 당연히 이질균이 양갱에 들어 있다고 단정 지은 것이다.

"총살을 해도 분이 풀리지 않을 놈이다!"

말 한 마디 못 하고 들 고양이처럼 쫓겨난 기리히토는 도랑을 따라 터벅터벅 걸었다. 그러나 누구를 탓할 것인가. 집에는 이미 미쓰에가 와서 기다리고 있으련만 지금은 미쓰에조차 도움이 안 되고 마음만 무거웠다.

아무래도 미쓰에와 유치장은 기리히토와 너무 인연이 깊은 것 같았다. 무심히 히비야 공원에 들어간 기리히토는 의자에 앉아 앞에 펼쳐진 꽃밭을 멀거니 바라보았다. 옆에 누군가 앉는 기척이 있었지만 기리히토는 의식하지 않았다.

"이보게."

부르는 소리에 정신이 들어 고개를 돌리니 기모노에 지팡이를 든 근사한 노인이 거기에 있었다. 백발에 흰 수염을 한 노인은 인품이 있어 보였다.

"쓸데없는 간섭일지 모르겠지만, 바지 단추를 채우는 게 어떻겠나?"

놀라서 내려다보니 바지 단추가 전부 열린 채였다. 히비야 경찰서 유치장을 나왔을 때부터 그렇게 하고 있었던 것이다. 기리히토는 잠자코 단추를 채웠다.

노인은 미소를 지으며 기리히토의 느릿느릿한 동작을 지켜보더니 다시 말을 붙였다. 온화한 말투었다.

"자네 귀가 아주 일품일세."

기리히토는 사나에에게서 같은 말을 들은 것이 생각났다.

"큰 귀, 튀어 나온 배꼽, 그리고 마당발은 큰 부자가 된다고 어느 여인에게 들은 적이 있습니다만 믿을 수 없는 얘기죠."

"큰 부자가 되는지 어떤지는 나는 모르지만 귀가 아름다운 것은 좋은 걸세. 그것만으로도 태어난 보람이 있지."

기리히토는 싱거운 노인이라고 생각했다.

"저는 지금 세상사에 흥미를 잃었습니다. 까짓 귀가 잘생긴들 무슨 소용입니까?"

기리히토가 볼멘소리를 했다.

"그럴 만도 하겠지."

노인은 이해한다는 듯 고개를 끄덕였다.

"그러나 자네가 지금 모든 것을 남김없이 잃어버렸다 해도 그 훌륭한 귀만은 남아 있다네."

"……?"

기리히토는 아리송한 노인의 말에 적이 호기심을 느끼며 쳐다보았다.

노인의 귀도 훌륭했다.

"할아버지는 누구신지요?"

"난 화가지."

"네?"

"후지산만 그리는 화가지."

노인은 그렇게 대답하고 웃었다.

"어째서 후지산만 그리시죠?"

"반했지. 후지산에게."

"······."

기리히토는 지금 일본 화단의 일인자인 요코가와 타이칸과 마주앉아 있었다. 하지만 그 노인이 누구인지 알 리 없는 기리히토였다.

"일본 전국을 아무리 돌아다녀 봐도 후지산보다 아름다운 산을 보질 못했네. 정말 아름다운 것은 생애를 걸고 아름답게 그리는 것, 그것이 화가의 사명이라고 생각했지."

"인생이 그런 걸까요?"

"물론이지."

"그렇다면 전 지금 목숨을 걸 정도로 반한 것이 없어서 세상에 흥미가 없는 거로군요."

기리히토는 반은 자포 자기하며 일어섰다. 한참을 걷다가 한번 뒤돌아 보았더니 노 화백은 여전히 그 의자에 앉아 있었다.

도쿄 역까지 걸어가서 조간 신문을 사 전차 안에서 펴보니 동복 6현 흉작 지대에서 몸을 판 아가씨들 기사가 대대적으로 실려 있었다. 열여섯 살 난 소녀가 3년 기한으로 105원에 계약을 하고 주쿠에 창녀로 팔려 왔다. 어느 신사에서는 흉작 때문에 시주미가 들어오지 않자 여승이 몸을 팔기도 했다. 오빠가 군대에 가는 바람에 전신 불구의 아버지와 7명의 어린 형제 자매를 돌보기 위해서 부득이 소개업자에게 부탁해 온 아가씨도 있었다.

모두들 200원도 채 안 되는 금액에 계약해서 그 계약금마저도 소개업자로부터 5할이나 6할 정도 공제당했다고 했다. 겨우 30원밖에 자기 집에 주지 못한 아가씨도 있었다.

흉작의 연금을 모집하는 공채 애국 부인회나 부인 교풍회 등이 신문사와 협의하여 기탁 의연금을 모으고 구제 자금을 지출하고 있었지만, 그것은 달아오른 솥에 떨어진 한 방울의 물에 불과했다.

기리히토는 그 기사를 읽으면서 오늘 자기가 겪은 일은 불행 중에도 끼지 않는다고 생각했다. 고엔 지역을 나온 기리히토는 평소의 자기 표정을 되찾고 발걸음도 가벼워졌다.

미쓰에는 식당에서 데려온 하녀와 점심을 먹고 있었다. 기리히토는 남의 집을 찾아온 것처럼 정색하며 인사했다.

"이제 오세요!"

"연대에 이질 환자가 생겨서요. 우리 집 양갱 탓이라고 소동이 벌어지는 바람에 경황이 없었습니다."

기리히토는 둘러댔다. 미쓰에는 그 때문에 공장이 폐쇄당하는 험한 꼴이 된 것을 아는지 모르는지 천진스럽게 말했다.

"정말 곤란했겠네요. ……식사라도 하고 편히 자도록 해요."

어젯밤에 거의 잠을 못 잤고 큰 타격을 받은 탓에 기리히토는 식욕이 없었지만, 모처럼 정성스럽게 차려진 밥상을 보고 억지로 수저를 들었다. 밥은 역시 모래를 씹는 듯 맛이 없었다.

따뜻한 목욕물에 몸을 담그면서 기리히토는 왠지 주인 영감이 첩의 집에 온 듯한 기분이 들었다.

잠이 깼을 때는 아침인지 밤인지 알 수 없었다. 덧문이 닫혀져 방은 어두웠다. 기리히토는 건강을 상징하는 변화가 사타구니에서 일어나고 있는 것을 알자 어쩐지 희망이 솟는 것을 느꼈다. 전등을 켜보니 밤 11시가 지나 있었다.

이미 미쓰에도 하녀도 잠들었는지 집 안은 고요했다.

'자, 이제부터 난 무슨 일을 할까?'

기리히토가 자신에게 물었다. 누워서 떡먹기 같은 아무런 힘도 들이지 않고 벌이는 사업은 이젠 끝난 것이다. 이번에야말로 불황의 바람이 몰아치고 있는 사회에 뛰어들어 목숨을 건 승부에 도전해야 할 때라고 생각했다.

어떤 일을 하면 좋을지 너무도 막연했다. 그러나 이치가야 아파트에서 1만 원을 끌어안고 무엇을 하면 좋을까 하고 고심하던 때와는 전혀 달

하늘의 소리

랐다. 그 때는 무조건 불안했다. 섣불리 하찮은 사업에 손대서 본전도 못 건지면 어쩌나 하는 소심함이 뒤섞인 불안감이 컸었다. 그러나 지금은 갖고 있는 6만 원을 한 푼도 남김없이 잃어버려도 괜찮다는 배짱이 두둑했다.

벌떡 일어나 앉은 기리히토는 하비야 공원에서 만난 노 화백의 말을 되새겼다.

"일본 전국을 아무리 돌아다녀 봐도 후지산보다 아름다운 산을 보질 못했네. 정말 아름다운 것은 생애를 걸고 아름답게 그리는 것, 그것이 화가의 사명이라고 생각했지."

'그래.'

기리히토는 팔장을 꼈다.

"제일 아름다운 것을……."

그렇게 중얼거린 순간, 기리히토는 자기가 어렸을 때의 꿈이 거대한 성을 쌓는 일이었다는 것을 생각해 냈다.

"그렇다. 나의 꿈은 일본에서 제일 가는 성을 평생을 걸려서라도 만드는 것이었어!"

땅울림 (1)

기리히토는 일본이 일으킨 태평양전쟁에 참전하여 숱한 위기와 고난을 겪게 된다. 그러나 잡초처럼 밟혀도 다시 돋아나는 생명력을 지니고, 그 어떤 상황에서도 꺾이지 않는 불굴의 정신과 지혜를 발휘하여 새로운 삶을 모색하게 된다.

1

마르세유발 요코하마행 프랑스 여객선이 속력을 늦추며 오후의 강렬한 햇볕 아래 납작하게 누워 있는 콜롬보항으로 미끄러지듯 들어오고 있었다. 부두에서 북적거리는 사람들의 무리와 홍갈색인 벽돌 건물이 흐릿한 빛의 장막에 덮여 있었다.

이세다 나오마사는 벤치들이 놓여진 갑판에 서서 쇠약해진 몸을 겨우 가누며 힘없고 허탈한 눈빛으로 항구를 쳐다보고 있었다.

나오마사는 결국 사막에서 죽을 수가 없었다. 유럽을 방랑한 끝에 일본으로 덧없이 돌아가려 하고 있었다. 일등칸에 타게 될 나오마사의 주머니엔 10원 권 지폐가 두세 장이 남아 있을 뿐이었다.

"실론이라, 보석과 해적의 섬이지."

갑자기 곁에서 큰 소리로 말하는 사람이 있었다. 미타무라 소우키치란 사내였다. 마르세유에서부터 넉살도 좋게 나오마사에게 다가와 말을 걸더니 지금은 10년 지기처럼 행동하고 있었다.

그의 말에 따르면 3고(제3고등학교)를 나오자 곧장 만주에 건너가서 만철 이사의 후원으로 만주국제통신사를 창설하여 대활약을 하는 한편, 안산철강진흥공사의 고문이 되었고, 대고산 채광소를 습격한 마적들과 싸우기 위하여 사덕방위대를 조직해서 1개 대대 상당의 무장 거류민단의 단장이 되어 만주로 돌아가는 길이었다.

풍채나 말투로 보아 그 같은 경력이 어울릴 성싶었다. 미타무라 소우키치는 말했다.

"당신 같은 신사의 눈에는 내가 허풍이나 떠는 사기꾼으로 보이겠지만 대륙에서는 아침부터 밤까지 허풍을 떨지 않으면 견뎌낼 수 없소. 워낙 스케일이 크기 때문에 일본식으로 살다 보면 자신이 비참해져 만사가 싫어지고, 너무 땅이 넓어 인간이 얼마나 왜소한지를 느끼게 되죠. 그래서 어깨를 펴고 가슴을 활짝 젖히고 큰 소리를 쳐서 자신의 왜소함을 잊는 거요. 허풍이 익숙하게 몸에 배게 되면 비로소 한 사람 몫을 하는 대륙인이 되는 셈이지."

미타무라 소우키치의 구변이 불쾌하지는 않은 것은 분명했다. 20년간 대륙에서 풍상을 겪은 탓인지도 몰랐다. 이를테면, 미타무라 소우키치는 이런 얘기를 아무렇지도 않게 해댔다.

서안산이란 곳에서 개광했을 때 미타무라 소우키치는 부탁을 받고 광부의 우두머리를 무순에서 데리고 갔다. 그런데 이 자가 어느 날 밤 돌연히 수십 명의 부하를 이끌고 쳐들어왔다. 그는 마적의 우두머리였다. 소우키치는 서부 영화에서처럼 양손에 권총을 쥐고 총격전을 벌여 달아나는 마적 두령을 수수밭까지 쫓아가서 사살했다. 마적이 미처 달아나지 못한 것은 식량으로 쓰기 위해 돼지 한 마리를 끌고 가려 했기 때문이었다. 소우키치는 시체를 수수밭에 묻어주고 돼지를 끌고 숙소로 돌아왔다고 했다.

그의 얘기는 끊임이 없었다. 그는 현재 약 25만 평의 경지와 5만 원의 현금, 시가 6만 원 상당의 은(銀)을 갖고 30명의 고아를 기르며, 개평에 있는 공학당(만철 경영의 만주인 자녀를 위한 고등 초등학교)에 보내고 있다고 했다.

그뿐 아니라 집에서는 7, 8세의 예쁜 소녀 10명 정도를 키우고 있는데, 후에 처녀로 성장했을 때 첩으로 삼으려고 한다는 것이다.

"이세다 군. 마널 만에 한번 가보지 않겠는가? 세계에서 제일 가는 흑

진주가 생산되는 곳일세. 한 개에 1만 원 정도 하는 물건이 얼마든지 있으니 말이야. 10개쯤 사가지 않겠나?"

소우키치는 아무렇지 않게 말했다.

항구에는 국제 규모의 선박이 헤아릴 수 없을 만큼 빼곡하게 정박해 있고, 부두에 배를 댈 수 없었기 때문에 마중 오는 보트가 몇 척 따라왔다. 나오마사와 소우키치는 그 중 한 척에 탔다. 배가 콜롬보항에 5일간 정박하기 때문에 승객들 대부분은 상륙을 원했다.

총독이 사는 퀸즈 하우스나 그랜드 오리엔탈 호텔, 그리고 은행 상사들이 준비한 부두에는 헬멧을 쓴 백인과 누런 옷을 입은 맨발의 비구승, 그리고 빨간 수를 놓은 윗도리를 입고 입술이 두툼한 여자들이 어슬렁어슬렁 거리고 있었다.

중국인인 듯한 사내가 느닷없이 나오마사 앞에 침을 탁 뱉었다. 그의 얼굴은 증오로 일그러져 있었다. 소화 14년, 중국 대륙에 퍼진 전쟁의 재난은 이미 손 쓸 도리 없이 파국을 향해 치닫고 있었다. 일본인의 위신은 동맹국 이외에는 완전히 땅에 떨어진 상태였다.

"미리 말해 두지만 난 한 푼도 없소."

차에 탔을 때 나오마사가 말했다.

"좋소. 내가 권했으니 내가 부담하는 것이 당연하지."

미타무라 소우키치는 알았다는 듯이 여유 있는 태도를 취했다. 경치가 좋은 곳을 한 바퀴 돌자는 권유를 받은 차는 길가에 야자수 잎이 시원스레 늘어져 있는 쭉 뻗은 도로로 나왔다. 지평선까지 펼쳐진 푸른 전원 속에 고무나무들이 듬성듬성 솟아 있고, 그 사이로 보이는 느릿느릿 흘러가는 강기슭에 송아지 떼가 한가로이 움직이고 있었다. 물동이를 인 여인과 맨발의 비구승이 스쳐 지나갔다.

"이세다 군. 진주에 대해 좀 아는 게 있소?"

"전혀요."

경치가 좋은 곳을 달리자고 한 사람은 소우키치였지만 정작 경치는 구경하지 않고 지껄이기 시작했다.
"클레오파트라가 양쪽 귀에 달고 있던 진주, 클레오파트라 진주의 이야기 정도는 알고 있겠지."
"모르오."
"인텔리답지 않군. 클레오파트라가 말이오. 안토니오와 내기를 해서 그 한 개를 요즘 시가로 따지면 375,000달러에 달하는 진주를 식초에 녹여서 마셨다는 게요. 그러고는 그날 밤 안토니오를 녹초로 만들어 버렸다나, 허허허……!"
소우키치는 의외로 화술이 능란하고 지식이 풍부했다. 연달아 설명하는 진주에 관한 일화는 참으로 흥미로운 것이었다.
스페인의 필립 4세 때의 이야기다. 카테의 케오르기바스라는 사나이가 인도에서 504그레인(1그레인은 0.0648g)이나 되는 엄청난 진주를 구입해서 황제에게 대금 8만 다카트를 청구했다. 황제는 놀라서 물었다.
"네가 이런 작은 물건에 전재산을 던졌지만, 만약 짐이 거절한다면 도대체 어쩔 셈이냐?"
게오르기바스는 빙그레 웃으며 다음과 같이 대답했다고 한다.
"세계에서 으뜸가는 스페인 황제 폐하께서 이렇게 작은 물건에 꽁무니를 뺄 리가 없다고 믿기 때문입니다."
또 엘리자베스 여왕 시대에 토머스 그레샴 경은 무려 1만 5천 파운드나 되는 진주를 소유하고 있었는데, 어느 날 밤이었다. 스페인 대사를 초청한 연회석 상에서 영국의 위력을 과시하기 위해 그 진주를 갈아서 술에 넣어 엘리자베스 여왕을 위해 축배를 들었다고 한다.
"이 실론 섬이야말로 세계 제일의 진주의 보고라 할 수 있소. 페르시아 만 이상이라고 할 수 있지. 더구나 재미있는 것은 약 800평방 마일에 걸친 광대한 진주 여울에는 고대로부터 매우 기이한 현상이 나타났다는 겁니다. 어떤 해에는 놀랄 만큼 많은 진주를 채집하는가 하면, 그 후 10년 동안은 한 알도 볼 수 없었다고 합니다. 여기에도 전설이 있는데, 6

월 대보름 밤이면 여자들이 바다에 진주를 던지는 행사가 있었소. 아쇼카 왕의 왕자 마힌다가 불교를 이 곳으로 전파한 것을 기리기 위한 행사였던 거지. 그 때 마힌다에게는 두 사람의 아름다운 여인이 있어 그 중 한 사람이 검은 진주를, 또 한 사람이 흰 진주를 바다에 던졌소. 그런데 검은 진주를 던진 여자는 질투심이 굉장히 많았소. 간계를 꾸며 상대방을 바다에 밀어 넣어 죽여 버렸소. 마힌다가 이를 알고는 그 여자 역시 바다 속으로 밀어 넣었지. 그래서 두 여인은 무서운 바다뱀으로 변하여 바다 밑에서 영원히 끊임없는 싸움을 계속하게 된 거요. 그 때문에 진주가……."

거기까지 이야기했을 때 차는 마운트 라비라니어라는 해안에 있는 최고급 호텔 현관에 멈추었다. 사람의 모습은 보이지 않고 거대한 가주마루나무가 만들어내는 넓은 그늘이 고즈넉했다.

나오마사는 축 처진 몸으로 방에 들었다. 종업원에게 다른 방에 든 소우키치에게 쉬고 싶다는 말을 전해 달라고 부탁하고 그날 밤은 혼자서 지내기로 했다.

침대 위에 누운 나오마사는 문득 미소를 지었다. 한 사람의 옛 모습이 떠오른 것이다.

'기리히토란 놈 어떻게 됐을까?'

나이를 따져보니 벌써 스물 둘이었다. 일본을 떠날 때 1만 원을 100만원으로 불려 놓겠다고 큰 소리쳤던 아이.

유럽 방랑 7년간. 나오마사가 때때로 떠올리는 옛 모습 속에는 이상하게도 기리히토뿐이었다. 양친도, 유모인 다카도, 미쓰에도 뇌리에 되살아오지 않았다.

'그 자식, 1만 원을 배로 만들기는커녕 무일푼이 됐을지도 몰라.'

거지 모습의 기리히토가 아사코사의 뒷골목 부근을 두리번거리면서 무엇인가를 찾아 헤매며 방황하고 다니는 광경을 상상하면서 나오마사는 가슴 한 끝이 저려오는 것을 느꼈다.

"이세다 씨…. 당신이 바로 이세다 후작의 아드님이시오?"

소우키치가 물었다. 나오마사는 로코코 양식의 천장을 바라본 채 말이 없었다.

"당신을 알고 있는 부인을 방금 식당에서 만났소. 너무 미인이어서 동포의 정으로 인사했었지. 아무래도 혼자 여행 중인 것 같아서 상대역으로는 나보다도 이세다 씨가 적임이라고 생각되어 이름을 말했더니 뜻밖에 그 때까지 가면처럼 무표정했던 얼굴이 밝게 빛나더니만 활짝 핀 꽃처럼 방글거리고 있지 않겠소."

"……?"

비로소 나오마사의 안색이 변했다.

"허허헛……. 그리고 일본판 그리스도를 아시죠? 그놈은 정말 재미있는 아이였소. 이세다 씨를 찾아서 상경하는 열차 속에서 함께 앉았었는데, 교토에서 함께 내려서 귀한 동정을 버리게 한 기억이 있지. 어때요, 세상 정말 좁지 않소?"

그 말에 나오마사는 이제는 그리움으로 가슴 한 구석에 가라앉은 옛일을 떠올렸다.

'기리히토를 임질에 걸리게 한 사람이 이 사나이였던가.'

나오마사는 어쩐지 친근감을 느끼며 일어섰다.

"나를 알고 있다는 여인을 만나게 해 주시겠어요?"

"좋고말고. 그건 내가 바라는 바이기도 하오. 젊고 아름답고, 게다가 미망인이겠다, 금상 첨화잖소."

소우키치는 나오마사를 데리고 정원으로 나가면서 사쿠라기 교코라는 그 여자가 남편의 유골을 수령하러 온 거라고 말했다.

그녀의 남편은 일본의 진주왕 미키모토 옹의 의뢰를 받아 2년 전에 갓 결혼한 아름다운 부인을 도쿄에 남겨두고 이 곳 실론 섬에서 진주를 연구하던 중이었다. 실론 섬의 진주 여울은 매우 기이한 현상을 보였다. 어떤 해에 해저 조사를 해 보면 길이 5마일, 폭 2마일에 이르는 여울에 어린 조개들이 빈틈없이 쌓여 있어 한 잠수부는 30초간 한 번의 잠수로 3,225개를 채집하기도 했다.

그런데 그 다음 해 재조사 때에는 단 하나의 조개조차도 찾을 수 없었다는 불가사의한 얘기가 사실로 입증되고 있었다. 파도에 의한 유실, 조개의 밀집 과다로 인한 자연 폐사, 어족의 피해의 원인을 파악하는 일이야말로 일본의 진주 양식 기술을 향상시키는 데 절대적인 참고가 되었다.

사쿠라기 교코의 남편은 이 연구를 위해 왔다가 심장마비로 객사한 것이다. 나오마사는 사쿠라기 교코라는 이름은 기억에 없었다. 베란다를 내려서니 꽤 진한 향내를 풍기고 있는 백장미 화단이 있었다. 밖은 넓은 파초밭이 펼쳐져 있었고 그 저편 강에는 떡이라도 찧듯이 흰 옷가지를 휘둘러 두들기며 빨래하는 여인들 모습이 보였다.

차츰 땅거미가 지는 경관과 어우러져 그 흰 옷이 유난히 선명했다. 오른편에 불쑥 솟은 탑 꼭대기가 사라져가는 저녁 햇살을 받아 유난히 밝게 빛났다. 탑 꼭대기에서 몇 마리의 박쥐가 소리를 내며 날아오르고 있었다.

"이상한데? 어디 산책이라도 갔나?"

소우키치는 발돋음하며 부근을 살펴보았다. 정원 한 구석에서 정원사가 쉴 새 없이 긴 막대기로 망고스틴을 떨어뜨리고 있는 모습이 보일 뿐이었다. 소우키치가 그쪽으로 걸어갔다.

나오마사는 테라스에 돌아와서 거기에 놓여진 긴 의자에 몸을 던졌다. 얼마나 지났을까, 뒤에서 인기척이 났다.

"이세다님이세요?"

부르는 소리에 몸을 일으킨 나오마사는 파란 조명을 받아 하얀 얼굴이 반쯤 드러난 여자를 발견하였다. 아름다웠다. 그러나 얼굴 표정이나 몸짓이 엄격하게 보여 나오마사의 취미에는 맞지 않았다. 한 눈에 억척스러운 성격의 소유자라는 것을 알 수 있었다.

"이세다입니다."
나오마사는 일어서서 정중하게 인사했다.
"사쿠라기 다카야와 6고 동창생이었지요?"
"네."
나오마사가 얼른 기억을 더듬었다. 언제나 한쪽 구석 책상에 걸터앉아서 묵묵히 양서를 탐독하고 있던 수재였다. 그러나 인상은 그것뿐이었다.
"사쿠라기는 6고에서도 도쿄제국대학에서도 항상 수석을 했지요. 하지만 어쩐 일인지 선생님에 대해서만은 끝까지 열등감을 떨쳐 버릴 수 없었다고 말씀하셨답니다."
사쿠라기 교코는 날카로운 눈길로 나오마사를 직시하며 말했다.
"그 때문인지 언젠가는 선생님을 뵙고 싶었습니다. 주인의 유골을 수령하러 멀리 실론까지 찾아와서 우연히 선생님을 만나다니, 무슨 인연인가 봅니다."
나오마사는 교코의 얘기를 심드렁하게 듣고 있었다. 꽤 당돌한 여자였다. 상대방의 기분도 아랑곳하지 않고 마치 신파극 대사를 낭독하는 것처럼 줄줄 지껄여대는 이 여자의 속셈은 도대체 무엇일까? 나오마사는 불쾌감과 호기심이 뒤섞인 기분으로 사쿠라기 교코를 바라본 채 말이 없었다.
이 때 미타무라 소우키치가 천천히 다가와서 쩍 벌어진 암자색 망고 속에서 새하얀 씨를 꺼내며 교코에게 내밀었다.
"하나 들어 보세요, 부인."

2

　세 사람은 테라스의 긴 의자에 앉아서 부담 없는 대화를 나누었다. 미타무라 소우키치가 그답지 않게 한껏 점잖을 빼고 있는 모습이 나오마사에게는 우습게 보였다.
　그 때 종업원이 나타나 정중하게 고개를 숙였다.
　"마담."
　사쿠라기 교코가 뒤돌아봤다.
　"대단히 죄송합니다만, 2층 403호실로 옮기셨으면 합니다만……."
　"왜죠?"
　"부인이 계시는 방에 빨간 뱀이 나타났다고 합니다. 빨간 뱀은 불길한 징조죠."
　"그래요? 그럼 그러죠, 뭐."
　교코는 그다지 놀라지도 않고 고개를 끄덕이고는 나오마사를 보고 물었다.
　"댁은 몇 호실인가요?"
　"2층 405호실입니다. 아마 부인의 방 맞은편이겠지요."
　"어머. 그거 잘 됐네요!"
　요염하게 미소 짓던 교코는 갑자기 기교 있게 그린 눈썹을 찌푸렸다.
　"왜 그러세요, 부인?"

소우키치가 얼굴을 바싹 들이댔다.
"아니에요……. 약간 현기증이."
"그거 안 되겠는데요. 풍토병이란 놈은 예고 없이 불시에 들이닥치니까요. 조심하셔야 합니다. 좀 쉬시죠."
그 말을 듣자 교코는 잠깐 불안한 기색으로 소우키치를 돌아보며 엄살을 섞어 말했다.
"이렇게 갑자기 잠이 오다니……. 정말 풍토병에 걸렸는지 모르겠네……. 어쩜 좋아?"
"아니, 걱정하실 것 없습니다. 여기 당신같이 아름다운 분을 간호할 만한 적당한 사람이 있으니까요."
소우키치는 나오마사를 손가락질하며 호탕하게 웃었다. 비로소 만주낭인다운 모습을 보였다.
"잘 부탁드립니다. 이세다 씨."
교코는 의자에서 일어서려다 흐느적거리며 상반신을 기울였다. 종업원이 재빨리 부축했다.
"정말 왜 이런지 모르겠네요. 마치 몸이 녹아내리는 것 같아요……."
교코는 종업원의 부축을 받으며 복도로 들어갔다.
"자, 그럼."
소우키치가 싱글거리며 양손을 비벼댔다. 나오마사는 정원 앞쪽에 조명을 받아 이상하게 불타오르듯 떠오른 부테야 포로레도사 꽃에 시선을 던지면서 나지막이 말했다.
"무슨 속셈으로 저 여자에게 수면제를 먹인 거죠?"
"헛헛, 벌써 눈치챘소?"
소우키치는 유쾌한 듯 코를 실룩거렸다.
망고씨 속에 수면제를 넣어서 교코에게 먹인 것이었다.
"종업원을 매수해서 저 여자의 방도 2층으로 옮긴 거고요."
"바로 맞혔소. 이세다 씨 방의 맞은편이지. 여자가 묵는 방문은 보이가 열어두었을 거요. 이제 들어가서 차려 놓은 상만 먹으면 되지."
"어째서 내가 그 여인을 범하지 않으면 안 되는 겁니까?"
"미이이기 때문이지. 더구나 미망인이겠다, 보기만 한다는 것은 아깝지 않소. 극히 간단한 이유지."
"저 여자는 남편의 유골을 수령하기 위해 왔는데도 말입니까?"
"남편이 죽은 설움 같은 것을 그 여자의 어디에서 느낄 수 있소? 그 여자가 의무를 다 하려 왔는지 아니면 젊은 미망인이라는 사치스런 감상을 낯선 나라에서 맛보고 싶었기 때문인지, 어느 쪽이든 그녀가 이세다 씨를 바라보는 표정을 못 봤소?"
"……."
"이봐요. 차려진 상을 먹고 싶진 않단 말이오?"
소우키치는 고개를 내밀었다.
"당신이 먹지 않는다면 내가 먹어주지."
"어째서 내게 먹이고 싶은 겁니까?"
"난 이세다란 인간이 우리들과는 다른 세상에 살고 있다는 걸 쭉 느끼고 있었지. 그는 3고 시절에 교토의 절간을 자주 돌아다녔소. 특히 용안사의 돌 정원을 무척 좋아했지. 그러나 결국 나로서는 돌·모래·이끼·관목으로 이루어진 경치를 이해할 수 없었소. 그 하얀 공간, 그 곳에서 상상의 날개를 펼치는 것이 왜 그리도 불가능했는지……. 사실 천(天)·지(地)·인(人) 3재의 유현미라든가, 일신청정무일물, 유한한 정취 적적이니 하는 묘취는 나와는 너무나 인연이 먼 것이었소……. 얼핏 보아 이세다란 인간은 그와 같은 것과 인연이 있는 듯싶었소. 그런데 이세다 씨가 돌 정원의 툇마루에 앉은 모습을 상상해 보면 명상에 잠긴 선승보다도 훨씬 어울리는 것은 도대체 어찌된 일일까? 그것을 의심하는 동안에 점점 당신이란 인간이 엄청나게 훌륭한 사람인 것처럼 생각됐지."
"쓸데없는 과대 평가는 그만둬요."
"아니, 과대 평가가 아니오. 당신은 매우 매력 있는 사람이야. ……설혹 상대가 총리대신이었다 해도 절대로 그 여인을 양보 못 해. 이세다, 당신이니까 양보할 수 있는 거요."
 "양보해 달라고 부탁한 적 없습니다. 소우키치 씨 당신 마음대로 처치하면 될 일이지요."
 "그런 니힐리즘적인 말투가 이세다 씨의 매력이라는 거 알고 있소?"
 나오마사는 의자에서 일어서자 말없이 호텔 안으로 들어갔다. 2층 그의 방 앞에 이르렀을 때 나오마사의 마음에 잔인한 악마가 고개를 쳐들었다. 꼼짝 않고 서 있던 나오마사는 자기가 대신 먹어 주겠다던 소우키치의 말을 생각하며 천천히 발길을 돌렸다.
 사쿠라기 교코의 방문은 소우키치가 말한 것처럼 잠겨 있지 않았다. 교코는 연분홍색 가운을 걸친 채로 침대에 바로 누워 있었다. 파란 전등갓이 만들어내는 푸르스름한 불빛을 받고 잠든 얼굴은 요염함을 풍기며 깊은 그늘과 함께 신비로운 정취를 띠고 있었다. 그러나 완전한 의식을 잃은 표정이 백치처럼 보였다.
 끈쩍끈쩍한 정욕이 일어나고 있었다. 천진하고 수줍은 얼굴 같았으면 나오마사는 그대로 되돌아왔을지도 모른다. 나오마사는 시선을 어두운 발코니 쪽으로 던졌다. 그 곳에 몰래 소우키치가 숨어들어 숨 죽이며 들여다보고 있는 듯했다.
 '그래, 제발 바라보고 있어다오.'
 나오마사는 일순 소우키치에게 보이기 위해서 이렇게 하는 거라는 착각이 일었다. 천천히 팔을 뻗어 가운을 헤쳤다. 투명한 슈미즈가 드러났다. 여인의 살은 풍만했다. 살결은 곱고 매끄러웠다. 유방이 숨결 따라 오르내렸다.
 나오마사는 다섯 손가락을 펴서 그 융기를 싸안듯 만져 보았다. 얇은 천을 통한 피부의 부드러운 감촉은 여태 나오마사가 맛본 적이 없을 정도로 뜨거웠다. 더구나 땀이 배이지 않는 이 이상한 뜨거움은 이 여인의 음탕함을 상징하는 듯했다.

나오마사는 꽤 난폭한 힘으로 축 늘어진 하얀 몸을 움직이면서 슈미즈를 가슴 위까지 걷어 올리고 팬티를 벗겼다. 까만 치모는 팬티에 눌려 있었다. 나오마사는 그것을 보면서 비로소 이 여자가 애처롭다고 느꼈다. 그러고는 그것을 천천히 쓸어내려 주었다.

그리고 그가 취한 동작은 주머니에서 담배를 꺼내 불을 붙이는 것이었다. 차례차례로 예쁜 동그라미가 되어 나오마사의 입을 떠나는 연기는 풍만한 여인의 복부에 닿자 너울너울 흩어지며 그 위를 기었다.

웃음이 나왔다. 그리고 이런 일이 우매하게 느껴지는 것은 어째서일까. 나오마사는 창가 테이블에 있는 꽃병에서 부테야 프로레도사꽃을 하나 꺾어 치모 사이에 심어 두고 방을 나왔다.

자기 방에 들어가다 말고 문득 생각이 난 듯 아래층에 내려가 스탠드 바에 들렀다. 뜻밖에도 그 곳에 소우키치가 앉아 있었다. 머리가 벗겨진 맥주통 같은 거한을 붙잡고 넉살좋게 서툰 영어로 지껄여대고 있었다. 나오마사를 보자 소우키치는 의외라는 표정으로 물었다.

"어찌 됐소?"

"이번에는 당신 차례입니다."

나오마사도 생각지 않았던 말이었다.

"내 차례? 이봐, 너무 빠르지 않소?"

나오마사는 대답 없이 의자에 앉아 바텐더를 불렀다.

"나폴레온."

"이세다 씨. 설마 내 호의를 저버린 건 아니겠지?"

소우키치는 성난 기색으로 말했다.

"이번에는 당신 차례라 하지 않습니까."

"좋아!"

소우키치는 구두 소리를 요란하게 내면서 바를 나갔다.

그리고 소우키치는 다시 되돌아오지 않았다.

이튿날이 되도 나오마사는 소우키치가 어떤 행동을 취했는지 묻지 않앉고 소우키치도 말하지 않았다.
'어젯밤 일은 어젯밤 사이에 해결되듯이 오늘은 오늘의 바람이 분다.'
둘은 서로 마주하면서 상대의 얼굴에서 그런 마음을 읽고 있었다. 두 사람이 호텔을 나설 때 전날의 그 종업원이 의미 심장한 웃음을 보냈다.
"마담은 아직 잘 주무십니다."

다음날 아침, 나오마사와 소우키치는 매나아고행 열차를 탔다. 2등 차는 한 칸에 세 명이 정원이었다. 3등 칸을 보니 누추한 차림의 토인들이 마침 예배 시간인 듯 모두 통로에 털썩 주저 앉아서 고개를 숙이고는 큰 소리로 알아듣지 못할 말을 읊조리고 있었다.
"인도에서는 이 시간이 되면 도둑이건 살인자건 빠짐없이 저렇게 예배를 드리지. 우리들이 양복을 입으면 꼭 넥타이를 매듯이 말이야."
소우키치는 정말 시시하다는 듯이 입술을 뒤틀며 말했다.
나오마사는 시선을 창 밖으로 보낸 채 잠자코 있었다. 끝이 없는 평원의 아침을 달리는 것은 상쾌했다. 야자수 고무나무, 커피나무 숲이 여기저기 우거져 있고, 이슬을 머금은 파란 보리는 미풍에 흔들리고 있었다. 하얀 완두꽃이 소담스러웠다.
"이봐요, 이세다 씨."
소우키치가 작은 위스키 병을 건넸다.
"내가 어젯밤 시쿠라 교코를 어떻게 요리했는지 흥미 없소?"
"없는 건 아닙니다."
"그럼 들어보라고."
"얘기하기 싫은 부분도 있을 텐데요."
"그래."
소우키치는 히죽히죽 웃었다.
"당신은 진짜로 니힐리스트요."
"나는 조금도 그렇게 생각하지 않습니다. 오히려 만주의 수수밭에서 마적과 충격전을 벌였던 사람이 진짜 니힐리스트일지도 모르죠……. 나 스스로 평화로운 시민 생활을 택한 건 아닙니다. 정신이 들었을 땐 어느덧 괄호 밖에 나와 있더군요. 당신이나 또 다른 사람들은 스스로 모험을 찾아 일본을 떠난 것 아닙니까?"

"그야 그렇지만…… 적어도 이 미타무라 소우키치한테 허무의 그늘은 없소."

"니힐리스트는 억지로 되는 것이 아닙니다. 난 의외로 호인이라는 생각을 했죠. 범하는 대신에 꽃을 심었거든요."

"허허허……."

소우키치는 주위의 손님들이 돌아볼 만큼 큰 소리로 웃었다.

"난 그 부드러운 토양에 듬뿍 비료를 주고 또 꽃을 심고 왔지요."

"무슨 짓을 하든 당신 자유니까요."

"조금은 내가 밉지 않소?"

"아, 아니."

나오마사는 머리를 저었다.

소우키치는 한동안 나오마사를 이상한 듯이 지그시 보고 있더니 은근한 목소리로 물었다.

"여자에게 반한 적이 있소?"

"왜 묻죠?"

"남이 반한 적은 있지만 내가 반했던 적은 한 번도 없다는 표정이군. 내가 잘못 봤나요?"

나오마사는 소우키치의 시선을 피해 미쓰에의 모습을 생각해내려 했지만 그녀가 어떤 모습이었는지 전혀 떠오르지 않았다.

"음. 연애만은 한 적이 있는 모양이로군."

소우키치가 말했다.

"소우키치 씨는 어떻습니까?"

나오마사는 귀찮은 듯이 물었다.

"나 말이오? 난 없었소. 우리 집 영감님의 첩에 반했지. 나보다도 세 살 위였는데, 미인이지만 유령처럼 파리한 얼굴을 하고 있었소. 우리 집 영감님은 지독한 폭군이었소. 하루에 한 번 누군가를 패지 않으면 견디지 못하는 사람이었지. 나도 부지런히 두들겨맞아 두세 번 기절한 적도 있다니까. 그런 지독한 늙은이의 욕정에 짓눌려 사는 그녀가 너무나 불쌍해서 견딜 수 없었지. 그래서 중학 4학년 때에 정신없이 끌어안고 키스를 해 주었소. 그녀는 울지 않았지. 그냥 넋 나간 사람처럼 멍청히 서 있더군. 내가 치마 자락을 헤치고 손을 넣어도 마찬가지였소. 일을 치르고 나서 내가 축 늘어져 있으니까 정성스럽게 온몸을 닦아 주더군. 그리고 사흘 뒤에 그녀는 자살했소. 난 영감님을 죽여 버리겠다고 생각했지. 그런데 아니나다를까 영감님이 정말로 풍을 맞았지 뭐요. 나는 무릎을 쳤지. 그야말로 벽에 똥칠하면서 5년을 그렇게 살다 가더군. 나는 영감님이 남기고 간 부동산을 몇 년 동안 깨끗이 탕진해 버렸소."

소우키치는 커다란 손으로 쓱 얼굴을 문지르더니 무심한 표정으로 한마디 내뱉었다.

"인생은 하고픈 일이 있으면 하고 볼 일이야."

3

 실론 섬은 페르시아만과 더불어 세계 최고의 진주 어장이었다. B.C. 543년에 섬을 정복하고 최초로 왕이 된 뷔자야가 그 의부인 마주라 왕에게 진주를 선물한 기록이 아직까지 남아 있었다. 마나르 만의 아다므스 여울에서 채집된 진주는 세계 제일을 자랑했다. 흑진주는 이 곳에서 나고 있었다.
 다음날 아침 마나르 역에 내린 미타무라 소우키치와 나오마사는 곧 실론 대학 부속 연구소를 찾았다. 그 곳 기사에게 안내를 부탁하여 마나르 만의 해변으로 나갔다. 저편에 이어져 있는 것이 아다므스 브리지였다.
 비릿한 내음이 상큼하게 느껴지는 바다는 투명한 청색으로 햇살을 반사하고, 바닷가에 말없이 밀려오는 흰 파도는 눈 가는 데까지 아름다운 포물선을 그리고 있었다.
 잠수부들은 힘차게 펄떡거리는 물고기를 연상케 하는 흑진줏빛 피부에 다부진 체구를 자랑하며 광주리를 안고 차례차례로 바다 속으로 뛰어들거나 솟아오르고 있었다.
 나오마사와 미타무라 소우키치의 발에 밟히며 경쾌한 소리를 내는 하얀 모래톱은 넓게 완만한 경사를 이루며 바다에 이르고 있었다. 곳곳에 목책이 둘러쳐져 있고, 진주조개가 산더미처럼 쌓여 있었다.
 "저 배는……."

기사가 가리키며 말했다.

"2,500년 전 뷔자야 왕 시대 때 사용한 배와 조금도 다름이 없습니다. 일곱 길 바다 속에서 백 초 동안 견딜 수 있는 아라비아인 잠수부가 있지요."

"한 번 태워 주겠소?"

소우키치가 말했다. 나오마사는 자기들이 걸어온 해변을 뒤돌아보며 차가운 눈길을 멈추었다.

"이세다, 함께 가시겠소?"

나오마사를 쳐다본 소우키치는 무심코 나오마사의 시선을 쫓았다.

"어!"

나지막이 무엇엔가 놀란 듯 소리를 질렀다. 거대한 코코아나무들이 만든 긴 그늘진 모래사장을 걸어오는 것은 사코라기 쿄코였다.

"같은 기차로 따라온 모양이네."

소우키치가 중얼거렸다. 쿄코는 새빨간 스커프로 머리를 매고 흰 주름치마를 미풍에 나부끼고 있었다. 나오마사는 그 모습이 아름답다고 느꼈다. 쿄코가 5미터 정도의 거리를 두고 멈추었다. 시선은 나오마사의 얼굴에 박혀 있었다. 무표정했다. 그렇게 몇 초가 지났다. 입담 좋은 소우키치도 끼어들기가 꺼려지는 냉랭한 분위기였다. 햇볕은 여전히 눈부셨다.

등 뒤에 있던 쿄코의 오른손이 천천히 제자리로 돌아오더니 앞으로 올라왔다. 소우키치의 눈이 커졌다.

"부인, 그건 안 돼!"

소우키치가 다급하게 외쳤다. 쿄코의 오른손에 권총이 빛나고 있었다.

나오마사는 자기를 향해 겨냥하고 있는 쿄코를 아무런 표정도 없이 미동도 하지 않고 차갑게 바라보았다. 총성이 울렸다. 나오마사는 왼

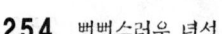

쪽 어깨를 곤봉으로 세차게 얻어맞은 듯한 충격을 느끼며 비틀거렸다.
 소우키치가 나오마사의 몸을 급히 받쳤고, 기사가 무슨 말인지 빠르게 외쳤다

 병원이랄 수도 없는 빈약한 낡은 건물이었다. 자귀나무와 가즙말나무 숲에 둘러싸인 벽돌집은 겉보기만 그럴 듯할 뿐 현관문은 부서지고 벽돌은 무너져 집 안은 창고처럼 난잡하기 이를 데 없었다.
 그러나 기사가 아무 망설임도 없이 나오마사를 여기 데려온 것은 그 기술을 신용할 수 있기 때문이리라. 기사는 나오마사를 판자가 삐어져 나온 소파에 앉히고는 안으로 들어갔다. 그 곳에서 나타난 사람은 푸석푸석한 잿빛 머리칼을 늘어뜨리고 어두운 얼굴 표정을 한 사나이였다. 나이는 상당히 들어 보였다. 삼베 양복은 후줄근했고 그나마 바지의 무릎은 찢어진 채였다.
 나오마사 곁에 서 있던 소우키치는 의사에게서 나는 술 냄새에 미간을 찌푸리며 미덥지 못한 말투로 기사에게 물었다. 기사는 고개를 끄덕였다.
 의사가 힐끗 소우키치를 쳐다보며 덤덤하게 말했다.
 "자네가 일본인이 확실한 것처럼 내가 의사인 것은 확실하네."
 그리고 나서 나오마사의 상처를 살폈다.
 "여자가 쏘았다더니 상처도 부드럽군."
 의사가 중얼거렸다.
 소우키치와 기사에게 나오마사를 수술대 위로 옮기게 하고 의사는 혼자서 수술 준비를 했다. 간호사도 없는 모양이었다.
 수술 솜씨는 능란했다.
 마취에서 깨어났을 때 나오마사는 혼자였다.
 '그 해변에서 쓰러졌더라면 내 생애에 걸맞은 최후였을 텐데…….'
 총격당하는 것에 대한 공포가 털끝만큼도 없었던 것은 여자가 아름다웠기 때문이라고 생각했다.

'왜 더 다가와서 쏘지 않았을까? 정말로 나를 죽일 셈이었을까? 아니면 쏘는 것만으로 마음을 달래려 했던 것일까?'

어쨌든 생전 처음 여자한테 복수당한 일에 나오마사는 묘하게도 쾌감을 느끼고 있었다.

불쑥 의사가 나타났다. 그가 작은 탄환을 나오마사에게 내보이며 말했다.

"이런 자그만한 물건이 인간이 몇 십 년이나 걸려서 만든 지혜의 소산이지만, 단번에 허무로 만들어 버린다는 것이 자네는 어이없다고 생각하지 않나?"

"글쎄요. 저는 그런 지혜는 소중하다고 생각지 않습니다."

"소중한 것은 살아 있는 동안의 자기 신경이라고 자네는 말하고 싶겠지. 그래, 인간을 인간답게 만드는 것은 지식과 신경계통이네. 손이나 발은 하나쯤 없어도 괜찮아. 기관이 반드시 재능을 결정 지우는 것은 아니니까. 겉보기에는 무시무시하게 무장한 투구풍뎅이는 실제로는 전혀 공격력을 갖고 있지 않지……. 인간이란 문명의 발달에 수반된 감각의 변질 때문에 지식만 팽창해서 기관의 작용은 지리멸렬해졌네. 오히려 동물이 인간처럼 재능은 없어도 하는 일이 정해져 있으니까 훨씬 행복하지……. 그나저나 그 여자에게 어떤 모욕을 줬기에 이 모양이 됐나?"

"그녀의 그 곳에 꽃을 꽂아 줬을 뿐입니다."

"꽃이라!"

의사는 소리 내어 웃었다.

"자네는 여자의 정숙함이란 것을 어떻게 생각하나?"

"별로 생각해 본 적이 없습니다."

"나는 과학자니까 환상을 싫어하지. 인간의 판단으로 간파할 수 없는 사실이란 뻔하네. 관찰을 통해 하는 과학이란 놈은 생명의 미궁에 빠져 들수록 점점 알 수 없게 되는 게 고작이야. 그래서 난 이미 관찰이 끝난 과학적 사고에다 적당히 상대의 심리를 꿰어 맞추기로 했지."

의사는 파초로 만든 큰 부채를 느릿느릿 부치면서 계속 지껄였다.

"대체로 인간의 생식적인 감성은 끊임없이 착오를 범하고 있네. 그 때문에 인간이 만든 질서는 동물들의 본능에 맡겨진 무질서보다도 더욱 무질서해. 특히 연애란 것은 오늘날에 와서는 특유의 자유로움과 활달함을 잃고 괴상하게 일그러져 버렸어. 사랑하고 있다. 그러니까 사랑한다고 고백한다. 그리고 포옹한다. 이 정도의 솔직한 행동조차 왜 인간은 취하지 못하는 걸까. 사랑하고 있으면서도 그 반대의 행동을 하고, 사랑한다고 고백하는 것이 수줍어서 퉁명스럽게 대하고, 사랑을 구하는 대신에 총질을 하고……. 그 얼마나 비열하고 위선적인 행동인가."

"……."

"나는 여자의 정숙함이란 것을 절대로 믿지 않네. 도대체 정숙함이 인간의 한 특성이라고 하는 것은 당치도 않은 착오야. 꿀벌이나 개미는 마누라를 얻을 때까지 동정을 지키네. 코끼리가 정숙한 것은 자네도 알 테지. 유명한 토끼 사육가 마리오 디데라는 사람이 말했지. 교미 기간 동안은 수놈과 암놈을 어두운 곳에 두어야 한다. 특히 정숙한 시늉을 하는 암컷은 어둠이 필요하다고 말이야……. 만약 한 쌍의 남녀가 있는 곳이 아무 거리낌 없는 장소이고 조소도 박해도 전혀 없다면 정숙함 따위는 오히려 불필요한 관념이 아닌가."

"……."

"인간이 만물의 영장이라니, 착각도 이만저만한 착각이 아닐세……. 포유동물과 곤충이 이 세상 시초의 생명의 한 뿌리에 나왔으니 기가 막힐 일이 아닌가. 한 쪽은 기린이 되어 달리고, 한 쪽은 꿀벌이 되어 나는 이상, 처음부터 이들은 서로 상이점을 갖고 있는 것이 아닐까? 생물이 진화하고 그 노력이 거듭되어 마침내 인간이 되었다는 다윈의 이야기는 엉터리일세. 인간은 애초부터 인간으로 태어나서 부분적으로 진화했고, 단지 인간은 원숭이나 박쥐·고양이 곁에 앉아 있을 따름이네. ……인간이 동물보다 뛰어난 것은 동물이 행하는 사랑의 몸짓이 일정한 것에 비해 인간이 보여주는 것은 천태만상이고 끝이 없다는 것뿐이야…….

결국 그 목적은 같지 않는가. 교합·수태·출생, 그것뿐일세."

의사는 술 냄새가 묻어나는 한숨을 푹 하고 토해냈다.

"그런데 인간보다도 동물이 훌륭하다는 근거는 얼마든지 있네. 동물 중에서 일부일처의 정조를 지키고 있는 놈은 대개 생애에 한 번밖에 사랑을 하지 않지. 인간은 인간일 뿐 원숭이나 박쥐보다 훌륭하다고는 단언할 수 없어. 인간은 독선적이지. 자연이라는 놈은 선량하지도 악랄하지도 않고 박애심도 없으며 이기적이지도 못해. 다만 생존을 위해 절대적인 균형을 유지할 뿐이네. 하나의 생명이 태어나 자라기 위해서는 다른 하나의 생명을 발판으로 삼는데, 이건 단지 영양의 문제에 불과하네. 그것을 인간의 어줍잖은 감상벽이 새삼스럽게 비극이라고 간주하지. 모래 속에 집을 파고 사는 피랜트라는 땅벌의 일종은 자기의 유충을 키우기 위해서 꿀벌을 잡지. 그 꿀벌을 물고 집으로 돌아오는 도중에 꿀벌의 배를 꽉 눌러서 꿀을 모두 빨아먹지만, 그 땅벌의 집 입구에는 어김없이 사마귀가 한 마리 버티고 있다가 낫처럼 생긴 긴 다리로 잽싸게 공격을 하네. 또한 피랜트는 버마제비에게 먹히면서도 자기는 자기대로 부지런히 꿀벌의 배를 빨아먹고 있다네. 이게 바로 생존 법칙이지."

"……."

나오마사는 줄줄이 이어지는 의사의 이야기를 듣는 동안 어깨의 통증이 심해졌다. 의사는 나오마사의 고통에는 전혀 관심도 없다는 듯 잘도 떠들고 있었다.

"자네 두더지의 사랑을 알고 있는가?"

나오마사는 지긋지긋한지 대답하지 않았다.

꽤 아는 게 많은 의사였다. 아마 청년 시절엔 꽤나 세인의 주목을 받은 듯싶었다.

"동물 중에서 두더지의 암놈처럼 수놈을 싫어하는 놈도 없지. 하지만 그게 다 이유가 있네. 암컷의 음문은 외부와 완전히 차단돼 있고, 음문을 덮는 외피는 털이 빽빽하게 나 있어. 수태를 하려면 무서운 외과 수술의 고통이 수반되네. 그래서 목숨을 걸고 달아나지. 발정기가 되면 수놈은 모든 일을 다 팽개치고 암놈을 찾아나서는데, 일단 근처에 암놈이 있다고 판단하면 맹렬한 기세로 땅 속을 파고들고, 암놈은 기를 쓰고 달아나지. 수놈이 차츰 다가오면 암놈은 여러 갈래로 얽힌 터널을 파서 수놈이 길을 잃게끔 온갖 수단을 다 쓰지만, 현명한 수놈은 결코 속지 않아. 똑바로 암놈을 쫓지 않고 원형 터널을 만들어 암놈의 주위를 끈기 있게 돌며 거리를 좁혀가서는, 드디어 꽉 붙잡고 털이 뒤덮인 음문을 향해 자기 물건을 들이꽂는 걸세."

"……."

"인간끼리의 사랑도 같지 않은가. 처녀는 처녀성을 잃을 때의 아픔을 본능적으로 알고 있기 때문에 좀처럼 하락하지 않네. 아무리 남자를 사랑하고 있어도 다리가 벌어지게 될 때 공포를 생각하지 않을 수 없는 법이거든. 그래서 남자가 여자의 그 고통을 참게 하지 못하면 사랑을 성립시킬 수 없는 것이지."

나오마사는 끊임없이 지껄여대는 의사가 증오스러웠다.

의사가 마침내 흐느적거리며 자리에서 일어섰다.

"결론을 말하자면 여자가 자네를 쏜 것은 자네를 다시없이 사랑하고 있다는 증거일세. 그러니까 자네는 상처가 아물거든 여자를 안아 주어야만 하네. 단, 그러고는 두 번 다시 안아서는 안 돼."

그렇게 말을 남기고 비틀거리며 나가 버렸다.

하룻밤이 지났다. 어쩐 일인지 소우키치는 전혀 모습을 나타내지 않았다. 한 개 1만 원이나 하는 흑진주를 찾아다니는지도 몰랐다.

'이런 곳에 언제까지나 누워 있을 수는 없어.'

주정뱅이 의사의 인생론을 더 이상 듣는 것은 끔찍했다. 의사도 아침 일찍부터 외출했는지 보이지 않았다. 나오마사는 먹지도 마시지도 못한 채 침대에 누워 있었다. 열 때문에 간간이 잠에 빠져들었다.

문득 인기척에 눈을 뜬 나오마사는 창문가에 서서 정원을 바라보고 있는 여인의 뒷모습을 쳐다보았다. 사코라기 교코였다. 나오마사는 그녀가 뒤돌아볼 때까지 잠자코 그 뒷모습을 지켜보았다. 교코가 나오마사의 시선을 느꼈는지 얼굴을 돌렸다.

"……."

"……."

두 사람은 말없이 차가운 시선을 주고받았다.

먼저 나오마사가 시선을 떨구었다. 교코가 침대로 다가왔다.

"이 병원에 간호사가 없는 모양이니까 제가 대신하겠습니다. 제 뜻은 아닙니다. 의사가 호텔로 찾아와서 나에게 임시 간호사가 되라고 하더군요."

"그렇습니까?"

나오마사는 페인트칠이 떨어져 나간 천장을 바라보면서 말했다.

"그거 고맙군요."

"원치 않으시겠지만……."

"이런 곳에 오래 누워 있을 생각은 없습니다. 배가 떠나기 전까지는 콜롬보에 돌아갈 생각입니다."

"저도 그 배를 탑니다."

나오마사는 교코를 보았다.

"그 의사가 이런 말을 하더군요. 상처가 아물거든 당신을 꼭 한 번만 안아 주라고요……. 상처는 일본에 도착하기 전까지는 다 나을 겁니다."

교코는 눈썹 하나 까딱하지 않고 대답했다.

"뜻대로 하세요."

순간, 나오마사는 이 여자를 정복하고 싶은 강간 욕정을 느꼈다.

4

 소화 14년의 상황은 암담했다. 중일전쟁은 문자 그대로 진흙구덩이 속으로 빠져들고 있었다. 서민의 생활은 전쟁이라는 명분 아래 급속하게 궁핍해지고 있었다.
 '무명이여, 안녕!'
 이런 신문 기사가 나와 있었다. 정부가 '면제품 비상 관리 단행'의 조치를 취한 것이다.
 '시민들이 살 수 있는 면제품 및 그 혼용품은 이미 소매상이나 백화점에 출고된 재고 상품으로 제한하며, 도매상이 보유한 것(이것은 우선 1년 반쯤 지탱할 수 있다고 봄)은 모두 정부가 사들여 관리하게 된다. 따라서 현재 백화점과 소매상이 갖고 있는 면제품이 매진되면 국책 섬유로서 사변 후에 급속히 부상한 스프(인조 섬유)가 드디어 의상계의 선두 주자로 우리들 생활 곳곳에 스며들 전망이다. 스프지 손수건에서 스프지 타월까지, 그리고 나중에 스프지 구루메가스리(면직물의 일종)까지 개발될 것으로 보인다.'

 호외가 간밤에 전한 소식에 따르면, 도쿄와 오사카의 면직물 도매상은 대금 수수 결제를 못 할 것을 각오하고 폐점에 들어갔다. 공정 가격을 무시한 암시세의 재고품을 껴안은 사람들은 공정 가격과의 차이만큼 고스란히 손해를 봐야 했다. 그러나 비록 손해를 본다 해도 이 재고가 현금화되면 조금은 낫겠지만 조합에 매각을 일임한 도매상들은 더 큰 손해를 감수해야 했다. 어음 거래를 한 도매상은 우선 대금 회수를 단념하지 않을 수 없었다.

이리하여 일본은 가공할 물품 품귀 현상을 빚었고, 눈치 빠른 브로커가 판을 치는 시대를 맞아야 했다.

5월에는 쏘만 국경의 노몬한(Nomongan) 지구에서 격렬한 전투가 벌어졌는데, 3개월 동안에 13,000명의 일본군이 죽었다. 그리고 9월에는 마침내 UN과 영국·프랑스가 독일을 향해 선전 포고를 하고, 제2차 세계 대전이 발발했다.

일본도 조만간에 이 전쟁에 말려들 운명이었다. 국민복이 제정되고, 가솔린 통제로 목탄 자동차가 등장하고, 관청이나 학교에서는 까까머리를 해야만 했다. 여성은 파마가 금지되는 바람에 눈물을 삼켰으며, 긴 소매 옷 또한 착용할 수 없었고, 몸뻬(부인들이 일할 때 입는 통이 넓은 바지)을 입어야 했다.

국가 총동원법에 따라 국민 징용령이 공포되고, 전시에 필요하지 않는 사업에 종사하는 사람은 언제 푸른 종이 한 장으로 '징용'당하게 될지 몰라 공포에 떨어야 했다.

기리히토는 어느덧 스물두 살이 되었지만 양갱 납품을 못하게 된 뒤로는 전혀 뛰지도 날지도 못하는 상태였다. 노력이 부족한 탓도 아니었다. 아니 오히려 이번에야말로 최선을 다 했다고 생각했다. 하지만 손을 댄 사업마다 모두 어긋나서 한 가지도 성공할 수 없었다.

인간에게는 확실히 운명이란 것이 있는 듯했다. 아주 사소한 사건이라도 아침부터 운명에 얽혀들게 되면 결국은 밤까지 그것이 계속된다. 예를 들면 찾아가는 곳마다 부재 중이거나, 또 만나는 사람마다 불쾌한 변을 당하거나, 혹은 이상하게도 연달아 옛날 친지를 만나게 되는 경험은 누구에게나 있을 것이다.

하루의 운명이 일 년의 운명, 일생의 운명과도 무관할 수 없다. 기리히토가 양갱을 만들어 근위 연대에 납품해서 1년에 3만 원씩 벌었던 2년간은 밀물이었고, 그 뒤의 2년간은 썰물이었다.

양갱으로 번 6만 원은 개인적으로 보면 큰돈이었지만 사업 자본으로서는 너무 어중간한 돈이었다. 갖고 있는 돈이 어중간하면 사고 방식도 어중간해지고, 자연히 생활도 큰 변화를 갖지 못하고 어정쩡해진다.

기리히토도 예외는 아니었다. 아무 짓도 않고 누워 있어도 6만 원이나 있으니 일이십 년은 염려 없다는 생각이 들었다. 무료하면서도 초조하게 뒹굴고 있던 기리히토는 어느 날 '프린트식 자기 능력 검사법'을 현재의 자신과 비교해 보았다.

- 자기의 사업을 좋아하는가.
- 일을 완성하는 데 가장 빠르고 쉬운 최상의 방법을 알고 있는가.
- 능률이란 것을 이해하고 있는가.
- 자기의 최고 능력은 어디에 있는가.
- 자기의 재능으로 다다를 수 있는 목표는 어느 정도인가.
- 자기 장래에 대해 절대적인 자신감을 갖고 있는가.
- 건강을 유지하고 있는가.
- 어떤 경우에도 낙천적이 될 수 있는가.
- 자기를 무능력하게 하는 것은 습관인가, 사상인가, 감정인가.
- 자기의 정신적·도덕적 특성을 상세히 기록한 적이 있는가.
- 자기의 약점을 엄격하게 보완하고 있는가.
- 여가를 이용해서 충분한 휴식과 위안을 취하고 있는가.
- 규칙적으로 저축하고 있는가.
- 공포심과 의타심은 없는가.
- 언어·태도·예의와 타인에 대한 감정은 어떤가.
- 최선의 충고자와 협조자를 갖고 있는가.

- 경쟁자를 증오하고 있는가.
- 사업상의 경쟁자보다 더 노력하고 있는가.

사업이 순조로웠을 때는 모조리 자기에게 들어맞는 것 같더니 실패를 거듭하자 어느 조항이나 자기를 비웃는 것 같았다.

기리히토의 표정과 행동이 차츰 생기를 잃어가고 있었다.

'모르겠어, 이래서는 안 되는데……'

신추쿠의 백화점 옥상에 서서 이제는 벅차게 느껴지는 삶이 꿈틀거리는 거리를 두 시간이나 망원경으로 둘러보고 있던 기리히토는 원숭이 우리 앞에 있는 의자에 걸터앉아서 길게 한숨을 내쉬었다.

'이젠 뭘 해야 좋을지도 모르겠어.'

음식점·다방·담배 가게·책방·잡화상·장난감 가게·오뎅집·고물상·타이프 인쇄소·전파상·구둣방…… 자기가 할 수 있을 만한 가게를 한 바퀴 휑하니 둘러본 끝에 기리히토는 어쩐지 자기가 완전히 몰락해 버린 듯한 느낌이 들어 망연해졌다.

주위에서 하릴없이 놀고 있는 친구들에 비하면 기리히토는 그래도 꽤 여유 있는 터였다. 은행 예금이 3만 원은 족히 남아 있었다.

3만 원 중 2만 원을 자금으로 해서 뭔가 가게라도 차릴까 하는 막연한 생각이 들어 이 백화점 옥상에 올라온 기리히토였다.

'만 원이라도 남기겠다는 소심한 생각으로는 아무것도 할 수 없어.'

자기에게 그렇게 타일러봤지만, 가진 것을 몽땅 투자하여 무슨 일을 하든지 배수의 진을 친다는 각오가 있어야 했다.

빵집만 해도 그렇다. 지금 기리히토가 내려다 본 신추쿠의 변화가 속에서 나카무라야 건물은 당당하게 한층 돋보이지 않는가. 나카무라야 사장 소마이조는 30여 년 전 무일푼으로 나가노에서 상경한 인물이었다.

소마이조는 홍고우의 모리가와 정에 있던 나카무라야 빵집을 친구에게서 돈을 빌려 샀다. 성실한 자세로, 느려빠진 소가 수레를 끌 듯이 오직

고지식한 경영 방식으로 가게를 늘였다. 그는 앞을 내다보는 안목이 있었다. 명치 39년, 아직 풀이 무성한 벌판이었던 신추쿠가 도쿄 제일의 번화가가 되리라 점쳤던 그는 이 황량한 땅에 과감히 빵집을 열었던 것이다. 그 예측이 맞아들어 마침내 도쿄 제일의 빵집으로 군림하게 된 것이었다.

아무리 하찮은 것이라도 경멸은 금물이었다. 착실하게 일하는 동안에 도약의 기회가 올 수도 있지 않은가. 그것을 이론으로는 너무도 잘 알고 있는 기리히토였다. 그렇다고 빵집이나 숯장수나 구둣방 같은 것은 도저히 하고 싶은 마음이 없었다.

"모르겠어, 정말 어떻게 하면 좋을지."

자기도 모르게 기리히토는 소리 내어 중얼거렸다. 그러자 등을 마주 댄 뒤쪽 의자에 앉아 있던 한 남자가 문득 뒤돌아보았다.

"혹시 오카야마 출신 아니오, 청년?"

"그렇습니다."

기리히토가 끄떡였다. 초라한 행색에 쉰 살쯤 돼 보이는 남자였다.

"도쿄에서 오카야마 사투리를 듣다니, 정말 뜻밖이구려."

초로의 사내 얼굴에 잠깐 비굴한 미소가 스쳤다.

"오카야마 어디쯤이오?"

"고라쿠엥 뒤에서 났어요."

"허, 그 참 좋은 데서 태어났군그래."

사나이는 일어서서 기리히토에게 다가왔다.

"무슨 고민이라도 있는 게요?"

기리히토는 어쩐지 마음이 끌려 자신의 고민을 털어놓았다.

"돈이 10만 원 정도 있는데 어떻게 써야 할지 도무지 알 수가 있어야지요."

"10만!"

초로의 남자는 갑자기 수상한 눈빛을 했다. 사내의 표정을 바라보며

땅울림 **265**

기리히토는 허풍을 친 자신의 경솔함을 후회했다. 기리히토가 일어섰다.
"잠깐 기다리게."
사내가 팔을 내저었다.
"청년, 10원을 10만 원으로 만드는 방법이 있는데 들어 보겠소?"
"10원을 10만 원으로?"
기리히토는 쓴웃음을 지었다. 10만 원의 용도에 대해 고민하고 있다는 허풍에 대한 꽤 상쾌한 보복이 아닌가.
"거짓말은 아니겠죠, 아저씨?"
갑자기 기리히토는 진지한 표정을 지어 보였다.
"거짓말이라니, 무슨 섭섭한 말씀을."
사나이의 표정도 어느덧 진지하게 변해 있었다. 모로키라고 이름을 밝힌 사나이가 기리히토를 데리고 간 곳은 중앙선 기치쇼지 역에서 걸어 20분이나 걸리는 곳이었다.
잡목 숲이 끊겼다 이어졌다 하는 음산한 지역으로 안내받은 기리히토는 불길한 상상을 하며 등줄기가 써늘해지는 것을 느꼈다. 그러나 사나이는 기리히토보다 왜소하고 늙어서 못된 짓을 할 것 같지는 않았다.
이윽고 사나이는 대나무로 엮어 만든 울타리에 둘러싸인 집들이 수십 채가 같은 구조로 늘어선 조잡한 시영 주택 안으로 들어갔다.
"잠깐 여기서 기다려요."
현관에서 그렇게 이르고 들어갔던 모로키는 기리히토를 10분 넘게 기다리게 했다. 기리히토는 이웃집에서 들려오는 라디오의 군가에 무심히 귀를 기울였다.
'내게도 슬슬 소집 영장이 올 때가 됐는데…….'
징병 검사에서 기리히토는 제1을종 판정을 받았는데, 제1을종을 받은 사람에게 영락없이 소집 영장이 날아들었다.
"오래 기다리게 해서 미안허이."
모로키는 다시 나와 무턱대고 꾸벅꾸벅 머리를 숙였다. 장식 가구 하나 없는 방에 안내된 기리히토는 마음이 조급했다.
"빨리 말씀해 주실까요?"

급한 마음에 10원을 내밀었다. 모로키는 몇 년 동안이나 무인도에 지내던 표류자가 처음으로 쌀밥을 본 듯한 눈초리로 꿀꺽 군침을 삼키면서 10원을 쳐다보았다. 그러고는 곧 울어 버릴 것같이 기묘하게 얼굴이 비뚤어지면서 기리히토를 겁먹은 시선으로 쳐다보았다.

"그쪽 방으로 들어가요. 이 10원은 나중에 받겠소."

그가 옆방을 가리켰다.

"그 방에 10원이 10만 원으로 불어나는 장치가 있단 말입니까?"

기리히토가 웃으면서 묻자 모로키는 끄떡였다.

기리히토는 일어나서 문을 열었다. 옆방에 누군가 있다는 기색은 들어올 때부터 이미 알고 있었다. 그것은 잠자리에 누워 있는 젊은 여인이었다. 얼핏 보아 병자임을 한눈에 알 수 있는 창백한 피부였다. 모로키와 꼭 닮은 모습이었지만 어딘지 품위가 있어 보였다. 유카다(욕의)를 단정하게 입고 가슴까지 이불을 덮은 채 눈을 가늘게 뜨고 천장을 쳐다보고 있었다.

기리히토는 화가 울컥 치밀어 모로키를 뒤돌아보고 호통 치려 했으나 병자 앞인지라 겨우 참고 문을 닫았다. 그러고 나서 베갯머리 앞에 책상다리를 하고 앉아 입을 열었다.

"당신 아버지가 내게 10원을 10만 원으로 늘이는 방법을 가르쳐 주겠다면서 이 곳으로 데리고 오더군요. 어찌된 일입니까?"

그렇게 말하며 문득 처녀를 측은한 듯이 바라보았다. 머리를 땋아 내려 가느다란 목을 드러내 보이고 있는 탓인지도 몰랐다.

처녀는 가만히 기리히토를 쳐다보다가 나직이 말했다.

"당신 성함과 생년월일을 말씀해 주시겠습니까?"

기리히토는 까닭을 모른 채 정직하게 대답했다.

처녀는 오른손을 뻗어 파란 아스파라거스 같은 손끝으로 허공에 도다 기리히토라고 썼다. 그러고는 4, 5분 동안 잠자코 생각하더니 이윽고 처녀가 말했다.
"당신은 서른 살이 넘지 않으면 성공할 수 없습니다."
"뭐라고?"
"당신은 지금까지 운이 좋았던 겁니다. 그 운을 버리지 않으면 안 됩니다. 그리고 이제부터 7, 8년간을 꾹 참고 견뎌야만 해요."
"아가씨는 점쟁입니까?"
"점쟁이는 아니지만 이름과 생년월일을 들으면 저절로 그 사람의 미래를 알 수 있습니다."
'어리석은 소리!'
기리히토는 비웃었다. 그러나 오랜 세월 병으로 누워 있는 듯한 처녀가 그럴싸한 말투로 자기의 미래를 얘기하자 어쩐지 마음에 걸렸다.
"7, 8년간 참고 있어라……, 전쟁을 하고 있으니 어차피 난 군대에 가게 되겠지."
"그럴 염려도 있습니다. 어쩌면 전사하게 될지도 모르겠고요. 하지만 다행히 살아오신다면 대단한 성공을 하십니다."
"그래!"
기리히토는 일어섰다.
"아가씨야말로 빨리 병이 낫도록 이름이라도 바꾸는 게 좋겠군요."
나가려는 기리히토를 처녀가 불러 세웠다.
"10원을 받았습니다. 제 점만으로 부족하지요. 나를 사시지 않겠습니까? 소아마비 때문에 양다리를 못씁니다만 다른 곳은 건강합니다……. 제발!"
그녀는 눈을 감은 채 마치 대본이라도 읽듯이 말했다. 기리히토는 아연하여 그 누운 얼굴을 내려다보았다.
기리히토가 다시 제자리에 앉았다.
"도대체 아가씨는 지금까지 이런 짓을 몇 번이나 한 겁니까?"

처녀는 눈을 감은 채 대답했다.
"그런 건 아무 상관없는 일 아닌가요?"
차가운 어조였다.
기리히토는 그 핏기가 없는 창백한 얼굴을 노려보았다.
"상관없다니 정말 그럴까요?"
"……"
"당신은 벌이가 없는 아버지의 희생물이 되고 있는 거요. 소아마비로 누워 있는 몸뚱이로 알지도 못하는 남자를…… 손님으로 맞는다는 게 말이 됩니까……. 아버지가 밉지 않아요?"
처녀는 눈을 뜨고 기리히토를 쳐다보았다. 그 눈빛에는 희미한 모멸의 빛이 뒤섞여 있었다.
"전 벌써 5년 동안이나 누워 있는 몸입니다."
"그게 어떻단 말이오. 5년이나 누워 있는 환자에게 손님을 받게 하는 아버지가 진짜 아버지란 말이오?"
"손님을 받고 싶다고 제안한 것은 나입니다."
"뭐요?"
기리히토는 깜짝 놀라며 눈썹을 모았다.
"지난 5년간 이렇게 가만히 누워 있으면서 운명이란 것에 대해 생각하게 됐지요. 우선 나는 아버지의 운명을 점쳐 보았습니다. 아버지의 운명은 이제 사양길에 접어들었습니다. 어깨를 움츠린 채 눈을 내리깔고 뒷골목을 터벅터벅 걸어다니는 일 외에는 아무것도 달리할 수가 없지요. 소심하고 게으르며 마음이 헤프고 아무런 재능도 없답니다. 그리고 저의 미래를 점쳐 봤지요. 제 병은 죽을 때까지 낫지 않습니다. 가난한 생활 속에서 죽을 때까지 이렇게 가만히 아침부터 저녁까지 천장만 쳐다보고 있는 운명을 면할 수 없다면 하다못해 누운 채로라도 할 수 있는 일을 생각해야 했어요. 여자인 제가 아직 이용 가치가 있다고 생각했습니다. 양다리가 못 쓰게 됐을 뿐 다른 데는 건강하니까요."

"……."
"어떤 잡지에서 읽은 적이 있습니다. 만 명에 한 사람 꼴로 근사한 물건을 갖고 있는 여자가 있어 이를 만난 남자는 미칠 듯 기뻐하며 평생을 잊지 못한다고 하더군요. 어쩌면 제가 그 한 명일지도 모른다고 생각했어요."
낯빛 하나 변하지 않고 거침없이 이야기하는 처녀의 얼굴을 쳐다보며 기리히토는 무심히 끌려들고 있었다.
"그래서 시험해 보려고 결심했죠. 아버지에게 방탕기가 있는 남자를 찾아 데려와 주십사 부탁했습니다. 아비지는 물론 놀라서 펄쩍 뛰셨지만 저는 매일같이 끈질기게 부탁했어요. 그리고 결국 승낙을 받았습니다."
"그래서……?"
기리히토는 자못 흥미 진진한 표정으로 말을 재촉했다.
처녀는 시선을 허공에 멈추고 문득 미소를 지었다. 기리히토는 그 미소에 약간 매력이 있다고 생각했다.
"아버지가 데리고 온 분은 전에 오사카의 버선 도매상집 아들로 방탕한 생활로 재산을 탕진한 사람이었습니다. 벌써 60이 가까운 나이였습니다만……."
기리히토는 저도 모르게 꿀꺽 침을 삼켰다. 거기에서 말을 멈춘 처녀는 일부러 약을 올리듯 잠시 입을 다물었다. 기리히토는 기다리다 못 해 채근을 했다.
"그, 그리고 어찌 됐소?"
"세키야라는 그 사람은 내 몸을 아주 부드럽게 대해 주었습니다."
"부드럽게라면 구체적으로 어떻게 했다는 겁니까?"
"필설로 형용할 수 없을 정도로 손가락 하나 놀리는 것에도 미묘한 감정이 깃들여 있었죠."
"그것만으론 무슨 말인지 알 수가 있나, 더 구체적으로 얘기해 봐요."
기리히토의 뻔뻔함을 처녀는 오히려 상쾌한 웃음으로 받아 넘기며 말했다.
"그 이상은 당신이 여러 경험을 통해서 차츰 체득하는 것이 좋겠죠."
보기 좋게 한 대 세차게 얻어맞은 기리히토는 입을 꾹 다물었다.
"그래, 좋소. 그 영감이 당신의 처녀성을 뺏고는 뭐라고 했소? 만 명에 한 사람밖에 없다고 하던가?"
처녀는 그 말에 대답하는 대신 흥정을 했다.
"나를 사시겠어요?"
"좋아, 사겠소."
기리히토는 승낙했다.
그러자 처녀는 문쪽으로 고개를 돌렸다.
"아버지, 아버지!"
모로키가 조심스럽게 얼굴을 내밀자 처녀는 태연하게 물었다.
"이 분에게서 10원을 받았습니까?"
"아, 아니다. 아직 받지 않았어."
모로키는 머리를 저었다.
기리히토는 서둘러 윗도리 주머니에서 10원을 꺼내 모로키에게 던졌다.
그 방을 나온 기리히토는 이상하게 뒷맛이 찝찝한 기묘한 기분이 들었다. 정말 그 여자가 1만 명에 한 사람인 육체의 소유자였는지 어떤지 경험이 얕은 기리히토로서는 알 길이 없었다.
기리히토가 그 집에서 나온 것은 들어간 지 약 한 시간 후였다. 기분이 씁쓸하였다. 방탕한 버선집 아들만큼 섬세하고 상냥하지는 않았을지라도 꽤 신경을 썼지만, 마지막까지 처녀는 무표정인 채 아무런 감흥도 없는 듯했다. 인형처럼 양다리를 내던진 것은 부득이했다 쳐도 상반신은 충분히 움직일 수 있었을 텐데.
'티마노이에서 1원 20전에 술집 여자와 잠잤을 때와 다를 바 없어.'
기리히토는 차츰 화가 치밀었다.
'속았구나!'

하긴 속인 편보다 속은 편이 더 할 말은 없었다. 그 여자에게 다른 여자와 다를 바 없다고 말해 주지 못한 게 못내 아쉬웠다.

사실 그럴 수 없었던 것은 자기가 여자를 다루는 법이 서툰 게 아닐까 하는 불안감이 있었기 때문이다. 남자들은 거의 대부분이 여자를 안았을 경우 이상한 열등감을 느끼는 경향을 갖고 있다. 기리히토도 예외는 아니었다. 1만 명에 한 사람이라는 암시에 걸려들어, 상대를 황홀하게 만들지 못한 자기를 한심스럽게 여겨 초조한 나머지 멋쩍게 일을 끝내 버린 것이다. 욕정이 급속도로 식어 버리자 기리히토의 마음에는 상대방한테 경멸당하지 않을까 하는 열등감이 남아 있었던 것이다.

"그렇다!"

돌연 기리히토는 한길에 서서 소리쳤다.

"그게 장사의 요령이야!"

그랬다. 그 여자는 기리히토를 속이면서도 열등감을 느끼게 하지 않았던가.

미쓰에는 헤어진 남편인 소노다 시로의 돌연한 방문을 받고 당혹했다. 소노다는 좀처럼 용건을 꺼내지 않고 딴전을 부렸다.

"여전히 아름답군."

지금까지 그런 소리를 소노다에게서 단 한 번도 들어 본 기억이 없던 미쓰에는 도리어 기분이 나빴다. 달리 할 말이 없던 미쓰에는 상대방이 빨리 용건을 꺼내기를 기다리면서 답답한 분위기를 견디고 있었다.

"이 집은 당신이 구로야의 견습공으로 들여놓았던 아이의 집이라지?"

"네."

"지금은 무슨 일을 하고 있지?"

"글쎄, 잘 모르겠어요."

"그거 이상하군. 당신도 모른다는 건. 뭔가 수상한 일이라도 꾸미고 있는 것 아닌가?"

미쓰에는 발끈해서 그를 쳐다보았다.

"기리히토가 무슨 일을 하고 있든지 당신이 상관할 바는 아닐 텐데요."

이 사람의 아내였다면 그가 '우로 봐' 하면 3년이라도 그러고 있을 미쓰에였지만, 지금은 자기 의사를 분명히 밝힐 수 있는 용기를 가진 서른 두 살의 성숙한 여인이었다.

소노다는 그런 미쓰에를 의외라는 듯 쳐다보았다.

"아무런 관계가 없다고는 할 수 없지. 당신이 이 집에 살고 있는 이상 일단 걱정하는 것은 당연하지 않겠소."

"당신과 저는 이제 아무런 관계가 없는 타인입니다. 내가 어디에 살고 있든 걱정하실 필요는 없어요."

"아니오, 그렇지 않아!"

소노다는 갑자기 소리를 높이며 머리를 저었다.

"나는 아직 당신을 사랑하고 있어!"

미쓰에는 차라리 귀를 막고 싶었다.

'아아, 싫어!'

미쓰에는 4년 동안이나 부부로 살아온 이 사람을 마치 냄새나는 돼지처럼 격렬하게 혐오하고 있는 자신을 새삼스럽게 발견했다.

"당신은 이미 부인도 아기도 있는 몸입니다……. 그만 돌아가 주세요."

"미쓰에!"

소노다는 열기를 띤 눈초리로 파고들 듯이 노려보며 말했다.

"나 아내와 이혼했어. 당신을 잊을 수 없었기 때문이오."

미쓰에는 소리 내어 웃어대고 싶었다. 여자는 헤어진 남자를 잊을 수는 있어도 계속 증오하지는 못한다. 미쓰에도 예외는 아니었다. 소노다가 조교수가 된 것도, 저널리스트로 활약하고 있는 것도 이 때까지 단 한 번도 불쾌하게 생각한 적은 없었다. 이미 영원히 타인이 된 남자이긴 하지만 4년 넘게 남편으로 섬긴 사실이 사라지지 않는 이상 인생의 패배자가 되기보다는 최고의 명성과 지위를 누리면서 살기를 바라는 것이 그녀의 솔직한 심정이었다.

그러나 소노다의 추한 꼴을 보면서 미쓰에는 이런 남자가 누리고 있는 일류의 명성과 지위가 가증스럽게 여겨졌다. 세상 사람들이 보기 좋게 속고 있다는 느낌을 떨칠 수가 없었다.

미쓰에가 일어서며 냉정하게 말했다.

"어서 돌아가 주세요."

"……."

소노다는 미쓰에의 만만찮은 태도에 불쾌감을 느끼며 얼굴을 찌푸린 채 거친 태도로 일어섰다. 미쓰에는 냉랭한 태도로 얼굴을 돌렸다. 순간 소노다가 미쓰에의 어깨를 꽉 움켜잡았다. 미쓰에는 소노다의 맥박이 빠르게 뛰는 것을 보고 등줄기에 오한이 흘렀다.

"무슨 짓이에요!"

뿌리치려 하자 소노다가 갑자기 안으려고 달려들었다.

"난 당신 없이는 살아갈 수 없어!"

"바보 같네요. 이 손 놔요. 당신만 창피당할 뿐이에요!"

미쓰에는 되도록 상대를 달래서 보내려 했지만 소노다의 입이 이마에 와 닿자 발끈해서 억지로 몸을 떼어놓고 광대뼈가 튀어나온 뺨을 철썩 후려쳤다. 사람을 때린 것은 난생 처음이었다.

소노다는 기가 죽어 쳐다보기가 민망할 정도로 굳은 표정을 지었다. 그 때 누군가 현관을 두드렸다.

"도다 씨, 도다 씨. 전보 왔습니다."

"어서 돌아가 주세요."

미쓰에가 재촉하고 현관으로 나갔다. 소노다는 전보 용지를 받은 미쓰에의 곁을 지나 현관으로 내려서면서 천천히, 그러나 힘주어 말했다.

"나는 단념하지 않소. 반드시 당신을 집으로 다시 데려오겠어."

미쓰에는 외면하고 안으로 들어갔다. 현관문이 거칠게 닫히는 소리가 날카롭게 귀를 때렸다.

'미쳤어!'
전보 용지를 펴 보았다. 가슴이 덜컥 내려앉았다.
"소집 영장 나옴. 곧 돌아오기 바람. 다카."
다카라면 오카야마에 살고 있는 나오마사의 유모였다.
'기리히토가 군대 입대하게 된다!'
신체 검사에서 아무 하자가 없었던 기리히토에게 언젠가는 영장이 나오리라는 것을 예측하고 있었지만 이렇게 빨리 나올 줄은 전혀 생각하지 못했다.
"기리히토는 어떻게 생각할까."
미쓰에는 무심히 그렇게 중얼거리다가 갑자기 무엇이든 해야 한다는 충동에 사로잡혔다.
이 집에 와서 벌써 2년의 세월이 흘렀다. 미쓰에의 생애에서 가장 평화로운 나날이었다. 기리히토는 변함없는 태도로 성의껏 대해 주었고 미쓰에의 고독과 자유를 조금도 방해하려 들지 않았다. 어느덧 미쓰에에게 기리히토는 동거인 이상의 존재로 자리잡아 가고 있었다.
기리히토는 2년 동안에 단 한 번도 아무리 사소한 것일지라도 부탁한 적이 없었다. 미쓰에는 기리히토가 군대에 가서 만에 하나 돌아오지 못하면 어쩌나 하는 생각이 미치자 형언하지 못할 불안감이 밀려왔다.

5

　기리히토는 처녀 점쟁이 집에서 겪었던 일에서 힌트를 얻어 이제야말로 장사의 요령을 터득했다고 자신하면서 귀신의 목이라도 자를 듯한 기세로 집으로 돌아왔다. 신나게 식당으로 들어서면서 거기 앉아 있던 미쓰에게 느닷없이 말했다.
　"미쓰에님, 경험이란 게 정말 중요하다는 걸 알았어요."
　미쓰에는 미소로 답하면서 물었다.
　"오늘은 어떤 경험을 했는데요?"
　"무척 바보스러운 경험이었어요. 듣고 나면 웃으실 텐데요."
　기리히토는 점쟁이 처녀를 품었던 일을 빼고 오늘의 사건을 이야기 했다.
　"한 번도 가지 않은 바보, 두 번 가는 바보라 하는데, 이제 두 번 다시 점칠 생각은 없어요."
　기리히토의 웃음이 번진 얼굴을 보며 미쓰에도 억지로 웃었다. 미쓰에는 기리히토의 이야기에 아무런 흥미도 느끼지 못했다. 보기만 해도 명랑한 이 청년이 내일 이 집을 떠나서 다시 돌아오지 않을 수도 있다는 불길한 생각만이 계속 뇌리를 맴돌았다.
　"내일쯤에는 아라카와 간타로 대장을 찾아가볼까 해요. 뭔가 좋은 방법이 생각날지도 모르니까요."
　그렇게 말하며 일어서려는 기리히토에게 미쓰에는 시선을 멀리 한 채 말했다.

"그 점쟁이 아가씨가 기리히토가 군대에서 돌아오면 대성공을 한다고 말했다고요?"

"그럼요. 하지만 어쩌면 전사할지도 모른다고 겁을 줬지요."

"……."

미쓰에는 아무 말 없이 눈을 내리깔았다. 그 우울한 옆모습을 보고 기리히토는 흠칫 놀랐다.

"미쓰에님. 혹시……, 소집 영장이 온 것 아닙니까?"

"네, 그래요."

미쓰에는 품 속에서 다카가 보낸 전보를 꺼내 기리히토에게 건넸다. 기리히토는 얼굴을 찌푸리며 읽었다.

"올 것이 왔군요."

기리히토의 말은 차라리 독백에 가까웠다. 미쓰에는 가만히 쳐다보며 우울하게 말했다.

"기리히토는 건강하니 귀향 통보를 받을 희망은 없겠지요?"

"없잖고요. 워낙 튼튼하니까요. 1을종으로 처리된 것이 이상할 정도죠."

"부대에 들어가기 전에 간장을 마시고는 곧바로 귀향한 사람이 있다는 말을 들은 적이 있어요……. 간장을 반 컵 정도 마시면 얼굴이 창백해지고 맥박이 130이나 된대요. 진찰해 봐도 절대로 그 원인을 모른다나요."

"미쓰에님."

기리히토는 고개를 저었다.

"난 간장까지 마셔가며 군 입대를 피하고 싶진 않아요."

"하지만……, 만약 전쟁터에 끌려가서 만일의 경우 불행한 일이라도 당하면……."
"일본은 전쟁 중입니다. 미쓰에님, 나 같은 젊은이가 군대에 가는 걸 싫어한다면 어찌 되겠어요?"
"전사해도 괜찮다는 거예요, 기리히토?"
"물론 죽고 싶지는 않아요. 그렇지만 총알이 날아오는 곳으로 끌려간다면 그야 운에 맡길 수밖에요."
"정말…… 겁도 없군요. 전사하다니, 그런 바보 같은 말이 어디 있어요!"
미쓰에는 격한 어조로 말했다.
"그야 그렇겠지만요. 트럭에 치이거나 강도를 만나 죽거나 장티프스로 죽는 것보다야 낫겠지요. ……미쓰에님. 남자들에게는 총알이 빗발치듯 날아오는 속을 거침없이 돌격하는…… 그 있잖아요, 영웅 심리라는 것이 있나 봐요."
"……."
미쓰에는 길게 한숨을 지었다.
그녀는 이 전쟁을 명분 없는 싸움이라고 생각했다. 중국이 일본을 침략했다면 전쟁에 참가하는 것이 당연한 애국심의 발로라 하겠지만, 그렇지도 않은데 이웃 나라에 자꾸만 군대를 보내서 모조리 점령한다는 것이 도대체 무슨 의미가 있는 것일까. 중국 대륙을 점령하지 않고도 일본은 충분히 평화로울 수 있었다. 무명과 가솔린을 통제하고, 파마와 긴 소매를 금지시켜 생활을 답답하게까지 해가며 이웃 나라를 속국으로 삼아야 하는 것은 무엇 때문일까.
미쓰에는 지금의 일본은 불량 청년들이 까닭없이 완력과 혈기를 과시하고 싶어서 흉기를 들고 싸움질하는 것과 조금도 다를 바 없다고 생각했다. 그런 마당에 기리히토가 남자들의 영웅 심리 운운하고 있으니 한심하기 짝이 없었다.
"기리히토가 그런 각오가 되어 있다면 간장을 마시라는 얘기는 하지 않겠지만……."

"저는 말이에요, 미쓰에님. 물론 전쟁터에서 죽고 싶은 생각은 없지만 한번 군대에 가 보는 것은 나쁘지 않다고 생각해요."

"왜죠?"

"군인이 되면 재벌의 자식이든 백작이나 장군의 자식이든 하나같이 나처럼 보잘것없고 무식한 인간과 똑같은 이등병이겠지요……. 그래요, 인간으로서 똑같은 조건에서 한번 어느 쪽이 참을성 있고 배짱이 있는지 시험해 보고 싶어요. 태생이 천해서 이런 잘못된 생각을 하는 건지는 모르지만요."

"……."

"난 그런 훌륭한 집안의 자식들이 천한 출신의 고참에게 흠씬 두들겨 맞거나 쌩쌩 거리며 날아오는 총알이 무서워 벌벌 떠는 모습을 보면 기분이 좋을 거라고 생각해요."

"기리히토는 그런 고참에게 두들겨맞거나 총알이 날아와도 태연할 수 있겠어요?"

"그야 뭐 그때 그때 형편에 따라 화가 나기도 하고 겁을 먹을지도 모르지만요, 어차피 근본이 천하니까 미쓰이, 미쓰비시 집 자식이나 도쿠카와 공작의 장남보다는 덜 괴롭겠지요."

"제발 근본이 천하다느니 하는 생각은 하지 말아요……. 황족으로 태어나도 인간 쓰레기인 사람은 얼마든지 있어요. 나는 귀족이나 부자가 얼마나 비열한 행동을 일삼는지 헤아릴 수 없이 많이 봤어요."

"그건 경우가 다르지요. 그 사람들은 열등감을 갖고 있지 않아요. 아무리 비열한 행동을 해도 열등감이 없기 때문에 태연하죠. 행복한 사람들이지요. 하지만 내 경우는 다릅니다. 조금만 나쁜 짓을 하면 역시 나는 근본이 천하구나 하고 생각하거든요. 소용없어요."

그렇게 부질없는 한탄을 하고는 기리히토는 다시 전문을 읽어보며 마리야를 생각했다.

'벌써 여덟 살이니 초등학교에 들어갔겠지.'

벽시계가 따분한 듯이 12시를 치는 것을 세면서 기리히토는 어둠 속에서 눈을 뜨고 있었다. 차츰 머릿속이 맑아졌다. 통 잠이 오질 않았다.

지금까지의 인생이 여기서 일단 종지부를 찍어야 한다는 생각이 가슴을 무겁게 했다. 다시는 지금까지 그랬던 것처럼 태평한 생활을 할 수 없을 것 같았다. 미지의 세계로 던져진 채 원상으로 되돌아 올 수 없을 것 같다는 생각뿐이었다.

'에라 모르겠다. 난 미쓰에님과 2년 동안 한집에서 살 수가 있었으니 그걸로 됐어.'

기리히토는 약해지려는 마음을 떨치고 굳게 마음을 먹었다. 그러자 갑자기 이상한 흥분을 느꼈다. 저쪽 방에서 누워 있는 미쓰에의 자태가 어둠 속에서 생생하게 나타난 것이다. 기리히토가 지난 2년 동안 단 한 번도 미쓰에에 대해서 남자의 욕정을 일으키지 않았다고 하면 거짓이리라. 그러나 그것은 그저 망상이었을 뿐 실제로 행동으로 옮길 생각은 전혀 없었던 기리히토였다. 적어도 기리히토에게 있어서의 미쓰에는 나오마사가 진심으로 사랑했던 여인이고, 또한 자기를 구하기 위해 정조를 희생한 여인이었다.

그뿐인가, 그의 청에 따라 이 집에서 함께 살 수 있었다. 기리히토로서는 그것만으로 만족했다. 그런데 영장을 받고 나서 어쩌면 이 집과는 마지막이 될 운명에 빠질지도 모른다는 불안감에 기리히토의 본능은 돌연히 광포성을 띠게 된 것이다.

'멍청이 같은 자식!'

자기에게 욕을 퍼붓고 뺨을 힘껏 꼬집었다. 그러나 그 아픔은 도리어 본능을 부채질하는 결과를 초래하고 말았다. 기리히토는 이불을 젖히고 책상다리를 하고 앉았다. 한 차례 밤길을 마라톤이라도 할까 싶었다. 그러나 마음만 그럴 뿐 엉덩이를 쉬 들 수는 없었다.

그런 채로 거의 10분 동안이나 망설이고 있던 기리히토는 결국 자기를 억제하지 못하고 비틀비틀 일어섰다. 발소리를 죽이며 복도로 나섰지만 바닥은 그의 무게를 견디지 못하고 삐걱삐걱 소리를 냈다. 스스로 생각해 봐도 비열하기 짝이 없었다. 기리히토는 미쓰에의 거실 앞에 멈췄다. 가슴이 방망이질치고 숨이 가빠왔다. 장지문에 땀 밴 손을 대고 아주 조금 문을 열었지만 도저히 발을 들여놓을 용기가 나질 않았다. 조심스레 다시 문을 닫았다.

맹렬히 자기를 나무라면서 되돌아서려는 순간 미쓰에의 거실이 밝아졌다. 스탠드에 불이 켜진 것이다.

기리히토는 심장이 멎을 만큼 쇼크를 받아 발을 뗄 수가 없었다.

"기리히토."

미쓰에의 목소리였다.

"……"

기리히토는 대답할 수가 없었다.

"기리히토, 들어와요."

재촉을 받고서야 기리히토는 정말로 다시 살아난 느낌이었다. 기리히토는 한 걸음 들어가 앉아서 다다미에 양손을 짚었다.

"용서하세요……. 난 역시 근본이 천한 놈입니다."

미쓰에는 눈을 감은 채였다.

"아니에요, 괜찮아요."

나지막한 목소리에 기리히토는 고개를 들었다. 기리히토의 겁먹은 시선이 누운 미쓰에의 얼굴을 엿보았다.

아름다웠다. 형용할 수 없이 아름답고 우아했다. 기리히토는 당황해서 또 머리를 조아렸다.

미쓰에가 말했다.

"나를 드리겠어요, 기리히토."

"넷?"

기리히토는 깜짝 놀라서 얼굴을 들었다. 미쓰에의 얼굴은 아무런 표정이 없었다.
"나를 가져요."
"무슨 말씀이세요, 미쓰에님?"
"기리히토가 열었던 장지문을 다시 닫고 돌아가려고 했을 때 마음을 정했어요."
"용서하세요. 도저히 참을 수가 없었어요. 하지만 그건 정말 옳지 못했습니다."
"됐어요. 내가 기리히토에게 줄 것은 한 가지밖에 없네요."
미쓰에는 그렇게 말하면서 스탠드를 껐다.
기리히토는 어둠이 눈에 익을 때까지 그대로 앉아 있었다. 이런 상황은 기리히토의 뻔뻔함도 견뎌내기 힘들었던 모양이다. 미쓰에가 도리어 초조해했다.
"기리히토."
그 목소리가 평소와는 다른 색깔을 띠고 있다는 생각이 들자 기리히토는 무릎으로 다가가서 이불을 들추었다. 그러나 느닷없이 껴안을 배짱이 없어 피가 끓어오르는 몸뚱이를 돌처럼 굳히고 몇 번이나 군침을 삼켰다. 점쟁이 처녀의 말이 머릿속을 스쳤다. 방탕한 생활로 재산을 날린 오사카 버선 도매상의 아들이 그녀를 범할 때 '필설로 형용할 수 없을 정도로 손가락의 하나 움직임도 미묘한 맛을 풍겨 주었다'고 하지 않았던가.
그게 어떤 식의 애무인지 지금 누가 가르쳐 준다면 기리히토는 전재산을 준다 해도 아깝지 않을 것 같았다. 미쓰에는 유부녀였고 이미 서른을 넘긴 중년 부인이었지만, 기리히토의 마음 속에서는 여신으로 군림했다. 다시없이 정중하게, 부드럽고 교묘하게 대해야만 했다.
기리히토는 가슴이 찢어질 듯 방망이질하면서도 어지간히 망설여졌다.
"기리히토."
미쓰에가 또렷하게 낮은 목소리로 속삭였다.

"내가 싫어졌나요?"

"아 아니, 그 그렇진 않습니다……. 그저…… 황송해서……."

"바보로군요!"

절제된 교태가 뒤섞인 미쓰에의 말에 힘입어 기리히토는 비로소 팔을 뻗을 수 있었다. 미쓰에의 잠옷과 속치마를 들출 때 서툴긴 했어도 기리히토의 손길은 부드러웠다. 미쓰에도 역시 그 순간이 되자 정숙한 이성에서 풀려나 생동하는 육체를 가진 여성으로 변해 있었다.

기리히토는 미쓰에의 숨이 넘어갈 듯한 찰나의 부르짖음을 들으며 환희에 몸을 떨었다.

'이대로 죽어 버려도 좋아!'

격렬하고 가식 없는 시간이 지나자 미쓰에는 살그머니 일어나서 어둠 속을 더듬어 나갔다. 기리히토는 미쓰에가 후회해서 어느 한쪽 구석에서 울고 있지나 않을까 해서 두려웠다. 그러나 그게 아니었다. 돌아온 미쓰에는 불을 켜고 더운 타월로 기리히토의 몸을 천천히 닦기 시작했다.

'미쓰에님은 일이 끝나면 헤어진 남편에게 이렇게 해 주신 걸까?'

얼핏 상상한 기리히토는 강한 질투심을 느꼈다.

6

 기리히토가 고향의 연대에 입대하기 위해 도쿄를 떠나려던 날 우연히도 나오마사를 태운 여객선이 요코하마 항에 도착했다. 나오마사의 상처는 성가시게 느껴질 정도의 정성어린 사쿠라기 교코의 간호로 좋아지고 있었다. 나오마사는 간신히 교코의 눈을 피해 시가지로 나왔다. 해방감에 한숨 돌리려는데 최신형 포드 차가 스르르 다가왔다. 거기에는 육군성의 깃발이 펄럭이고 있었다.
 창문에서 얼굴을 내민 교코는 득의양양했다.
 "자, 타시죠."
 목소리가 경쾌하게 찰랑거렸다. 중사 계급을 단 운전수가 정중하게 문을 열었다. 나오마사는 잠깐 주저했으나 자포 자기의 심정으로 교코 옆에 앉았다. 그 때 숨찬 구두 소리를 내며 미타무라 소우키치가 뒤에서 뛰어왔다.
 "함께 타도 되겠소?"
 들여다보는 소우키치에게 교코가 쌀쌀맞게 말했다.
 "거절하겠어요. 이세다 씨는 환자니까 전송해 드릴 임무가 있습니다. 저는 간호사이니까요."
 소우키치는 짐짓 심드렁한 투로 말했다.
 "비료를 주는 농부보다도 꽃을 감상하는 예술가가 더 대우를 받는군."

"그건 무슨 뜻이죠?"

교코가 소우키치를 쏘아 보았다.

"말하자면 부인은 피스톨로 쏘아야 할 사나이를 잘못 짚은 거지요."

"……?"

"나중에 이세다 씨에게 자세히 듣도록 하시죠."

소우키치는 싱글거리다가 비로소 알아챈 듯이 눈을 크게 떴다.

"육군성에서 마중 나오다니 굉장하군요. 이세다 씨, 당신이 타기엔 걸맞지 않는 차인 듯싶소. 도중에 전복 사고나 내지 않도록 모쪼록 조심하시오."

소우키치는 정중하게 허리를 굽히고는 성큼성큼 걸어갔다. 포드가 그 옆을 스쳐 달렸다.

게이한 가도에 나설 때까지 차 안에는 침묵이 흘렀다. 이윽고 교코가 시선을 앞에 둔 채 물었다.

"미타무라 씨가 한 말, 무슨 뜻이에요?"

"별 의미는 없겠지요."

나오마사도 앞으로 시선을 보낸 채 대답했다.

"그냥 해 본 말이 아니죠?"

"……."

"말씀해 주세요."

엄격한 어조로 교코가 재촉했다.

나오마사의 가슴 한 구석에 자리잡은 악마가 문득 고개를 들었다.

"미타무라 씨의 말 그대로지요."

"……."

"소우키치의 표현을 빌리자면, 난 잠자는 미녀에게 꽃만 바치고 떠났죠. 그 뒤에 미타무라 씨가 비료를 주고는 꽃을 다시 심었습니다."

나오마사는 교코의 안색이 일변하는 것을 느꼈다. 충격을 받은 뒤에 어떤 감정이 소용돌이치고 있는지는 나오마사가 알 바 아니었다. 그녀가 원해서 가르쳐 줬을 뿐이었다.
 침묵 끝에 교코가 입을 열었다.
 "이세다 씨, 도쿄에 기다리는 부인이 계신가요?"
 거칠어진 감정을 어떻게 처리했는지 차분한 어조였다.
 "아니오."
 "그럼 어째서 이렇게 답답한 일본으로 돌아오셨나요?"
 "사막에서 죽지 못했기 때문이지요."
 "사막에서?"
 "그래요. 사막 한가운데 모래 속에 묻혀서 죽는 것이 나의 목적이었지만…… 아무래도 용기가 나질 않더군요. 마나르 만에서 부인이 피스톨을 들이대었을 때 사막에서 죽을 수 없었던 건 여기서 죽을 운명이었기 때문이로구나 하고 생각했습니다. 하지만 그것도 빗나갔으니 돌아올 수밖에 없지 않습니까."
 교코가 손을 뻗쳐서 무릎 위에 얹고는 작은 목소리로 말했다.
 "당신이라는 존재는 이미 내 마음 속에 꽉 들어차 있어요."
 나오마사는 비로소 교코에게 시선을 돌렸다.
 "육군성의 차가 어째서 부인을 맞으러 왔습니까?"
 "우리 아버지가 육군 대신이니까요."
 교코는 아무렇지도 않게 대답했다. 나오마사는 지금의 육군 대신이 누구인지 몰랐다. 그걸 알고 싶은 생각도 없었다. 다만 군인의 딸이란 말을 듣고 이 여성의 정체를 알 듯했다.
 시나가와로 차가 들어섰다. 거처를 밝히고 싶지 않은 나오마사는 순간적으로 도쿄 역을 생각해냈다.
 "도쿄 역으로 갈 수 있습니까?"
 "도쿄 역? 숙소를 말씀하세요. 그 곳까지 모셔다 드릴게요."
 "난 오카야마에 갑니다."
 "오카야마!"

교코는 눈을 크게 뜨고 나오마사의 옆얼굴을 물끄러미 쳐다보았다.
"오카야마는 왜요?"
"도쿄에는 집이 없습니다."
"당치 않는 말씀을 하시네요……."
"전 이미 이세다 가문과는 절연한 몸입니다. 한 푼 없는 방랑자에 불과하죠. 부인도 그런 놈으로 대해 주셨으면 합니다."

도쿄 역 1번 플랫폼에서 기리히토가 까까머리에 군복을 입고 사람들에게 둘러싸여 있었다.
미쓰에, 사나에, 양갱 공장에서 일하던 패거리, 그리고 이웃집 사람들……. 기리히토는 이런 전송을 받는 것이 어쩐지 쑥스러워 견딜 수 없었다.
이웃 사람들이 "하늘을 대신하여 불의를 치는……" 하고 노래를 부르기 시작하자 부쩍 초조해졌다. 발차 시간은 아직 30분이나 여유가 있었다. 그 동안 이렇게 서 있어야 한다고 생각하니 맥이 빠졌다. 기리히토는 미쓰에와 단 둘이 있고 싶었다. 어제 비로소 자기 것이 된 여자와의 이별, 그렇게 이루어질 수 없는 사랑의 안타까움이 기리히토를 초조하게 한 것이다.
미쓰에는 기리히토를 정답게 바라보고 있었지만 기리히토는 눈이 부셔 시선을 마주볼 수 없었다. 곁에 선 영악한 사나에에게 서툰 눈치라도 보이면 모든 것이 들통날 것 같았다.
'모르겠다, 젠장!'
기리히토는 얼굴을 치켜들고 목청껏 군가를 부르기 시작했다. 미쓰에는 그 흐트러짐이 없는 모습을 보고 있으려니 문득 가슴이 메이는지 고개를 숙였다.
그 때 바쁘게 젊은 남녀가 계단을 뛰어 올라와서 그들을 향해 손짓을 했다.

"아, 저기예요!"

"아, 그렇구나!"

두 사람이 정신없이 달려왔다. 2년 전 기리히토 집에서 일하던 하녀 키요와 그의 처녀성을 뺏고는 그녀와 공모해서 침입했던 강도였다.

"아이고, 늦진 않았구나!"

얼굴이 온통 땀에 젖은 청년은 기리히토 앞에 서자 꾸벅 절을 하고는 숨을 고르면서 말했다.

"이, 이번에는 정말 축하합니다."

기리히토는 마사키 도우타라는 이 청년에게 키요와의 결혼 비용 외에 이케부쿠로 역전에서 오뎅집을 차릴 자금을 빌려 주었던 것이다. 그 자금은 아직 돌려받지 못했지만……

"여—!"

기리히토는 웃으며 도우타의 어깨를 두드렸다.

"장사는 어때요?"

이 부부를 대하자 기리히토는 갑자기 쓴맛 단맛 다 겪은 관록이 붙은 사람이나 된 것 같은 착각에 빠져들었다.

"죄송합니다. 아직 돈도 갚아 드리지 못하고……."

"아니지요, 그건 벌써 두 사람에게 준 돈 아닙니까. 사이 좋게 열심히 살아주시면 나는 그걸로 족해요."

두 사람 덕분에 여유가 생긴 기리히토는 그제서야 미쓰에를 뒤돌아보며 웃을 수가 있었다. 미쓰에가 아름다운 미소로 그에 응했다.

기리히토는 어젯밤 일이 거짓말같이 느껴졌다. 이 기품이 넘치는 여성과 자기 사이에는 아무런 연관도 없다는 것을 문득 느낀 것이다. 어젯밤 일은 한갓 꿈일 뿐이었다.

'그걸로 됐어.'

기리히토는 자기 스스로를 타일렀다.

이윽고 발차를 알리는 벨이 울려퍼졌다. 기리히토는 차에 올라 차창으로 얼굴을 내밀고 미쓰에를 불렀다. 미쓰에가 다가가자 기리히토는 오른 손을 내밀었다.

"여러 가지로 신세를 졌습니다. 평생 잊지 못할 거예요."

힘주어 미쓰에의 손을 잡으면서 애기하는 기리히토의 목소리가 축축히 젖어왔나. 미쓰에의 눈에 눈물이 고였다.

"나야말로 아무것도 해 주지 못했군요."

"아 아니, 당치 않아요! 만약 전사하게 되면……."

'어젯밤 일을 생각하면서 죽어가겠어요' 하고 마음 속으로 말했다.

사나에가 쑥 다가오더니 귀에 대고 속삭였다.

"기리히토 씨. 결국 제 몸을 드리지 못하게 됐네요."

기리히토는 고개를 저으며 말했다.

"그런 귀중한 것을 헐값에 버리면 안 되죠, 사나에 양."

사나에는 혀를 날름 내보였다.

열차가 서서히 움직이더니 플랫폼을 뒤로 하고 시야에서 사라져갔다. 미쓰에와 사나에는 나란히 계단을 내려와서 개찰구로 나갔다.

"언니, 계속 기리히토 씨 집에 계실 건가요?"

"달리 갈 곳이 없잖아요."

"그렇군요. 언닌 정말 고독한 운명을 타고났나 봐요."

"나란 여자는 아주 못난인가 봐요. 그러니까 제대로 남자의 사랑을 받지 못하죠."

"언니 멋대로 그렇게 단정 짓는 건 옳지 못해요. 거짓이라도 좋으니까 사랑에 열중하는 척이라도 해 봐요. 언니가 그럴 맘만 먹으면 얼마든지 멋진 남성을 고를 수 있다고요."

갑자기 사나에가 나즈막하게 외쳤다.

"언니! 보세요, 저기요!"

사나에가 가리키는 쪽을 무심코 바라본 미쓰에는 가슴이 덜컥 내려앉았다. 고개를 숙이고 천천히 걸어오는 것은 유럽에 간 뒤로 소식이 끊어진 나오마사가 틀림없었다.

"언니! 어떻게 하시겠어요?"

사나에가 숨을 헐떡거리며 물었다. 미쓰에는 순간적으로 아무런 말도 생각나지 않았다. 너무나도 얄궂은 운명이었다. 어제라면 망설이지 않았을 것이다. 하룻밤 새에 미쓰에는 나오마사와 정면으로 얼굴을 마주할 수 없는 처지가 되고 만 것이었다. 미쓰에는 나오마사가 알아채지 못하고 지나쳐 주기를 바랐지만 운명의 신은 그녀 편이 아니었다.

사나에는 미쓰에가 수줍어서 그런다고 생각했다.

"나오마사 씨!"

사나에의 돌연한 태도에 미쓰에는 깜짝 놀랐다. 고개를 든 나오마사의 어두운 얼굴에 일순간 괴로운 듯한 기색이 떠올랐다 스쳐지나갔다. 그것은 과거에 미쓰에가 그를 만날 때마다 보아 온 그리운 표정이었다.

나오마사는 입가에 엷은 미소를 띠었다.

"언제 돌아오셨나요, 나오마사 씨?"

사나에가 물었다.

"오늘."

"오늘! 이렇게 안타까울 데가 있나요! 기리히토 씨가 소집을 받아 방금 오카야마로 떠났어요."

"그래요? 그다지 놈팽이 생활은 하지 않았던 모양이군."

"물론이지요. 부르주아까지는 안 가도 코엔지에 훌륭한 집을 갖고 당당하게 살았었지요."

"무슨 일을 했습니까?"

"양갱 납품이오. 근위 사단 주보에 납품해서 일 년에 3만 원씩 벌었죠."

"흠, 그래요?"

나오마사는 미쓰에에게 시선을 보냈다.

"오랜만이군요."

미쓰에는 잠자코 머리를 숙이고는 얼굴을 들지 않았다.

"그리고 말이에요. 언니는 우리 오빠와 이혼해서 지금은 기리히토 씨 집에 식객 노릇을 하고 있는 중이에요."

"……."

나오마사는 이상한 듯이 미쓰에를 쳐다보았다.

"그렇지, 좋은 수가 있어요."

사나에가 큰 소리로 말했다.

"기리히토 씨도 없고 하니 나오마사 씨가 들어가시는 게예요, 언니와 함께 사시면 되잖아요. 그러면 이번에야말로 언니는 이상적인 가정을 만드실 수 있지요."

이 제안에 나오마사도 미쓰에도 대답하지 않았다.

"안 그래요, 이런 멋진 기회가 또 있겠어요? 기리히토 씨는 나오마사 씨와 언니를 맺어 주기 위해 그 집을 두고 간 거예요."

그리고 나서 한 시간쯤 뒤에 나오마사와 미쓰에는 기리히토의 집 식당에 마주 앉았다. 사나에는 두 사람을 들여놓자 재빨리 돌아가 버렸다. 두 사람은 간혹 가다 짤막한 대화를 나누었을 뿐 그다지 말이 없었다. 견디기 힘든 침묵이 두 사람을 휘감았다.

누구의 간섭도 끼어들 여지가 없는 단 둘만의 공간이었다. 하지만 나오마사도 미쓰에도 뭔가에 묶여 있는 듯한 거북함을 떨쳐 버릴 수 없었다.

나오마사는 말없이 브랜디만 몇 잔 비웠다.

"이만 실례하겠소."

나오마사가 일어섰다.

"여기서 묵지 않으시겠어요?"

미쓰에는 나오마사가 일어서자 갑자기 보내고 싶지 않은 충동을 느꼈다.

"글쎄요."

나오마사는 미쓰에를 내려다보며 웃었다.

"당신은 더욱 아름다워졌구려. 기리히토 같은 놈이 아니었다면 한집에 살면서 참을 수 없었을 거요."
 그 말은 비수가 되어 미쓰에의 가슴에 내리꽂혔다.
 미쓰에는 고개를 숙이고 중얼거리듯 말했다.
"어젯밤 기리히토에게 몸을 주었습니다."

7

 기리히토를 태운 급행 열자는 대단히 붐볐다. 통로에는 움직일 틈도 없이 승객들이 들어찼고 좌석과 좌석 사이에 서 있는 사람도 있었다.

 기리히토는 창가 좌석에 앉아 있었으나 앞에 40대의 중년 부인이 서서 기리히토의 무릎을 양다리로 끼고 있어 움쭉달싹도 못 할 형편이었다. 아무래도 당분간 그 자세로 있어야 할 모양이었다.

 기리히토는 그렇게 눈을 감은 채 열심히 미쓰에의 모습을 그려 보려고 애썼다. 그러나 유감스럽게도 청년의 본능은 그 부인의 다리 사이에 끼워진 무릎에 신경이 가서 아무래도 정신 통일이 될 것 같지 않았다.

 기리히토는 단념하고 가방 속에서 군인 수칙을 꺼냈다. 군대에 들어가면 이것을 곧 암기해야 하리라. 이해를 하든 못하든 이것을 암기하지 못하면 매일 밤 점호 후에 두들겨 맞는다고 들었다. 대견스럽게도 기리히토는 입영 전에 조금이라도 외워 두겠다고 생각했다.

 〈우리나라의 군대는 세세토록 천황이 통솔하시는 바 옛날 진무천황 스스로 오토모 모노노베와 같은 군대를 거느리고 국내에 반역한 무리들을 평정하시고 황위에 오르셔 천하를 다스리기 시작하신 지 2,500여 년이 지났다. 그 동안 세상의 변천에 따라서 병역 제도의 변혁도 또한 여러 번 있었다.……〉

 '이래서는 안 되겠어!'

얼마 지나지 않아 머리가 쿡쿡 쑤셔오자 기리히토는 머리를 저었다.
'글자 하나 빠뜨리지 않고 암송하라는 것은 억지야. 뜻만 알면 그만이잖아.'
기리히토는 가장 중요하다고 생각되는 다섯 개 항목만 외우기로 했다.
하나, 군인은 충절을 다 함을 근본으로 삼아야 한다.
하나, 군인은 예의를 바르게 해야 한다.
하나, 군인은 무용을 숭상해야 한다.
하나, 군인은 신의를 중히 여겨야 한다.
하나, 군인은 검소를 본으로 삼아야 한다.
세 번 거듭 읽고 나서 그것을 무릎에 내려놓고 작은 소리로 암송해 보았다.
"하나, 군인은 충절을 다 함을 근본으로 삼아야 한다. 하나, 군인은 무용을 숭상해야 한다. 하나……"
거기까지 외었을 때 기리히토의 무릎을 양다리로 끼고 있던 부인이 쳐다봤다.
"틀렸습니다."
나지막하지만 엄숙한 어조로 정정해 주는 것이었다.
"충절의 다음은 예의입니다. 하나, 군인은 예의를 바르게 해야 한다."
"아, 그랬죠. 아무래도 전, 이런 것은 소질이 없나 봐요."
기리히토가 쓴웃음을 짓자, 부인이 정색하며 다시 물었다.
"이런 것이라니, 무슨 소리입니까! 이것은 황공하게도 군인에게 내리신 수칙입니다."
"알고 있어요."
"알고 있으면서 그렇게 말을 함부로 하다니오. 다시 한 번 암송해 봐요."
'이것 정말 잘못 걸렸군.'
하지만 하는 수 없었다. 기리히토는 맥이 빠졌다. 한 번만에 술술 할 수는 없었다. 부인은 점점 엄격한 어조로 기리히토를 다그쳤다.
 기리히토는 화가 나는지 눈을 치뜨며 말했다.
 "그러는 아주머니는 전부 외울 수 있나요?"
 "물론이지요."
 부인은 기다렸다는 듯이 줄줄 외기 시작했다.
 "우리나라의 군대는 세세토록 천황이 통솔하시는 바……."
 기리히토는 소책자를 펴고 한 자라도 틀리면 가만히 두지 않겠다는 기세로 눈에 불을 켰다. 하지만 부인은 결코 틀리지 않았다.
 주위의 승객들은 그녀의 음성이 점차 높아짐에 따라서 호기심어린 표정을 짓더니 점차 감탄스러운 표정을 지었다.
 "군…… 이 5개조는 군인으로서 잠시도 소홀히 해서는 안 되며, 이를 실행하려면 온전한 성심이야말로 가장 중요하다. 대저 이 5개조는 우리 군인 정신으로써 온전한 성심은 또 5개조의 정신인 것이다. 마음에 정성이 없으면 아무리 좋은 말도 선행도 모두 허식에 불과하니 무슨 소용이 있겠는가. 마음에 정성이 있다면 무슨 일이나 이루어지게 마련이다. 하물며 이 5개조는 천지의 공도, 인륜의 상경이다. 행하기 쉽고 지키기도 쉽다. 너희들 군인은 짐의 가르침을 따라 이대로 지켜 행하여 조국에 보답하는 임무를 다 하면 일본국의 창생은 모두 이를 기뻐하리라. 어찌 짐 한 사람만의 기쁨뿐이랴."
 낭랑하게 암기를 끝낸 부인은 득의양양한 표정으로 기리히토를 쏘아보았다. 호기심에 넘겨보던 주위 사람들도 완전히 기가 꺾인 모양이었다.
 기리히토도 놀라움을 감추려 하지 않았다.
 "대단하시군요! ……아주머니 아드님이 사관학교에라도 가셨나요? 아니면 주인 양반이 군인이신가요?"
 부인은 고개를 끄떡이며 대답했다.
 "우리 남편은 대위로 중국에서 전사했어요. 또 우리 아들은 소위로 노몬한에서 전사했고요."

주위가 갑자기 조용해졌다. 부인은 쭉 한 바퀴 둘러보고는 턱을 치켜들고 목청을 돋워 말했다.

"여러분, 일본은 이깁니다! 일본은 반드시 이겨서 세계 제일의 나라가 될 겁니다. 어떤 고난도 참고 견뎌 나갑시다!"

이 말을 들은 순간, 기리히토는 입맛이 싹 가셨다.

'이 아주머니는 남편과 자식이 전사해도 조금도 슬프지 않다는 것일까?'

그런 의심이 일었다.

"그러면 아주머니 혼자서 어떻게 살아가세요?"

지즈오카를 지나서야 겨우 옆자리가 비어 부인이 걸터앉았을 때 기리히토가 물었다.

"그건 왜 묻죠?"

"남편과 아드님이 전사하셔서 굉장히 쓸쓸할 텐데요······."

"······."

부인은 가만히 매서운 눈길로 쳐다보더니 무슨 생각에선지 기리히토의 손을 잡았다.

"지금 소집 영장을 받고 고향으로 가는 길이죠?"

"네."

"군인이 되는 게 싫은 거지요? 그렇죠?"

"꼭 그런 건 아닙니다만."

"아니오. 청년은 지금 각오가 모자랍니다! 국가의 간성이 되어 오랑캐를 무찌를 각오가 돼 있질 않아요······. 내가 그 비겁한 마음을 고쳐 주겠어요."

"······."

"청년은 어디서 내리나요?"

"오카야마에서요."

"기후에서 내려서 우리 집으로 오세요. 하룻밤만 묵으면 청년은 훌륭한 군인 정신으로 무장하고 입대할 수가 있어요."
기리히토는 부쩍 흥미가 일었다. 하루 묵는다 해도 입영 날짜는 맞출 수 있었다.
'엉뚱한 아주머니군. 도대체 어떻게 군인 정신을 심어 주겠다는 거지?'
"아주머니. 설마 밤새도록 암송을 시키는 건 아니겠지요?"
주위의 사람들이 웅성거렸다.
"천만에요. 댁처럼 기억력이 나쁜 사람이 하루 만에 왼다는 건 도저히 무리죠."
'좋다!'
기리히토도 배짱이 생겼다.
"기후에서 내리겠어요."
"그렇게 하세요."
부인은 그게 당연하다는 듯이 고개를 끄덕였다.
기차가 기후 역 플랫폼에 도착한 것은 오후 여덟시였다. 기리히토는 부인을 따라 내렸다.
기후의 거리는 보기만 해도 이 여성답지 못한 부인이 살기에 딱 맞는 어수선하고 낡은 먼지투성이 길이 이리저리 엉켜 있었다. 기리히토가 알고 있는 기후는 가마치를 이용한 고기잡이가 유명하다는 것뿐이었다.
그 나가라 강을 가로지른 다리를 건너 이어지는 강변 도로에 다다르자 경치는 금세 아름답게 변했다. 흐름이 빠른 수면에 달빛이 비쳐 부서지며 반짝거렸다. 오랜 역사를 지녔을 것만 같은 그런 강이었다.
주위 환경에 눈 돌릴 틈도 없이 무감동하게 살아온 기리히토는 문득 낯선 타향에 온 축축한 외로움에 빠져들고 있었다.
'인간은 살아가면서 도대체 얼마나 많은 경험을 하는 걸까?'
부인이 데리고 간 곳은 강변 도로에서 좁은 골목길로 들어가 의외로 말쑥한 모양새의 집이었다.
부인이 현관문을 열었다.

"할머니, 이제 돌아왔어요."

매우 주부다운 어조였다. 그러자 다다미를 콧등으로 문지를 만큼 허리가 굽은 노파가 나타났다.

"손님이에요."

그렇게 말하고는 부인은 기리히토에게 올라오기를 권했다. 기리히토가 안내된 방에는 묘한 제단이 설치되어 있었다. 단상에는 농구공만한 크기의 납빛 공이 놓여 있었다. 아마도 신체(神體)인 듯했다. 단상 밑에 있는 받침대 위에는 떡·과일·과자·가다랭이포·다시마 등이 담겨 있었다. 좌우에는 천장에 닿을 듯한 깃발이 세워져 있었다. 오른쪽 깃발에는 '팔만 대보살'이라는 글과 함께 활과 살을 든 의관을 갖춘 무사의 그림이 있었고, 왼쪽에는 '마라지천'이라는 글과 목이 셋 있는 멧돼지를 딛고 서 있는 거인의 그림이 그려져 있었다.

그 밖에 맹장지 위쪽 벽에는 신체불상이 쭉 걸려 있었다. 삼보황신, 반승권현·공작명왕·경신청금강·비사천문왕·이자·대흑천 북야청신·도하대명신 등…… 마치 불교와 신도(神道)의 바겐세일 현장을 보고 있는 듯했다. 기리히토는 그 곳을 둘러보면서 고개를 끄덕거렸다. 예감이 맞아떨어진 것이었다.

잠시 뒤에 흰 옷으로 갈아입은 부인이 들어왔다. 머리를 풀어헤쳐서 양 어깨에 드리우고, 오른손에 염주, 왼손에 금강령을 들고 있었다.

"옷을 벗어요."

노려보듯이 시선을 집중시키며 명령했다.

"옷을 벗어요?"

"그래요. 입고 있는 것을 모두 버리는 겁니다……. 이·목·구·비·체·심의 6근을 더럽히는 먼지를 털고, 번뇌를 씻는 겁니다."

기리히토는 잠깐 주저했으나 뻔뻔스런 생각이 고개를 들면서 잠자코 옷을 벗기 시작했다.

부인은 제단을 향해 정좌했다.

기리히토가 들보(음부를 가리는 감) 하나만 걸치고 그 등 뒤에 책상 다리를 하고 앉자 머리 뒤에도 눈이 있는 것처럼 말했다.
"그 들보도 벗으세요."
기리히토는 명령대로 마저 벗었다.
"이건 도대체 무슨 종교의 가르침입니까?"
"그런 것 없습니다."
"그럼 신을 섬기는 쪽인가요?"
"아니, 신불 일체입니다. 신도 호마도 진인종의 행법과 같습니다. 천번 만번의 불제도 천부 만부의 독경과 다름이 없습니다……. 다만 한결같이 인욕의 몸을 정하게 하기 위해 기원하는 것입니다."
말을 마친 부인은 큰 목소리로 무언가를 외기 시작했다. 축사인지 경인지 기리히토로서는 알 도리가 없었다. 다만 으스스 추워져서 소름이 끼친 몸을 문지르며 끝나기를 기다렸다. 아마 20분이나 계속 되었을까, 부인은 경건하게 대여섯 번 배례하고 나서 몸을 내밀어 염주를 몸에 대고는 금강령을 흔들었다.

그리고 나서 천천히 돌아앉았다.
"거기에 똑바로 누어요."
하는 수 없이 기리히토는 천장을 향해 바로 누웠다. 부인은 그의 몸 위에 말을 타듯 걸터앉아 뭔지 중얼중얼 외면서 쉬지 않고 염주로 얼굴에서 가슴, 그리고 배를 쓸어내렸다.
기리히토는 그렇게 눈을 감은 채 순순히 희롱당하고 있는 게 차츰 견딜 수 없어졌다. 눈을 가늘게 뜨고 엿보니 부인의 표정은 일심불란했다. 땀마저 쏟고 있었다.
염주가 사타구니와 남자의 그것을 쓰다듬기 시작했다.
'이 때다!'
기리히토는 느닷없이 뛰어 일어나 부인에게 세차게 덮쳤다.
"아이쿠!"

불의의 습격을 받아 엉덩방아를 찧은 부인이 몸부림쳤다.
"무, 무슨 짓이에요!"
기리히토는 불문곡직하고 그녀를 눕히자 양손으로 목을 껴안고 무릎은 가랑이 사이로 들이밀어 힘껏 다리를 벌리면서 입으로 입을 막았다.
"읍, 읍, 읍!"
부인은 비명인지 신음인지도 분간 못 할 소리를 내면서 버둥거렸다. 그러나 몸부림치면 칠수록 기리히토를 받아들이기에 알맞은 유혹적인 자태가 돼 버렸다. 나중에 생각해 보니, 그녀는 기리히토가 덤벼들기를 기다리며 오히려 이 저항을 즐기고 있었는지도 몰랐다.
겨우 입을 연 기리히토는 그대로 힘을 늦추지 않고 말했다.
"부인. 나는 신이나 부처님보다는 살아 있는 여자가 좋아요. 어차피 군대에 가서 전사할지도 모르는 몸이니까, 한번 공덕을 베푸세요."
"정말 지독한 사람이군요."
원망이 담긴 목소리였지만 전혀 화를 낼 기색은 보이지 않았다. 그녀의 옷자락은 흐트러지고 여덟 팔자로 벌린 다리는 가볍게 기리히토의 허리를 끼고 있었다. 기리히토는 뇌리에 떠오른 미쓰에의 모습을 황망히 떨쳐 버렸다.
이튿날 아침 부인은 기리히토를 남편과 아들의 묘 앞에 세웠다. 어째서 그녀가 그런 행동을 했는지 기리히토로서는 알 길이 없었다. 그리고 집에 돌아오자 부인은 기리히토에게 매달려서 하염없이 울면서 자기에게 새 아들이 생겼다고 설득시키려 들었다. 기리히토는 이제 일분이라도 빨리 그 집을 나오고 싶었다.

8

 가을 오후의 맑은 햇볕을 받으면서 급행 열차는 속도를 늦추며 아사히 강을 건너고 있었다. 3등차 계단 한쪽 구석에서 넘쳐나는 승객들 틈에 끼어 꼼짝 못 할 상태에서도 기리히토는 7년 만에 바라보는 고향 산천에 물기어린 눈길을 보내고 있었다. 둑도 강도 맑은 시냇물도, 그리고 저편에 솟은 오성의 모습도 7년 전과 변함이 없었다.
 '그 때 모셔뒀던 다이코쿠(대흑보살)님이 지금도 그 곳에 있을까?'
 문득 그 때 일이 생각났다. 나오마사가 내미는 10원짜리 지폐를 얻기 위해 자기가 눈 똥을 억지로 핥아야 했었다. 아사히 강둑 위에 기리히토는 아버지 아사키치가 만든 다이코쿠상을 안치해 놓고 부디 자기가 장래 오성의 배나 되는 큰 성을 지을 수 있게 해 주십사 하고 빌었던 것이다. 그 때 삿갓을 쓴 행각승이 지나치다가 대흑천상의 얼굴을 응시하면서 깊은 감동의 신음 소리를 내던 것을 기리히토는 잊지 못했다.
 "관상이 아주 좋아!"
 행각승의 말이 되살아났다.
 '그 대흑천상이 아직 그 곳에 있다면 내 운도 아직 다 하지 않은 거야. 절대로 죽지 않아.'
 기리히토는 남몰래 내기를 걸었다.
 이윽고 기차는 오카야마 역에 도달했다. 고향에 내려선 뻐근한 감회가

격하게 마음을 뒤흔들었다. 기리히토는 빙그레 웃으며 역사를 둘러보았다.

7년 전에 고향을 떠날 때는 퇴학한 제일중학의 각모를 쓰고 벌레 먹은 봇짐을 멘 꼬마였지만, 지금은 대단하지 않지만 도쿄에서 수만 원을 버는 사업을 해낸 관록을 지니고 국가를 지키는 간성이 되기 위해 돌아온 것이다.

적어도 기리히토는 옛날의 자기를 아는 자가 '이게 그 기리히토인가' 하고 놀랄 것이라 생각하며 가슴을 펴고 걸어갔다.

"기리히토!"

뒤에서 누군가 그를 부른 것은 개찰구를 막 나가려 했을 때였다. 뒤돌아보니 다카가 서 있었다. 7년 전과 조금도 다름없는 모습이었다. 그 표정도 여전히 가면을 쓴 것처럼 변화가 없었다. 7년 만에 만나면서도 아무런 감동도 나타내지 않았다.

기리히토는 다카의 손을 잡고 있는 소녀를 보았다. 눈과 눈 사이가 엄청나게 벌어지고 코는 납작하며 입술 언저리가 젖혀지듯 들려 있어 아무리 잘 봐 주려고 해도 못난 얼굴이었다.

'이게 마리야란 말이야?'

기리히토는 어이가 없었다. 조금은 괜찮게 생겼을 거라고 생각하고 있던 터였다.

'10년 지나서 아무리 갈고 닦아 화장을 한다 해도 더 나아지지는 않겠어.'

"어이구, 이게 누구야?"

기리히토는 짐짓 웃으며 마리야의 단발머리를 쓰다듬어 주었다. 다카는 개찰구를 나와서 그와 어깨를 나란히 하고 걸었다.

"기리히토, 코밑에 밥풀이 붙어 있어요."

기리히토는 당황하여 그것을 떼서 입에 넣

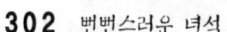

었다.

"양복 깃에도 붙었네요."

당당한 관록도 밥풀 두 알에 형편없이 일그러지고 말았다. 열차 계단에서 기후에 사는 부인이 만들어 준 주먹밥을 먹다가 붙은 모양이었다.

역전 광장에 나오자 기리히토가 다카를 돌아보며 말했다.

"잠깐 아사히 강둑에 갔다 오겠어요."

다카는 의외라는 듯 돌아보더니 잠자코 고개를 끄덕였다.

성내에서 내리자 그 골동품 가게가 눈에 띄었다. 인사나 할 겸 가게로 향했다. 어두컴컴한 가게에 들어서니 골동품은 눈에 띄지 않고 잡동사니만이 너절하게 팽개쳐진 채 먼지를 덮어쓰고 있어 그간의 사정을 말해 주는 듯했다.

"실례합니다."

인기척도 없었다. 굳이 가게를 지키지 않아도 아무것도 도둑맞을 염려가 없기 때문이리라. 기리히토가 발길을 돌려 나오려는데, 상반신을 크게 기울이면서 터벅터벅 주인 마사키가 돌아왔다.

예전에 기리히토의 모친을 미쳐 죽게 한 그 사람은 아니었다. 주인은 소아마비 걸린 그의 장남이었는데, 머리가 몽땅 벗겨져 부친을 꼭 닮아가고 있었다.

"기리히토입니다. 오랜만입니다."

그렇게 이름을 밝힐 때까지 마사키는 그를 알아보지 못했다.

"아……, 이것 참, 기리히토!"

마사키는 새삼스러운 눈길로 기리히토를 찬찬히 바라보았다.

"기리히토, 허! 그렇구나. 정말 몰라보겠어."

"영장이 나와서 돌아온 겁니다."

"아 그래……. 자아, 어서 방으로 올라오지."

마사키는 기리히토를 안방으로 안내했다.

부친은 4년 전에 죽었다고 했다. 기리히토의 이름을 지어준 동생은 남정 공략전에서 전사했고, 장남인 그는 장가도 안 가고 아직 고독하게 이 가게를 지키고 있었다.

기리히토의 모친이 그를 낳을 때 '아기를 베다니 당치도 않아. 아무리 간음해서 태어났다 해도 분수가 있지.' 하고 노했던 이 마사키는 기리히토가 놀러갈 때마다 과자를 집어주는 친절을 베풀던 사람이었다.

기리히토는 홀아비의 외로움이 곳곳에 벤 초라한 살림살이를 훑어보았다. 측은한 생각이 들자 가져온 돈 중에서 절반에 해당하는 500원을 꺼내어 밥상 위에 놓았다.

"저는 군대에 가니까 돈이 필요 없습니다. 유용하게 써 주세요."

마사키는 순간 믿기 어려운 기적이라도 본 것처럼 10원짜리 돈뭉치를 쳐다보더니 이윽고 눈물을 글썽거렸다.

"기리히토, 이게 무슨 짓인가? 난 자네에게 아무것도 준 것이 없는데……."

"과자를 주셨잖아요."

"그, 그런 것쯤을 가지고……."

마사키는 머리를 가로저었다.

"어쨌든 받아 주시면 감사하겠어요."

기리히토가 돈다발을 마사키 쪽으로 밀었다. 마사키는 양손을 다다미에 짚었다. 눈물이 뚝뚝 떨어졌다.

"전 이제 아사히 강둑에 가볼까 해요."

기리히토가 일어났다. 그러자 마사키가 갑자기 눈물을 손등으로 훔치면서 얼굴을 들었다. 눈이 빛나고 있었다. 물기 때문만은 아니었다.

"기리히토, 자네지. 거기에다 대흑천상을 모신 것이?"

"그래요. 지금도 그 자리에 있는지 궁금해서요."

"있다뿐인가."

마사키가 코를 벌름거리며 싱글싱글 웃었다.

"훌륭한 사당까지 서 있네."

"네?"

"나도 함께 참배하러 가세."

마사키도 일어났다. 가게를 나와 아사히 강둑까지 가면서 마사키는 대흑당의 유래를 말해 주었다.

소년 시절에 오사카에 나가서 솜 도매상에 취직하여 30년간 부지런히 일해서 겨우 작은 도매상을 차린 사나이가 있었다. 그러나 그가 독립한 순간 '면제품의 비상 관리 단행' 조치에 따라 가게를 닫아야 할 비운을 만난 것이다. 절망에 빠져 자살을 생각하며 오카야마에 돌아온 그는 아사히 강둑을 비틀비틀 서성거렸다. 그러다가 잡초 속에서 대흑천상을 발견했다. 웃고 있는지 울고 있는지 알 수 없는 미묘한 표정의 대흑천상을 멍하게 바라보다가 그는 돌연 무릎을 쳤다.

그날로 오사카에 되돌아간 그가 정신없이 만들어 낸 것은 대흑식 부인국민복이었다. 말하자면, 대흑천상의 복장에서 힌트를 얻어 만든 물건이었다. 그는 이것을 메고 군수 공장을 돌아다녔다. 이미 군수 공장은 공원이 부족하여 '충후여자근로요원'이라고 부르는 가정 주부들을 기계 검사 등의 일에 쓰고 있었다. 이들 주부들은 기모노에 소매 달린 앞치마를 입었는데 여간 거추장스러운 게 아니었다. 그는 이들 주부들에게 대흑식 부인국민복을 입히도록 뛰어다녔다. 그리고 그 일은 멋지게 맞아 떨어졌다. 여러 공장에서 대량 주문을 받아 철야 작업을 해도 그 수요를 당해 내지 못할 만큼 바빴다.

1년 동안에 10만여 원을 번 그는 문자 그대로 금의 환향해서, 아사히 강둑 위에 사당을 세워 대흑천상을 모시게 된 것이었다. 그리고 지금은 대흑천상의 은혜를 입을까 해서 일확 천금을 꿈꾸는 패거리들이 매일 참배하고 불전(佛錢)을 드리고 간다고 한다.

'그랬었구나! 어쩌면 내 운도 이제부터인지 몰라.'

기리히토는 뿌듯한 기쁨에 전신이 부풀어 올랐다.

아사히 강둑 위에 세워진 대흑당은 고작 개집만한 정도였지만 그 앞에 놓인 공물석에는 보리밥풀로 잉어를 낚을 듯한 심보로 바친 것이 분명한 꿀이며 떡 따위가 놓여 있었다.
기리히토는 그 앞에 꿇어앉아 곰곰이 대흑천상의 얼굴을 들여다보았다. 어디서 본 듯한 얼굴이었다.
'누구를 닮았을까?'
자꾸만 고개를 갸우뚱거리자 등 뒤에 서 있던 마사키가 갑자기 마치 그 심중을 간파한 것처럼 입을 열었다.
"많이 닮았지, 기리히토?"
"예?"
"바로 자네 말일세."
마사키는 기리히토의 얼굴을 탁 쳤다.
기리히토는 깜짝 놀랐다.
'그래!'
과연 그의 얼굴이었다. 아니, 어김없이 그를 닮았다. 기리히토의 아버지 아시키치가 너구리든 포대상이나 대흑천상이든 무엇을 만들어도 자기 얼굴을 닮았던 것처럼 그의 아들 기리히토 또한 마찬가지였던 것이다.
'그렇다면 이 대흑천상을 나라고 생각해도 상관없겠구나.'
기리히토는 자기가 불손한 생각을 한 것을 알고 다시 합장했다.
'대흑천상님, 부디 전쟁에서 살아남게 해 주세요. 그리고 귀환하거든 성을 만들 만큼 큰 부자로 만들어 주세요. 부탁드립니다.'

히가시야마 산장에서의 저녁 만찬은 통째로 요리한 도미에다 팥밥이었다. 기리히토는 배가 부른지 바지의 벨트를 늦췄다.
"정말 잘 먹었어요. 역시 세토나이카이의 도미는 일본 제일이에요."
다카가 비로소 미소를 보냈다.
"부탁이 있어요. 기리히토."

"뭔데요?"

"저쪽으로."

다카는 안방을 가리켰다. 기리히토는 일어서서 안방으로 들어갔다.

"뭐야 이건?"

그가 눈살을 찌푸렸다.

방 한가운데 혼례용 탁자가 놓여 있었다. 이세다 가문에 대대로 내려오는 물건이리라. 예스럽지만 훌륭한 것이었다.

"기리히토, 그쪽에 앉아요. 마리야는 이쪽으로."

다카의 하는 양을 보며 기리히토는 놀라 자빠질 지경이었다.

"다카님. 지금 저와 마리야를 결혼시키려는 겁니까?"

"그래요."

"맙소사……. 마리야는 이제 겨우 여덟 살입니다. 벌써 남편을 맞는 건 무리잖아요."

"남편을 맞다니 그런 야비한 소리 마세요……. 약혼식을 올릴 뿐입니다. 앉아요."

다카는 엄숙하게 말했다. 기리히토는 마지못해 자리에 앉았다. 마리야는 어른들을 힐끗힐끗 보면서 탁자를 사이에 두고 어정쩡하게 앉았다.

다카는 아래쪽에 단정하게 앉더니 눈을 감고 아름다운 목청으로 축가를 불렀다. 그러고 나서 나비 그림이 그려진 주전자를 들어 우선 초등학교 1학년인 신부에게 잔을 들게 하고는 술을 따랐다.

"입을 대기만 해요."

그 잔을 기리히토에게 돌렸다. 단념한 기리히토는 찰랑찰랑 채워진 술을 쭉 들이켰다. 태어나서 여태까지 이처럼 쓴 술은 마셔본 적이 없었다.

"자, 이로써 약혼이 이루어졌어요. 마리야, 마리야는 오늘밤부터 기리히토의 색시예요."

다카의 아주 진지한 말투에 마리야는 어깨를 오그리며 목을 움츠리더니 날름 빨간 혀를 내밀었다.

'정말 갈수록 태산이로군. 말도 안 돼.'
기리히토는 무릎을 세워 저린 발을 주물렀다.
"내일 아침 7시에 입영이지요?"
"그래요."
"그럼 일찌감치 자겠어요."
다카와는 쌓인 이야기가 있을 법했지만 이런 기묘한 혼례를 치르고 보니 그것도 부질없는 일이라 여겨졌다. 기리히토는 그저 잠자리에 들고 싶었다.
이불 속에 나른한 몸을 뻗었다.
"기리히토."
다카가 복도에서 불렀다.
"뭡니까?"
"마리야를 거기 들여보냅니다."
"뭐, 뭐라고요?"
기리히토는 후딱 일어났다.
"아주머니, 도대체! 무슨 말씀을 하시는 겁니까!"
"식을 올렸으면 잠자리도 같이해야지요. 그냥 안고 자도록 해요."
"꼭 그렇게까지 해야 합니까."
"그게 관례입니다."
기리히토는 어이없다는 듯 입술을 일그러뜨렸다.
"알았어요. 들여보내세요."
마리야가 무릎이 드러난 잠옷 차림으로 들어오자 기리히토는 맥이 풀렸다.
"오줌 싸면 못써!"
쌀쌀맞게 타일렀다.

9

 기리히토는 새벽 4시에 일어났다. 그러자 옆에 잠들었던 마리야도 따라서 일어나 앉았다. 기리히토는 어쩐지 마리야가 측은하게 생각되었다.
 "아주머니와 둘이서 살면 쓸쓸하지 않니, 마리야?"
 그가 물었다. 마리야는 말똥말똥한 눈으로 기리히토를 쳐다보더니 머리를 저으며 말했다.
 "난 미친 사람 자식이고, 주워다 길렀으니까 그런 말을 하면 벌받아요……."
 기리히토는 아연했다.
 "네가 미친 사람 자식이라고 누가 그러든?"
 "다카 아주머니가요."
 "이럴 수가……!"
 기리히토는 화가 치밀었다.
 '엄격하게 길들이기 위해서라 해도 이건 너무 했어. 알려서 좋은 일과 나쁜 일이 있지!'

 기리히토는 아침밥을 먹으면서 다카에게 그 말을 했다. 생각대로 다카는 요지부동이었다.
 "마리야를 기르는 사람은 납니다. 물론 교육도 내 식으로 하고요."

다카를 잘 아는 기리히토는 그 문제에 대해 더 이상 할 말이 없어 입을 다물었다.

"그런데 다카 아주머니, 이 오카야마 군대 군의관 중에 이세다 후작가의 신세를 진 사람이 없을까요?"

"그건 왜 묻나요?"

"제가 바로 제대할 수 있도록 부탁해 주실 수가 없을까 해서요."

"그건 말도 안 돼요! 무슨 소릴 하는 거예요?"

다카는 험악한 얼굴로 쏘아 보았다.

"요즘 같은 세상에 그런 엄청난 부정 행위를 할 수 있을 것 같아요?"

"하지만 아주머니는 나같이 머리가 나쁜 놈을 1을종에 들어가게끔 하셨잖아요. 군대도 그렇게 하면 되지 않겠어요?. 이번에는 들어가는 게 아니고 퇴짜 맞는 것이지만요······."

그 말을 듣자 다카는 뭔가 궁리하는 듯했다.

'흐음, 군의관 중에 이세다 가의 은혜를 입은 놈이 있긴 있는 모양이로군. 이거 어쩌면 잘 될지도 모르겠어.'

기리히토는 그렇게 생각했다.

다카는 본래의 차가운 표정으로 되돌아와 있었다.

"어쨌든 그런 교활한 생각은 하지 말아요······. 설혹 그런 사람이 있다 해도 나는 부탁하지 않아요."

그녀가 고개를 저었다.

시간이 되었다. 기리히토는 다카와 마리야의 전송을 받으면서 영문(營門)으로 들어갔다. 이 날 소집된 사람들은 모두 군대라고는 전혀 경험해 보지 못한 사람들인 것 같았다. 영문 앞은 전송하는 인파로 붐볐다.

소집된 병사들 대부분은 짐짓 들뜬 태도로 격려하려는 말에 큰 소리로 답하기도 했다. 단 두 사람의 전송을 받으며 그 부근에 볼일 보러 갔다 올 듯한 태도로 어슬렁어슬렁 영문을 들어선 것은 기리히토뿐이었다.

연병장을 향해 걸어가는 병사들은 이제 사회와는 완전히 절연되었다는 불안과 공포로, 조금 전 전송 온 사람들에게 보였던 웃음 띤 얼굴과는 전혀 딴사람처럼 굳은 표정들이었다.

이 세계에서는 지금까지 쌓아온 생활 능력이 모두 무시되었다. 사회에서 무슨 일을 했건, 아무리 전문가라도 그것이 군대와 연관이 없는 직업이라면 날이 무딘 부엌칼, 불이 켜지지 않는 부싯돌과 같았다. 사회에서 살아가기 위한 절대적인 조건인 생활 능력을 전혀 필요로 하지 않는 세상만큼 인간을 극단적으로 동물화하는 곳은 없다.

강한 자, 곧 계급이 높은 자가 신과 동등한 권력을 갖게 되며, 거기에는 오만과 비굴밖에 그 무엇도 존재할 수 없다. 그 두 가지 가능성밖에 존재하지 않는 세계에 한 걸음 들어서기 무섭게 개성을 상실한 표정으로 변하는 것은 어쩌면 당연한지도 몰랐다.

연병장에 지역별로 정렬한 무리 속에 있던 기리히토는 주위 사람들의 얼굴을 보며, 구로야에 취업했던 날 아침에 전원이 2층 방에 모였던 광경을 떠올렸다. 그 때 기리히토는 130명의 얼굴 표정이 모두 똑같다고 생각했었다.

뜻밖에도 지금 육군 이등병의 계급장을 달고 정렬한 이 많은 사람들은 그야말로 가지가지 직업을 가졌을 텐데도 영문으로 들어선 순간부터 같은 표정이 되어 버린 모양이었다.

'나도 같은 얼굴이 됐는지 몰라.'

기리히토는 참담한 심정이 되어 한 손으로 자기 얼굴을 쓸었다. 그러자 죄수를 지키는 간수 같은 표정을 지으며 바로 곁에 서 있던 상등병이 쓱 다가왔다.

"뭘 두리번거리나!"

으름장을 놓으며 꾸짖었다.

벌써 '차렷!' 하는 구령이 떨어진 터였다. '차렷' 구령이 떨어지고 거의 10분이 지났을 무렵에야 멀리 저편의 연대본부 현관에서 연대장일 듯한 인물이 여러 사람의 부하를 거느리고 나왔다.

기리히토는 근위대 주보에 양갱을 납품하는 일을 한 덕분에 종종 장군이라고 불리는 사람들을 연대 내에서 본 적이 있었지만 그다지 두려움을 느낀 적은 없었다. 아라카와 간타로 대장은 평범하고 마음씨 좋은 할아버지였고, 장군에게 붙어다니는 연대장인 중령은 가엾기조차 했었다.

"저 연대장은 육군대학 출신이 아니니 중령으로 모가지가 될 게야."

누군가가 그렇게 말하던 것을 들었기 때문이다.

중령에서 예편되고 고향 중학교나 고등학교의 배속 장교 자리라도 걸리면 그나마 다행이었다. 정말 중령급 고참 군인만큼 융통성이 없는 자리도 없었다. 그런데 지금 그 중의 한 사람이 될 날을 바라보는 연대장은 실로 영주님이나 마찬가지였다. 아니, 영주님 이상이었.

영주는 자기 재산으로 부하를 고용해서 부양하지만, 연대장은 손대지 않고 코 푸는 식으로 한꺼번에 1,000명의 부하를 내 것으로 만들어 우마처럼 혹사시킬 수가 있는 것이다.

아이러니하게도 연대장의 급료는 지금은 부하가 된 이들이 사회에서 피땀 흘리며 부지런히 일해 바친 세금에서 지불되고 있었다. 부하된 사람들은 연대장에게 급료를 지불하면서 우마처럼 혹사당해야 했다. 한 마디로 아이러니칼한 것이다.

기리히토는 이제야말로 가공할 군인 조직에 대한 인식을 달리해야만 했다. 하긴 인식을 달리하는 것과 공포에 떠는 것은 별 문제였다.

연대장이 단상에 올라섰다.

"제군은 오늘부터 제국 군인으로서……."

판에 박은 연설을 떠벌이기 시작한 연대장을 쳐다보면서 기리히토는 새삼스럽게 아사다노미야의 머리를 양갱 상자로 때린 사건을 회상했다.

지금 생각하니 정말 대단한 짓이었다.

이윽고 병사들은 도살장에 끌려가는 양떼처럼 줄줄이 의무실로 향했다. 유감스럽게도 다카가 탄원할 만한 군의관이 없었던지 벌거숭이가 된 채

이리저리 끌려다닌 기리히토는 위생병에 의해 합격 도장이 찍혔다.

'역시 학교와 군대는 다른 모양이군. 입대하면 사람이 퇴짜받는 사람보다 적을 수는 없겠지.'

기리히토는 깨끗이 단념했다.

제국 군대에는 '군대 교육령'이란 것이 있었다. 그 강령에 따르면 군대 교육의 목적은 군대로 하여금 전쟁 임무를 담당하도록 하는 데 있다. 그리고 전쟁을 위해 필요 불가결한 요소는 확고한 군인 정신과 엄격한 군기이다. 그러기에 군대 교육은 이 요소를 함양하는 것을 주안으로 한다고 운운하고 있지만, 이 군인 정신이란 게 심상치 않은 놈이었다.

군대 내의 모든 행위는 군인 정신을 기른다는 명목으로 허용되고 있었다. 당시의 《신병 교육》이라는 책에도 입대 전의 병사의 소양·직업·체격 등의 차이는 교육 진보에 영향이 크므로, 주임 교관을 비롯하여 각 조교·조수는 여러 가지 수단을 강구해서 심한 우열이 없이 대충 균일한 진보를 이룩하게 하는 것이 필요하다고 설명하고 있다.

즉, 인간을 동일하게 기계화하라는 뜻이었다. 그러기 위해서는 군인 정신이란 것으로 병사 전원을 통일시켜야 했다. 당연히 이 군인 정신은 절대적으로 마력을 가진 괴물처럼 병사들에게 엄습해 왔다.

기리히토 일행 신병들이 끌려 들어간 막사는 '군인 정신'이란 괴물이 서식하는 음산한 공기가 들어차 있었으며, 감옥보다도 더 두려운 곳이었다.

신병의 입대 첫날밤은 손님으로 대우받았다. 식사 준비도 청소도 고참병의 시중도 아무것도 할 필요가 없었다. 대대로 병사의 땀과 눈물이 스며든 헌 군복을 입고 그저 바보처럼 한쪽 구석에 어색하게 서서 고참병들의 익숙한 동작을 일종의 공포심을 품으며 바라보면 되었다.

하긴 그 중에는 눈치 빠르고 교활한 자가 재빨리 신병 노릇을 하려고 두리번거리지만, 이런 패거리는 오히려 고참병에게 미움을 살 뿐이다. 기리히토 옆에 서 있던 5척도 못되는 작은 사내가 복도에서 걸레질하고 있는 일등병 곁에 다가갔다.
"제게 시켜 주십시오!"
한껏 아부를 담은 목소리였다. 일등병은 말없이 계속 걸레질을 할 뿐이었다. 상등병이 그 몸집 작은 사나이의 어깨를 툭 쳤다.
"히히, 신병 나리. 나리는 어떤 집에 손님으로 가서는 하녀가 걸레질하고 있는 걸 보고 내가 하겠다고 부탁할 겁니까?"
작은 사나이는 당황하며 상등병을 겁먹은 시선으로 쳐다보았다. 순간 상등병의 태도가 돌변했다.
"오늘밤 너희들을 손님 대접하는 것은 명령이란 말이다! 알았어? 군대는 일하는 것도 게으름을 피우는 것도 모두 명령에 따라 움직인다. 군대는 명령이 생명이란 말이다! 알았나? 천치 같으니라고!"
쩌렁쩌렁한 목소리에 신병들은 간이 콩알 만해졌다.
"오늘 입대한 도다 기리히토란 놈 있나? 있거든 대답해!"
복도 저쪽에서 나는 소리였다. 기리히토는 복도로 나섰다.
"접니다만……."
주번 완장을 찬 중사가 턱짓을 했다.
"이리 와."
'흠 어쩌면 여기와 이별일지도 몰라.'
얌체스러운 예상을 하며 기리히토가 나가려 하자 걸레질하고 있던 일등병이 일어서서 콱 가슴을 쳤다.
"왜 그러십니까?"
"내무반에서는 신병이면 누구나 이 입구에 서서 큰 소리로 '아무개 이등병은 어디어디에 다녀오겠습니다' 하고 보고해야 한다. 돌아와서도 마찬가지다."
"네……."
기리히토는 꾸벅 머리를 숙였다.
"절은 안 해도 된다."

저편에서 고참병 하나가 말했다.
기리히토는 가슴을 폈다.
"도다 이등병은 이제부터……."
거기까지 말하다 행선지를 몰라 말문이 막혔다.
"이등병님. 어디 가는지 모를 때는 뭐라고 말해야 합니까?"
"주번 하사관님에게 부름받아 다녀오겠습니다."
"아 네……. 도다 이등병은 주번 하사관님에게 부름받아 다녀오겠습니다."
기리히토는 목소리가 아주 컸다. 군인으로서는 큰 장점이었다. 안쪽 침대에 누워 있던 선임 상등병이 불쑥 고개를 치켜들며 중얼거렸다.
"목소리 한번 씩씩하구먼!"
입대 첫날은 대개가 수줍어 입도 벙긋하지 못하기 마련이었다.
기리히토가 주번 하사관을 따라간 곳은 중대장의 방이었다. 중대장은 어딘지 모르게 나약해 보이는 인텔리 청년이었다. 그는 웃옷을 벗고 피로한 기색으로 회전의자에 앉아 있었다.
기리히토가 책상 앞에 섰다.
"도다 기리히토입니다."
인사하자 중대장이 나른한 눈길을 보내며 물었다.
"구라타 다카라는 부인과 어떤 관계인가?"
"네. 다카 부인은 이세다 후작가의 장남인 나오마사 씨의 유모입니다. 저는 나오마사님의 말하자면……, 한때 그분을 모셨습니다."
"음. 그래?"
중대장은 천천히 담배를 물고 불을 당겼다.
'이 사람은 그다지 군인답지 않군 그래.'
"그 부인이 좀 경솔했었군."
"네?"
"마쓰무라 군의관에게 너를 내보내 달라고 부탁한 모양이다. 마쓰무라

군의관은 대답을 하지 않고 너를 합격시킨 다음, 내 중대에 넣고는 곧 전화를 걸었다."
"뭐라고 그러셨는데요?"
"네게 철저히 군인 정신을 주입시켜 달라고 했다."
"부인의 부탁이 긁어 부스럼이 된 격이군요."
"그런 셈이지……. 그 부탁, 네가 원했던 거냐?"
"그렇습니다."
기리히토는 정직하게 대답했다. 기리히토가 부인할 거라고 생각했던 중대장은 쓴웃음을 지었다.
"누구나 군대가 좋아서 들어오는 놈은 없다. 나 역시 군대가 좋아서 중대장을 하고 있는 건 아니다……. 자기 혼자만 편하겠다고 잔재주를 부려 빠지려고 해도 헛수고야……. 들어온 이상 각오를 단단히 하고 열심히 해라……."
중대장은 그렇게 타이르고 가도 좋다고 손짓했다. 상대에 따라서는 지독한 기합을 받을 일이었지만 운 좋게도 이 정도로 일이 마무리되었다.

10

 군대에서 우선 신병이 외워야 할 것은 군인 수칙과 군대 용어였다. 초등학교도 제대로 졸업 못하고 기억력도 그다지 좋지 못한 사람들이 군인 수칙을 고스란히 암기하는 일은 죽기보다 괴로운 일이었음에 틀림없다.
 군인 수칙은 명치 15년에 만들어졌다. 따라서 이미 사장된 낱말이 무척 많았고, 꽤 교양이 있는 자라고 해도 해석하기가 쉽지 않았다.
 무엇보다도 병사 중 3분의 2는 무슨 말인지조차 분간하지 못했다. 그런데 이것을 입영 전에 완전히 암송한 신병이 내무반에 두세 명은 있었다. 그들은 결코 인텔리 계급이 아니었다.
 입대 둘째 날 밤이었다. 점호 후에 신병들만 정렬해 있었다. 선임상등병이 물었다.
 "너희 중에 군인 수칙을 외울 수 있는 사람 있나?"
 하고 묻자 즉석에서,
 "넷!"
 하고 오른손을 든 것은 기리히토 옆에 서 있던 몸집 작은 사나이였다. 어제 걸레질하고 있던 고참병에게 다가가 자기가 하겠다고 나섰다가 호통만 맞은 그 사람이었다. 마스자와라는 국수집 아들이었다.
 "좋아, 해 봐!"
 "좋습니다."

"좋습니다라는 대답은 없다!"

"해 보겠습니다."

"좋아!"

기리히토는 마스자와가 거침없이 줄줄 외는 것을 들으면서 열차 안에서의 일을 생각했다. 그는 지금도 물론 외울 자신은 없었다.

마스자와는 두 군데 실수했을 뿐 보기 좋게 암송을 마쳤다. 기리히토는 저도 모르게 속으로 탄복했다. 열등감을 이처럼 절실히 느낀 것은 처음 있는 일이었다. 상대는 수재도 아무것도 아니었다. 노력해 봐야 고작 국수집 문을 하나 더 늘이거나 지점 하나 둘 정도의 재능밖에 갖고 있지 않은 놈이었다. 그런 놈이 길고 긴 수칙을 거침없이 외고 있는 것이다.

'좋다! 이런 놈이 외울 정도라면 나라고 못 외울 리가 없지!'

기리히토는 자신감이 솟아나는 것을 느꼈다.

군대에서 쓰는 용어도 특이했다. 상의를 군의, 바지를 군과, 슬리퍼를 상화, 세면을 면세, 칼라를 깃 천, 빨래 건조장을 물간소 등으로 불렀다. '나'는 '저'로 고쳐 말하며, 상관에게 꾸중을 듣거나 구타당하면 '고맙습니다' 하고 인사를 드려야 했다. 요컨대 노름꾼 사이에서 기묘한 암호를 만들거나 숙어를 거꾸로 사용해서 그것을 자랑삼는 것과 같은 심리 작용인 것 같았다.

불량배들이 처음 대면하면 인사하듯이, 병사들은 군인 수칙을 외쳐야 했다. 암흑가에서도 고참이 되면 형님으로 떠받들 듯이, 고작해야 2, 3년 된 고참들이 사사건건 신병을 괴롭혔다. 신병이 얻어맞거나 기합을 받는 것도 '군기가 빠졌다'는 이유 하나면 끝이었다.

침대 위에서 책상다리를 한 채 신병들의 움직임을 보고 있으면 고참들에게는 신병들이 아무리 필사적으로 움직여도 어쩐지 해이한 듯이 보인다. 그리고 그것은 어김없이 기합으로 이어졌다. 기리히토도 수많은 신병들이 그랬듯이 다음날부터 일거수 일투족을 감시당하고, 욕설을 듣고 구타당했다.

훌륭한 군인이란 군인 수칙의 가르침에 충실한 군인을 이르는 것은 아니었다. 기리히토는 적어도 그렇게 생각했다. 한 달 동안의 맹렬한 학대 기간 중에 기리히토는 군대에서 어떻게 요령 있고 기민하게 움직이는가 하는 것이 가장 요긴한 점이라고 판단했다. 더구나 상관에게 아첨하지 않고, 동료들에게 미움받지 않고, 그렇게 해야 했다. 기리히토는 그 요령을 파악하고 있었다.

신병에게는 반드시 이웃 침대에서 자는 고참병이 '전우'가 되었다. 신병은 전우로부터 군대 전반의 생활 방식을 배움과 동시에 전우의 시중을 노예처럼 해 주어야만 했다. 내의와 양말을 세탁하고, 총 손질을 물론 침대를 깨끗이 정돈해야만 했다.

기리히토의 전우는 우울해 보이고 얌전한 위생병이었다. 일반적으로 위생병은 내무반에서도 고립된 존재이고, 신병 교육과는 무관했다. 기리히토가 아무리 정성으로 섬겨도 자기를 감싸줄 희망은 희박했다. 위생병은 아침 식사를 마치면 서둘러 나가서 밤 늦게까지 내무반에 돌아오지 않았다.

그 위생병은 조금전까지 엉망으로 기운 내의와 양말을 착용하고 있었지만 차츰 새것으로 바뀌어 갔다. 기리히토가 물간소에 가서 차례차례 훔쳐 바꾸었기 때문이다. 위생병은 그 일에 대해서 아무 말도 없었지만, 어느 날 밤 돌아와서는 자고 있는 기리히토의 머리맡에 찹쌀떡 대여섯 개를 내려놓았다.

신병이면 누구나 단 것을 아귀처럼 먹고 싶어했다. 기리히토도 예외는 아니었지만 꾹 참았다가 이튿날 훈련 중 잠깐 휴식할 시간에 살그머니 같은 내무반 동료들에게 나누어 주었다. 그러자 동료들이 기리히토를 보는 눈길이 순식간에 변했다.

군인 수칙을 화장실에 갈 때도 잠자리에 들어서도 쉬지 않고 1주일 동안 외운 기리히토는 비로소 자기 두뇌가 암기에도 약하지 않다는 자신감을 갖게 되었다.

기리히토의 움직임이 더욱 기민해졌다. 고참이 못살게 굴어도 구타를 당해도 전혀 괴롭지 않았다. 아무리 가난한 집안의 출신이라도 기리히토 만큼 비참하게 자란 사람은 없었다. 그런 비참한 경험이 기리히토로 하여금 이런 분위기를 견뎌내게 하고 있었다.

밤이 되면 내무반에도 비로소 평화가 깃들었다. 그리고 토요일에도……. 고참병들은 외출하는 즐거움에 들뜨고, 신병들은 내일의 가족 면회에 은밀히 가슴이 설레였다. 토요일 밤만은 고함도 기합 주는 소리도 들리지 않았다.

위생병도 한가해졌는지 침대 위에서 담배를 물고는, 자기 웃옷의 깃천을 갈아 달고 있는 기리히토를 멍하니 바라보고 있었다.

"이봐!"

위생병이 불렀다.

"네."

"내일 누가 면회하러 오지?"

"아무도 오지 않습니다."

"어째서? 고향이 먼가?"

"이 오카야마 시내입니다. 저는 고아입니다."

"고아?"

"마누라 비슷한 것이 있기는 합니다만 아직 여덟 살입니다."

"여덟 살!"

"입대 전날 밤에 함께 잤으니까 어쨌든 마누라인 셈이지요."

"웃기는 소리군."

위생병은 쓴웃음을 지었다.

"상등병님은 고향이 먼 모양이군요."

"그래 고쿠라다."

위생병은 잠깐 눈길을 멀리 보냈다.

"나도 고향은 있어도 없는 거나 마찬가지지."

그가 나직하게 중얼거리듯 말했다.

"어째서 그렇습니까?"

그는 그 말에 대답도 없이 벌렁 누웠다.

"상등병님은 내일 나카지마에 가십니까?"

나카지마에는 유곽이 있었다. 고참들 거의 절반이 일요일 외출 때에 그 곳에 갔다.

"나는 안 가."

"네."

"나는 동정이야."

"어째서입니까? 성병이 무서워서입니까?"

"여자가 싫어."

"정말 이상하군요. 어째서 그렇게 된 걸까요?"

기리히토는 저도 모르게 사투리를 쓰며 말했다. 그러자 상등병의 표정이 험하게 일그러졌다.

"쓸데없는 말 묻지 마!"

그가 소리쳤다. 근처에 있던 일등병이 성큼성큼 다가왔다.

"도다! 너 뭐랬나?"

"네?"

"네라고! 너, 상등병님이 네 친군 줄 아나? 건방진 말투에 사투리까지 써?"

느닷없이 날아온 주먹에 기리히토는 의자와 함께 나뒹굴었다. 일어나기 무섭게 또다시 얻어맞은 기리히토는 팔을 허우적거리며 건너편 침대에 쓰러졌다. 거기에는 깐깐하기로 소문난 다른 상등병이 벼르고 있었다.

"이 자식!"

무지막지한 군화발이 날아왔다. 형편없이 당한 기리히토가 겨우 해방되었을 때 그의 얼굴은 처참하게 일그러져 있었다. 토요일 밤으로서는 드문 일이었다.

일요일.

고참병들은 한껏 멋을 낸 군복 차림으로 와글와글 내무반을 나갔다. 겨우 자유로운 호흡을 할 수 있게 된 신병들은 본래의 자기 표정으로 돌아와서 동료들과 서로 떠들고 있었다. 입대하고 나서 1주일간 서로 만족할 만큼의 대화를 주고받을 시간조차 없었던 신병들이었다. 그리고 또 동료는 적이기도 했다.

점호 전 청소 시간이 되면 한정된 걸레를 서로 뺏으려고 그야말로 주린 늑대가 썩은 고기를 놓고 다투듯이 처참한 광경을 연출해야만 했기 때문이다. 양손을 벌리고 어정거리다가는 해이하다고 호되게 욕을 먹었다. 동료들을 제쳐내고 자기가 제일 긴장하고 있다는 것을 고참병들에게 보여주어야 했다. 그것은 원시적인 생존 방식과 다름없는 투쟁이었다.

그러나 결코 서로 증오할 만큼은 아니었다. 압제자들이 떠나면 서로 위로해 주는 전우애도 있었다. 평소의 목소리로 평범한 이야기를 주고받는 것, 그렇게 사소하게 여겼던 자유가 얼마나 귀중한 것인지 신병들은 이제야말로 몸소 체험하고 있었다. 신병들은 저마다의 가정사·성장 과정·사회 생활을 마구 떠들어대면서 겨우 인간다운 기분을 되찾아가고 있었다.

"어라, 도다가 없잖아, 어디 갔나?"

"그 자식 요령 하나는 좋거든. 쓱 없어졌다가, 또 쓱 나타나기도 해서……"

"아직 한 번도 푸념하는 소릴 들은 적이 없잖아."

"자기는 마구간에서 태어난 그리스도라고 하더군. 그리스도는 오른뺨을 맞으면 왼뺨을 내밀라고 가르쳤으니까 아무리 맞아도 아무렇지 않다더군."

왁자지껄 모두가 웃고 있을 때 기리히토가 어슬렁거리며 돌아왔다.

"도다 이등병 화장실에 다녀왔습니다!"

큰 소리로 보고하고 나서 가까이에 있는 침대로 갔다. 거기에 소심하기로 소문난 신병이 끙끙 앓으며 누워 있었다.
"이봐."
기리히토는 그의 이마를 손으로 치며 말했다.
"안심해, 가져왔으니까."
누워 있던 신병이 벌떡 일어났다.
"뭐라고!"
그가 외치는 소리에 다른 사람들도 일제히 기리히토를 보았다. 기리히토는 웃옷을 벗고 바지 끈을 풀더니 내의 속으로 한 손을 집어넣어 총기수입봉 하나를 끄집어냈다.
총기를 손질할 때 그 소심한 신병이 수입봉을 부러뜨린 것이다. 수입봉은 준 병기에 해당했다. 다행히 그 때 고참병이 곁에 없어서 모면했지만 탄로 날 것이 뻔했다. 그렇게 되면 신병 모두가 죽도록 얻어맞게 될 터였다.
한 자루의 수입봉은 신병들에게 소생의 기쁨을 맛보게 했다. 기리히토는 실로 영웅이었다. 이윽고 주번 상등병이 차례로 면회인을 알려 주었다. 신병들은 허겁지겁 정문 옆 면회소로 찾아갔다.
기리히토는 그런 모습을 보면서도 별 다른 감흥 없이 세탁물을 안고 물간소로 향했다. 부지런히 빨래를 하고 있던 기리히토에게 동료가 달려왔다.
"이봐 도다, 면회야."
"뭐, 면회?"
그렇다. 여덟 살짜리 마누라가 있지 않았던가. 그것을 잊고 있었던 것이다. 면회소에 들어간 기리히토는 한쪽 구석에 나란히 앉아 있는 다카와 마리야를 쉽게 발견했다. 빙그레 웃으며 다가서자 다카가 기묘한 표정을 지었다.
"그 동안 안녕하셨어요?"

꾸벅 머리를 숙이자 다카는 겨우 미간을 찌푸리며 물었다.
"무슨 일이에요?"
"아, 이 얼굴 말입니까?"
기리히토는 형편없이 망가진 얼굴을 쓱 쓰다듬었다.
"별일 아닙니다."
다른 신병들 같으면 군대가 얼마나 생지옥인가를 증명이라도 하는 양 눈물을 머금고 호소했겠지만, 기리히토는 천연덕스러운 표정만 짓고 있었다.

11

 면회소는 신병과 면회 온 인파로 뒤얽혀 빈틈이 없었다. 면회소는 목책으로 둘러싸인 100평 남짓한 잔디밭이었다. 거기에 저마다 집에서 솜씨껏 만들어 펼쳐놓은 음식들은 볼 만한 구경거리였다. 사회에서도 보기 힘든 귀한 먹을거리가 다 모여 있었다.
 기리히토 앞에도 김밥·물양갱·바나나와 파인애플이 먹음직스럽게 널려 있었다. 바나나는 귀한 과일이 된 지 오래였다. 기리히토는 군복 허리끈을 늦추고 모조리 먹어치웠다. 맛있었다. 정말 맛있었다.
 마리야는 그 엄청난 식욕에 멍하니 입을 벌리고 바라만 보고 있다가 더 이상 참을 수 없었는지 말문을 열었다.
 "여긴 군인 아저씨들이 너무 많아. 밥을 실컷 먹여주지 않는 모양이죠?"
 정말 동정을 금할 수 없다는 듯 깜찍스럽게 속삭였다.
 "밥은 얼마든지 있어. 그렇지만 이런 맛있는 음식은 없지."
 기리히토가 대답했다.
 "그럼 일요일마다 면회 와야 되겠네?"
 "그러엄. 그 때문에 너는 나와 약혼식을 올렸으니까 말이야."
 마리야는 알았다는 얼굴로 고개를 끄덕였다.
 "기리히토."

어딘가에 갔었던 다카가 불쾌한 표정으로 와서 앉았다.
"마쓰무라, 은혜를 모르는 자식!"
"네? 마쓰무라라면 군위관이잖아요?"
"그래요. 그 사람은 소학 시절부터 이세다 가에서 컸지요. 윗대의 영주님이 사위를 삼으려고 오카야마 의대에 보내 주셨어요. 마쓰무라는 나오마사님과 나이가 같았는데, 워낙 성격이 삐뚤어져서 졸업하자 곧 오사카로 달아났어요. 나오마사님과 언제나 같은 옷을 입히고, 매일 새 양말을 신기고, 용돈도 풍족하게 주었는데……."

그럼에도 불구하고 다카의 부탁을 들어 주지 않았다는 것이다. 다카로서는 화가 치밀 만도 했다. 게다가 기리히토는 군인 정신을 주입당한 덕분에 얼굴이 형편없이 돼 버리지 않았는가. 주위의 위생병이나 간호사 때문에 소리 지를 수도 없어 씩씩거리며 돌아온 다카였다.

"아니에요, 다카 아주머니. 그런 걸 부탁한 제가 잘못이었어요."
"아니에요. 이제 기리히토와는 상관없는 문제예요. 그런 배은망덕한 사람은 천벌을 받아야 합니다. 마쓰무라 모친을 만나 한바탕 따져야겠어요."

다카는 그렇게라도 하지 않으면 도저히 분이 풀리지 않는 모양이었다.
"이봐, 도다 이등병!"
뒤돌아보니 마스자와였다.
"이쪽으로 오라고, 좋은 게 있어."
기리히토는 목을 빼고 보았다. 정말로 마스자와 앞에 펼쳐진 음식은 호화로웠다.
"잠깐 갔다 올게."
기리히토가 그 곳에 끼어 앉았다. 마스자와를 꼭 닮은 모친과 그 여동생이 방글거리며 음식을 권했다.
"이봐 안 그래, 군대란 건 만사가 요령이지. 도다, 상등병 새끼들이 여자 살 돈이 궁한 것 같아서 얼마를 쥐어주었더니 따귀를 때릴 때도 나는 적당히 때리잖아……. 히히히. 군대도 별거 아니야."
 '이 자식, 정말로 고참들에게 뇌물을 주고 있나?'
 기리히토는 잠시 의아했지만, 마스자와 한 사람만이 따귀를 맞을 때 적당히 맞는다고는 생각되지 않았다. 역시 마스자와 하고는 사이 좋게 지낼 수는 없다고 생각한 기리히토는 일찌감치 다카와 마리야에게로 돌아왔다.
 그날 밤, 점호가 끝나기가 무섭게 고참들은 갑자기 신병들의 정돈된 선반의 사물을 모조리 침대 위로 던졌다. 신병들이 몰래 가져온 음식물이 흩어졌다. 아차 싶어 신병들은 제각기 침대 앞에 웅크리고 섰다.
 음식을 가져오지 않은 병사는 기리히토와 퇴역 육군 중장의 아들이라는, 옛날 같으면 꽤 잘난 사람이라고 떠들썩했을 법한 사나이뿐이었다.
 "신병 정렬!"
 3년차로 아직 상등병이 못된 고참병이 고함을 질렀다. 그 오른손에는 가죽으로 된 슬리퍼가 들려 있었다. 신병들은 아직 흉기로 변한 슬리퍼의 위력을 맛본 적이 없었다. 그러기에 도리어 그 아픔을 과대 상상하며, 벌써 눈을 감아 버린 자도 있었다.
 "이봐 신병들! 이제부터 맞는 따귀의 맛과 낮에 면회소에서 양껏 먹은 맛있는 음식 맛을 잘 비교하도록 해라, 알았어! ……네놈들은 내무반에 음식물을 들여와서는 안 된다는 규칙을 알면서도 지키지 않았다. 그러나 모처럼 들여온 음식물을 헛되이 버리게 할 만큼 고참들이 무자비하지는 않다. 다만 규칙을 위반한 벌만은 받아야 한다. 알았나! 이 슬리퍼로 따귀를 맞으면 입 안은 쳐져 버린다. 물도 마실 수 없게 돼! 그걸 잘 기억해두기 바란다."
 실로 교묘하기 이를 데 없는 논리였다. 명치 시대부터 지금까지 변함 없는 조직과 규칙을 갖고 존속해 온 창살 없는 감옥이다 보니 기합을 주는 것도 마찬가지로 한결같았다. 고참들이면 예외 없이 신병 시절에 경험한 일이었다. 면회가 허용된 첫 일요일 밤, 신병들의 사물 속에 어떤 것이 숨겨져 있는지 손바닥을 뒤집는 것보다 더 쉽게 알 수 있었다.
"양손은 뒤에서 깍지끼고 가슴을 펴라! 이를 악물어라. 알겠나!"
고참 일등병은 악귀처럼 음산한 형상으로 선고를 내리고 오른쪽 끝부터 철썩철썩 좌우 따귀를 후려치기 시작했다. 바로 옆 차례인 신병에게는 이 소리가 말할 수 없이 참혹한 여운을 나기며 귓전을 때렸다. 기리히토 차례였다.
"어째서 너는 들여오지 않았나?"
마치 크게 잘못했다는 듯이 노려보았다.
"면회소에서 너무 많이 먹었습니다."
"이 자식, 신병 주제에 태도가 너무 건방져!"
사정없이 슬리퍼가 날아왔다.
기리히토는 뺨을 맞으면서 눈에서 불꽃이 튀는 것이 이런 거라고 생각했다. 육군 중장의 아들 차례였다. 일등병이 슬리퍼를 치켜들었다. 그러자 상등병 하나가 말했다.
"사카모리, 그놈은 그만둬."
"어째서입니까?"
"몸이 약한 모양이야."
"그렇지만……."
"그만두라니까!"
일등병은 마지못해 다음으로 옮겨갔다.
따귀를 거의 다 맞아갈 때쯤 선임 상등병이 입을 열었다.
"신병들은 들어라!"
이상하게도 상냥한 말투였다.
"너희들, 면회소에서 가족들에게 어떤 얘기를 했나? 응? 어때? 마스자와 말해 봐."
"넷, 힘차게 군복무에 임하고 있다고 안심시켰습니다."
국수 장수는 큰 소리로 대답했다.

"그뿐인가?"

"네?"

"그 말만 했냐 말이다!"

"……."

"네놈은 고참들한테 돈을 먹였으니까 만사 잘 되고 있다고 떠벌였었지? 어때? ……이봐 고참병들, 마스자와 신병에게 뇌물받은 사람 있나?"

"뇌물이 어떤 것인지, 한번 받아보고 싶군."

"히히히히, 마스자와 이등병님. 그 뇌물이란 거 좀 보여 달라고."

"마스자와 이등병, 일보 앞으로!"

일보 앞으로 나온 마스자와의 얼굴이 공포에 질렸다.

"하타노 신병!"

선임 상등병이 또 다른 신병을 불렀다. 기린처럼 후리후리하게 키가 큰 사나이가 대답했다.

"넌 어머니 앞에서 눈물까지 흘려가며 내무반이 힘들다는 말을 해서 모친까지 울렸었지. 어때?"

"네 넷, 그렇습니다."

"바보 자식! 일보 앞으로 나왓! 다음, 오노가와 신병!"

"네."

"모기 우는 소리 같은 대답은 하지 마라."

"넷!"

"네놈은 세탁물을 모두 가족에게 넘겨주고 새것과 교환했지. 군대는 자기 일은 자기가 하는 거다. 사회에 있을 때와 같이 도련님 생활을 꿈꾼다면 그건 오산이다. 앞으로 나와! 다음은 가와베 신병!"

"넷!"

"네놈은 마누라와 함께 변소에 들어가서 키스했지!"

내무반 안이 그 와중에도 왁자지껄 폭소의 도가니로 변했다.

"네놈 같은 신병은 전대 미문이다! ……알았나, 신병들! 너희들이 면회소에서 어떤 말을 지껄이며 어떤 짓을 했는지 그대로 다 알 수 있단 말이다!"

그렇게 내뱉고는 선임 상등병이 침대로 물러나자 다시 일등병이 슬리퍼를 들고 앞에 나섰다.

"네놈들 같은 해이한 신병은 오카야마 연대 창설 이래 처음이다. 오늘 밤부터 교육 방법도 바꾸어 철저히 훈련시키겠다! 마스자왓!"

"넷!"

"고참들에게 뇌물을 줬다고 잘도 떠벌였군!"

말이 끝나기가 무섭게 맹렬한 기세로 철썩철썩 하고 따귀를 때렸다. 그것만으로는 충분치 않아 밀어젖혀 엉덩방아를 찧게 하더니 덤벼들어 얼굴을 마룻바닥에 쿡쿡 문질러댔다.

"자, 네 발로 기어서 고참병님에게 차례차례로 코를 마룻바닥에 대고 빌어!"

말을 마치고 일등병은 계속해서 하타노·오노가와·가와베에게 슬리퍼를 휘둘렀다. 그리고 저마다 지은 죄에 걸맞게 하타노는 눈물을 받는 양동이를 목에다 걸고, 오노가와는 더러운 훈도시(일본식 팬티)를 물고, 가와베는 하반신을 발가벗긴 채 고참병 주위를 돌아야 했다.

그러고는 신병들이 제각기 들여온 떡·카스테라·김밥·알사탕 등을 입에 물게 했다. 입 안이 형편없이 터진 마당에 먹을 수 있을 리가 없었다. 일등병은 아직 그것만으로 끝낼 생각이 없는 모양이었다. 다시 일렬 횡대로 정렬시키고는 엎드려뻗쳐를 명했다.

마룻바닥에 엎드려 양팔로 버티되 배도 무릎도 절대로 바닥에 닿아서는 안 되는 고통스러운 기합이었다. 여기저기서 낮은 신음소리가 들리기 시작하자 목총을 쥔 일등병이 표정을 험하게 일그러뜨렸다.

"무릎을 댄 놈은 내일 밤도 계속이다. 알았나!"

그가 공갈을 쳤다. 그 때 한 상등병이 퇴역 육군 중장의 아들을 손가락질했다.
"이봐, 그 자식 뭐야?"
이등병이 가까이 다가갔다.
"자식! 오줌을 갈겼어!"
목덜미를 잡아 일으키며 고함쳤다. 그러다가 곧 흠칫하며 그 얼굴을 다시 보았다. 그의 눈동자는 치켜 올라가서 멍했고, 벌어진 입술에서는 한 줄기 말간 침이 흐르고 있었다.

날이 밝았다.
내무반의 공기가 심상치 않았다. 연대 본부의 장교 여러 명을 거느리고 퇴역 육군 중장이 들어왔기 때문이다. 병사들은 그야말로 막대기처럼 굳어져서 흰 수염을 내려뜨린 각하를 맞이했다.
각하는 자기 아들이 앉아 있는 침대 앞에 다가갔다. 그는 초점 없는 눈동자를 공중에 박고 입을 벌리고 앉아 있었다. 이미 제정신이 아닌 듯했다. 육군 중장은 그 넋 빠진 얼굴을 가만히 노려보고 있다가 갑자기 소리쳤다. 목소리가 어찌나 큰지 내무반을 쩌렁쩌렁 울렸다.
"바보 자식! 네놈이 그래도 제국 육군의 군인인가! 모리야가의 이름을 더럽히는 괘씸한 놈!"
욕설을 퍼부은 다음 잔뜩 긴장해 있는 병사들을 둘러보았다.
"병사 제군, 참으로 미안하다. 이처럼 나약한 자식을 둔 애비로서 부끄럽기 짝이 없다. 진심으로 사과한다."
아들에게 말할 때와는 달리 퍽 점잖은 말투였다.
'이 거짓말쟁이 같으니라고!'
기리히토는 터지려는 외침을 간신히 참아내고 있었다.
'군인이란 놈은 모두 다 위선자야!'
지금까지 경험하지 못했던 뜨거운 분노가 기리히토를 뒤흔들었다.
'자기 아들이 학대당해서 미쳤는데 부끄러워할 부모가 이 세상에 어디 있단 말인가! 가문의 수치라고? 위선자. 이 영감탱이 같으니라고! 육군 중장이면 다야? 거지라도 자기 자식 귀여운 줄 알아!'
 기리히토는 전신을 부르르 떨었다.

뻔뻔스런 녀석 ①

1판 1쇄 인쇄 2004년 9월 20일
1판 1쇄 발행 2004년 9월 30일

지은이 / 시바타 렌자부로
옮긴이 / 김 병한
펴낸이 / 김영길
편집1 팀장 / 김범석
펴낸곳 / 도서출판 선영사
서울시 마포구 성산동 254-10 2층
TEL (02)338-8231, (02)338-8232 FAX (02)338-8233
E-MALE sunyoungsa@hanmail.net
WEB SITE http://sunyoung.co.kr
표지·재킷 선영 디자인(SUNYOUNG DESIGN)·이 용인
등록 1983년 6월 29일 제 카1-51호

ⓒ Korea Sun-Young Publishing Co., 2004

ISBN 89-7558-014-8 03830

·잘못된 책은 바꾸어 드립니다.
·홈페이지를 이용하시면 선영출판사에 관한 모든 정보를 보실 수 있습니다.

대북 테러 부대 침투조 출신의 작가가 쓴 실화소설

OHC 북파공작원

"아픈 역사의 한 조각을 찾았다."

35년간 베일에 가려져 있던
북파 공작원의 실체
전격 대공개!!!

강평원 지음 /상(288면), 하(303면) 값 8,000원

이 책은 그 어떠한 기록이나 내용 보다도
진실 그 차제이다!!!

룸접대 왜! 필요 악인가?

윤대리의 술나라

윤대리의 밤비즈니스 전략

- 술집에도 등급이 있다는 것을 기억하라.
- 술집 문패를 확인하라.
- 초저녁 손님이 되라.
- VIP손님이 되라.
- 예약손님이 되라.

MBC! PD 수첩
"접대 공화국"
저자 출연 인터뷰!!!
각 사회단체, 언론방송, 기업, 대학
CEO경영 전략 강의중!

윤민호 지음/신국판 368면/값 10,000

노무현 대통령과 권양숙 여사의 시대적 아픈 상처

지리산 킬링필드
KILLNG FIELDS

"전쟁이 나은 우리민족 최대의 비극사 양민학살!!!
그들 생존자의 증언과 양민학살의 참여한 군인들의
진실한 고백을 담았다."

강평원 지음 /397면/ 값 13,000원

미공개 사진 양민학살 사진 수록